메디치

1

Volume I: La Malédiction des Médicis, Le prince sans couronne
by Patrick Pesnot

메디치

파트릭 페노 장편소설

홍은주 옮김

LA MALÉDICTION DES MÉDICIS

1 : 왕관 없는 제후

문학동네

일러두기

원주 표시가 없는 주석은 옮긴이주이다.

피렌체를 구석구석 알게 해준 카트린에게

차례

프롤로그

이제 목소리는 들리지 않았다. 알록달록한 영상이 물결처럼 밀려들었다. 고통도 가라앉았다. 그렇다, 고통조차 잠시 몸뚱이를 빠져나간 것 같았다. 이것이 죽음일까? 죽음 전의 마지막 휴식일까? 희미한 과거의 기억이 되살아났다……

맨 처음에 나타난 것은 그의 요람을 들여다보는 노인의 얼굴이었다. 코가 유난히 크고 꽉 다문 입술에 눈 밑이 거무스레한, 빗살 같은 주름이 뒤덮인 침울한 얼굴이 그를 내려다보고 있었다. 정수리를 덮은 챙 없는 모자가 큼직한 케이크 조각처럼 보였다. 조부 코시모였다. 절대로 웃는 법이 없었던 사내. 그러나 맏손자를 바라보는 과묵한 눈길 속에 애정이라 해도 좋고 긍지라 해도 좋을 무언가가 있었기에 아이는 노인이 무섭지 않았다.

노인의 얼굴이 사라졌다. 이번에는 미소를 머금은 환한 얼굴이 나타났다. 루크레치아, 어머니였다. 그녀는 앞가슴을 정숙하게 감추는, 어깨까지 내려오는 흰 비단베일을 쓰고 있었다. 손수 지은 시를 들려주며 다정하게 요람을 흔들던 어머니. 어머니의 목소리는 입맞춤처럼 보드라웠다……

정원 문이 등뒤에서 닫히자
그녀는 샘물로 들어갔네, 갓난아이처럼 벌거벗고서……

고열이 나는 뜨거운 이마를 짚어보는 어머니에게서는 달큼한 아몬드향이 느껴졌다. 어머니의 아랫배는 언제나 해산을 기다리는 것처럼 약간 봉긋했고, 그 아늑한 품속이 그의 은신처였다.

목소리. 위압적으로 그를 내려다보는 십자가. 주님의 검. 그가 드러누운 침대 옆 땅이 갈라졌다. 갈라진 틈에서 불기둥이 솟구쳤다. 지옥이 보였다. 배만 튀어나온 야윈 사내들이 잉걸불 속에서 고통스럽게 몸을 뒤틀었다. 축 처진 젖가슴을 드러낸 음탕한 여인들이 교태를 부렸다. 누린내가 코를 찔렀다. 쩌렁쩌렁한 목소리가 신의 노여움을 알렸다. 길 잃은 영혼을 가차없이 붙들어가는 악마들이 소리 없이 웃었다. 다이아몬드를 빻아 넣은 물약을 삼킨 탓인지 뱃속이 다시 뜨거워졌다. 죽음의 천사들이 다가왔다.

로렌초, 그는 얼마나 많은 죄를 저질렀던가! 아름다움을 추구한다며 쾌락을 찾고, 완벽을 사랑한다며 관능에 젖지 않았던가? 그가 좇았던 예술도, 지상의 행복도, 여인들과의 사랑도 모조리 유죄라고 목소리는 벼락같이 외쳤다. 회개하라고, 목소리는 부르짖었다. 그렇지만 로렌초는 그럴 생각이 없었다. 죄악이 얼마나 달콤하고 또 불안한지 목소리는 알까? 로렌초가 한 번도 저항한 적이 없고 저항할 수도 없었던 그 감미로운 욕망을 알기나 할까? 가녀린 시모네타, 요염한 루크레치아, 다정한 바르톨롬메아…… 뒤죽박죽 떠오르는 그 얼굴들은 실은 하나였다. 그 밖에도 그가 은밀히 입맞추고 품에 안았던 숱한 농부 처녀와 하녀와 노예 들. 주체 못할 격렬한 기쁨 속에서 어루만졌던 여인들의 살갗과 사랑하는 이의 얼굴. 목소리도 그것만큼은 어쩌지 못했다. 준엄한 목소리도 너무 빨리 사라진 그 추억들을 빼앗지는 못할 것이다. 추억들은 달아나듯 사라졌다. 그는 쫓아가 그것들을 붙들어, 한번 더 따뜻한 체온과 생생한 감촉을 느끼고 싶었다……

"신의 자비는 모든 죄인을 감싸주시는 법. 이제라도 신의 뜻에 응한다면 그분의 성스러운 보호를 받을 것이오."

로렌초는 고개를 끄덕이려고, 마지못해 회개의 말을 몇 마디 되뇌려고 입술을 달싹거렸다. 창밖에는 카레지의 정원이 봄바람 속에 살랑거렸다. 황금빛 석양 아래 협죽도가 붉게 물들었다. 사흘 전, 산타마리아델피오레 성당 큐폴라의 채광창에 벼락이 내리쳤다. 신의 징벌임은 의심의 여지가 없었다. 피렌체인들은 숨죽이고, 웃기를 삼갔다. 로렌초의 죽음이 가까웠고, '일 마니피코'*라 불렸

* '위대한'이란 뜻의 이탈리아어. 군주나 국왕 등에 대한 경칭으로도 쓰였다.

던 그의 죄는 남겨진 자신들이 속죄해야 한다는 것을 다들 알고 있었다.

그의 머리 위로 사제의 검은 옷이 커다란 날개처럼 펼쳐졌다. 목소리는 멈췄다. 그러나 로렌초는 아직 항복하고 싶지 않았다. 그의 생명이 마지막 힘을 쥐어짜내 맞서고 있었다. 이렇게 일찍 죽어야 하다니, 너무 억울하지 않은가? 적들을 다 굴복시켰고 숱한 음모를 좌절시켰으며 목숨을 노리는 갖가지 습격도 벗어났는데, 그런데 몹쓸 병마가 로렌초를 끝장냈다. 그의 몸뚱이를 비틀고 근육을 마비시키고 의지를 조금씩 꺾음으로써. 통풍痛風, 메디치가의 저주. 부친 피에로 일 고토소, 조부 코시모, 증조부 조반니 디 비치까지, 그들은 하나같이 혈관 속의 피를 엉기게 하고 수족을 야금야금 굳혀 가마를 타지 않고는 아무데도 갈 수 없게 만든 다음 영영 데려가버리는 그 저주에서 벗어나지 못했다.

그렇지만 로렌초는 그 무엇도 자신의 흔적을 지울 수 없으리라 확신했다. 병마도, 화형대도, 예술과 문화를 탄압하려는 엄격한 수도사도. '시대는 되돌아온다'는 것이 그의 신조였다. 르네상스, 라고 장차 사람들은 말하리라. 르네상스는 견줄 데 없이 찬란했다. 피렌체와 피렌체의 건축물, 정원, 팔라초* 들은 그 빛 속에서 꽃피었다. 머지않아 르네상스가 전 유럽을 빛내고 그의 이름을 구석구석까지 떨치리라.

---

* 중세 이탈리아 도시국가에서 건설된 귀족의 대저택. 본래 '궁전'이라는 의미이다.

조부의 커다란 손을 꼭 잡고 피렌체의 골목골목을 걷는 어린 자신의 모습이 보였다.

"피렌체인들이 어떤 사람들인지는 이 할아비가 잘 안다. 반세기를 채 넘기기 전에 우린 다시 이 도시에서 쫓겨날 거다. 하지만 우리가 세운 건축물들은 고스란히 남을 게야. 그것들은 영원히 우리 것이지."

그날부터 로렌초는 자신이 평범한 사내가 되어서는 안 되고, 될 수도 없다는 것을 한 번도 잊지 않았다. 그는 메디치가의 작품을 이어가야 했다. 그도 왕관 없는 제후로서, 피렌체 시민 가운데 으뜸이 되어야 했다. 피렌체에 힘과 부유함과 아름다움을 주어야 했다.

그가 한 손을 얼굴에 갖다댔다. 얼굴은 투박해져 있었다. 병마로 인해 뼈마디가 뒤틀리고 팔다리는 굳어졌다. 평생 모든 형태의 아름다움을 좇고 또 사랑했던 사내를 병마가 흉한 몰골로 만들었다.

마지막 순간이 오자 그의 영혼은 아름다운 카레지 정원으로 빠져나갔다. 그림자들이 너울거리고 분수들이 노래를 불렀으며 조각상들은 육체의 쾌락을 찬양했다. 로렌초가 최후의 시를 읊조렸다.

젊음은 아름다우나
아, 재빨리 날아가버리니
행복을 누려라, 기다리지 마라
내일은 헛된 약속에 지나지 않노라.

문득 그는 이제 죽어도 좋다는 사실을 깨달았다.

1
1456

아이들의 떠들썩한 웃음이 끊이지 않고 울려퍼졌다. 피에로 데 메디치와 루크레치아 데 메디치 부부의 두 아들과 두 딸, 그 애들의 사촌 형제들은 복도를 뛰어다니고, 손님들이 기다리는 응접실로 우르르 몰려가고, 하인들을 떠밀고, 무어인이거나 혹은 시르카시아 출신인 노예들의 머리칼을 잡아당기고, 젖먹이들의 유모와 그보다 더 큰 아이들의 가정교사를 못살게 굴고, 부엌에서 과일이나 과자를 슬쩍 훔쳤지만 꾸지람 한마디 듣지 않았다. 라르가 거리의 팔라초는 벌집처럼 활기찼다. 대장은 사내아이들 가운데 나이가 제일 많은 로렌초였는데, 이 아이는 수시로 참신한 놀이와 장난을 개발하고 정원 잔디밭에서 즉석으로 축구 시합을 벌였다.

몸매가 늘씬하고 새까만 눈동자에 밤색 곱슬머리를 지닌 소년이었다. 코가 너무 커서 잘생긴 얼굴이라고는 할 수 없었다. 그러나

발랄하면서도 대담한 눈빛과 타고난 세련된 몸가짐이 얼굴의 단점을 상쇄했다.

로렌초가 노크도 없이 커다란 문을 밀었다. 할아버지 코시모가 화려하게 차려입은 사람들 한복판에 앉아 있었다. 정작 코시모 자신은 검소한 로쿠, 그러니까 발뒤꿈치까지 내려오는 검은색 긴 튜닉 차림이었다. 대화가 멈췄다. 고개를 돌린 코시모가 손자를 발견하고는 가만히 웃음을 지었다. 로렌초는 눈치도 보지 않고 방으로 들어갔다.

"할아버지, 피리 만들어주실래요?"

사내아이는 말을 마치기도 전에 놀이옷에서 조그만 칼과 갈댓조각을 꺼냈다. 사람들이 수군거렸지만 코시모는 아랑곳하지 않았다. 그는 아이에게 건네받은 칼로 갈대를 깎기 시작했다. 아이는 조부의 발치에 앉아 손놀림을 유심히 관찰했다. 노인의 손끝은 느렸지만 부지런히 움직였다. 그는 이 수수한 작업이 진정으로 즐거운 것 같았다. 바둑판무늬의 타일 바닥을 거의 덮은 호화로운 동양의 양탄자 위로 갈대 부스러기가 연이어 떨어졌다. 그를 둘러싼 사람들은 초조함과 궁금증을 감추느라 애썼다. 마침내 코시모가 작은 피리를 자신의 입술에 갖다댔다. 짧고 날카로운 소리가 흘러나왔다. 노인의 길쭉한 콧날 양쪽에서 회색 눈동자가 반짝였다. 로렌초가 얼른 손을 뻗었다.

"고마워요, 할아버지."

사내아이는 달음질쳐서 방을 나갔다. 침묵이 깔렸다. 마침내 흰 담비털 깃이 달린 비단 외투를 입은 루카시市의 대사가 조심스럽게 물었다.

"중요한 회합을 하다 말고 어떻게 어린애가 해달라는 대로 해주십니까?"

코시모가 순박한 웃음을 지으며 대답했다.

"자식과 손자보다 더 귀여운 게 어디 있겠소."

그가 덧붙였다.

"그애가 한 곡조 불어달랬으면 두말없이 그렇게 했을 거외다."

* *
*

루크레치아 데 메디치는 자기 방 창가에 앉아 생각에 잠겨 있었다. 흠잡을 데 없는 정방형 정원 한복판, 가느다란 물줄기를 내뿜는 분수 옆에 전설 속의 유디트*와 홀로페르네의 조각상이 서 있었다. 유디트는 한 손으로는 시미타를 쳐들고, 다른 손으로는 칼날이 목에 잘 닿도록 홀로페르네의 머리칼을 움켜쥐고 있었다. 루크레치아는 시아버지 코시모가 도나텔로에게 주문한 이 조각상이 마음에 들었다. 그녀는 이 작품이 겉모습과는 달리 조금도 폭력적인 데가 없다고 생각했다. 유디트는 성모마리아처럼 고통스러운 얼굴로

* 구약의 경외 성서 가운데 하나인 「유디트서」에 등장하는 가공의 유대인 히로인. 자신의 도시 베툴리를 구하기 위해 시리아 장군 홀로페르네에게 술을 먹여 목을 베었다.

희생자를 애써 외면하고 있었다. 탄탄하고 건장한 이 사내와 다정하게 입맞춤을 나눈 사실을 잊을 수 없었던 것이리라. 그를 죽이기 위해 유혹하고, 만취하도록 했건만 막상 목숨을 빼앗으려니 애석했던 걸까? 더욱이 눈을 감고 입을 조금 벌린 사내는 그것이 마지막 사랑의 행위라도 되는 양 자기 몸을 순순히 연인에게 내맡긴 듯했다.

이따금 루크레치아는 시미타가 영영 청동으로 굳어버려 시리아 장군의 목을 절대 벨 수 없기를 빌었다. 도나텔로는 전설을 자기 방식대로, 사랑과 죽음으로 해석했다. 다른 예술가들은 잔인한 유디트가 홀로페르네의 머리를 잘라 흔들어대는 장면을 표현한 경우가 많았다. 도나텔로의 작품은 그렇지 않았고, 루크레치아는 그 사실에 감사했다. 자신이 하룻밤의 연인을 죽여야 하는 운명에 괴로워하는 유대인 히로인이 된 것처럼 상상하기를 즐겼기 때문이다. 그녀는 유디트를 동경한 나머지 「유디트의 삶」이란 글까지 썼다. 딸들이 더 크면 그것을 그애들에게 읽어줄 생각이었다.

루크레치아는 여전히 이 생각 저 생각에 잠겼다. 유서 깊은 귀족 가문 토르나부오니가家 출신인 그녀는 지금은 '대大 코시모'라 불리는 코시모 데 메디치의 장남 피에로와 어린 나이에 결혼했다. 둘은 서로에 대해 거의 몰랐지만 그런 것은 상관없었다. 사람들이 축복한 것은 두 남녀가 아니라 피렌체에서 가장 부유한 메디치가家, 그리고 그 손꼽히는 상인 부르주아 가문과 사돈이 되기 위해 귀족으로서의 자존심을 포기하는 현명한 선택을 한 토르나부오니가의 결합이었다.

코시모는 가문의 후계자에게 걸맞은 거창한 결혼식을 원했다. 그는 피렌체인들에게 축제를 베풀고 과자와 금화를 넉넉히 나누어 주었다. 그 성대한 축제가 실은 칠 년 전 감옥에서 그를 살해하려다 실패하자 피렌체 밖으로 추방했던 자들에 대한 복수란 것쯤은 누구나 짐작할 수 있었다. 알비치가, 파치가, 지우디첼리가, 스트로치가, 그리고 아치아이울리가. 이 귀족 가문들은 한갓 은행가이자 상인이 자신들을 밀치고 들어앉는 것을, 피렌체에서 제일 큰 팔라초를 지어올려 도전하는 것을 용납할 수 없었다. 능구렁이 같은 코시모는 위대한 브루넬레스코의 설계도가 너무 화려하다고, 건물 정면은 좌우대칭을 이루고 어디까지나 간소해야 한다고 고집을 부렸다. 위급할 때 피난처로 이용되었던 고대의 요새 궁전을 떠올리게 하는 그 건물의 아랫부분에는 육중한 돌 장식이 도드라져 있고 윗부분에는 정방형의 창문들이 뚫려 있었다. 일에 할애된 아래층에는 사무실과 상점이 들어찼다. 건물 위로 올라갈수록 한결 미끈한 돌이 사용되었고, 아치 모양으로 트인 공간은 작은 기둥들로 장식되었다. 그러나 진정 감탄이 터지는 것은 우아한 안뜰의 주랑을 지나 팔라초 안으로 한 발짝 들어가고 나서였다.

메디치가의 가장은 한때 가족을 전부 이끌고 피렌체를 떠나 일 년 남짓 베네치아에 피신해야 했다. 그러나 피렌체는 그를 다시 불러들였다. 그는 당당히 귀환해 가차없이 복수했다. 내로라하는 명문가들이 추방당했고 그네들의 심복 몇몇은 감쪽같이 살해당했다.

메디치가는 결코 잊지 않았던 것이다.

결혼식…… 신부를 태우고 산타마리아델피오레 성당으로 향하는 호화로운 마차 주변에서 기쁨에 들뜬 사람들이 소리를 질러댔다. 시어머니가 될 콘테시나와 모친 셀바자 사이에 앉은 루크레치아는 가슴이 졸아들었다. 메디치가의 문장이 새겨진 깃발을 흔들며 마차로 몰려드는 군중이 무서웠다. 대성당의 큐폴라가 창백한 겨울 태양 밑에서 빛나고 있었다. 루크레치아는 모친의 옆얼굴을 훔쳐보았다. 모친은 왜 딸을 팔았을까? 토르나부오니 일족의 입신을 위해 어쩔 수 없는 희생이었을까? 마차가 정문 앞에 섰다. 사람들이 성급하게 그녀가 내리기를 재촉했다. 메디치가를 상징하는 붉은 백합 무늬가 찍힌 흰색 제복 차림의 군사들이 나팔을 불었다. 병사들이 기민하게 움직여 군중을 떼어냈다. 활짝 열린 문 앞에 꼿꼿이 서 있던 피에로가 그녀를 향해 한 발짝 움직였다. 잘생기지도 못생기지도 않은, 화려하게 차려입었는데도 평범해 보이는 사내였다. 흰 담비털 깃이 달린 새하얀 드레스와 황금빛 머리장식으로 치장하고, 보석함 속의 보석처럼 서 있는 갈색 머리의 앳된 미녀가 잠시 후면 아내가 된다는 것을 아직 눈치채지 못한 사람처럼 그의 태도는 어색하고 수줍었다. 이번에는 그녀가 앞으로 나아갔다. 전통에 따라 피에로가 손을 내밀었다. 그녀는 잠시 머뭇거렸다. 그 손을 맞잡으면 그들은 영원히 부부가 되는 것이다. 마침내 그녀가 마음을 먹은 듯, 눈을 감은 채 피에로의 커다란 손을 잡았다.

그다음 일들은 마치 안개에 싸인 듯 흘러갔다. 신랑 신부는 빛나는 별들처럼 번쩍거리는 목걸이와 머리장식이며 장신구로 치장한 군중에 둘러싸여 제단을 향해 나아갔다. 피렌체 제1시민인 메디치가의 결혼식을 몸소 축복하러 온 교황 에우제니오 4세의 축사가 끝나자 신부는 황금색과 자주색 리본으로 장식된 작은 백마에 앉혀졌다. 신부의 드레스를 만지면 행복이 찾아온다고 믿는 군중이 너도나도 달려드는 가운데 그녀는 시종들과 병사들에게 에워싸여 메디치가의 팔라초에 도착했다.

이제부터 그녀의 처소가 될 팔라초 문턱에서 코시모가 그녀를 기다리고 있었다. 신랑 신부는 로마식 관례를 따라 꿀 한 그릇을 같이 마셨다. 끝도 없는 연회가 뒤를 이었다. 플랑드르산産 양탄자가 벽에 걸린 드넓은 연회장을 횃불들이 환히 밝혔고, 연주자와 광대, 요리가 담긴 쟁반을 줄지어 나르는 하인들이 끊임없이 오고갔다. 그녀는 여전히 안갯속에 있었다. 피에로가 초조한 눈동자를 번들거리며 손을 슬쩍슬쩍 건드릴 때에야 그가 곁에 있다는 사실을 깨달았다. 포도주 탓인지 그의 수줍음은 지워지고 없었다. 기다란 탁자를 둘러싼 음탕한 눈길들이 그의 일거수일투족을 주시했지만 루크레치아는 아무것도 보지도, 느끼지도 못했다.

첫날밤은 그녀에게는 두 번 다시 돌이키고 싶지 않은 기억이 되었다. 피에로는 신부의 옷을 채 벗기기도 전에 그녀를 가졌다. 그녀는 즐겁지도 역겹지도 않았고, 이미 자신의 것이 아닌 몸뚱이가 수치스러울 뿐이었다.

루크레치아와 피에로는 서로 사랑하지는 않았지만 상대방을 존중하고 모범적인 부부애를 나누었다. 루크레치아는 피렌체 사람들이 남편을 '일 고토소', 그러니까 통풍 환자 피에로라는 불길한 별명으로 부르는 것을 들으면 누구보다 분개했다. 코시모의 장남이 메디치가 사람들을 대대로 괴롭힌 병에 시달리는 것은 사실이었다. 손가락이 붓고 사방에 하얀 혹들이 피부 위로 불거져나왔으며, 다리를 절뚝거리고, 침대를 벗어나지 못하거나 가마를 타고 이동하는 일이 갈수록 잦아졌다…… 불쌍한 피에로는 병마가 몸뚱이를 좀먹고 있다는 것을 알고 있었고, 어여쁜 아내를 곁에 두고도 잠자리를 나누는 일이 점점 줄어드는 것에 괴로워했다. 그래도 두 사람이 똑같이 귀여워하는 아이들이 부부를 이어주었다.

루크레치아는 여전히 반듯한 이마에 상냥한 눈길과 붉은 입술이 돋보이는 미인이었고, 세월이 새겨놓은 눈가의 잔주름은 웃을 때가 아니면 거의 보이지 않았다. 피렌체 전체가 늘 자신을 엿보고 있다는 것은 그녀도 알았다. 지난번 무도회 때 피티가의 미남 상속자 청년과 너무 스스럼없이 춤을 췄다느니, 막대한 비용을 들여 몸소 개조한 온천지 바뇨 아 모르바에 혼자 간 데는 곡절이 있다느니, 온천은 남녀가 속옷 바람으로 즐기는 문란한 장소인 만큼 더욱 수상쩍다느니……

피렌체는 본래 험담을 좋아했다. 거기다 메디치가의 앙숙들도 주시하고 있었다. 루크레치아는 신중했다. 지나가는 연정에 사로잡히는 일이 그녀에게도 이따금 있었지만, 시댁과 남편을 모욕하는 일이 없도록 주의를 기울였다. 아이들을 돌보거나 시어머니 콘테시나와 분담하는 집안일을 하는 시간을 빼면 그녀는 대부분 공부와 글쓰기에 몰두했다. 그녀는 페트라르카, 단테, 보카치오, 아리스토텔레스는 물론이고 플라톤도 읽었다. 그리스어와 라틴어를 할 줄 알았고 사랑스러운 시 몇 줄쯤은 금세 써냈으며 양식 있는 사람들이 대개 그렇듯 신앙심도 깊었다. 과시하지 않는 신심의 소유자인 그녀가 못생긴 여자가 아니란 점에 사람들은 감사했다. 그녀 스스로도 고대 문명 예찬자이기는 했지만 사람들이 그것을 지나치게 숭배한다는 생각이 들 때도 있었다. 어쨌거나 간혹 못 견디게 권태롭기는 했어도 그처럼 자유가 용인되는 집에서 사는 것을 언제나 감사히 여겼다.

조용하던 그녀의 방이 갑자기 소란스러워졌다. 아이들. 아이들이 왁자하게 웃어대며 모여들었다. 그녀의 눈길이 로렌초에게 머물렀다. 훤한 이마와 이글이글한 눈빛, 어린애 티가 나지만 벌써 제법 육감적인 입술…… 콧날은 휘었어도 장차 매력적인 청년이 될 게 틀림없었다. 얼마나 많은 처녀가 이 아이에게 반해 애를 태울까? 루크레치아는 한숨을 살짝 내뱉고 다른 아이들에게 눈길을 돌렸다. 자신이 장남을 제일 사랑한다는 사실이 드러나지 않게 조심해야 했다.

* *
*

코시모는 손자를 서재로 들이고 방문을 닫았다. 책과 두툼한 장부가 사방 벽에 들어찬 어두컴컴한 방에는 늘 잉크 냄새와 양초 타는 냄새가 떠다녔다. 아이는 이 방으로 들어올 때마다 어김없이 가슴이 졸아들었다. 짙은 녹색 창유리에 단단한 납살이 고정된 하나뿐인 십자형 유리창에는 묵직한 벨벳커튼이 드리워 있었다. 예배당처럼 고요한 방이라고 로렌초는 생각했다. 가족, 하인, 채무자, 손님 들이 끊임없이 오가는 소란스러운 팔라초 안에 외딴 섬처럼 떠 있는 방. 그 조용한 방이야말로 조부가 돈과 지혜를 위해 예배를 올리는 장소였다.

로렌초는 조부를 진심으로 존경하고 따랐으므로 그 방이 무섭지는 않았다. 그런데도 간소하고 신비로운 그곳에서는 살짝 어지러움을 느꼈고 절로 마음이 경건해졌다.

로렌초는 평평한 등받이가 달린 높다란 의자 위에 말없이 올라앉았다. 코시모는 아이의 맞은편, 서류와 종이, 잉크통과 거위 깃털펜 따위가 세심하게 정리된 책상 건너편에 자리를 잡고 앉았다. 조부와 손자의 공부가 시작될 참이었다. 정작 자기 아이들에게는 가르칠 시간도 열정도 갖지 못했던 노인은 손자를 가르치는 것이 몹시 즐거웠다. 그는 아들을 건너뛰어 맏손자 로렌초가 자신의 진정한 후계자가 되리라고 일찍이 정했다. 아들 피에로를 사랑하지 않아서가 아니라, 아들의 성품이 유약하고 선천적으로 약질인 것이 마음에 걸린 까닭이었다.

코시모가 장부를 펼쳤다. 각 장마다 꼼꼼한 필체로 숫자들이 빼곡히 적혀 있었다. 대개의 경우, 숫자열은 정성껏 기록되었는데 건조한 표 위에는 인간적인 줄이 알아보기 쉽게 그어져 있었다.

"봐라, 이 숫자들 뒤에는 가지가지 삶이 있다는 걸 잊어선 안 된다…… 돈을 빌려주는 일은 단순히 숫자상의 거래가 아니야. 전략과 지성, 거기다 마음까지 개입하는 일이지. 이걸 한번 볼까……"

그가 검지로 한군데를 짚었다. 사내아이는 조부의 손가락 끝에서 숫자들이 살아나는 것을 보았다.

"구이도 필리도리, 이 사람은 선주란다…… 예쁜 아내와 귀여운 아이들이 있지. 그는 바르바리아 해안으로 떠나는 먼 원정을 지원하기 위해 거액의 자금이 필요했어. 그에게 몇백 플로린*을 빌려주고 배 한 척쯤, 아니면 그의 집을 담보로 잡을 수도 있었을 테지. 하지만 메디치가는 은행가이고 상인이지 고리대금업자가 아니다…… 난 담보 대신 그가 교역에서 올린 이익금 일부를 요구하는 제휴의 형태를 택했다. 그를 신뢰하고, 사업에 따르는 위험을 나눠 가짐으로써 말하자면 연대보증인이 된 거야."

"그래서요, 돈을 버셨어요?"

노인의 눈가에 주름이 잡혔다. 그는 늘 그렇게 소리 없이 웃었다.

"네가 상상하는 것보다 훨씬 많이. 그의 향료 선적은 탁월한 선택이었어. 이 사람은 앞으로도 계속 나와 가까운 사이가 되는 거야."

---

* 13세기 피렌체에서 통용되던 금화.

노인의 손가락이 다른 줄로 움직였다.

"이 사람은 우리 가족의 출신지인 무젤로의 농부란다. 작년에 우박 때문에 수확을 전부 망쳤지. 그는 크게 낙담해서 나를 찾아왔어. 종자 살 돈은커녕 가족이 먹을 것도 없는 형편이었거든…… 네가 나라면 어떻게 했겠니?"

"할아버진 그를 불쌍하게 생각하셨겠죠……"

"그 외엔?"

로렌초는 곰곰이 생각했다. 질문에 대답을 잘하거나 주의깊게 이야기를 경청하면 공부가 끝나고 조부와 체스를 둘 수 있었다.

"농부에게 다음 수확의 일부를 요구하셨죠!"

코시모의 눈빛이 반짝였다.

"제대로 이해했구나, 귀여운 로렌초…… 그래도 그의 목줄을 누르기는 싫어서 몇 번에 나눠서 갚으라고 했지……"

"그렇게 해서 또 새 친구를 만드셨군요."

노인이 고개를 끄덕였다.

"하지만 우박이 또 쏟아져 밀농사를 전부 망쳐버리면요?"

"난 인내심을 갖고 기다릴 거다. 어머니이신 대자연은 우리가 생각하는 것처럼 무자비하지는 않단다. 사람들이 포기한 열매를 자연은 언제나 돌려주는 법이다."

코시모가 장부를 덮고 탁자에 양 팔꿈치를 얹더니 얼굴을 감싸쥐었다.

"얘, 로렌초야, 우리 직업은 특별한 통찰력이 요구되는 어려운 일이다. 절대 못 갚을 줄 알면서도 손을 벌리는 나쁜 채무자를 가려낼 줄 알아야 해."

로렌초의 눈이 휘둥그레졌다.

"빚을 갚지 않는 사람들이 있단 말씀인가요?"

"그래. 그런 사람들이 많다."

"그렇다면 그건 도둑이잖아요!"

"암, 몹쓸 악당들이지."

"정직하지 못한 사람들을 어떻게 알아내나요?"

노인이 소리 없이 웃었다.

"경험과 사람 보는 눈이 필요하단다. 의심스러운 채무자한테는 높은 이자를 요구하거나 담보로 아주 귀한 물건을 맡기라고 하는 거지. 만일 상대가 이의 한마디 없이 네 조건을 덥석 받아들인다면 빚을 갚을 의향이 없단 소리야. 그럴 때는 즉각 거래를 깨야 한다."

사내아이는 아직 어린데도 참을성 있게 한 마디 한 마디에 귀를 기울였다. 지겹기는커녕 아이는 매우 자랑스러웠다. 눈앞에 있는 겸손한 몸가짐의 이 노인이야말로 피렌체에서 가장 영향력 있는 인물, 군주와 제후와 교황 들을 대등하게 상대하는 인물이었기 때문이다.

"할아버지, 왕들에게 돈을 빌려준 적이 있으세요?"

코시모가 미소를 지었다.

"로렌초, 왕들은 세상에서 제일 큰 채무자란다. 그들은 늘 외상으로 살아가지."

"하지만 돈을 갚나요?"

"왕을 상대하는 은행가는 보통 위험한 직업이 아니다. 네 조모의 친정인 바르디가도 그로 인해 전 재산을 잃었지…… 영국의 국왕 에드워드 3세가 빌려간 돈을 한 푼도 갚지 않았거든! 유력한 경쟁 은행 하나가 파산한 덕에 우리가 이 업계에서 으뜸으로 올라설 수 있었다는 걸 기억해라."

"만일 왕들이 돈을 갚지 않고 발뺌하면, 돌려받을 방법은 없나요?"

"신중해야 한다. 그뿐만 아니라 인내심도 필요해. 재력이 충분한 은행가만이 기다릴 수 있다. 거기다 왕들에게 돈을 빌려주기 전에 확고한 담보를 잡아두는 것도 잊어서는 안 되지."

"그럼 할아버진요, 벌써 그 담보를 받아두셨어요?"

"물론이다…… 힘있는 사람들이 돈을 빌려달라고 할 때 거절하기는 어렵단다. 하지만 난 늘 빌려준 돈을 회수했어. 이걸 알아야 한다, 얘야, 돈이 필요한 왕한텐 세금 신설이란 방편이 있다는 걸."

"자신의 빚을 갚기 위해 세금을 만든단 말인가요?"

"아무렴. 군주들은 그 방면에서는 가히 천재적이지. 하지만 우린 평범한 은행가가 아니라 이탈리아에서 막대한 정치적 영향력을 행사하는 사람들이다. 왕들도 우리 눈치를 봐야 해. 그들한텐 우리의 지갑뿐만 아니라 우리와 손을 잡는 일도 필요하니까."

"그럼 할아버진 왜 왕이 아니죠?"

코시모가 웃음을 터뜨렸다.

"이 할아비가 왕관을 쓰고 옥좌에 앉아 있어야 할 것 같니? 아니다, 로렌초, 티를 내지 않고 지배하는 것이 진정한 현명함이다…… 물론 난 직위도, 시의회에서 맡은 공직도 없지. 그런데도 이곳 피렌체에선 모든 게 이 할아비로부터 나온다."

"그러니까 할아버지는 왕처럼 힘이 세군요!"

"아니면…… 대공 정도는 되려나."

코시모가 책상 뒤쪽에 놓여 있던 체스판을 꺼냈다. 체스판의 말들은 제각기 카라라의 흰 대리석, 프라토의 초록 대리석, 시에나의 붉은 대리석으로 조각된 것으로, 산타마리아델피오레 성당에 사용된 것과 똑같은 귀한 재료들이었다.

"가볍게 한판 겨뤄볼 테냐?"

사내아이가 좋아서 당장 말을 배열하는 것을 보면서 노인은 자리에서 일어났다. 그가 몇 발짝 서성거리더니 손자를 돌아다보았다.

"잘 들어라, 로렌초…… 우린 부유하다, 대단히 부유해. 네 증조부이신 조반니 디 비치의 유산을 이 할아비가 크게 불렸다. 훗날 너도 똑같이 하게 될 거야. 하지만 황금을 사랑해서는 안 된다…… 황금은 권력의 도구에 지나지 않아. 그걸 기억한 덕에 메디치가는 부유하면서도 사람들의 존경을 받고, 돈궤에는 영주와 평민을 가리지 않는 숱한 피렌체의 채무자들로부터 받은 감사 편지가 넘치는 거야. 만에 하나, 불행히도 메디치가가 빈털터리가 된다면, 우리가 그렇게 공들이고 기여한 이 도시는 우릴 헌신짝처럼 버릴 거다."

* *
*

"봐라!"

사내가 내민 통에 뚫린 조그만 구멍에 로렌초가 오른쪽 눈을 갖다댔다. 로렌초는 자기도 모르게 짤막한 탄성을 흘렸다. 눈앞에 융단 같은 밤하늘이 펼쳐져 있었다. 별들이 일렁거렸고, 왼쪽 구석에는 젖빛 달이 걸려 있었다. 달은 아주 가까이서 마치 숨쉬는 것처럼 빛을 뿜었다.

"잘 살펴봐라. 큰곰자리의 꼬리를 따라가다보면 목동자리라고도 불리는 아르쿠투루스자리가 있을 거야. 거기서 좀 떨어진 곳에 오리온자리, 그리고 황소자리의 플레이아데스성단도 보일 거다. 우리한테 천문학을 전해준 건 아타루스라는 그리스 사람과 위대한 프톨레마이오스*란다."

눈앞의 광경에 흠뻑 빠진 로렌초의 귀에는 설명도 들어오지 않았다.

"요술 같아…… 이렇게 예쁜 건 처음 봐요."

조금 떨어진 곳에서, 루크레치아가 화려한 물결무늬 비단이 덮인 안락의자에 앉아 다정한 눈길로 아들을 바라보고 있었다. 아이는 레오네 바티스타 알베르티의 거구 옆에서 더없이 가냘프게 보

---

* 그리스의 천문학자, 수학자, 지리학자.

였다. 레오네 알베르티는 건장한 사내였다. 윗옷과 반바지 밑에는 나이를 먹었어도 끄떡없는 근육질의 몸통과 탄탄하고 힘찬 팔다리가 감춰져 있었다. 막 오십 줄에 접어든 그는 뛰어난 운동신경의 소유자로서, 자신이 숭배해 마지않는 그리스의 옛 체조 선수들처럼 공들여 몸을 다듬었다. 한창때는 일렬로 늘어선 장정 열 명을 머리칼 한 올 스치지 않고 가볍게 뛰어넘었다고도 했고, 화살 한 촉으로 철갑옷을 꿰뚫었다는 말도 있었다. 그는 또 누구보다 말을 잘 다루었고 기마 창 시합이라면 대적할 상대가 없었다.

알베르티가 사내아이의 손에서 부드럽게 통을 빼냈다. 그는 통 끝에서 채색된 판을 끄집어내고 다른 그림을 끼워넣었다. 로렌초가 그것을 다급히 가로채 다시 눈에 갖다댔다. 아이가 연신 황홀한 미소를 흘리는 사이 알베르티는 몸을 돌려 루크레치아와 눈길을 나누었다. 그는 고대 로마식으로 손질한 짤막한 금발 위에 피렌체인들의 전통적 머리장식인 새빨간 카푸치오를 쓰고 있었다. 콧날이 반듯하고 입술은 육감적이며 푸른 눈동자가 유난히 번쩍이는 수려한 얼굴이었다. 섬세한 이목구비와 대비되는 단단한 턱선은 그가 왕성한 식욕과 힘을 지녔다는 것을 짐작케 했다.

루크레치아가 고개를 숙였다. 사내의 눈길은 그녀의 가슴속까지라도 도달할 것처럼 거침없었다.

"바다다!…… 바다가 마치 절벽을 삼킬 것 같아요…… 그리고 저기 보이는 산은 구름 속에 박힌 것 같고…… 동굴, 절벽, 폭포…… 꼭 물 떨어지는 소리가 들리는 것만 같아. 레오네 아저씨는 마법사군요."

로렌초가 통을 사내에게 내밀었다.

"하나만 더 보고 싶어요!……"

"안 된다, 로렌초. 진정한 즐거움은 절제할 때 비로소 맛볼 수 있어. 네 어머니가 허락하시면 다음에 또 오마."

그는 말을 마치면서 한번 더 루크레치아를 뜨거운 눈길로 바라보았다. 루크레치아의 얼굴이 붉게 물들었다. 아무것도 모르는 로렌초가 사내의 손을 잡았다.

"알베르티 아저씨는 비밀을 많이 아세요?"

알베르티가 싱긋 웃었다.

"자연은 그 자체가 비밀이지…… 난 그걸 푸는 데 평생을 바칠 거야. 다행히 나보다 먼저 고대인들이 그 비밀을 찾는 데 공을 들였지. 난 그들의 작업을 본받을 뿐이다."

"고대인들? 우리보다 먼저 살았던 사람들 말인가요?"

"그래, 아주 오래전에 살았던 사람들. 그리스인들과 로마인들 말이다. 나한텐 그들이 제일 훌륭한 선생이야. 네가 궁금해하는 것 같으니 말해둔다만, 이건 그저 광학의 법칙과 빛의 성질을 이용해 만든 것일 뿐이다."

"그러니까 그 요술 통의 비밀을 가르쳐주기 싫다 그건가요?"

사내가 아이의 머리에 손을 얹었다.

"언젠가 설명해주지, 약속하마……"

로렌초는 실망한 기색이었다. 알베르티가 루크레치아에게 다가갔다. 그는 정중하게 인사한 다음 아이의 귀에 들어가지 않게 재빨리 속삭였다.

"아름다운 도나 루크레치아, 모르바 온천에 불러주는 영광은 언제쯤 베푸실 테요?"

여인의 얼굴이 다시 붉게 물들었다. 그가 루크레치아의 손을 잡아 긴 손가락에 입을 맞추었다. 마침 다가오던 로렌초가 그 장면을 보았다. 루크레치아가 얼른 손을 빼냈다. 알베르티는 몸을 일으키고 아이의 어깨에 묵직한 주먹을 얹었다.

"로렌초, 네 엄마는 미인 중의 미인이시구나."

그는 모자의 눈길을 받으며 발소리도 내지 않고 물러났다. 루크레치아는 여전히 얼굴을 붉힌 채 진주 장식이 군데군데 박힌, 틀어올린 머리칼을 매만졌다.

레오네 알베르티의 모습이 사라지자 곧바로 로렌초가 조그만 팔을 뻗어 모친을 힘껏 껴안았다. 아이는 사뭇 격렬하게 모친의 손을 잡아 쥐었다. 루크레치아는 아들이 사내의 흔적을 지우고 싶어한다는 사실을 깨달았다.

"질투하는 거니?"

그녀가 어색하게 웃고는 짐짓 무심한 어조로 덧붙였다.

"레오네 알베르티는 네 할아버지가 후원하는 사람이란다…… 그의 가문은 한때 추방되었지만 할아버지가 그 사람을 피렌체로 불러들이셨어."

그녀가 말을 이었다.

"그는 재능이 특출해. 이 팔라초의 일부, 그리고 산프란체스코 성당을 건설한 것도 그 사람이지. 그림도 잘 그리고, 고대 작가들의 문헌을 속어로 번역하고, 시도 쓰고, 파이프오르간도 연주한단다."

루크레치아가 아이를 품어 안았다. 그러나 아이는 몸을 빼고 어머니를 쏘아보았다.

"어쨌든 엄마를 만지는 건 싫어요!"

* *
*

길바닥에 뒤덮인 꽃들이 내뿜는 향기가 무두질 작업장과 염색소의 역하고 시큼한 냄새, 오물들의 악취를 밀어냈다. 집들과 팔라초들은 화환으로 장식되거나 색색의 깃발이 내걸렸는데, 집주인의 깃발들, 그리고 붉은 바탕에 흰 백합, 흰 바탕에 붉은 백합이 그려진 피렌체 깃발들이 사이좋게 섞여 있었다. 골목골목을 몰려다니는 사람들은 유쾌하게 웃고 떠들었다. 가슴을 드러낸 유녀들과 정숙한 여인들, 누더기를 걸친 좀도둑들과 나들이옷을 입은 장인들이 나란히 걸었고, 투박한 막나사羅紗 웃옷을 입은 콘타디나*들이 보테가**를 빠져나온 젊은 장인들의 낯뜨거운 농담에 웃음을 터

* 농부 아낙네.(원주)

** 가게인 동시에 스승이 제자를 받아들이는 예술가의 아틀리에 또는 작업실, 공방.(원주)

뜨렸다. 이따금 말 탄 사람이나 마차가 지나갈 때면 길을 비켜주는 군중으로부터 야유가 터져나왔다.

그러나 그 고함과 조롱에는 사나운 구석이라고는 없었다. 6월 24일, 이날은 파리오*의 날이었고, 무엇보다 놀기 좋아하는 피렌체 사람들이기에 일이며 장사도 팽개치고 모여든 것이다.

이미 사람들이 꽉 들어찬 산타크로체 광장에는 심사원, 명사들과 그 가족, 경기를 판정할 시의회 의원을 위한 특별관람석이 설치되어 있었다. 경비병들은 기수騎手들이 도착할 임시 경주로를 둘러싼 장벽을 따라 꾸역꾸역 몰려드는 구경꾼을 밀어내느라 애를 먹었다.

광장 한쪽에 세워진, 네 귀퉁이에 사자가 조각된 전차에 묶인 말들은 앞발로 땅을 걷어찼고, 전차 위에서는 파리오가 휘날렸다. 가장자리에 금줄과 모피를 두른 이 진홍빛 비단 조각 자체는 그리 큰 가치가 있는 물건은 아니었다. 중요한 것은 잠시 후면 이 깃발이 우승자에게 돌아가리란 사실이었다. 우승자는 처녀건 부인이건 자신에게 깃발을 내려줄 여인을 선택할 수 있었다.

태양이 하늘 높이 걸려 있었다. 사내들은 이마를 닦으며 포도주를 병째 들이켰고 여인들은 부채질을 해댔다. 머리를 어지럽히는 꽃향기 사이로 시큼한 땀내와 매콤한 말똥냄새가 떠다녔다. 공기는 취기에 젖어 있었다.

* 파리오 경마 레이스, 또는 그 경마의 승자에게 수여되는 깃발.

로렌초는 눈이 휘둥그레졌다. 파리오 경주를 관람해도 좋다는 허락이 떨어진 것은 처음이었다. 아이는 특별관람석의, 어머니와 할아버지 사이에 앉아 있었다. 어머니 곁에는 아버지도 있었다. 누구나 들뜬 이날도 그는 평소와 다름없이 침울한 기색이었다. 불볕을 피하기 위해 챙 넓은 모자를 쓴 루크레치아조차 여느 때 없이 뺨이 붉었다. 사내아이는 몰래 어머니를 살펴보았다. 모슬린 장식 사이로 젖가슴선이 아슬아슬하게 드러난 모친의 가슴은 감동과 초조함으로 팔딱거리는 듯했다.

코시모로 말하자면 늘 입는 검소한 옷을 걸치고 호인 같은 표정을 짓고 있었다. 올해도 어김없이 그는 피렌체 시민들이 부족함 없이 즐길 수 있도록 돈주머니를 활짝 열었다.

갑자기 종이 울렸다. 묵직하고 장중한 종소리가 장내의 소음을 삼켰다. 군중이 일제히 조용해졌다. 종이 두 번 더 울리자 장내는 다시 떠들썩해졌다. 안장 없이 말에 올라탄 기수들이 외곽의 알 프라토 문에서 출발해 골목길과 대로를 돌진해 달려오고 있으리라. 군중들의 눈에는 불똥을 튀기며 도로를 때리는 말발굽이 보이는 듯했다. 기수들은 고함을 내지르며 거칠게 채찍을 내리쳤다. 흥분해서 도로로 내려서는 조심성 없는 구경꾼들은 채찍에 얻어맞기 일쑤였다. 잠시 후면 그들이 라르가 거리, 메디치가의 웅장한 팔라초 앞을 지나갈 것이다. 그리고 산타마리아델피오레 성당을 지나쳐 델라 시뇨리아 광장을 한달음에 가로질러 무두장이와 가죽 제조인들이 밀집한 복잡한 골목길 안으로 뛰어들 것이다. 그들이 마침내 코르소 거리를 지나 산타크로체 광장으로 접어들면 우레 같은 환호성이 터질 것이다.

관중은 어지러운 색깔들의 소용돌이 속에서 자기네 가문과 같은 색의 옷을 찾아내려고 눈을 크게 뜰 것이다. 피렌체의 유력한 집안은 제각기 우수한 대표 선수를 보유했다. 우승의 영광은 일족 전체, 나아가 친척과 채무자까지 으쓱거리게 만들었다.

떠들썩한 소란이 일었다. 로렌초는 안절부절못했다. 아이는 너무 더웠던지 급기야 포자*를 벗어 뒤로 던졌다.

"대체 언제 도착하는 거야?"

아이의 물음에 대답이라도 하는 것처럼 성난 발굽소리가 들렸다. 아이가 벌떡 일어섰다. 구경꾼들이 고함을 내질렀다. 광장 입구에서 천둥 같은 함성이 터져나왔다. 무지개가 통째로 달려오는 듯한 광경이었다. 말갈기에 몸을 찰싹 붙인 기수들이 거품을 뿜는 짐승의 옆구리에 가차없이 채찍을 휘둘렀다. 루크레치아가 아들의 손을 붙잡았다. 그녀는 잡은 손을 세게 틀어쥐었다.

"선두다! 그애가 우승할 거야!"

메디치가 대표로 출전한 것은 루크레치아의 조카 지울리아니 토르나부오니였다. 선두 그룹에 있던 기수 둘이 떨어져나갔다. 지울리아니가 단독 선두였다. 그의 말이 갑자기 속도를 올리자 경쟁자

---

* 중세에 남성들이 쓴 두건의 일종인 카푸치오의 아래로 흘러내려 왼쪽 뺨을 덮는 천.(원주)

도 낙마의 위험을 무릅쓰고 속도를 낼 수밖에 없었다. 말 두 마리는 이제 옆구리를 마주대고 나란히 달렸다. 다음 순간 경쟁자의 채찍이 지울리아니가 탄 말의 콧등을 후려쳤다. 말은 찢어지는 울음을 내지르며 뒷발로 일어섰다. 그사이 경쟁자는 거센 야유와 환호 속에서 결승선을 넘었다.

로렌초가 분한 얼굴로 외쳤다.

"반칙이야! 분명히 봤다고요! 저 사람이 지울리아니의 말을 때리는 걸!"

산타크로체 광장 안쪽의 담장 밑에서 전차가 움직이기 시작했다. 진홍색 윗옷에 짧은 흰색 망토를 두르고 피렌체의 백합 무늬가 찍힌 카푸치오를 머리에 쓴 뚱뚱한 마부가 우쭐한 얼굴로 전차를 몰았다. 전차가 광장을 한 바퀴 돌고 나면 우승자가 선택한 미녀가 손수 파리오를 건네는 것이 관례였다. 군중은 계속해서 고함을 질러댔다. 마지막까지 선두를 다퉜던 두 기수의 응원단 사이에 주먹다짐이 벌어졌다.

"저 사람이 이긴 게 아니잖아요! 너무 불공정해요!"

로렌초는 화를 참지 못하고 발을 굴렀다. 코시모는 창백한 얼굴로 말없이 앉아 있었다. 루크레치아가 아이에게 차분히 타일렀다.

"파리오 경주에선 뭐든지 허용된단다. 메디치가와 앙숙인 알비치가에서 우승자가 나온 것은 유감스럽지만 할 수 없는 일이야."

우승자가 말에 탄 채 전차 뒤를 따라갔다. 짧은 초록색 조끼에 노란색 반바지를 입은 우승자는 벨벳 베레모를 손에 쥐고 미소를 떠며 관람석을 향해 인사했다. 어딘지 조롱기가 있는 미소였다. 우승자 자코모 델리 알비치는 이목구비가 수려하고 귀티가 흐르는, 키가 훤칠한 청년이었다. 길지도 짧지도 않은 밤색 머리칼이 말이 한 발짝 뗄 때마다 찰랑거렸다.

그가 마침내 특별관람석 앞에 이르렀다. 나팔이 울렸다. 붉은색의 긴 옷을 입은 심사관이 일어섰다. 동료 심사관들도 뒤따라 일어섰다.

"자코모 델리 알비치, 그대를 우승자로 선언한다!"

청년이 가볍게 고개를 숙였다. 박차를 가하자 말은 다시 걷기 시작했다. 잠시 후 그는 메디치 일가의 자리 앞에서 멈추었다. 그가 대담한 시선으로 루크레치아를 올려다보았다. 코시모가 불편한 낯빛으로 몸을 꼼지락거렸다. 루크레치아는 눈길을 돌렸다. 파리오의 관습을 모르는 로렌초는 도대체 뭐가 뭔지 알 수 없었다.

자코모 델리 알비치의 입이 벌어졌다. 그가 소리 없이 웃음을 흘렸다. 루크레치아는 모욕감으로 얼굴이 붉어졌다. 청년이 말 옆구리를 손바닥으로 두드렸다. 그는 몇 발 움직여 지네브라 아치아이울리라는 풋풋한 처녀 앞에 멈춰 모자를 던졌다.

* *
*

며칠째 도시를 달구는 무더위를 벗어나려 루크레치아는 새벽에 피렌체를 떠났다. 베네치아에서 사들인, 결혼 직후부터 충실하게 시중을 들어온 시르카시아 노예 둘만 거느린 간소한 나들이였다. 힘찬 말 두 마리가 끄는 호화로운 마차가 험한 길을 요동치며 달렸다. 드문드문 실편백나무가 서 있고 구리와 철광산 지대임을 알리는 목조건물들이 눈에 띄는 언덕들을 가로지르며 구불구불한 길이 이어져 있었다. 강렬한 유황 냄새를 피우는 뜨거운 연기가 간간이 뿜어나오는 메마른 땅 위로 바닷바람이 불었다. 바뇨 아 모르바 온천장은 악마의 계곡 밑바닥보다 더 낮은 땅에 자리잡고 있었다. 악마의 계곡이란, 미신을 믿는 그 고장 사람들이 연기가 올라가거나 부글부글 끓는 온천물이 솟구치는, 어쩐지 꺼림칙한 화산 현상이 규칙적으로 일어나는 것을 보고 붙인 이름이었다.

루크레치아는 메디치가 소유인 이 땅에서 긴 세월과 지진으로 인해 황폐화된 로마 시대의 고대 온천지 건물을 발견했다. 그녀는 그 일대를 개조하고 건물도 복구해 별장으로 삼았다. 번잡한 도시에서 뚝 떨어진 그곳에서 비밀스럽게, 소문 따위를 걱정할 필요 없이, 그녀는 온전히 자신의 행복만 생각하면서 온천을 즐겼다. 옛 격투기장에 마련된 욕장의 유황 성분이 포함된 따끈한 물에 몸을 담그거나, 발삼제가 들어간 진흙 마사지를 받거나, 한증실의 효험 좋은 수증기를 쐬기도 했다.

이따금(정말로 이따금이었나?) 피렌체에서는 도저히 불가능했을 밀회를 갖는 일도 있었다. 두 노예는 입이 무거웠으므로 그녀는 안심하고 욕장과 나란히 붙은 아담한 별장에 연인들을 묵게 했다. 그렇지만 심신의 피로를 씻어주는 온천의 즐거움까지 연인과 함께 나누는 일은 삼갔다.

건물들을 완전히 에워싼 두터운 돌담 앞에 마차가 멈추었다. 루크레치아는 재빨리 내렸다. 여독은 있었지만 신선한 공기를 쐬자 몸이 가벼워졌다. 그곳에 머물 때마다 그녀는 자유를 맛보았다. 그녀가 시어머니 콘테시나와 더불어 돌보는, 손이 많이 가는 그 가족들로부터 해방되었다고 생각하면 즐거웠다. 새벽에 그녀가 화장을 할 때 피에로가 잠에서 깼다. 그는 잠자코 그녀를 안았다. 그가 그녀를 붙들려 한다는 것을 알아챈 그녀는 남편을 부드럽게 떼어내고 긴 머리칼에 빗질을 계속했다. 그런 다음 말없이 아들들의 방으로 갔다. 로렌초와 줄리아노는 잠들어 있었다. 그녀를 피렌체에 눌러앉힐 수 있는 것은 그 아이들뿐이리라. 아이들이 깰까봐 입맞춤은 하지 않았다. 이내 아이들이 보고 싶어지리란 것은 그녀도 알았다. 그러므로 그녀는 이 이른 새벽에 서둘러 출발했다.

루크레치아가 별장을 둘러싼 조붓한 정원을 둘러보는 사이 노예들이 창문들을 열고 가벼운 식사를 준비했다. 발밑에서 올라오는 그윽한 풀꽃 향기가 새큼한 레몬나무와 달짝지근한 시트론나무의 향과 섞였다. 그녀는 실편백 발치의 돌 벤치에 앉았다. 문득 남편이 한 번도 바뇨 아 모르바에 온 적이 없다는 사실이 떠올랐다. 남편은 그녀를 따라와도 좋은지, 아니 그녀가 그곳에서 지내는 사이 잠시 찾아와도 좋은지 물은 적조차 없었다. 그는 무엇이 두려웠을까? 아내의 비밀스러운 삶을 발견할까봐? 아니면 아내가 손수 꾸민 자유의 공간을 침해할까봐? 그것도 아니면 지상낙원 같은 이곳에서 아내의 어느 연인이 머물렀던 흔적을 찾아낼까봐?

그녀가 여전히 깊은 생각에 빠져 있을 때 말발굽소리가 들렸다. 뒤이어 레오네 바티스타 알베르티의 훤칠한 그림자가 입구의 철책 뒤에 나타났다. 루크레치아의 가슴이 거세게 뛰기 시작했다. 그가 로렌초에게 눈을 붙이고 들여다보는 희한한 통을 보여준 후로 한 번도 보지 못한 터였다. 그녀가 천천히 일어나 입구 쪽으로 몇 발짝 움직였다. 알베르티가 가지런한 이를 드러내며 웃었다. 루크레치아는 짐짓 쌀쌀맞게 물었다.

"레오네, 여기서 뭘 하시는 거죠?"

"도나 루크레치아, 당신이 온천 휴양을 떠난다고 내 소식통들이 일러줍디다……"

"대체 그게 당신과 무슨 상관이 있다는 건지 모르겠군요."

"언제쯤 불러줄지 물었지만 대답이 없으셨지요. 그래서 초대도 받지 않고 이렇게 왔소. 스스로 운명을 개척하는 게 현명할 것 같아서 말이오."

"내가 보기엔 당신은 운명의 개척자가 아니라 뻔뻔한 악당인 것 같은데요."

"언제까지 문밖에 세워둘 셈이시오, 아름다운 루크레치아? 오랫동안 말을 달렸더니 몹시 갈증이 나는데……"

루크레치아는 한숨을 뱉은 후 철책을 열었다. 그녀는 그가 상상하는 것처럼 간단히 항복할 생각이 없었다. 그렇지만 손님을 쫓아 보내는 것은 예가 아니라고, 그녀는 변명처럼 속으로 중얼거렸다.

* *
*

그의 화술에는 탄복하지 않을 수 없었다. 레오네 알베르티는 그야말로 모르는 것이 없었다. 그러나 그 박식함은 자연스러웠고, 뽐내거나 교만하지 않았으며, 현학적이지도 않았다.

두 사람은 정원의 레몬나무 그늘에 푹신한 쿠션을 깔고 앉아 있었다. 노예는 토스카나의 맛좋은 트레비아노 포도주를 내놓고 곧바로 물러났다. 루크레치아는 여성의 화장으로부터 말 사육, 네미 호수 밑에 가라앉은 고대 갤리선을 건져내기 위한 대대적 계획에 이르는 다양한 화제를 망라하는 사내의 이야기에 흠뻑 빠져 있었다. 건축과 회화 이야기만 나오면 레오네 알베르티는 얼굴이 상기되었다.

"예술에서 얻는 쾌락이야말로 가장 큰 쾌락이오!"

"사랑보다도 말인가요?"

"물론 일시적일지언정 사랑의 즐거움도 놀라운 것이죠."

"그러니까 사랑의 쾌락하고는 인연을 끊었다고 주장하고 싶으세요?"

루크레치아는 자신이 위험한 길로 들어섰다는 것을 알았다. 얼마든지 다채롭게 해석되는 사랑이란 주제를 꺼내 상대의 유혹을 부추긴 셈이었다. 그러나 그녀도 어쩔 수가 없었고, 어차피 너무 늦지 않았던가? 더욱이 그렇게 가까이 앉아 엷은 사향냄새를 피우는 이 미남자의 욕정을 자극하는 것도 싫지는 않았다.

알베르티가 약간 비꼬는 투로 대답했다.

"난 아름다움을 찬양하지 않고는 살아갈 수 없을 거요. 미인의 입술을 찾는 것이야말로 아름다움을 찬양하는 최고의 수단 아니겠소?"

그가 그녀에게 바싹 다가왔다. 그녀는 살짝 웃으며 물러섰다.

"아름다움을 여성에게서만 찾을 수 있는 건 아니지요. 꽃과 동물, 풍경도 아름다워요……"

"옳은 말이오, 루크레치아. 하지만 완벽한 경지에 이르는 것은 오직 여인의 육체뿐이죠. 여체는 예술작품이오. 여체보다 아름다운 건 없소. 그걸 외설적이라고 봐선 안 돼요, 그것이야말로 자연의 무구함을 상징하기 때문이죠."

"너무나 덧없는 아름다움이죠…… 눈부시게 피어났나 싶으면 이내 늙기 시작하니까요."

"그럴 테죠. 하지만 세월의 녹이 그 아름다움을 몇 배나 조화롭게 만드는 경우도 있죠."

레오네 알베르티가 심각한 표정을 지었다. 그는 마치 처음 보는 사람처럼 그녀를 들여다보았다. 그녀가 어린애처럼 손으로 눈을 가렸다.

"눈가의 주름을 세는 거죠……"

"그것들이 어찌나 감미로운지 누구든 입을 맞추고 싶을 거요. 주름들이 당신 눈가에서 웃고 있어요."

"아침꾼이시군요!"

"아니오, 루크레치아. 육체를 잘 알기에 감탄하는 것뿐이오. 몸의 구조와 가장 깊은 비밀을 나보다 잘 아는 사람은 없소."

"인간이 살갗 밑에 감춘 그 많은 장기와 내장과 체액…… 난 그것들이 겁나요."

"그렇게 증오할 이유가 뭐가 있죠? 자연스러운 것을 경멸해서는 안 돼요. 난 젊은 화가들에게 가르친다오, 화폭에 가는 선 하나라도 그리고 싶거든 우선 인간의 골격부터 공부하라고."

"진짜 골격을요?"

"당연하죠! 내가 엄격히 감독하는 가운데 그들은 시체 해부도 해요."

루크레치아는 소름이 끼쳤다. 알베르티가 말을 이었다.

"근육이 뼈에 어떻게 붙어 어떻게 움직이는지 관찰하고 이해해야 하죠. 그래야만 우리 몸뚱이의 진실을 재현해낼 수 있으니까."

"나라면 절대 못할 거예요."

그가 손을 그녀의 손에 얹었다. 그녀는 손을 뺄 엄두를 내지 못한 채 마디가 굵고 손톱이 짧은 그의 손가락을 내려다보았다. 그 손가락이 죽은 몸뚱이를 뒤지고 더듬고 가르고 자르는 장면이 떠올랐다. 그 손이 지금 그녀의 살갗에 닿아 있었다. 그가 웃었다.

"희한한 수업 방식이죠, 안 그렇소?"

"그만해요! 당신이 내 해골을 뜯어보는 듯한 느낌이 들어요."

"당신의 근육은 영롱한 오색이고 뼈는 상앗빛일 게 분명해요."

그녀가 손을 뺐다.

"그렇게 빨리 날 해부하고 싶은가요?"

"해부하고 싶은 게 아니라 가지고 싶은 거겠죠."

미처 대답할 틈도 없이 뜨거운 숨결이 그녀의 목덜미에 와닿았다. 그의 입술이 벌어지며 혀끝과 치아의 감촉이 느껴졌다……

"레오네!" 그녀가 속삭였다.

매끈한 혀끝이 그녀의 목덜미를 스쳐 귓불을 어루만지다가 귓속으로 들어갔다. 루크레치아는 눈을 감으며 가볍게 몸을 떨었다. 그녀는 신음을 흘리지 않기 위해 안간힘을 썼다. 사내의 손이 옷자락을 헤치고 무릎에서 허벅지를 타고 올라갔다. 그가 입술을 포갰다. 향기로운 숨이 흘러나왔다. 그들이 나누어 마신 생과일맛이 나는 포도주 향이었다. 그녀의 가슴과 배에 사내의 무게가 느껴졌다.

둘은 바닥으로 넘어졌다. 루크레치아가 레오네의 목에 손을 둘러 끌어당겼다. 레몬나무 잎사귀들 사이에서 햇빛이 흔들거렸다. 황금빛 과일들은 마치 하늘에 매달린 것 같았다. 루크레치아는 그 햇빛과 하늘을 결코 잊지 못할 것이다.

* *
*

그곳은 코시모의 서재보다 한결 엄숙한, 거의 종교적인 분위기가 지배하고 있었다. 책장의 각 단마다 이름 높은 고대의 작가들과 피렌체의 유명한 시인들이 군림했다. 타키투스와 베르길리우스가 어깨를 맞대고, 키케로가 소포클레스와 어울렸으며, 페트라르카가 단테와 벗이 되었다. 코시모가 심복들에게 두둑한 지갑을 들려 유럽 구석구석의 수도원, 성당, 대학 들을 뒤져 비싼 값에 사들인 귀한 필사본들이었다.

로렌초가 하품을 했다. 가정교사는 옆에서 책을 읽고 있었다. 형제와 누이, 사촌 들이 정원에서 노는 소리가 들렸다. 다리도 저리고 어서 나가 놀고 싶어 몸이 근질거리는데 어쩌자고 붙들려 있어야 할까? 공부가 싫지는 않았지만 어쨌든 오락 시간은 너무 짧고 공부 시간은 너무 길었다. 더욱이 모친이 아직 모르바의 온천지에 머물고 있었으므로 저녁이 와도 낙이 없었다. 유일한 즐거움은 할아버지의 사정이 허락할 때면 체스를 둘 수 있다는 것이었다.

이따금 로렌초는 자신이 또래 아이들보다 훨씬 나이가 많은 것 같다는 느낌에 사로잡혔다. 메디치가의 장남은 누구보다 많이 공부하고 깊은 교양과 지식을 갖추어야 했다. 로렌초가 아우 줄리아노의 태평한 하루하루를 부러워하며 반발할 때마다 집안의 어른들, 특히 조부는 장남으로서의 의무와 장차 짊어질 책임을 잊어서는 안 된다고 타일렀다.

메디치라는 성을 물려받으려면 치러야 할 대가일까? 이미 이 년 전, 로렌초는 피렌체를 방문한 앙주의 장 왕자에게 가문 대표로 인사를 갔다. 새로 맞춘 멋진 프랑스식 옷을 입은 로렌초는 조부가 일러준 대로 날날이 외운 인사말을 르네왕의 아들 앞에서 단숨에 암송했다. 동행한 장관들은 그의 의젓한 태도를 칭찬했고 왕자도 똑똑한 다섯 살짜리 앞에서 놀라움을 금치 못했다.

젠틸레 베시가 책에서 눈을 들어올렸다.

"로렌초, 번역 다 끝냈니?"

아이의 입에서 한숨이 새어나왔다. 로렌초는 펜촉을 잉크에 적셔, 마치 그렇게 하면 집중이 더 잘 되기라도 하는 것처럼 혀를 내밀며 다시 글씨를 쓰기 시작했다. 젠틸레가 온화한 눈길로 아이를 건너다보았다. 산조반니 성당의 신부인 그는 이름이 의미하는 것처럼 친절한 성품으로, 코시모가 손자에게 라틴어와 토스카나 작시법의 원리를 가르치기 위해 몸소 고른 인물이었다. 그는 종교 교육도 담당했는데, 신부의 몸이기는 했지만 제자를 지나치게 교화하지 않기 위해 주의를 기울였다. 그는 죄를 지었어도 회개하면 관용을 베푸는 너그러운 기독교를 장려했다. 말하자면 그들은 관대한 종교의 시대를 살고 있었다. 엉터리 수도사들은 신께서 눈감아주시기로 한 죄들에 대해 조목조목 감사를 올렸고, 대담한 여인들은 열렬하고 정열적인 애인을 내려주십사고 성모마리아께 청했으며, 신심도 정열도 너무 왕성한 신부들은 고해소에서 어여쁜 신도들의 목소리를 들을 때면 유혹에 굴복하지 않기 위해 자신의 팔다리를 묶었다. 피렌체는 남색 취미보다는 차라리 연애에 한눈을 파는 성직자를 너그러이 봐주었다.

젠틸레 베시가 몸을 숙여 제자의 글을 살펴보았다. 로렌초는 끊임없이 그를 감동시켰다. 아이는 문학적 감수성이 풍부했다. 아이가 처음으로 지은 시들은 너무 기교를 부렸거나 기존 작가들을 흉

내낸 것도 많았지만 타고난 재능을 증명했다.

"좋아, 오늘은 여기까지 하자. 내일부터는 『위대한 사람들의 삶』을 공부하자꾸나."

로렌초는 기다렸다는 듯이 밖으로 뛰어나갔다. 머릿속을 깨끗이 비워주고 무릎을 상처투성이로 만드는 격렬한 축구 시합을 당장이라도 시작할 태세였다. 아이들을 향해 계단으로 돌진하던 로렌초가 우뚝 멈추며 소리를 내질렀다. 마침내 어머니가 돌아온 것이다! 긴 여행길 내내 먼지를 막기 위해 쓰고 있던 아마 베일을 노예가 걷어내고 있었다. 아이는 어린 시르카시아 노예를 밀어젖히고 모친의 품으로 뛰어들었다. 루크레치아가 아이를 힘껏 끌어안고 입맞춤을 퍼부었다.

"내 아들, 얼마나 보고 싶었는지 모른다!"

그녀는 아이를 더 자세히 들여다보기 위해 포옹을 풀었다. 어머니는 아들을, 아들은 어머니를 열렬한 눈빛으로 뜯어보았다. 그녀는 참으로 아름다웠다. 그런데도 로렌초는 어머니의 얼굴이 어딘가 슬퍼 보인다는 것을 알아차렸다. 그녀의 일부가 바뇨 아 모르바에 남아 있는 탓에 아들과의 재회를 오롯이 기뻐할 수 없는지도 몰랐다. 로렌초는 어머니께 묻고 싶은 것을 참았다. 그녀가 돌아온 것만으로 충분했다. 아이는 자신의 이 맹목적인 사랑이 모친의 얼굴에 깃든 구름을 금세 흩어버릴 것이라 믿었다.

2
1463

전나무가 촘촘히 자라는 땅에는 바늘 같은 잎사귀와 이끼가 융단처럼 깔려 있었다. 나무가 드문드문한 곳은 청회색 햇빛이 바닥까지 쏟아졌다. 산비탈을 흘러가는 개울들이 골짜기에서 떨어진 물살 빠른 격류와 합쳐졌다. 가파른 오르막에는 뱀 같은 산길이 끝도 없이 이어졌다. 이따금 말발굽이 할퀸 자갈들이 오솔길 위를 굴러갔다.

그들은 정성껏 가꾼 평온한 정원이 사방에 있는 피렌체를 에워싼 완만한 언덕들을 벗어났다. 두 포도밭 사이에 초록색 밀밭이 오붓하게 들어앉아 있었다. 바람이 불 때마다 멀리서 올리브나무의 은빛 잎사귀들이 우줄거렸고 능선 위에는 실편백 한 그루가 촛대처럼 서 있었다.

그들이 막 발을 들여놓은 야생의 자연 속에는 오로지 소리로만 알 수 있는, 신비로운 삶의 진동이 있었다. 아득한 데서 들려오는 노루 울음소리, 여우와 담비의 발밑에서 나뭇가지 부러지는 소리, 삐걱거리는 어치 울음소리.

로렌초는 스승 크리스토포로 란디노 뒤에서 경쾌하게 말을 달렸다. 오솔길이 넓어지면 로렌초는 얼른 박차를 가해 스승과 나란히 나아갔다. 두 사람은 그때마다 단테에 관해 이야기를 나누었는데, 단테라면 로렌초의 스승이 누구보다 뛰어난 해설자였다. 그는 눈동자가 유난히 반짝이는, 곱슬머리에 키가 작달막한 사십대 사내였다.

"단테의 감정은 사랑이라기보다는 사랑에 대한 갈망이었다."

"사랑을 위한 사랑이란 말인가요?"

"그렇지. 이상화된 사랑…… 베아트리체가 마음을 받아주지 않을지라도 그 사랑을 찬양하는 건 아무도 막지 못한다는 걸 단테는 알았어. 사랑의 열망을 승화하는 것, 그리고 줄기차게 연인에게 바치는 찬사 자체가 그의 행복이었지. 단테의 서정적 시들은 실은 자기 자신을 위한 것들이야."

"관념적 사랑이란 말이죠……"

"자신만을 위해 존재하는 이상화한 사랑이지. 그 사랑이 열매를 맺느냐 마느냐는 중요한 게 아니야."

로렌초는 고개를 끄덕였다. 그는 자신의 들끓는 열정에 대해 생각해보았다. 여덟 살에 베아트리체에게 사랑을 느낀 단테와는 달리 딱히 연인이라 할 사람은 아직 없었지만, 모든 여성의 존재가 그에게는 유혹이었다. 메디치가의 팔라초 안을 오가는 어린 노예들, 수시로 하얀 허벅지를 볼 수 있는 귀여운 사촌 누이들, 혼자 피렌체의 거리를 걸을 때면 창문을 열고 그를 소리쳐 부르는, 목덜미를 훤히 드러낸 유녀들. 누이들과 모친은 그를 놀리며 짓궂은 질문을 해댔다. 그는 늘 적당히 얼버무려 대답을 회피했다. 자신을 들볶는 욕망이 조만간 어떻게든 충족되리라고 짐작은 했지만 모두에게 그 경과를 보고할 생각은 없었다.

전나무들 사이로 솟은 지붕의 용마루가 보였다. 칼마둘 수도원의 첫번째 건물이었다. 뒤이어 소박한 십자가 하나만 달린 오두막집의 종루가 보였다. 수령 몇백 년 이상의 너도밤나무들로 둘러싸인, 로마식 기와가 얹힌 작은 집들이 모여 있는 그곳이 이른바 수도사 마을이었다. 칼마둘 수도원의 수도사들 가운데에는 이 마을보다 더 깊은 숲 한복판에 은둔하는 사람들도 있었다.

로렌초가 고요하고 엄숙한 그곳을 방문한 건 처음이었다. 거기서는 그의 스승 몇 명과 피렌체의 이름 높은 인물들이 정기적으로 모임을 가졌다. 화려한 그 면면 가운데 나이가 제일 어리면서도 특히 유명한 인물이 마르실리오 피치노였는데, 그는 그리스인 샬콘딜라스와 아르기로포울로스의 가르침을 받았고 이미 신의 경지에 오른 플라톤의 계승자란 평판을 얻은 터였다.

로렌초와 스승은 아담한 집들 사이의 오솔길로 접어들었다. 은자들의 처소인 그곳은 침묵과 명상 자체였다. 건물 귀퉁이에서 수도사의 흰색 그림자가 나타났다 사라졌다. 로렌초는 꿈이라도 꾸는 느낌이었다. 그가 눈을 들어 하늘을 올려보았다. 나무들 위로 젖빛 초승달이 떠올랐다. 저녁이 내려앉고 있었다. 말똥가리 한 마리가 어둠을 밀어내기라도 할 기세로 새되게 울며 조용한 저녁 하늘을 맴돌았다.

그들은 수도원을 지나쳤다. 우람한 너도밤나무 밑동에 횃불들이 밝혀져 있었다. 장작불을 중심으로 둘러앉은 그림자들이 보였다. 로렌초와 크리스토포로는 윤벌 때 남겨둔 어린 나무에 말을 묶어두고 그쪽으로 다가갔다. 삼종기도를 알리는 첫 종이 울렸다. 대개는 모피로 안을 댄 따뜻한 외투 차림이었는데 그것은 콘스탄티노플에서 추방된 그리스인들이 전해준 유행이었다. 나무에 등을 기대고 앉아 이야기하던 마르실리오 피치노가 잠시 말을 중단했다. 좁고 섬세한 그의 얼굴이 횃불 아래서 불안하게 번들거렸다. 그는 발치에 거의 눕다시피 비스듬하게 앉은 앳된 청년의 머리에 한 손을 얹고 있었다. 이 철학자도 소크라테스처럼 미소년 애호가란 것을 로렌초도 알고 있었다. 그의 맞은편에 앉은 이는 레오네 바티사 알베르티였다. 여전히 짧게 손질한 머리칼은 이제 백발이 되어 있었다. 얼굴은 홀쭉해졌지만 기력은 예전 그대로인 것 같았다. 그가 로렌초를 보고 미소를 지었다. 로렌초도 소리 없이 웃었다. 로렌초가 모친을 두고 질투심을 느낀 것도 이미 옛날 이야기였다. 더욱이 그 건축가는 메디치가에 찾아올 때도 코시모와 설계 이야기만 나눌 뿐 루크레치아를 피하는 기색이었다.

그 밖의 청년, 시인, 음악가, 학자 들 몇몇도 대개 로렌초와 안면이 있었다. 로렌초와 크리스토포로가 사람들 틈에 자리를 잡았다. 피치노는 종소리가 멈추기를 기다렸다가 말을 이었다.

"영혼은 육체에 깃들기 전에는 하늘에서, 신의 진리와 합일된 상태에서 살았소. 플라톤도 「대화편」에서 그렇게 말했어요. 그래서 인간은 지상에서 아름다운 것을 볼 때마다 진정한 아름다움을 다시 떠올리고, 영혼은 자유롭게 날아가고 싶어지는 것이죠. 영혼은 우리 행복의 원천입니다."

침묵이 깔렸다. 다들 피치노의 말을 곱씹었다. 로렌초가 대담하게 침묵을 깨고 물었다.

"그 말은 곧 이승에서의 아름다움을 무시해야 한다는 뜻인가요?"

"아니지. 왜냐하면 선과 미는 분리할 수 없기 때문이야. 육체의 아름다움은 영혼의 아름다움을 반영하지. '제게 내면의 아름다움을 주시고, 외면이 내면과 조화를 이루게 해주소서'라고 했던 소크라테스의 기도를 기억해라."

그는 말을 마치고 발치에 앉은 앳된 청년의 긴 머리칼을 어루만졌다. 알베르티가 그의 말을 이어받았다.

"육체와 영혼은 조화 속에서 살아야 하오."

"그런 면에서 당신은 모두의 귀감이지요, 알베르티." 피치노가 대답했다.

"그렇소, 피치노. 우린 완전한 존재가 되기 위해 노력해야 하오.

훌륭한 인간은 자기 육체를 존중하고 영혼을 고양하며 정신을 풍부히 해야 하죠."

로렌초는 스승과 칼마돌 수도원을 향해 올라올 때 나눈 대화를 떠올렸다. 그는 또 앳된 연인의 머리를 기계적으로 어루만지는 피치노의 손끝도 눈여겨보았다. 내면의 아름다움에 관한 비밀을 발견하자면 지상의 사랑에 탐닉해야 하는 걸까? 크리스토포로가 제자의 머릿속을 지나가는 의문을 눈치챈 것처럼 그의 귀에 대고 속삭였다.

"사랑은 신에 다다르기 위한 구실에 지나지 않는다."

"육체적 사랑조차도요?"

"물론이다, 로렌초. 아름다움에 감사하는 것은 곧 신의 작품을 인정하는 거야."

숲속 빈터에 어둠이 내려앉았다. 올빼미가 울어댔다. 횃불과 장작불 빛이 사람들의 얼굴을 핥았다. 너울거리는 불꽃 앞에서 얼굴들은 기묘하게 비틀어져 보였고 눈동자는 늑대처럼 번들거렸다. 짙게 깔린 침묵은 마치 주위의 어둠을 경배하기 위한 것 같았다. 마르실리오 피치노가 일어나자 앳된 청년도 일어났다. 다른 사람들도 저마다 일어나 횃불을 쥐었다. 그들은 수도원장이 내어준 수도원에서 밤을 지내고, 이튿날 날이 밝으면 또 철학과 명상을 시작할 것이다. 로렌초는 수도사들의 처소를 향해 걸으면서 야릇한 흥분에 사로잡혔다. 당대의 위대한 사상가들로부터 가르침을 받는 것이 얼마나 큰 행운인지 새삼 깨달았던 것이다.

* *
*

줄리아노는 형의 공부가 끝나기가 무섭게 달려와 줄곧 형과 붙어다녔다. 갈색 곱슬머리에 이목구비가 수려하고 늘 눈웃음을 짓는 소년이었다. 로렌초는 아우를 매우 사랑했고 그 아이의 태평함이 부러웠다. 줄리아노는 아직은 놀이와 즐거움으로 충만한 나날을 보내고 있었다. 할아버지가 형만 서재로 불러들이는 것이나 형이 고위 인사, 대사, 시의원, 메디치 은행의 각 지점 총재 들과의 회합에 참석하는 것을 시기한 적은 없었다. 귀여운 이 아이는 형이 고귀한 운명인 데 반해 자신은 매사에 형의 다음이란 것을 일찌감치 터득한 것 같았다. 조금도 억울할 것 없는 일이었다. 누이들의 드레스 스치는 소리, 하녀들의 정성스러운 손길, 어머니의 입맞춤 속에서 흘러가는 하루하루가 더없이 즐거운 까닭이었다. 여자들은 그를 사랑하고, 그의 행복을 위해 존재하는 것처럼 보였다. 그는 기회만 생기면 누구보다 흠모하고 따르는 형에게 달려갔다. 비밀을 감춘 듯한 어두운 눈빛, 당당한 거동, 자연스러운 위엄이 형을 어른들과 대등하게 해주는 듯했다.

형제는 단둘이 팔라초의 일층, 로지아*의 그늘 밑에 앉아 있었다. 로렌초는 멍한 눈길로 아무 말이 없었다. 쨍쨍한 햇볕이 도시의 붉

---

* 이탈리아 건축에서 복도나 거실로 쓰는, 한쪽에 벽이 없는 특수한 방.

은기와들을 달구었고 더운 공기가 주변 언덕들을 에워쌌다.

"무슨 생각해? 좋아하는 사람이라도 생겼어?"

로렌초가 어깨를 으쓱했다. 줄리아노는 물러서지 않았다.

"알 것 같아, 지네브라 소데리니지……"

그 아가씨는 할아버지가 신임하는 자문관이며 루크레치아의 자매와 결혼하여 메디치가의 인척이기도 한 톰마소 소데리니의 딸이었다. 홀쭉하고 귀염성 있는 지네브라는 지독한 근시여서 항상 놀란 것 같은 눈을 하고 다녔다. 그녀는 아버지를 따라 메디치가에 올 때마다 로렌초를 찾기 바빴다. 용케 그를 찾아내면 애교를 떨거나 성가신 질문을 퍼부어대 그의 정신을 빼놓기 일쑤였다. 로렌초는 귀찮은 시늉을 했지만 도자기 같은 살결과 한창 피어나는 풋풋한 몸매를 못 본 척하기는 힘들었다. 그는 톰마소 소데리니가 딸을 부추기는지도 모른다고 생각했다. 메디치가와 사돈이 되면 가문의 위상이 한결 높아질 것은 두말할 나위도 없었다. 그러나 환상은 금물이었다. 로렌초는 자신의 결혼이 정치적 계산의 산물일 것이며, 메디치가보다 더 유력한 가문과의 동맹을 굳히는 기회가 되리란 점을 이미 정확히 파악하고 있었다. 결혼은 계약일 뿐이고, 사랑은 그 일과 아무 상관도 없었다.

로렌초가 아우를 건너다보았다.

"그러는 넌, 어떤 것 같아?"

"그녀는 형을 사랑해, 그건 틀림없어."

"하지만 사랑이 늘 동시에 오가는 건 아니야. 조만간 너도 알게 될 테지만."

줄리아노가 놀란 얼굴이 되었다. 로렌초는 자신도 모르게 웃음을 터뜨렸다. 줄리아노가 눈살을 찌푸렸다.

"자, 그럼 형은 다른 여자를 좋아하는 거야?"

"왜 그걸 너한테 말해주겠냐?"

"나한테 절대 거짓말하지 않겠다고 약속했으니까!"

"너한테 뭐든지 말하겠다고 약속한 적은 없어."

"그게 그거야." 줄리아노가 부루퉁해져서 되받았다.

로렌초가 아우의 어깨에 팔을 둘렀다.

"큰 비밀 하나 가르쳐줄게…… 나 여행 떠날 준비를 해야 해."

"나도 데려가!"

"안 돼, 줄리아노, 그럴 수 없어……"

"어디 가는데? 심술쟁이 같으니."

"할아버지가 대사의 임무를 맡기셨어. 프랑스 왕의 사촌, 장 드 칼라브르 공에게 가는 거야."

줄리아노의 눈이 휘둥그레졌다.

"프랑스 왕의 사촌! 하지만 형은……"

"너무 어리다 그거지?"

"형이 찾아가면 성문도 열어주지 않을걸!"

로렌초가 다시 웃었다.

"할아버지가 어느 제후 못지않게 여장을 차려주신다고 약속하셨어. 메디치가는 이제부터 세상에서 제일 높은 군주들과 얼굴을 맞대고 협상할 수 있는 거야."

"우린 귀족도 아닌데……"

"그래, 작위도 없지. 하지만 우린 전 유럽을 빛내는 공화국 제1의 시민이야. 대부분의 수도에 메디치가의 은행이 있고, 돈 없는 왕들은 우리한테 적선을 빌지. 왕관을 쓰는 일보다 그게 더 중요한 것 아니겠어?"

줄리아노는 짐짓 감동한 표정을 지어 보인 후 놀리듯 내뱉었다.

"영락없이 할아버지네……"

로렌초가 싱긋 웃고는 대뜸 동생에게 달려들었다. 형제는 바닥에서 뒹굴었다. 그들은 이런 몸싸움을 좋아했다. 로렌초가 더 크고 힘도 셌지만 뱀장어처럼 팔팔하고 유연한 줄리아노는 언제나 잘 빠져나갔다. 형제는 팔라초의 넓은 방들을 누비며 유쾌하게 쫓고 쫓겼다. 숨이 턱에 차고 뺨이 새빨개져서야 그들은 흡족한 얼굴로 바닥에 널브러졌다.

형제가 삼층 복도 한구석에 주저앉아 숨을 고르고 있을 때 로렌초를 찾아 헤매던 지네브라 소데리니가 나타났다. 보라색 장미가 새겨진 진한 황갈색 비단 드레스를 입은 그녀는 허리띠를 최대한 높이 매어 아직 자그마한 가슴을 돋보이게 만들려고 애쓴 흔적이 역력했다. 어린애들처럼 놀다가 들킨 것에 기분이 상한 로렌초가 머리는 산발이고 옷은 엉클어진 채 얼굴을 붉히며 일어섰다. 줄리아노가 피식 웃자 로렌초가 그를 노려보았다.

"두 사람, 여기서 뭐 하는 거야?" 지네브라가 물었다.

로렌초가 어깨를 으쓱하며 퉁명스럽게 내뱉었다.

"너하곤 상관없잖아."

"캐물으려던 건 아니었어."

그녀가 속눈썹을 파닥거리며 애교 있게 말하고는 눈을 내리깔았다. 정말로 미안해하는지 아닌지는 모르지만 어쨌든 그 자리를 떠날 생각이 없는 것은 분명했다.

그녀는 땋은 금발 머리칼을 틀어올려 황금색 리본으로 묶고 있었다. 로렌초는 그 얼굴을 보고 마사초가 그린 초췌한 처녀들을 떠올렸다. 그가 손짓을 하자 줄리아노는 마지못한 얼굴로 자리를 비켜주었다.

"원하는 게 뭐야, 지네브라?"

그녀가 앳된 얼굴을 들어올렸다.

"정말 모르는 거야, 로렌초?"

그녀는 눈자위를 꾹꾹 눌러 눈물 닦는 시늉을 했다. 로렌초가 불쑥 그녀의 팔을 붙들어 앞장세웠다.

"날 쫓아버리려고?"

그는 대답하지 않았다. 그들은 빠른 걸음으로 복도를 걸었다. 로렌초가 어느 방문 앞에서 멈추더니 지네브라를 떠밀었다.

"들어가!"

몹시 어질러진 방이었다. 필사본과 악기, 펼쳐진 장부 따위가 바닥과 의자들, 하나뿐인 테이블에 널려 있었다. 맨 안쪽에 닫집이 달린 침대가 놓여 있었다.

로렌초는 문을 닫자마자 지네브라를 끌어당겨 입술을 포갰다.

* *
*

루크레치아는 거울을 들여다보았다. 세월은 잔인하게 제 몫을 해내, 입가에는 쓰디쓴 주름살이 새겨졌고 눈가는 거무스레했다.

늙었구나, 하고 루크레치아는 다시 중얼거렸다. 모친으로서의 의무, 권태와 환멸이 반드럽던 살결을 푸석하게, 날씬하던 몸매를 둥그스름하게 만들었다. 레오네 알베르티의 품에 무너졌던 시절의 아름다움은 어디로 갔을까?

모르바의 고요한 욕장에서 뜨거운 사랑을 나눈 후 두 연인은 헤어졌다. 그들은 따로따로 피렌체로 돌아왔다. 스스로가 두려웠던지, 아니면 그렇게 오랫동안 집을 비우게 한 열정이 두려웠던지, 루크레치아는 평소의 사려 깊고 부지런한 여성으로 돌아왔다. 커다란 기쁨을 맛보게 해주었던 연인과 다시는 마주치는 일이 없도록 조심하면서 좋은 어머니, 좋은 주부, 좋은 기독교 신자로 돌아왔다. 그러나 혼자 방에 있을 때면 불꽃 같던 기억을, 자신을 싱싱하게 꽃피웠던 짧은 사랑의 희미한 기억을 보물처럼 들여다보고 쓰다듬었다.

그녀가 돌아온 후에도 피에로는 아무것도 묻지 않았다. 그렇지만 피에로도 눈치가 아주 없는 사람은 아니었다. 그후로는 이따금 남편이 잠자리를 찾아오면 그녀는 말없이, 속삭임 한마디 없이 그의 품에 몸을 맡겼다.

방문을 두드리는 소리가 들리더니 거울에 방문객의 모습이 비쳤다. 로렌초. 사내답고 당당한 아들의 모습에 그녀는 새삼 놀랐다. 아들의 새까만 눈동자는 초조함으로 번쩍거렸다. 그의 삶은 격류처럼 흐르고 있으리라.

로렌초가 어머니의 어깨에 손을 얹었다. 둘은 거울 속에서 마주 바라보았다. 그가 모친 앞에 종이 한 장을 내려놓았다. 그녀가 소리 없이 읽었다.

청춘은 사양 않고 사랑을 뒤쫓건만
고통은 나날이 깊어가누나
운명이 그리 결정했다면
감미로운 이 불행을 기꺼이 감수하리

그녀가 서글픈 웃음을 지었다.

"고통을 노래해야 할 만큼 벌써 사랑을 아는 게냐?"

로렌초가 얼굴을 붉혔다. 루크레치아가 몸을 돌렸다.

"네 마음속 비밀을 캐낼 생각은 없다. 하지만 넌 상냥한 애정에서 얻는 행복을 과소평가하는 것 같구나."

"그럼 어머니는 그걸 아세요?" 그가 불쑥 물었다.

이번에는 루크레치아가 가볍게 얼굴을 붉혔다.

"시들을 읽었을 뿐이다." 잠시 뜸을 들이다가 그녀가 대답했다.

"저도 시를 한 편 썼을 뿐이에요."

"그렇다면 아마 상상력의 소산인 게지."

"제게 베아트리체가 없다고 생각하시기 때문인가요?"

"그런 존재가 있어야 좋을지 없어야 좋을지 모르겠구나. 언젠가 사랑하는 여자가 생기면 넌 이 어밀 잊을 거다."

청년이 무릎을 꿇고 모친의 손을 잡았다.

"어떤 여인도 어머니와 경쟁할 수는 없을 거예요!"

"마음을 놓아도 되겠구나…… 이미 누군가를 사랑하고 있다면 그렇게 조심성 없는 말을 하지는 않을 테니까."

* *
*

코시모는 기운도 없고 피로했다. 등이 굽은 탓인지 키도 줄어든 것처럼 보였다. 병마는 갈수록 자주, 가차없이 노인을 엄습했다. 노인은 어릴 때처럼 북적거리는 도시의 골목골목을 함께 산책하고 싶다는 손자의 청을 들어주기 위해 억지로 기운을 냈다.

노인과 청년은 해가 저물 때 팔라초를 나섰다. 코시모는 팔라초를 나서기 전에 사무원들에게 마지막 지시 사항을 일러두고 금고들이 제대로 닫혔으며 책들은 제자리에 있는지를 확인했다.

길을 따라 늘어선 상점과 공방은 여느 때처럼 활기찼다. 구두 수선공은 신발 밑창용 가죽조각들을 잘랐고, 대장장이는 화덕에서 막 꺼낸 뜨거운 쇳덩어리를 힘차게 두드렸으며, 금은 세공사는 반지를 틀에 끼워 보석을 박아넣었다. 상인들과 장인들은 코시모와 로렌초를 알아보는 즉시 일손을 놓고 달려나와 정중하게 인사했다. 너그러운 노인은 그들을 바로 일터로 돌려보냈다.

조부와 손자는 매번 상점 앞에서 멈추어 몇 마디씩 말을 나누고 기술의 특성이며 도구의 이름 따위를 물었다. 그들이 다시 걷기 시작하면 장인들의 골목을 오가는 행인들은 누가 먼저랄 것 없이 길을 열어 경의를 표했다.

코시모가 속삭였다.

"착각해선 안 된다, 로렌초. 우리가 존경받는 건 부자이기 때문이야. 만일 재산을 잃으면 단번에 부랑배 취급을 당할 거다."

그들은 산로렌초 광장으로 나왔다. 맞은편에 웅장한 성당이 서 있었는데, 성당의 벽돌 정면은 아직 아무 장식도 없었다. 조반니 디 비치의 의뢰로 브루넬레스코가 건조한 이 건물에 조만간 대리석을 입히는 외장 공사를 실행할 예정이었다. 이 성당은 메디치가의 가족묘지이기도 했다. 성당 오른쪽은 아름다운 수도원 경내로 이어졌는데, 푸르름 넘치는 아늑한 경내를 지나 육중한 계단을 올라가면 코시모가 무엇보다 자랑스럽게 여기는, 진귀한 저작물이 빽빽이 들어찬 공공도서관이 나왔다. 그 도서관과 견줄 만한 곳은 전 유럽 어디에도 없다는 것을 로렌초는 알고 있었다.

노인은 수도원 회랑의 그늘, 돌 벤치에 피로한 몸을 내려놓았다. 그가 힘겹게 숨을 가다듬는 것을 로렌초는 걱정스럽게 바라보았다. 코시모가 애써 미소를 지었다.

"걱정할 것 없다. 아직 주님께 갈 때는 안 됐으니까. 늙은 내 몸뚱이가 기를 쓰고 더 살겠다는구나. 하지만 요즘엔 어서 영원한 평화를 얻었으면 싶다."

노인은 한기가 드는지 모피로 안을 댄 외투자락을 여몄다. 비둘기 한 쌍이 그들의 머리 위를 지나쳐 잔디에 내려앉았다. 코시모는 손자를 곁에 앉히고 말을 이었다.

"난 여기, 선친이 세운 이 성당에 잠들고 싶다. 내 평생이 그랬던 것처럼 장례식도 간소했으면 좋겠구나. 내가 호기롭게 돈을 쓴 건 그게 피렌체를 위하는 길이라고 판단했을 때뿐이었어. 난 늘 가족과 사업의 영리를 초월해서 투자했다. 비록 몇 번 약속을 위반한 적은 있었지만 항상 네 조모를 다정한 마음으로 사랑했다…… 진실한 고해로도 지워지지 않는 죄는 없는 법이야……"

조부가 젊었을 때 시르카시아 노예에게 정을 주어 카를로란 아들을 얻었던 일을 말하는 것이라고 로렌초는 짐작했다. 조부가 메디치의 성을 허락하고 뒤를 봐주었던 그 카를로란 사내는 대성당 참사회원에 임명되었다. 조부는 그를 장차 추기경으로 만들 생각이었다.

노인은 한숨을 내쉬고 들릴락 말락 한 소리로 말을 이었다.

"난 너를 잘 안다, 로렌초. 넌 혈기 넘치고 단호하고 열정적인 청년이야. 예술을 사랑하고 아름다움에 민감하지. 내가 그랬듯이 너도 학자들을 보호하고, 화가들과 조각가들에게 일을 맡기고, 이 도시를 아름답게 꾸미고, 귀한 서적과 미술품을 수집해야 한다. 하지만 제일 중요한 건 사업이란 걸 잊지 말거라. 네 야망을 실현하고 욕망을 충족시키려면 사실 누구보다 부자가 아니면 안 되거든. 저녁에는 외국에 파견된 대리인의 공문과 추방된 메디치가의 적들을 감시하는 밀정들의 보고서를 읽어야 한다. 피렌체 구석구석 심어둔 밀정들도 수시로 접견해 갖가지 음모의 싹을 미리 잘라버리는 것도 중요하다."

풀밭에서 먹이를 찾던 비둘기들이 힘차게 날아올랐다. 로렌초는 자기도 모르게 수도원 지붕 위를 날아가는 새들을 눈으로 좇았다. 문득 새들의 자유가 부러워졌다.

"내가 왜 그렇게 일찍부터 널 붙들고 엄하게 가르쳤는지 잘 생각해보거라…… 네 혈관에선 피가 끓고 있어. 네가 쾌락을 찾는 건 자연스러운 일이야. 하지만 넌 메디치다! 그 사실을 잊어서는 안 돼."

"잊는 게 도리어 어려울걸요."

그의 대답은 조금도 공격적이거나 신랄하지 않았다. 벌써 오래전부터 로렌초는 조부의 가르침을 성실히 따랐고 조부가 마련해둔 운명을 받아들였다. 코시모는 그런 사람이었다. 그에게 삶은 커다란 장기판이었고, 그 위에서 가족과 친지, 동맹이라는 말을 끊임없이 움직여야 했다.

노인이 손을 내밀었다. 로렌초가 조부를 일으켜 다시 나란히 걷기 시작했다. 코시모가 한 손을 로렌초의 어깨에 얹었다.

"마지막으로 한 가지만 더 말해두마. 고독과 성찰은 언제나 행동을 수반해야 한다는 걸 명심해라."

잠시 뜸을 두었다가 그가 덧붙였다.

"권력을 행사할 때보다 더 고독한 순간은 없는 법이다."

돌아오는 길에 두 사람의 발걸음은 메디치가의 팔라초 근처에 있는 성 도미니코회의 산마르코 수도원으로 향했다. 코시모는 이곳을 매우 사랑하여, 수도사 화가 프라 안젤리코에게 수사들의 거처, 수도원의 방과 홀을 자신의 순수한 신앙처럼 소박하고 순수한 벽화로 장식하게 했다. 그는 자신의 토지에 지어진 이 수도원에 넉넉한 보조금을 주었고, 몇 해가 지나자 고대 대리석 조각이 들어찬 경내의 정원은 메디치가의 부속 미술관처럼 변모했다. 도미니코 수도사들은 여신과 뮤즈와 요정 같은, 고대 이교 문명의 아름다운 조각상들이 피렌체의 햇볕을 쬐는 이 정원에 곧잘 찾아와 조금도 거북한 기색 없이 성무 일과서를 읽고는 했다.

수도원장이 그들을 맞으러 나왔다. 코시모는 수도원장의 인사치레를 만류했다. 그는 메디치가의 별댁이나 다름없는 이곳에 수시로 들러 쉬었다 갔다. 그들은 번호를 매긴 작은 방들로 이어지는 복도로 접어들었다. 모든 것이 침묵과 명상에 잠겨 있었다.

"프라 안젤리코는 여기서 살았다. 삼십삼 번 방에서……"

"삼십삼. 예수가 죽었을 때 나이와 같은 숫자군요." 로렌초가 중얼거렸다.

"그는 자기 방 벽에 유다의 입맞춤을 그렸다. 그리고 바로 그 벽화 앞에서 늘 명상했지. 악의가 뭔지도 모르는 소박한 그 사내가 마치 악이 존재한다고 믿고자 했던 것처럼 말이다. 하지만 그가 정말로 그렇게 믿었다고는 생각 않는다, 그의 그림에는 부드러움과 자비가 깃들어 있으니까."

팔 년 전 로마에서 죽은 프라 안젤리코의 눈부신 작품이라면 로렌초도 잘 알았다. 조부가 그에게 주문한 〈동방박사들의 경배〉라는 작품은 메디치가 팔라초의 한 방에 군림하고 있었다. 이 풍요로운 그림 속 인물들은 저마다 신앙심과 올바름을 뚜렷이 드러냈다. 거장이 사용한 찬란한 색깔들은 그 자체가 기도였다. 도미니코 수도사는 붓을 잡기 전에 한 번도 기도를 빠뜨린 적이 없다고 조부는 말했다.

복도 끝에 다다르자 노인이 삼십팔 번 방문을 밀었다. 메디치가의 가장은 이따금 일렬로 쭉 늘어선 이 방들을 찾아와 명상하고는 했다. 가구류는 매우 간소해서 좁다란 침대, 함, 탁자와 의자가 하나씩이었다. 이 소박한 장소를 환하게 비추는 것은 두 폭의 벽화였는데, 하나는 〈십자가의 예수〉, 또하나는 〈동방박사들의 경배〉로 안젤리코와 그의 제자 필리포 리피가 그린 것이었다. 필리포 리피도 수도사였는데, 수녀와 사랑에 빠져 그녀를 빼냈다. 단순히 그 엄청난 추문을 무마하기 위해서였는지, 아니면 리피가 아벨라르* 같은 꼴이 되는 것을 막기 위해서였는지, 어쨌든 코시모는 로마까지

* 프랑스의 스콜라 철학자, 신학자(1079~1142). 제자였던 수녀 엘로이즈와 사랑에 빠져 몰래 결혼한 죄로 거세당했다.

가서 그를 변호했다. 교황은 이 수도사와 수녀의 서원 파기를 허락했다. 그 둘은 남편과 아내가 되었고, 아이도 얻어 필리피노라 이름을 지었다.

"얘야, 로렌초, 난 여기가 제일 마음이 편하다…… 할 수만 있다면 기도와 공부에 바쳐진 이곳에 은둔해 죽음을 준비하고 싶구나. 하지만 은행 일과 피렌체의 국정 때문에 엄두를 낼 수가 없어."

로렌초는 조부가 몹시 지쳤다는 것을 처음으로 깨달았다. 그런데도 눈빛만은 여전히 생생해 그의 여윈 몸뚱이가 얼마나 피로한지 아무도 눈치채지 못했다.

로렌초는 조부가 기운을 내도록 꼭 안아주고 싶었다. 그러나 감히 그러지 못했다.

3
1466년 8월

로렌초는 불안했다. 교황과 협상중인 것을 뻔히 아는 부친이 지체 없이 피렌체로 돌아오라고 연락한 탓이었다. 바오로 2세는 베네치아의 상인 출신이면서도 메디치가의 이권에 매우 호의적이었다. 그는 교황청 소유인 톨파의 명반 광맥에 대한 채굴과 판매 독점권을 교황청 조합과 제휴한다는 조건으로 피렌체인들에게 내주었다. 명반은 직물의 얼룩 제거와 염료 고정에 꼭 필요한 원료였다. 로렌초는 바티칸뿐만 아니라 나폴리 쪽과도 까다로운 외교 협상을 벌이고 있었다. 용병대장 출신으로 밀라노의 대공이 된 프란체스코 스포르차가 죽자, 메디치가는 그의 후계자 갈레아초를 발빠르게 인정했다. 메디치가는 교황, 그리고 나폴리의 왕 페란테 다라곤도 갈레아초를 정식으로 인정함으로써 베네치아의 호전적 야심을 견제하는 강력한 동맹을 만들기를 원했다. 바오로 2세는 베네치아 출신임에도 불구하고 로렌초의 제안을 받아들였다. 페란테는 나폴리 왕국에 유리한 상업상의 평화를 확대한다는 교환 조건으로 동의했다. 로렌초는 그것을 이용해 메디치 은행의 경쟁자인 피렌체의 명문 아치아이울리가와 피티가를 나폴리로부터 떼어놓는 데 성공했다.

로마로 돌아온 로렌초에게 남은 일은 아우 줄리아노를 추기경 자리에 앉히도록 교황을 설득하는 것이었다. 바티칸에 심어둔 메디치가의 밀정에 따르면 그것은 시간문제였다. 로렌초는 결정을 기다리는 사이 느긋하게 즐거움을 누릴 생각이었다. 쟁쟁한 귀족 가문들로부터 왕자와 동등한 처우를 받으며 초대됐으니 어여쁜 아가씨들과 얼마든지 좋은 시간을 보낼 수 있을 터였다. 영원의 도시 로마는 연회와 방탕한 놀이와 연애로 흥청거렸다. 성직자들조차 당당히 첩을 거느리거나 창녀들과 즐겼다. 기독교 세계의 수도에서 그렇게 많은 창녀들을 보게 될 줄은 로렌초도 상상한 적이 없었다.

그러나 부친의 연락을 받은 그는 몹시 불안해하며 일정을 전부 취소하고 로마와 피렌체 사이의 예정 숙박지에서도 쉬지 않은 채 길을 재촉했다.

조부 코시모는 이 년 전에 세상을 떠났다. 시의회와 자문회의 회원들은 코시모에게 '국부國父'라는 칭호를 수여했다. 산로렌초 성당의 무덤에는 국부라고 당당히 새겨졌고, 피렌체 제1의 시민이었던 그를 기리는 메달도 주조되었다. 누구에게나 스스럼없이 '통풍 환자'라 불리는 아들 피에로가 뒤를 이어받았다. 코시모의 생전과 마찬가지로, 피렌체의 일개 시민인 메디치가가 실제로는 그 도시를 다스리는 야릇한 체제에도 변함이 없었다. 그러나 코시모가 세상을 떠나면서 피렌체에 불길한 기운이 감도는 것도 사실이었다. 피에로의 건강이 썩 좋지 않다는 구실을 앞세워 귀족들은 메디치가가 휘두르는 절대 권력에서 벗어나려 들었다. 해묵은 갈등들이 새삼스레 고개를 들었다. 추방된 신세였거나 자신들의 팔라초에 칩거하던 옛 앙숙들이 희망을 품기 시작했다. 이미 1465년 가을, 메디치가에 타격을 입힌 첫 사건이 터졌다. 공화주의자들의 압력을 받은 시의회 의원들, 그리고 '시민과 도시 위원회'가 공직자 지명 방식을 옛날처럼 제비뽑기로 되돌리기로 결정했던 것이다. 그 결과 니콜로 소데리니가 장관으로 선출되었다. 피에로의 자문관인 톰마소와 형제간이며 상큼한 아가씨 지네브라의 숙부인 신임 장관은 자유의 회복을 내세웠다. 피붙이가 피에로의 측근임에도 아랑곳없이 그는 메디치가에 맞서 은밀한 투쟁을 개시했는데, 메디치가가 다른 기구들보다 우위의 권력기관인 상원, 즉 백인 자문회의를 좌지우지하는 것이 마음에 들지 않았던 것이다.

마지막 숙박지에 닿은 로렌초는 시간을 단축하기 위해 마차를 포기하고 말에 올라탔다. 새벽에 출발했지만 얼마 가기도 전에 햇볕이 뜨거워졌다. 토스카나의 시골은 몇 주째 화덕처럼 달구어지고 있었다.

피에로가 급히 아들을 불러들인 것은 새로 싹트는 음모가 두려워서일까? 메디치가의 권력을 빼앗으려는 음모의 주동자는 니콜로 소데리니일까?

로렌초는 잠시 지네브라를 떠올렸다. 풋풋한 젖가슴과 우아한 팔다리, 돌연 그녀를 딴사람처럼 만드는 정열. 절정의 순간이면 활처럼 휘는 몸과 그의 등에 남겨지는 손톱자국. 끝내 입술을 타고 흘러나왔다가 연인의 입술 밑에 묻히는 나지막한 비명.

그녀를 사랑에 입문시킨 것은 로렌초였다. 그렇지만 메디치가와 사돈이 될 가망이 없다는 것을 깨달은 톰마소 소데리니가 딸을 시에나의 훌륭한 가문에 시집보내기로 한 것을 알았을 때는 내심 안도한 것도 사실이었다.

멀리 먼지구름 속으로, 노랗게 물든 언덕들 한복판에 보석처럼 박힌 황금빛 피렌체가 보이기 시작했다. 그는 박차를 가하고 거품을 내뿜는 짐승의 갈기 위로 몸을 눕혔다.

* *
*

피에로가 낯을 찡그렸다. 가마가 조금만 덜걱거려도 고통으로 신음이 흘러나왔다. 그는 노새 두 마리가 제각기 끌고 미는 화려한 가마에 누워 있었다. 무더웠지만 커튼은 닫혀 있었다. 땀에 젖어 앓는 소리를 내는 모습을 호위대에 보여주고 싶지는 않았다. 그가 마음놓고 고통에 젖을 수 있는 순간은 혼자일 때뿐이었다. 아내 앞에서조차 우는소리를 하지 않으려 애썼다.

메디치가의 가장은 피렌체를 벗어나 카레지의 저택으로 피난하는 중이었다. 결국 두려움에 굴복한 것일까? 차라리 라르가 거리 팔라초의 높다란 담장 안이 더 안전하지 않았을까? 물론 카레지에 방어 수단이 없는 것은 아니었다. 그러나 그곳 저택의 뒤쪽은 들판과 이어져 있었다. 무장한 병사 몇 명이면 간단히 저택을 포위할 수 있을 터였다. 당대의 용장으로 손꼽히는 두 용병대장, 페라레 후작의 형제인 에르콜레 데스테, 그리고 바르톨롬메오 콜레오니가 7월에 강성한 부대를 소집했다는 것은 피에로도 알고 있었다. 그 부대가 지금 피렌체 공화국 근처에 진을 치고 있었다. 메디치가는 밀라노의 동맹 갈레아초 마리아 스포르차에게 즉시 원군을 청했다. 그러나 스포르차의 군대는 아직 멀리 있었다. 명령만 떨어지면 언제라도 피렌체로 밀고 들어올 페라레의 용병 부대를 저지하기에는 너무 먼 곳에. 용병들은 부유한 피렌체를 약탈할 생각에 콧김이 거칠어져 있을 터였다.

피에로 데 메디치는 어디서 어떤 음모가 획책되는지 낱낱이 파악하고 있었다. 구석구석 심어둔 밀정들이 제 할일을 열심히 해준 덕이었다. 음모의 우두머리는 피렌체의 유수한 가문인 피티가의 루카 델리였다. 줄곧 메디치가의 동맹이었던 그는 자신의 충성이 제대로 보상을 받지 못했다고 불만을 품었다. 더욱이 아르노강 건너편 산조르조 언덕에 거대한 팔라초를 짓기 시작한 탓에 많은 돈이 필요했다. 용케 권력을 쥔다면 국고에서 돈을 퍼내고, 심복들에게 제일 벌이가 좋은 일들을 맡겨 재정적 곤란을 타파할 수 있을 터였다. 그는 개인적 야심을 교묘하게 감추고 메디치가에 빼앗긴 시민의 자유를 회복해야 한다는 명분을 내세웠다. 피렌체와 밀라노의 동맹 관계는 그의 명분을 정당화하는 또하나의 근거가 되었다. 통풍 환자 피에로가 합법적인 왕위 계승 가문인 비스콘티가를 몰아낸 용병대장의 아들을 지지하기로 한 것은 언젠가는 스스로를 대공으로 선포하고 피렌체 공화국을 통째로 손에 넣을 속셈이 아니고 뭐란 말인가.

옛날에는 메디치가의 동맹이었던 아뇰로 아치아이울리도 언제든지 배반할 태세가 되어 있었다. 그는 아들의 피사 대주교 임명을 코시모가 거부했고, 명문 바르디가와 사돈이 되는 것도 그의 방해로 틀어졌다고 앙심을 품고 있었다. 게다가 나폴리 왕국에 있는 자신의 은행이 최근 소유권을 박탈당했다는 사실도 한몫했다. 심지어 피에로의 측근들 가운데에도 자문관 디오티살비 네로니처럼, 그를 시샘하고 그의 일족이 파멸하기를 비밀리에 꿈꾸는 사람들이 있었다.

한때는 동맹이었지만 크고 작은 원한을 품은 사람들, 그리고 메디치가와는 오랜 앙숙인 알비치가를 비롯한 정적들이 5월의 마지막 밤에 시의회 청사인 베키오 팔라초의 대회의실에 모였다. 시민들의 존경과 인기를 누리는 장관 니콜로 소데리니가 피렌체의 민주주의를 압박하는 위협들을 규탄하면서 공화주의적 열변을 토했다. 표적은 물론 메디치가, 특히 가장인 피에로였다. 그러나 피렌체의 유서 깊은 가문이 대부분 포함된 참가자 명단은 피에로의 손에 들어갔고, 피에로는 음모의 규모에 질겁했다. 소데리니는 주모자가 아니었다. 그는 많은 참가자 가운데 하나에 불과했다. 진짜 우두머리는 피티와 아치아이울리였고, 그들이 바라는 것은 피에로의 죽음이었다.

피에로가 가마의 커튼을 젖혔다. 그는 멀리 총안을 뚫은 문이 보이는 듯한 착각을 느꼈다. 급류를 건너 그 문만 넘으면 메디치가의 사유지였다. 그는 도착을 서둘렀다. 노새들의 걸음은 분통이 터질 만큼 느렸다. 여행은 아직 끝나지 않았다. 길고 지루한 여행길 내내 그는 적들의 매복을 염려했다. 상대의 숫자가 많으면 단출한 그의 호위대로는 당해낼 수 없었다. 카레지의 담장을 넘어가지 않는 한 위험했다.

과연 그는 선친이 갖가지 수종의 나무를 가꾸고 분수와 조각상을 세운 아름다운 정원에서 평화를 찾을 수 있을까? 적들의 존재, 그리고 끊임없이 사지의 힘을 빼고 행동을 제약하는 병마를 한순간이나마 잊을 수 있을까? "통풍 환자 피에로!"라고, 사람들은 대놓고 그의 불행을 조롱했다. 정치적 토론을 할 때면 선친의 숱한 장점과 그의 몇 안 되는 장점이 언제나 비교당했다. 사실 피티가, 아치아이울리가, 파치가는 무엇보다 코시모의 엄격한 감독 아래 군말 없이 지내야 했던 시절을 복수하고 싶었다. 어제까지는 코시모의 권력에 맞설 수 없었던 그들이 오늘은 그 아들을 제거하고, 아무리 봐도 벼락출세로밖에 비치지 않는 메디치가를 몰아내려는 것이다.

가마가 급류 가장자리를 따라갈 때 피에로는 싱싱한 물기운이 몸속까지 뻗치는 느낌에 사로잡혔다. 그는 안간힘을 써서 몸을 일으키고 이불자락으로 이마를 닦았다. 조금이라도 좋은 얼굴빛으로 가족과 하인들 앞에 나서야 했다.

로렌초가 조만간 피렌체에 도착할 것이다. 이르면 내일 아니면 모레. 피에로는 루크레치아와 다른 아이들이 이미 피난한 카레지로 즉각 합류하라는 전언을 남겨두었다. 로렌초라면 부친의 든든한 오른팔이 될 것이다. 로렌초만이 메디치가의 희망이었다.

* *
*

로렌초는 누구보다 그 도시를 잘 알았다. 길목마다 떠도는 8월의 나른한 공기가 어딘지 불온하다는 것을 그는 곧바로 알아차렸다. 지나치는 사람들은 보일락 말락 음험한 미소를 짓거나 적대적인 눈길을 던지고 입을 비죽거렸다. 하층민들은 벌써 피냄새를 맡은 듯했다. 사내와 여인을 가릴 것 없이 그들은 뱃속에 도사린 잔인한 본성을 마음껏 분출할 수 있고 화형대 불길 앞에서 기쁨에 겨워 외칠 수 있는 그 짧은 순간을 사랑해 마지않았다.

피렌체는 작은 불똥 하나만 튀어도 불이 번질 태세였다.

로렌초는 전속력으로 메디치가의 팔라초를 향해 달렸다. 언제나 시끄럽고 유쾌한 벌집 같던 그곳은 침묵에 잠겨 있었다. 가족이 전부 카레지에 있다고 하인이 일러주었다. 팔라초에 남은 것은 조모

콘테시나뿐이었다. 로렌초는 여행길에 뒤집어쓴 먼지를 털 새도 없이 조모의 방으로 올라갔다.

노부인은 타피스리를 짜고 있었다. 손자를 보자 그녀의 얼굴이 환해졌다.

"왔구나!"

로렌초가 조모의 이마에 입을 맞추었다. 젊은 시절 미인이었던 콘테시나의 얼굴에는 세월의 녹이 새긴 주름들도 지우지 못한 부드러움이 감돌았다.

"무슨 일이죠?"

조모가 한숨을 뱉었다.

"네 아비의 판단으로 다들 카레지의 저택으로 피했다. 너도 바로 뒤따라가야 한다."

"사태가 심각한 모양이군요……"

콘테시나가 고개를 끄덕였다.

"고약한 소문이 나돈다. 사람들이 네 조부의 작품을 파괴하려 드는구나. 자기들이 '국부'라 칭한 것도 잊었는지 그이의 기억을 지우려고 혈안이 되었어. 심지어 우리 가문 안에서조차 불길한 바람이 느껴진다."

조모는 바르디가 출신이었다. 손꼽히는 명문이었지만 위험한 거래들로 인해 파산했고, 그 덕에 평민인 코시모가 콘테시나와 결혼할 수 있었다.

"아버지의 자문관들은 어디 있죠?"

"하나같이 친척을 방문하러 갔거나 이런저런 일로 바쁘다더라……"

충실한 소데리니와 디오티살비가 폭풍우를 앞두고 제자리를 떠났다는 것이 믿기지 않았다. 메디치가의 추종 세력에도 배신의 손길이 뻗쳐 있었단 말인가?

"할머니는요, 왜 여기 남으셨어요?"

"집을 지켜야지. 설마 늙은이를 어쩌겠니." 그녀가 소리 없이 웃었다.

"하지만 팔라초가 약탈당하면요?"

"바르디가의 여자는 배짱이 있다는 걸 보여주지!"

문 두드리는 소리가 들리고, 벌어진 문틈으로 하녀가 얼굴을 들이밀었다.

"당장 뵈어야 한다는 손님이 있는데요."

"누군데?"

"이름은 안 밝히고 급한 일이라고만 우겨서요."

로렌초는 조모와 작별 인사를 나누고 일층으로 내려갔다. 손님은 사람들의 눈길을 피해 코시모가 서재로 쓰던 방에서 기다리고 있었다. 로렌초는 방문을 열기 전 허리띠의 칼집에서 칼이 쉽게 뽑히는지 확인했다.

묵직한 커튼이 내려져 있어 방이 컴컴했지만 로렌초는 금세 상대를 알아보았다. 어깨가 좁고 배가 나온 사십대 사내는 공증인 니콜로 페디니인 것 같았다.

"니콜로?"

"그래요, 로렌초…… 정원의 문으로 들어왔어요…… 보는 눈이 있으면 곤란해서." 그가 자신 없는 목소리로 대답했다.

"무슨 일인가?"

"아버님을 뵈러 왔지요. 하지만 벌써 카레지로 떠나셨더군요. 당신이 막 돌아왔다기에……"

"말해봐!" 로렌초가 명령했다.

"함부로 입 밖에 낼 수 없는 일인데……"

"걱정 마! 자네와 나만 아는 일로 해둘 테니까."

공증인은 좀처럼 입을 열지 못했다. 로렌초가 사뭇 위압적으로 다가갔다.

"자네가 누구 덕에 그만한 재산을 일구었는지 잊지 말게, 니콜로!"

* *
*

로렌초는 카레지를 향해 말을 달렸다. 명치가 쿡쿡 쑤셨다. 아버지가 위험했다. 공증인 니콜로 페디니는 카레지의 메디치 저택으로 향하는 시골길에 매복이 준비되었다고, 음모에 관여한 사람에게 직접 들은 이야기라고 고백했다. 그 사실을 전하는 데 왜 그리 시간이 걸렸을까? 두려움과 비겁함…… 거기에 늘 그런 것처럼 배신도 한몫했으리라. 로렌초는 속이 끓었다. 제 욕심만 차리는 사람들, 뒤에서 음모를 꾸미는 사람들을 가차없이 제거하고, 미지근한 사람들을 추방해야 했다.

너무 늦지는 않았을까? 피에로의 가마 행렬은 서늘한 시각에 떠났으니 노새들이 아무리 느려도 만일 매복이 실패했다면 지금쯤 카레지 근처에 있을 것이다. 일단 카레지에 닿으면 얼마 동안은 안전할 것이다. 그러나 피에로의 판단은 정말 옳았을까? 카레지로 피난함으로써 적들에게는 도망쳤다는 인상을, 추종자들에게는 싸움을 포기했다는 인상을 줄지도 몰랐다.

멀리 먼지구름이 보였다. 아버지의 호위대일까? 아니면 아버지를 노리는 자객들? 로렌초는 머뭇거리지 않고 박차를 가했다. 말이 울음을 내지르며 속도를 높였다.

뿌연 먼지구름 속에서 창을 세우고 아버지의 가마를 둘러싼 십여 명의 갑옷 입은 병사들을 로렌초는 이내 알아보았다. 그는 마음을 놓고 속보로 말을 달려 행렬 한복판으로 미끄러져들어갔다. 병사들이 환성을 터뜨렸다. 피에로가 가마의 커튼을 젖혔다. 옆에서 나란히 말을 달리는 아들을 보자 그의 얼굴이 환해졌다.

"로렌초! 벌써 왔니!"

"아버지, 적들이 매복하고 있어요!"

"하지만 카레지에 거의 다 왔다…… 그들이 계획을 포기했을 수도 있어."

"그건 모를 일이죠. 거처에 도착할 때까진 안심할 수 없어요. 제가 먼저 가서 길을 살펴보겠어요……"

"나 때문에 그런 위험을 무릅쓰는 건 싫다. 어차피 병마가 조만간 날 데려갈 거다. 널 부른 건 내 자리를 물려주기 위해서다. 위험에 노출되어선 안 돼."

"제겐 동생이 있잖아요……"

"줄리아노는 너무 어리다. 그리고 내겐 시간이 없어."

로렌초가 고개를 돌렸다. 눈자위가 시큰거렸다. 그는 얼른 손등으로 눈물을 훔치고 아버지를 바라보았다.

"아버지, 부탁입니다!"

대답이 떨어지기도 전에 로렌초는 박차를 가했다.

* *
*

2마일*만 더 가면 카레지였다. 수상쩍은 것은 아직 아무것도 없었다. 피렌체의 대주교인 조반니 네로니의 산안토니오 별장 가까이에서 로렌초가 갑자기 말을 멈추었다. 정원에서 요란한 소리가 흘러나오고 있었다. 로렌초는 신중하게 한 발짝씩 전진했다. 다가갈수록 웃음소리, 환성, 음란한 욕설 들이 더욱 또렷해졌다. 대주교의 별장은 높다란 담장으로 둘러싸여 있었다. 로렌초는 말에서 내려 말을 실편백에 묶어두고 나무 위로 올라가 가지 뒤에 몸을 감춘

---

* 1마일(1밀리오)은 지역에 따라 약간 차이는 있지만 1.5킬로미터에서 2킬로미터에 해당하는 거리다.(원주)

채 담장 안을 내려다보았다.

소란의 원인은 금세 드러났다. 쇠사슬 갑옷 차림의 사내들이 나무에 칼 던지기를 하며 떠들어대고 있었다. 포도주를 병째 들이켜거나 카드놀이를 하는 사람들도 있었다. 고용된 자객들이 분명했다. 다른 사람도 아니고 메디치가의 주요 자문관과 형제간인 대주교 조반니 네로니의 사주를 받아 부친의 목숨을 노리는 자객들이었다. 길목을 지키고 있을 동료로부터 연락이 올 때까지 여흥을 즐기며 시간을 보내는 것이리라.

사태를 파악한 로렌초는 나무에서 내려와 전속력으로 오던 길을 되짚어갔다.

그는 교차로 가까이에서 부친의 행렬을 발견했다.

"네로니 대주교의 별장에서 놈들이 기다립니다."

피에로 데 메디치의 얼굴이 창백해졌다.

"대주교도 가담했다는 소리구나!"

"형제간에 오래전부터 아버지를 배반한 거예요……"

피에로는 잠시 말을 잃었지만 이내 침착함을 되찾았다.

"어떻게 하지? 피렌체로 돌아가?"

"아뇨, 너무 늦었어요. 게다가 아버지가 오지 않는 걸 알아채면 뒤를 추적할 걸요…… 힘 좋은 말들이 잘만 달려주면 저들은 아버지가 피렌체의 문에 닿기 전에 따라잡을 수 있어요."

긴장한 낯빛의 호위대가 로렌초 부자를 에워싸고 이야기를 듣고 있었다.

로렌초가 말을 이었다.

"무사히 도착하려면 꾀를 쓸 수밖에요…… 다른 길로 가는 겁니다. 어렸을 때 수시로 이 주변을 뛰어다녔기 때문에 잘 알아요. 교차로에서 오른쪽으로 꺾어지면 좁다란 길을 통해 북쪽 길로 다시 나갈 수 있어요. 하지만……"

부친의 마음이 상할까봐 로렌초는 입을 다물었다. 피에로가 알아차리고 담담하게 말했다.

"험한 오솔길이라도 상관없다…… 가마를 포기하고 병사의 말을 빌려 타겠어."

습격을 면하고 메디치가를 구하기 위해서라면 아무리 큰 고통도 참을 각오였다. 단호한 말투만으로 그의 의지는 충분히 전달되었다. 로렌초는 아버지가 자랑스러웠다.

* *
*

형제는 힘차게 서로를 끌어안았다. 형은 아우를 찬찬히 뜯어보려고 어깨를 붙잡은 채 약간 밀었다. 몇 달 만의 재회였다. 줄리아노는 그새 키도 크고 힘도 세진 것 같았다. 갈색 곱슬머리 밑의 튀어나온 이마 탓인지 작은 황소처럼 보였다. 콧날은 곧고 균형이 잘 잡혔으며 얼굴 윤곽은 매끈했다. 담갈색 눈동자와 말끔한 턱선, 육감적인 입술이 온화함을 넘어 다소 여성적인 느낌을 주었다. 로렌초는 살짝 질투를 느꼈다. 아우처럼 미남으로 태어나지 못한 것이 조금 억울했다.

형제는 나란히 모친의 방으로 올라갔다. 루크레치아는 정원과 아르노 계곡을 향해 열린 창문 앞 책상에서 뭔가를 쓰는 중이었다. 그녀가 펜을 내려놓고 장남을 껴안았다. 로렌초는 몇 달이나 헤어져 있던, 연인 같은 어머니와 재회한 것이 몹시 기뻤다.

"네가 얼마나 큰 위험을 무릅썼는지 아버지께 들었다…… 무모한 행동이었어. 가슴이 내려앉더구나. 어쨌든 넌 메디치가의 명예를 지키고 이 어미를 행복하게 만들었다."

로렌초는 아무 말도 하지 않았다. 루크레치아의 눈길은 만족감으로 반짝였다. 갑자기 그녀의 얼굴빛이 어두워졌다.

"위험을 완전히 면한 것은 아니란다. 용병들이 이 주변을 어슬렁거리는 걸 목격했다는 소리가 들린다. 로렌초, 너무 늦기 전에 행동을 취하도록 아버지를 설득해야 한다. 어쩌면 카레지가 치명적인 덫이 될 수도 있어."

"싸워야 한다면 우린 싸울 거예요!" 줄리아노가 상기된 얼굴로 말했다.

"그럴 테지, 줄리아노. 너도 형 못지않게 용감할 거라 믿는다. 하지만 신중해야 해. 무기를 들고 적과 대면하는 건 피해야 한다. 우리 병사들은 숫자가 많지 않아."

"아버지와 이야기해보겠어요." 로렌초가 말했다.

"나도 갈래." 줄리아노가 따라나섰다.

루크레치아는 두 아들을 눈으로 좇았다. 방안이 더웠는데도 식은땀 한줄기가 등을 타고 내려왔다.

* *
*

피에로는 기력이 다해 누워 있었다. 맨머리를 드러낸 탓인지 한결 초췌해 보였다. 두 아들이 제각각 침대 양쪽에 걸터앉았다. 부친의 모습을 보자 형제의 가슴은 똑같은 불안으로 졸아들었다.

"이곳에 계속 머물러선 안 됩니다." 로렌초가 본론부터 입에 담았다.

피에로는 낯을 찡그리지 않기 위해 턱을 악물었다. 부친이 고통을 참으려 안간힘을 쓴다는 것을 두 아들은 알아차렸다. 험한 언덕길을 달려온 그는 탈진 상태였다.

"어떻게 하자는 거냐, 로렌초?" 그가 가까스로 힘을 쥐어짜내 물었다.

"최대한 빨리 피렌체로 돌아가야 해요."

"적이 또 매복을 준비할 거다."

"이번에도 빠져나갈 수 있을 거예요. 형에게 생각이 있을 거라고요." 줄리아노가 말했다.

"피렌체에 멀쩡히 도착하면 우리가 승자로 비칠 겁니다. 적들은 당황해서 지리멸렬 흩어지고 시민들은 순식간에 우리 편으로 돌아서서 갈채를 보낼 걸요." 로렌초가 말했다.

피에로는 고개를 끄덕였지만 완전히 납득한 것 같지는 않았다.

“며칠 후면 선거가 있을 거예요. 제비뽑기가 우리한테 유리한 결과로 끝날지도 몰라요. 그런 중요한 순간에 우리가 피렌체를 비울 수는 없어요.” 로렌초가 힘주어 말했다.

“얘들아, 다 맞는 말이다…… 하지만 내 꼴을 좀 봐라. 난 병든 늙은이에 불과해…… 이따금 내가 얼마나 수치를 느끼는지 아니.”

“아버지는 말을 타고 그 험한 길을 달려오셨어요. 평소보다 훨씬 큰 힘을 발휘하셨잖아요.”

“그래, 하지만 그 대가가 얼마나 크냐! 말에서 내리자마자 젖먹이처럼 사람들 손을 빌려 드러누워야 했다.”

그는 잠시 입을 다물었다가 장남에게 물었다.

“계획이 있니?”

로렌초가 소리 없이 웃고는 이야기를 이었다.

“저들은 우리 셋을 한꺼번에 제거하고 싶어해요. 성가신 메디치가를 한칼에 영영 없앨 생각이죠. 그러니까 우리가 피렌체로 돌아간다는 정보를 슬쩍 흘리는 겁니다. 물론 아버지의 건강 상태를 감안해 큰길을 택해 돌아가고, 도중에 대주교에게 인사도 하고 선물도 드릴 겸 산안토니오에 들를 예정이라고 말입니다……”

“그럼 저들은 우릴 잡은 거나 마찬가지라고 믿겠죠!” 줄리아노가 끼어들었다.

“그들은 안심하고 다른 길목까지 감시하지는 않을 거예요. 그사이 시골길을 통해, 카레지의 북쪽을 크게 우회해서 빠져나갈 수 있어요.”

“나더러 또 말을 타라는 거냐!” 피에로가 목청을 높였다.

“다른 해결책이 없어요. 밀정들이 우리 일거수일투족을 감시하고 있어요. 그러니까 날이 밝기 전에 최소한의 호위대만 거느리고 떠나야 해요. 주의를 끌어선 안 되니까요.”

“어쨌든 조금이나마 기력을 되찾을 시간은 다오……”

로렌초가 아버지의 손을 맞잡았다.

“어차피 대주교를 확실히 속이기 위해 제가 할 일이 있어요. 여행길에 아버지의 고통을 덜어줄 약도 구해야 하고요. 그러니까 한나절은 쉬실 수 있어요.”

* *
*

몹시 더웠지만 로렌초는 칼과 권총과 단검을 감추기 위해 큼직한 망토를 입었다. 두건을 눈까지 뒤집어쓰고 옷깃을 세우자 얼굴을 알아보기 힘들었다.

줄리아노는 형을 따라나섰다가 거절당하자 화를 냈다.

“날 못 믿겠다 그거로군!”

“그런 게 아니야…… 혼자 가야 하는 사정이 있어.”

로렌초는 저택 뒤로 펼쳐진 풀밭을 빠른 속도로 빠져나갔다.

그를 태운 말은 우선 숲속 빈터의 움막으로 달려갔다. 숯쟁이 자코모가 혼자 사는 움막이었다. 메디치가는 이 사내가 자기들 땅에서 밀렵하는 것을 알았지만 그 정도의 좀도둑질에는 눈을 감아주었다. 그들의 숲에는 짐승들이 얼마든지 있었기 때문이다.

말발굽소리를 듣고 한 사내가 움막 밖으로 나왔다. 턱수염이 무성한 시커먼 얼굴에서 약빠른 눈동자가 반짝였다. 뻣뻣한 긴 옷은 사방이 찢어지고 얼룩이 묻어 본래의 색깔을 짐작도 할 수 없었다. 숯쟁이 자코모는 경계하는 눈초리로 방문객을 훑어본 끝에 혈통 좋은 말이고 안장도 우아하다는 결론을 내렸다. 로렌초는 숯쟁이가 자신을 알아보지 못했다고 확신했다.

"자코모, 자네는 선량한 기독교 신자인가?"

"물론입죠, 나리."

"어머니이신 교회에 유익한 일을 하고 싶은가?"

"저보다 더 착실한 신자는 없습죠."

로렌초가 속으로 웃었다. 숯쟁이 자코모는 뭐가 뭔지 모르겠다는 듯 때 낀 손톱으로 더부룩한 머리를 긁어댔다. 그러자 방문객의 손이 불룩한 돈주머니를 흔들었다.

"수고에는 보수가 따르는 법…… 내 말대로 하면 이 금화가 전부 네 것이다."

자코모가 로렌초의 손안에서 춤추는 돈주머니를 쏘아보았다.

"우선 개울로 가 몸을 씻고 제일 좋은 옷으로 갈아입어라. 그런 다음 산안토니오로 가 은혜로운 조반니 대주교의 별장을 찾아라. 메디치가에 관한 중요한 정보를 알고 있다고 말하면 즉각 예하께 안내될 것이다."

"뭐라고 말하면 되는데요?" 자코모가 중얼거렸다.

"메디치가의 세 부자가 내일 피렌체로 떠날 것이며, 대주교에게 인사하러 들를 거라고 해."

숯쟁이가 다시 머리를 긁적였다.

"그러면 그 금화를 다 주신다 그 말씀인가요?"

그가 손을 내뻗자 로렌초는 돈주머니를 거둬들였다.

"임무를 완수하면 네 것이 될 거다."

"만일 메디치가의 세 사람이 예하를 찾아온다는 걸 어떻게 알았느냐고 물으시면요?"

로렌초가 웃었다.

"메디치가에서 일하는 세탁부 하나쯤 차지한 적이 없었더냐?"

숯쟁이가 헛기침을 했다.

"벌써 오래전부터 건드린 적이 없는데요……"

"그럼 얼마 전에 한 명 차지했다고 상상해라. 사이좋게 짚더미에 드러누우면 별별 속내 이야기가 다 흘러나오는 법이지."

"하지만 그건 거짓말이 아닙니까요?"

"네 것이 될 돈주머니에서 아름다운 금화 한 닢을 꺼내 다음번 미사에 회개의 헌금으로 바치면 돼. 그 정도의 가벼운 죄는 주님도 금세 용서하실걸."

로렌초는 말에 가볍게 채찍질을 해 평보로 그 자리를 벗어났다.

"제 돈주머니는요?" 숯쟁이가 그의 뒤통수에 대고 소리를 질렀다.

"오늘 저녁, 네가 돌아오면 심부름꾼 손에 들려보내마. 하지만 내가 시킨 대로 해야 한다. 안 그러면 당장 돌아와 네놈의 코를 베어줄 테다."

로렌초가 칼을 위협적으로 휘둘러 보이며 내뱉었다.

* *
*

로렌초는 어린 시절 달리던 길을 다시 달리고 있었다. 해가 긴 여름날이면 누이와 사촌들과 어울려 마음껏 뛰어다니던 들판과 숲이었다.

카레지는 그의 마음속에서 특별한 부분을 차지했다. 어린 로렌초는 스승들의 책에서 읽은 요정과 신화에 등장하는 피조물이 가득찬 상상의 세계를 그곳에 만들었다. 길들지 않은 신비로운 자연 속에서 그는 털가시나무, 느릅나무, 실편백, 백양목 따위에 제각기 영혼을 나누어주었다. 나무와 잎사귀의 특색을 눈여겨보고 그에 걸맞은 역할을 맡겼다. 마디가 많고 밑동이 뒤틀린 초록색 떡갈나무는 어디로 보나 사티로스*의 은신처였고, 잎사귀를 빗물처럼 떨어뜨리는 우아한 버드나무는 숲속 요정의 집이었다. 숲 구석구석에 매혹적인 주민들이 산다고 믿는 어린 로렌초의 눈에는 오솔길 끝 나무 사이로 사티로스를 놀리며 도망치는 어느 요정의 새하얀 넓적다리가 보이는 것만 같았다. 어떤 때는 졸졸거리는 시냇물 소

* 반인반수인 숲의 신.

리에 맑은 물 한복판을 헤엄치는 나이아스*의 웃음소리가 섞여 있는 듯도 했다.

로렌초는 감동에 사로잡혀 잠시 멈추고, 그가 사랑해 마지않는 숲의 소리에 귀를 기울였다. 다투는 것 같기도 하고 비명 같기도 한 티티새의 울음, 개똥지빠귀의 지저귐, 그리고 동고비의 떨리는 노래도 들렸다. 갑자기 등뒤에서 마른 나뭇가지 부러지는 소리가 들렸다. 로렌초는 재빨리 바닥으로 뛰어내려 한 손을 칼집에 갖다 댄 채 키 작은 잡목림 뒤로 숨었다.

갑옷 차림의 기병 셋이 평보로 다가오고 있었다. 전위 부대일까? 그러나 그가 알기로는 에르콜레 데스테의 부대는 여전히 아르노강 건너편 언덕에 머물고 있었다. 로렌초는 조심스럽게 몸을 숨겼다. 무장한 사내 셋과 맞설 힘은 없었으므로 발각되지 않는 게 상책이었다. 그래도 만일 싸워야 한다면 끝까지 싸울 생각이었다.

신경이 곤두선 로렌초의 말이 발을 굴렀다. 로렌초가 짐승의 옆구리를 쓰다듬었다. 기병들이 다가왔다. 로렌초는 무성한 잡목림 뒤에 몸을 감춘 채 잿빛 뺨에 턱수염이 뒤덮인 거칠고 생기없는 얼굴들이 다가오는 것을 보았다. 기병들은 투구를 안장 위에 매달고 맨머리를 드러내고 있었다. 그 가운데 한 명은 턱부터 귀까지 칼자국이 나 있었다. 용병들. 그들은 로렌초를 발견하지 못하고 그의 앞을 지나쳐 멀어졌다. 로렌초가 다시 안장 위로 오르려는 순간 말

* 강이나 샘에 사는 물의 요정.

이 요란하게 몸을 털었다. 기병들이 말을 세웠고, 한 사람이 뒤를 돌아봤다. 날카로운 눈초리가 잡목림을 훑었다. 로렌초가 숨을 죽이고 짐승을 어루만졌다. 마침내 용병들이 떠났다. 로렌초의 입에서 한숨이 새어나왔다.

잠시 후 로렌초는 숲 가장자리의 오막살이 앞에 말을 세웠다. 흔들거리는 문을 두드리자 누더기를 걸친 노파가 문틈으로 얼굴을 내밀었다. 마녀라는 소문이 나돌아 농부들이 겁을 냈으므로 노파는 마을 밖으로 나와 살았다. 그러나 해거름이면 근방의 여인들이 오막살이를 찾아왔다. 여인들은 접질린 데 바르는 연고, 아이의 병에 잘 듣는 약초, 역병을 물리치는 약을 구하러 왔다. 노파 마리아는 병자를 치유하는 기도문이나 몹쓸 운을 불러오는 주문도 알고 있었다. 로렌초는 어릴 때 종종 그 오막살이 근처를 어슬렁거렸다. 다른 아이들과는 달리 그는 노파를 겁내지 않았고 이야기를 나눈 적도 몇 번 있었다. 노파는 로렌초의 손금을 보고 숱한 폭풍과 슬픔을 거쳐 빛나는 미래가 열릴 것이라 예언했었다.

그가 두건을 벗자 노파의 얼굴이 환해졌다. 노파는 쪼글쪼글한 입을 벌려 활짝 웃었다.

"안녕하세요, 마리아."

"어쩐 일이냐, 로렌초…… 잘 왔다, 이제 장정이 다 됐구나!"

"도움이 필요해요."

"어디가 아프냐? 아니면 고민이라도 있는 게야?"

"둘 다 아니에요……"

노파가 누런 치근을 전부 드러내며 웃었다.

"여자들이 너만 보면 홀딱 빠질 만도 하겠구나."

그녀는 로렌초의 팔을 붙들고 힘을 재보려는 양 여기저기 두드리고 만져보았다. 로렌초는 거북했지만 참았다.

"임시로 고통을 진정시키는 약이 있나요?"

"얼마 동안이나?"

"하루종일 말 타고 달리는 동안."

"들어와라."

천장이 낮고 바닥이 반들반들한 그 오두막의 단칸방은 괴상한 잡동사니로 넘쳐났다. 모양과 크기가 제각각인 증류기, 짐승들의 미라와 박제, 알록달록한 액체가 담긴 병, 닭발을 몇 개씩 묶어놓은 다발, 말린 풀이 담긴 등나무 바구니. 구석구석에는 거미줄이 치렁치렁 늘어져 있었다.

노파는 손등으로 탁자 한구석을 쓸어내고 하나같이 악취를 풍기는 수상쩍은 재료들을 유발에 채웠다. 그런 다음 약간의 기름과 약초를 섞고 막자로 짓이기기 시작했다. 로렌초는 구역질이 올라왔지만 그녀의 손끝에서 눈을 떼지 않았다.

노파가 말했다.

"고통은 고통으로만 다스릴 수 있는 법. 그 결과 편안함을 얻는 거야. 애석하지만 효과가 지속되진 않는다. 약을 쓸 사람한테 미리 일러줘라, 먹고 나면 내장이 뒤집힐 정도로 아플 거라고."

노파는 굳은 내용물을 넓적한 밤나무 잎사귀에 쏟고 가장자리를 정성껏 접었다. 노파는 그 전부를 젊은이에게 내밀었고, 로렌초는 약을 건네받기 전에 탁자 위에 금화 두 닢을 내려놓았다.

"이런, 고맙기도 하셔라, 나리!" 노파가 싱글거렸다.

문턱을 넘어서는 로렌초의 등뒤에서 노파가 소리쳤다.

"맛난 포도주 한 잔이랑 같이 삼키라고 해!"

* *
*

메디치가의 세 사내는 무장한 병사 둘만 거느리고 동이 트기 전에 길을 떠났다. 피에로는 출발 직전 아들이 내민 약을 눈을 감고 삼켰다.

하늘이 훤해지기 시작했다. 로렌초는 선두에서 달리면서 수시로 고개를 돌려 바로 뒤에 오는 부친을 살펴보았다. 몇 시간이 지나자 피에로의 자세는 한결 꼿꼿해진 것 같았다. 고통이 잠깐씩 고개를 드는지 이따금 얼굴을 찡그렸다. 그 정도면 억지로 삼킨 약이 효과가 있다는 뜻이었다.

얼마쯤 더 가다가 로렌초가 나무 틈새로 장작불 빛을 발견했다. 그의 신호에 따라 일행은 침묵 속에서 보조를 맞추어 전진했다. 한 무리의 병사가 절반쯤 탄 장작불 주변에서 잠들어 있는 것이 보였다. 말발굽 아래 나뭇가지 부러지는 소리에 한 병사가 반사적으로 몸을 일으켰다. 병사는 칼을 뽑으며 동료들을 깨웠다. 로렌초가 재빨리 부친의 말에 채찍질을 하고 소리쳤다.

"줄리아노, 병사들이랑 아버지를 모셔가! 여긴 내가 맡을 테니까!"

로렌초는 칼을 뽑아들고 장작불을 향해 말을 달렸다. 막 일어난 병사들이 말발굽을 피해 옆으로 몸을 굴렸다. 로렌초가 한 병사의 얼굴을 후려쳤다. 또 한 병사는 장작불 위로 넘어져 비명을 내질렀다. 병사들의 말은 꽤 떨어진 곳에 묶여 있었다. 로렌초가 단검을 써 줄을 자르고 칼 옆구리로 짐승들을 후려쳤다. 짐승들은 놀라서 일제히 잡목림 속으로 달아났다. 로렌초는 기민하게 뒤로 돌아섰다. 창을 쥔 병사들이 달려들었지만 그는 박차를 가해 그들의 머리 위로 펄쩍 뛰어넘었다. 병사들을 따돌린 로렌초는 오솔길을 힘차게 달렸다.

해가 떠오를 즈음 지평선 끝에서 황금색 후광에 잠긴 피렌체의 성벽이 드러났다. 위험은 면했지만 피렌체가 그들을 어떻게 맞아줄지는 아무도 몰랐다. 전날, 로렌초는 시의회에 전령을 보내 부친을 해치려는 음모가 발각됐고, 주모자는 루카 피티와 아뇰로 아치아이울리이며 대주교 조반니 네로니도 공모자란 사실을 알렸다. 과연 그것이 잘한 일이었는지 로렌초는 새삼 불안에 싸였다. 혈기에 휩쓸려 너무 대담하게 행동한 건 아니었을까?

도시의 문들은 열려 있었다. 경비병과 장인들, 농산물을 팔러 도시로 나온 농부들이 뒤섞여 북적거렸다. 메디치가의 세 사내를 알아본 사람들이 일제히 입을 다물었다. 그들은 멀쩡히 돌아온 세 사람을 눈앞에서 보고도 믿지 못하는 기색이었다. 로렌초는 그 순간에 모든 것이 뒤바뀔 수 있음을 깨달았다. 선두에 선 로렌초는 짐짓 느긋한 얼굴로, 이따금 고개를 끄덕여 인사까지 하면서 평보로 움직여 도시로 들어갔다. 한 여인이 소리를 질렀다. 그것이 비난인지 갈채인지 그는 미처 알아차리지 못했다. 그는 자신들을 둘러싼 군중을 천천히 헤치고 나아갔다. 군중 사이에서 환호가 일기 시작했다. "팔라! 팔라!"* 환호성은 삽시간에 힘찬 파도처럼 번져나가 이내 우레와 같은, 진정한 갈채로 변했다. 피렌체 시민은 메디치가 사내들의 용기에 경의를 표하고 그들의 우위를 인정했다. 로렌초는 그가 이겼다는 것을 깨달았다. 메디치가는 살아남았다.

* '공'이라는 의미. 메디치가의 문장(紋章)에는 여섯 개의 공이 그려져 있었다. '팔라'는 메디치가에 찬동을 표시하는 외침으로 쓰였다.(원주)

4
1466년 8월~9월

피에로는 라르가 거리의 팔라초로 돌아오자마자 드러누웠다. 얼굴빛이 시커메지고 손끝 발끝까지 탈진한 그는 몸뚱이가 통째로 부글부글 끓어오르고 말을 듣지 않는 듯한 느낌에 사로잡혔다. 몇 시간이나 고통 없이 말을 달리게 해주었던 약이 드디어 끔찍한 효능을 발휘한 것인지도 몰랐다. 고통은 고통으로 다스린다, 라고 노파는 말하지 않았던가. 피에로는 내장이 다 뒤집히는 것 같은 통증에 휩싸일 때마다 이번에야말로 죽는구나 싶었다. 로렌초와 줄리아노가 계속 부친의 방을 찾았지만 피에로는 번번이 물리쳤다. 고통에 시달리는 모습을 아이들에게 보여주기 싫었던 것이다.

로렌초는 로렌초대로 분주했다. 그가 사랑해 마지않았던 조부, 그리고 부친의 후계자로서 당당히 나서기 위해 메디치가의 승리를 확고히 해둘 필요가 있었다. 밀정들에 따르면 일을 꾸몄던 피티가와 아치아이울리가는 큰 곤란에 처해 있었다. 피렌체를 좌지우지 하는 메디치가에 맞서도록 은근히 부추겼던 사람들조차 그들의 미적거림과 실패를 비난했다. 음모는 맥없이 누그러졌다. 메디치가의 복수를 겁낸 피렌체의 대주교 조반니 네로니와 장관 니콜로 소데리니는 도망쳤다. 귀족 가문들의 반란을 틈타 약탈의 기회만 엿보던 시민들은 힘이 빠졌다. 예나 지금이나 우유부단한 그들은 결국 메디치가의 세 부자가 무사히 피렌체로 돌아온 것을 계기로 거의 대부분 메디치가 쪽으로 돌아섰다.

로렌초에게 남은 일은 8월 28일로 예정된 선거를 성공시키는 일이었다. 신임 시의원은 새 법률에 따라 제비뽑기로 결정될 터였다. 로렌초는 바람직한 마무리를 위해 자신이 살짝 개입하는 게 좋겠다고 판단했다. 보좌역 몇 사람의 협조를 얻어 자루 속에 메디치가의 충복들 이름이 적힌 종이를 듬뿍 집어넣는 걸로 충분했다. 나머지는 운에 맡겨도 될 것이다.

로렌초는 그런 막후공작을 펴는 것에 아무런 가책도 느끼지 않았다. 메디치가의 미래와 피렌체의 번영이 걸려 있는데 그깟 속임수가 뭐 그리 대단하단 말인가? 로렌초는 부친에게도 알리지 않고 혼자 행동하기로 했다.

외부로부터의 위협도 아직 남아 있었다. 피렌체 공화국 국경에는 여전히 용병들이 버티고 있었다. 고용주의 음모가 실패한 것을 알면 용병들도 철수할 것이라 로렌초는 희망을 품고 있었다. 그러나 목전에서 전리품을 놓친데다 병사들의 급료도 지불할 수 없게 된 바르톨롬메오 콜레오니와 에르콜레 데스테가 멋대로 행동을 취할지도 몰랐다. 피렌체의 영원한 맞수 베네치아는 냉큼 그들의 공을 치하하고 재정 지원을 아끼지 않을 터였다. 어떻게든 터지고 말 싸움에 대비하는 것이 현명했다.

또 선거 결과에 상관없이 음모자들의 처벌도 생각해두어야 했다. 로렌초는 이미 메디치가가 관용을 베풀어 복수를 단념하고 화해를 바란다는 소문을 퍼뜨려두었다. 물론 그것은 사실이 아니었다. 애초에 자신들도 음모를 거들었다는 것은 깨끗하게 잊었을 시민들은 교수형에 떨어지는 머리 몇 개나 화형 몇 건쯤의 볼거리도 없는 싱거운 결말에 쉽사리 납득하지 않을 것이다.

밤이 내려앉은 피렌체에 갑작스러운 폭풍이 몰아쳤다. 거센 빗발이 벽을 때리고, 열린 창문들을 통해 빗물이 집안으로 쏟아져들어왔다. 비바람은 정원의 풀꽃을 눕히고 레몬나무 화분들을 뒤집었으며 나무들을 사정없이 흔들었다. 부러진 나뭇가지가 유디트와 홀로페르네의 조각상 밑으로 요란한 소리를 내며 떨어졌다. 팔라초 안에서는 겁에 질린 하인들이 우왕좌왕 뛰어다녔고 여자들은 쉴새없이 성호를 그었다. 기왓장들이 날아갔다. 높은 층에서 넘친 물이 계단을 타고 흘러내렸다. 오직 로렌초만이 이상하리만큼 침착했다. 그는 맹위를 떨치는 비바람을 신의 계시로 볼 생각 따위는 추호도 없었다. 그러나 미신을 잘 믿는 피렌체 사람들은 한밤의 폭풍이 자신들의 잘못에 대한 징벌이라고 해석할 것이 틀림없었다.

로렌초는 다시 부친의 방을 찾았다. 흔들리는 촛불이 침대 머리

맡을 밝히고 있었다. 로렌초는 가까이 다가갔다. 밖의 소란에도 아랑곳없이 피에로는 어지러운 꿈에 빠져 있었지만 안색은 조금 밝아진 것처럼 보였다. 로렌초는 가만히 문을 닫고 방을 나왔다.

격렬했던 폭풍은 거짓말처럼 곧 잠잠해졌다. 로렌초는 자기 방으로 돌아와 창문을 열었다. 매큼하고 축축한 흙냄새가 강하게 올라왔다. 언덕 위의 하늘에는 아직 푸르스름한 번개들이 흘러갔고 멀리서는 천둥이 울었다.

그는 잠자리에 드는 대신 촛불을 들고 방을 나섰다. 팔라초 안팎의 피해 상황을 파악할 겸 한 바퀴 돌아볼 작정이었다. 맨 위층 복도에서 로렌초는 머뭇거리며 다가오는 불빛을 발견했다. 그가 멈춰 섰다. 양초를 든 처녀가 어둠 속에서 걸어오고 있었다. 불빛이 처녀의 얼굴과 어깨를 후광처럼 에워쌌다.

도나텔로의 그림에서 튀어나온 것 같은 순수하고 우아한 광경에 홀려 로렌초는 꼼짝도 않고 서 있었다. 처녀가 겁을 먹었는지 걸음을 멈추고 눈을 내리깔았다.

얼마 전부터 메디치가에서 일하는 시르카시아 노예로, 로렌초는 처음 보는 얼굴이었다.

"이름이 뭐지?" 이윽고 그가 물었다.

"샤밀라예요." 처녀가 들릴락 말락 한 소리로 대답했다.

불빛이 처녀의 어깨와 봉긋한 가슴을 황금색으로 물들였다. 로렌초는 그 황금빛 맨살에 입을 맞추고 싶은 충동을 느꼈다. 그는 처녀가 지나가도록 길을 비켜주었다. 몸이 스치는 순간 그가 처녀의 손을 슬쩍 잡았다. 처녀는 손을 빼지 않았다. 작고 보드라운 손이었다. 로렌초는 그 손을 자신의 입술로 가져갔다. 처녀가 손을 빼고 빠른 걸음으로 사라졌다. 어찌나 가볍고 날렵한지 발소리조차 들리지 않았다.

* *
*

로렌초는 기쁨을 노골적으로 드러내지 않느라 애를 먹었다. 결과는 메디치가의 승리였다. 제비뽑기로 선출된 시의원은 대부분 메디치가의 충복들이었다. 로렌초는 희소식을 알리기 위해 서둘러 팔라초로 돌아왔다.

피에로 데 메디치는 여전히 침대를 벗어나지 못했지만 얼마간 힘을 회복했다. 장남에게 선거 결과를 듣자 그의 얼굴에 환한 웃음이 떠올랐다.

"운이 따라줄 거라 믿었다."

로렌초는 자신이 뒤에서 벌인 일을 차마 고백할 수 없었다.

"시민들 사이에선 산타안눈치아타의 성모마리아가 우릴 보호하신 덕이라는 말이 벌써 퍼졌죠."

"성모님이 언제 우릴 돌봐주지 않은 적이 있더냐." 피에로가 담백한 어조로 말했다.

그는 정말 아무것도 눈치채지 못했을까? 아니면 아들이 약간 손을 썼다는 것을 짐작했을까? 그의 눈동자가 잠깐 짓궂게 반짝인

걸로 보아 순전히 성모마리아 덕분이라고는 믿지 않는지도 몰랐다. 어쨌든 그는 아무것도 캐묻지 않았다.

메디치가의 가장은 잠시 뜸을 두었다가 덧붙였다.

"그렇다면 고마운 우리 수호신께 감사의 뜻을 표하는 게 좋을 거다…… 산타안눈치아타의 세르비타*에 선물을 보내고 성모마리아 예배당을 치장할 기부금을 내자. 물론 그 사실을 피렌체의 시민에게 알리는 일도 잊어선 안 되지."

비록 병마에 시달리는 몸이지만 부친이 위대한 조부 코시모 못지않게 정치적 수완이 있다는 것을 로렌초는 인정해야 했다. 그 결정은 피렌체 시민의 갈채를 받을 것이 분명했다. 그로써 메디치가가 신이 내린 임무를 받들어 이 도시의 운명을 주재한다는 사람들의 믿음은 더욱 굳어질 것이다.

그런데도 한 가지 의문이 그의 입술을 달싹이게 만들었다. 대답은 가장인 피에로만 알고 있었다.

"우리 목숨을 노렸던 자들은 어떻게 되죠?"

피에로가 잔잔히 웃었다. 로렌초는 몇 해 전부터 부친이 소리내어 웃은 일이 없다는 것을 깨달았다.

"그 문제는 피렌체 시민이 직접 논의하게 할 생각이다……"

"시민들을 신뢰해도 될까요?"

"그들은 메디치가가 쫓겨나면 재산을 약탈해 재미를 보려 했던

---

* 1223년 피렌체에서 창립된 수도회. 성모마리아를 섬기는 사람들의 모임이다.

것에 죄의식을 느낄 테고, 그래서 한결 엄격해질 수밖에 없어. 하지만 우리가 그들의 분노를 한 방향으로 은밀하게 유도해야지. 난 죽음을 원하진 않는다. 죽음이 부르는 증오는 돌고 돌아 결국 우리한테 올 테니까. 로렌초, 복수는 독물과 같은 것이라 조심해서 취급해야 한다. 게다가 사형 노래를 부르는 사람들은 처음엔 실망할 테지만 나중엔 우리의 관용에 감사할 거다. 그렇게 너그러운 메디치가를 어쩌자고 해치려 했을까 다들 두고두고 후회할걸."

로렌초는 부친의 지혜에 새삼 놀랐다. 부친을 너무 몰랐다는 생각이 들었다. 어릴 때부터 부친보다 자신에게 정치를 가르친 조부를 더 따랐던 스스로를 나무라고 싶은 심정이었다. 소극적이고 조용한 통풍 환자 피에로의 진짜 모습은 따로 있었다. 어쩌면 병마조차 정치적 무기인지도 몰랐다. 불쌍한 병자를 미워할 사람이 있을까? 로렌초는 이 뒤늦은 자각으로 머릿속이 어지러웠지만 메디치가가 더 적극적으로 음모의 관련자를 엄벌해야 한다는 생각에는 변함이 없었다. 부친의 판단은 현명했지만, 지나치게 현명한지도 몰랐다. 로렌초는 자비가 결국 약함으로 비칠 수 있다는 생각을 버릴 수 없었다. 그가 격한 어조로 말했다.

"음모자들 가운데는 누구보다 믿음직한 자문관인 줄 알았던 사람들도 있어요. 그들은 우리집 한복판에서 음모를 꾸민 겁니다. 명백한 배반이에요!"

"네 말이 맞다, 로렌초. 그걸 잊어서는 안 되지. 장담한다만 그들이 현명하다면 벌써 도망쳤을 테고, 그만한 판단력도 없는 겁쟁이들이라면 우릴 찾아와 용서를 빌 거다. 그때 그들이 얼마나 큰 배신을 저질렀는지 깨닫게 해주면 된다. 알다시피 피렌체 시민은 겁쟁이와 배신자를 아주 싫어하지."

그가 말을 마치자마자 톰마소 소데리니와 디오티살비 네로니가 찾아왔다는 말이 전해졌다. 피에로가 소리 없이 웃었다.

"내 뭐라더냐? 회개하러 달려올 거라고 하지 않더냐?"

피에로는 그들을 기다리게 하라고 일렀다.

"일어나고 싶으세요? 살롱에서 그들을 맞으시겠어요?" 로렌초가 물었다.

"아니다. 여기로 불러라. 병자의 목숨을 노린 것에 수치를 느끼게끔."

그는 입을 다물고 잠시 생각한 다음 덧붙였다.

"방문 앞에 무장한 병사들을 배치해라."

"그들이 또 아버지의 목숨을 노릴까 걱정이세요?"

"천만에! 겁을 좀 주고 싶을 뿐이야. 내 머리맡에서 회개하는 내내, 그들은 방을 나가자마자 병사들 손에 끌려가 죽을까봐 전전긍긍할 거다."

* *
*

뚱뚱한 디오티살비와 홀쭉한 톰마소가 피에로의 침대 발치에 나란히 서 있었다. 그들은 둘 다 고개를 숙인 채 땀을 흘렸다. 로렌초는 일부러 앉을 자리를 권하지 않았다. 그 자신도 몇 발짝 물러나 메디치가의 문장이 새겨진 커다란 함 옆에 꼿꼿이 서 있었다. 피에로의 지시대로 열어놓은 문 앞에 갑옷 차림의 병사들이 버티고 있었다. 이따금 무기 부딪치는 소리가 들려 손님들의 불안을 가중시켰다.

병색이 완연한 얼굴을 이불 밖으로 내놓은 메디치가의 가장이 들릴락 말락 한 목소리로 말했다.

"벗들이여, 우리는 조국 피렌체를 최우선으로 생각해야 하오. 그것이 우리의 첫째가는 의무지요."

당황한 두 자문관은 발언의 진의를 헤아리기 바빴다. 그들이 고개를 들고 메디치가 가장의 낯빛을 살폈다. 피에로는 미소를 지었지만 웃는 것이 아니라 찡그리는 것처럼 보였다. 그가 말을 이었다.

"위대한 단테의 고향인 이 도시가 분열의 운명을 맞아선 안 됩니다. 다툼과 싸움은 피렌체의 이익을 무엇보다 중시하는 우리 모두의 노력을 물거품으로 만들지요."

그는 잠시 뜸을 두었다가 다시 입을 열었다.

"번영은 무력으로 얻어지는 게 아니오. 용병이니 자객 따위 더러운 패거리를 고용한 자들은 크게 후회할 날이 올 거외다."

이번에는 피에로가 무엇을 빗대어 말하는지 뚜렷했다. 톰마소가 얼른 말을 받았다.

"우린 평화주의자들입니다. 딴에는 피렌체의 바람직한 통치를 위해 약간의 부당함이 바로잡혀야 한다고 믿었던 것이……"

"결과적으로 생각지도 못했던 위험이…… 공화국 국경에 외국 군대가 진을 치고 있다고……" 디오티살비가 덧붙였다.

피에로는 아무 말도 못 들은 시늉을 했다. 그는 눈을 들어 푸토* 들이 반쯤 알몸인 처녀를 둘러싸고 춤을 추는 천장화만 잠자코 바라보며 명상에 잠겼다. 그러고는 혼잣말처럼 중얼거렸다.

"내 잘못이라면 선친의 유언을 따른 것뿐. 선친이 사이좋게 지내면서 무슨 조언이든 귀담아들으라고 당부했던 사람들을 믿었던 것이 실책이구먼."

두 자문관의 얼굴이 새하얗게 질렸다. 그들의 등뒤에 서 있던 로렌초는 매우 흡족했다. 이로써 배신자들도 등줄기가 서늘해졌을 터였다.

메디치가의 가장이 손님들의 얼굴을 똑바로 건너다보았다. 몸져누운 노인은 어느새 딴사람으로 탈바꿈해 있었다. 표정은 딱딱하고 눈길은 고압적이며 목소리는 힘찼다.

"신임 시의원들이 경험을 잘 살려 배은망덕을 철저히 심판해줄 테지요!"

그가 말을 마치기도 전에 방문 앞에 또 한 사람이 나타났다. 루카 델리 피티! 음모의 수뇌였다. 그도 회개하러 달려온 것이다.

루카가 어깨를 늘어뜨린 채 병사들을 헤치고 방으로 들어왔다.

---

* 이탈리아 회화에서 사랑을 상징하는 벌거숭이 소년.

훌륭한 은행가로서의 풍모는 찾아볼 수 없었다. 안색은 초췌하고 눈은 푹 꺼져 있었다. 그가 천천히 침대 발치로 다가갔다. 피에로가 오른손을 살짝 들어올렸다. 로렌초는 어느 때보다 당당한 부친이 그 손짓 하나로 상대의 항복을 받아들였다는 것을 알아차렸다.

세 사람이 돌아간 후 로렌초가 물었다.

"피티가 진심으로 뉘우쳤다고 생각하세요?"

"그런 건 상관없다. 어차피 그는 한물갔어. 그가 목숨과 재산을 구걸하기 위해 내게 머리를 숙였다는 걸 머지않아 온 피렌체가 알게 될 거다. 아무리 친구들이라 해도 그런 비겁함은 용서해주지 않을걸. 고객들은 서둘러 그의 은행에서 재산을 꺼내고 채권자들은 사나운 새떼처럼 달려들 거다. 파산은 시간문제야. 그러면 관대한 메디치가에서 그가 오만의 표시로 건설중이던, 하지만 공사 비용을 더는 조달할 수 없을 커다란 팔라초를 사들이는 거지."

로렌초는 고개를 끄덕였다. 아르노강 건너편, 언덕과 등을 맞댄 그 팔라초는 피렌체에서 가장 웅장한 건물이 될 터였다. 건물과 피렌체의 성벽 사이에 펼쳐진 과수원과 풀밭에는 아름다운 정원도 조성할 수 있을 것이다. 신록의 보석 상자 같은 계단식 정원. 그것은 장차 메디치가의 손꼽히는 보물이 될 것이 분명했다.

하루 동안 많은 일을 판단하고 처리한 피에로에게는 휴식이 필요했다. 로렌초가 부친의 방을 나가기 전에 말했다.

"늙은 톰마소가 좀 불쌍하더군요…… 할아버지는 그를 제일 높게 평가했죠. 좋은 자문관이었는데."

"하지만 우리 적들과 빵을 나눠먹었다."

"그야 그렇죠. 그래도 공증인 페디니의 말로는 음모에 적극적으로 가담한 것은 아니었대요. 그저 전직 장관 니콜로와 형제란 이유로 값을 치르는 거예요."

"그는 용서해주자 그 말이니?"

"그를 가까이 두고 감시하는 건 어떨까요. 은혜를 입은 이상 만일 니콜로가 유배지에서 또 음모라도 꾸미면 그때는 지체 없이 우리한테 알릴 거예요. 그럼 새로운 음모들을 예방할 수 있는 거죠."

피에로는 잠시 피로도 잊고 미소를 지었다.

미지근하고 향기로운 밤이 피렌체에 떨어졌다. 로렌초는 기쁜 마음으로 부친의 방을 나왔다. 톰마소 소데리니를 변호한 것이 얼마쯤은 그의 딸, 매력적인 지네브라에 대한 옛 연정 때문이기는 했지만 어쨌든 메디치가에 태어난 것이 그렇게 자랑스러웠던 적은 없었다.

깊이 생각지도 않고 그는 성큼성큼 하녀들이 거주하는 층으로 올라갔다. 폭풍이 치는 밤 수수께끼 같은 샤밀라와 마주친 이래 그는 온통 그녀 피부의 감미로움만을 원했다.

방문을 두드리자 금세 문이 열렸다. 처녀가 그를 보고 뒤로 물러섰다.

"겁내지 마, 아름다운 샤밀라……"

처녀는 목이 좁고 발목까지 내려오는 흰색 잠옷을 입고 있었다. 로렌초는 마치 수의를 보는 것 같아 흠칫했다. 죽음이 보내는 신호일지도 모른다는 생각이 들었다. 그러나 곧바로 자신의 터무니없는 생각을 떨쳐냈다. 앳되고 어여쁜 이 처녀가 위협과 무슨 상관이 있을 것인가?

그가 다가섰다. 처녀의 얇은 옷 밑으로 뾰족한 젖꼭지가 도드라져 있었다. 처녀가 얼른 양손으로 가슴을 가렸다.

"뭘 원하세요?" 처녀가 물었다.

그는 잠자코 한 발짝 더 다가섰다. 처녀는 계속 물러나 마침내 벽에 닿았다. 여전히 양손을 가슴에 갖다댄 채였다.

"샤밀라, 나한테 요술을 걸었구나…… 끊임없이 네 생각만 하게 만들었어."

"전 노예에 지나지 않아요."

로렌초가 갑자기 처녀 앞에서 무릎을 꿇었다. 눈앞에 거웃이 희미하게 비쳤다. 그는 더 참지 못하고 처녀의 허벅지를 움켜쥐고 거웃에 얼굴을 갖다댔다. 샤밀라는 몸을 약간 떨었을 뿐 꼼짝도 하지 않았다.

"해를 끼치지는 않을 거야…… 절대 그런 일은 없을 거야."

"그렇다면 절 내버려두세요, 부탁이에요."

그는 마지못해 몸을 일으켰다. 처녀가 그의 손을 맞잡았다. 로렌초는 그것이 자신의 손길을 막기 위해서란 것을 알아차렸다. 그가 처녀의 눈을 들여다보았다. 그의 눈동자가 이글거렸다.

"당신은 원할 때 언제든지 저를 가질 수 있어요, 주인님의 아드님이시니까요…… 하지만 제가 허락하지 않으면 아무 즐거움도 느끼지 못하실 거예요."

"그럼 기다려야 하나?…… 얼마나?"

처녀가 로렌초의 입술에 손가락을 갖다댔다.

"제 고향에서, 사랑은 커다란 불가사의예요…… 공기의 정령들만이 그 비밀을 알지요!"

"어떻게 하면 그것들을 길들여 대답을 들을 수 있지?"

시르카시아 처녀가 웃음을 터뜨리며 로렌초를 살짝 밀어냈다.

"그만 돌아가세요, 귀여운 주인님…… 때가 되면 알게 될 거예요."

이튿날 아침 처녀가 세탁장에서 일하는 사이 로렌초는 그녀의 침대에 몰래 금반지를 가져다두었다.

* *
*

시의회 건물의 발코니 앞 광장에 모인 시민들은 들뜨고 초조한 기색이었다. 머리끝부터 발끝까지 무장한 로렌초가 올라탄 백마가 첫번째 줄에 서 있었다. 웅장한 반원형 천장 아래 제각기 자리를 잡은 시의원들이 메디치가의 지시를 받아가며 공무를 수행한다는 것을 모르는 사람은 없었다. 광장의 모든 출입로에 병사들이 배치된 연유도 알 만한 사람은 알았다. 피에로의 요청에 따라 동맹국 밀라노에서 스포르자가 보낸 병사들이었다. 어차피 손발이 묶인 적의 공격이 두려워서가 아니라 질서가 다시 확립되었다는 것, 어떤 소요도 헛되리란 것을 피렌체 시민에게 보여주기 위해서였다.

아침부터 군사軍使들이 도시의 거리거리를 달리며 신임 시의원들이 내린 결정의 승인 여부를 묻는 시민 회의가 열린다는 소식을 알렸다. 이례적인 절차였다. 피에로는 허울뿐인 이 민주적 절차가 가문의 승리를 더욱 굳혀주리라 기대했다.

시의원들의 얼굴은 심각했다. 제각기 붉은색, 보라색, 진홍색의 긴 로쿠를 입은 행정관들이 높다란 연단 위에 앉아 군중을 내려다보았다. 검소하고 위엄 있는 그 연단을 방패를 든 경비병과 용병들이 둘러싸고 있었다. 오른쪽에 자리잡은 건물은 권력의 상징인, 방호벽과 돌출 회랑,* 총안으로 뒤덮인 도도한 황금빛의 베키오 팔라초였다. 구름 한 점 없는 하늘을 향해 팔라초의 위압적인 망루들이 솟구쳐 있었다.

이윽고 한 사내가 일어섰다. 새 장관으로 선출된 로베르토 리오니였다. 앞줄부터 조용해지더니 이내 광장 맨 끝까지 잠잠해졌다. 신임 장관의 목소리가 힘차게 울렸다.

"피렌체인들이여, 우리 도시는 평화를 되찾아야 합니다. 파벌 싸움에 종지부를 찍고 예술과 공방과 상업의 번영을 위해 함께 일합시다."

군중들이 환호를 터뜨렸다. 로렌초는 냉랭한 낯빛으로 턱을 살짝 움직였을 뿐이었다. "팔라!"라는 외침과 환호성 사이에 피티 일

* 적을 감시하거나 돌을 떨어뜨리기 위한 것.

가에 대한 욕설이 섞여 있었다. 로렌초가 메디치가의 추종자들을 군중 속에 배치하도록 손을 써둔 까닭이었다.

군중이 잠잠해지자 리오니가 말을 이었다.

"장차 피렌체의 평안을 위해 개인적 이익을 넘어선 권위가 필요하오. 공동의 이익을 추구하고 야심가와 모반자를 물리칠 강력한 권위가 요구됩니다."

피티 일가와 음모에 동참한 귀족들이 재판을 받아야 한다는 외침이 또 여기저기서 터졌다. 리오니는 자기 발언의 효과를 음미한 후 말을 계속했다.

"따라서 앞으로는 두 달이 아니라 넉 달 동안 통치하게 될 '발리'*를 제안합니다. 존엄한 시민들이여, 시의회의 제안을 승인하느냐 마느냐는 여러분이 결정할 일이오."

말이 끝나기도 전에 커다란 갈채가 일어났다. 만장일치라 해도 좋을 동의였다. "팔라! 팔라!"라고 시민들이 박자에 맞춰 외쳤다. 메디치가의 승리였다. 겉으로는 시민의 대표단이 지배할 테지만 실제 권력은 메디치가에서 나올 것이다.

로렌초는 돌아가려고 했지만 발 디딜 틈도 없이 모여든 군중 때문에 뜻대로 움직일 수 없었다. 사람들이 그의 말과 갑옷을 만지려고 달려들었다. 마치 그로써 행운을 손에 넣고, 피렌체 으뜸의 가문과 다시 한편이 될 수 있다고 믿는 것 같았다.

---

* 개혁 위원회 또는 개혁 정권.(원주)

로렌초는 군중을 헤치며 라르가 거리의 팔라초로 서둘러 돌아갔다. 피에로는 코시모가 애용하던 서재에 있었다. 그는 시민 회의가 메디치가의 손을 들어주었다는 것을 이미 알고 있었다. 그의 곁에는 루크레치아가 서 있었다. 위험이 사라졌다는 전갈을 받고 딸들과 함께 카레지에서 돌아온 참이었다.

로렌초가 다정하게 모친을 안았다. 조금 살이 찌기는 했지만 루크레치아는 여전히 아름다웠고 얼굴은 언제 봐도 밝게 반짝였다. 그녀가 아들의 손을 잡아끌었다.

"오거라, 할말이 있다."

로렌초는 무슨 일인가 싶어 가슴이 두근거렸다. 두 사람은 말없이 루크레치아의 방으로 향했다. 그녀의 방에서 침구를 준비하는 샤밀라를 본 로렌초의 얼굴빛이 변했다.

"나가봐라." 루크레치아가 말했다.

처녀는 방을 나가는 순간 로렌초를 훔쳐보았고, 로렌초는 얼굴을 붉혔다. 방문이 닫히자 루크레치아가 가만히 웃었다.

"벨벳 같은 눈동자로구나! 저애가 탐나니? 사랑을 나누고 싶어?"

로렌초는 대답하지 않았다. 모친이 말을 이었다.

"메디치가의 사내들은 대대로 하녀들과 사랑을 나누었어. 그게 운명인지도 모르지. 어쨌든 밖에 나가 돈을 주고 사는 것보다야 집에서 구하는 게 낫겠지. 수시로 한증막을 드나들고 제일 큰돈을 집어주는 사람한테 몸을 파는 여자들과는 달리 집안의 여자들은 못된 병에도 걸리지 않았을 테고."

로렌초는 모친의 거침없는 솔직함에 놀랐다. 모자가 사랑에 관해 이야기를 나누는 일은 거의 없었다. 설령 논한다 해도 둘 다 즐겨 짓는 시들을 서로 교환해 읽을 때뿐이었다.

그녀가 창문 앞에서 몸을 돌렸다.

"네 아버지와는 이야기를 마쳤다. 네게 아내를 구해줘야 할 때가 됐구나."

로렌초는 여전히 아무 말도 하지 않았다. 언제고 거론될 문제였다. 복잡한 동맹 게임에서 결혼은 매우 중요한 역할을 했다. 메디치가도 유럽의 다른 지배 가문들의 경우와 마찬가지였다. 아들딸을 사위나 며느리로 내주는 것은 커다란 이해관계가 걸린 문제였다. 사실 로렌초는 로마와 나폴리에 다녀오기 전, 부친이 루카 델리 피티의 딸을 며느릿감으로 점찍어두었다는 것을 알게 되었다. 그러나 은행가는 메디치가를 배반했다. 곧 파산할 그 가문은 이제 아무 매력도 없는 상대였다.

"네 아버지가 내게 그 일의 마무리를 맡기셨어. 난 곧 로마로 간다." 루크레치아가 말했다.

"왜 로마죠?"

피렌체의 부유한 가문들은 피렌체 밖에서 배우자를 찾지 않는 것이 전통이었다. 그 전통을 위반하는 것은 권세 있는 시민들의 심기를 건드릴 위험이 있었다. 더욱이 로렌초 데 메디치라면 피렌체에서 제일 구미가 당기는 신랑감이었다.

"네 아버지는 토스카나 밖까지 가문의 영향력을 확대하고자 하신다. 그러려면 로마의 유력한 가문과 혼인할 필요가 있어. 물론 바티칸도 우리가 로마와 가까워지는 걸 싫어하지는 않을 거다. 네 아우가 언젠가는 추기경이 되어야 한다는 걸 잊지 말거라…… 이 결혼은 그 아이에게도 유리할 거야."

로렌초는 말이 없었다. 양친이 옳다는 것을 그는 알고 있었다. 어떤 여자건 그들이 맺어주는 여자를 받아들일 작정이었다. 어쨌든 불구거나 너무 못생기지만 않기를 빌 따름이었다.

루크레치아가 아들 곁으로 다가와 그의 뺨을 어루만졌다.

"무슨 생각을 하는지 안다…… 어미를 믿어라. 제대로 고르마."

그녀는 놀리는 투로 덧붙였다.

"기다리는 사이 그 귀여운 고양이랑 좋은 시간을 갖는 것도 괜찮겠지…… 하지만 사생아를 만들지는 말거라. 안 그래도 피렌체엔 메디치가의 사생아들이 넘쳐나니까."

* *
*

푸르스름한 그 시체는 팽팽한 자루처럼 부풀어 있었다. 강줄기의 합류점에서 뱃사공들이 발견한 시체는 아르노강의 헐벗은 제방 위로 옮겨졌다. 얼굴은 유령의 가면처럼 끔찍했는데, 코는 물어뜯겨 온데간데없고 눈구멍은 텅 비었으며 뺨은 곰보였다.

제8경비대*의 경찰이 의사를 대동하고 나타나 시체를 살펴보는 사이 주변은 수다스러운 아낙네들과 누더기를 걸친 어린애들로 소란스러웠다. 두 사내는 학자연하면서 사망 원인을 논했다. 경찰은 나병이라고 판단했다. 단검으로 상처들의 깊이를 재본 의사는 신원 불명의 이 시체가 강물에 던져지기 전 얼굴에 황산을 뒤집어썼다고 단언했다. 지기 싫은 제8경비대의 경찰은 시체의 의복으로 판단하건대 부르주아 계급이 틀림없다고 한마디 덧붙였다.

시체는 수레에 실려 도시로 옮겨졌다. 신원 불명의 이 유해는 축축하고 습기 찬 지하실에 임시로 보관되다가 시체 안치소로 던져지거나 해부에 심취한 의대생들에게 넘겨질 터였다.

행렬이 도시의 성벽을 넘어서기 무섭게 소문이 거리거리로 퍼졌다. 시체의 신원은 니콜로 페디니로 드러났다. 공증인은 이틀 전부터 행방불명이었다. 그의 아내에 따르면 결혼한 이래 그는 단 하룻밤도 부부의 침실을 비운 일이 없다고 했다.

밀정의 피살 소식은 즉각 메디치가에도 전해졌다. 그러니까 배반과 음모의 싹은 완전히 뽑히지 않았던 것이다. 그렇지만 시민 집회가 권력을 쥐여준 이래 그들은 피렌체의 정치를 원하는 대로 움직여왔다. 우선 시의원들의 신임을 얻은 사람들, 바꿔 말하면 메디치가의 신임을 얻은 사람들만이 임보르사토**가 될 수 있다는 결정이 내려졌다. 그들은 전임 장관 니콜로 소데리니가 파괴했던 것을 단숨에 재건했다. 다시 말해 행정의 모든 공직을 메디치가의 추종

* 피렌체의 경찰.(원주)

** 주머니에 넣어짐, 즉 시의원들의 제비뽑기 참가자.(원주)

세력이 차지한 것이다.

시의원들은 지체 없이 다음 단계로 돌입해, 음모의 수뇌와 주요 공범을 재판하기 위한 특별 법정을 소집했다. 결국은 도망치는 길을 선택했던 디오티살비 네로니는 영구 추방형을 선고받았다. 니콜로 소데리니와 아놀로 델리 아치아이올리에게는 이십 년의 유배형이 떨어졌다. 알비치가와 루카 델리 피티는 형을 면했다. 적의 파산만으로 충분한 복수라 판단한 피에로 데 메디치의 명령 덕분이었다. 톰마소 소데리니로 말하자면 로렌초의 바람에 따라 음모 동조 혐의가 불문에 부쳐지고 메디치가의 자문관 직을 속행할 수 있게 되었다.

사면 소송 수속을 마지막으로 사건은 종결되었다. 피렌체가 또 한번의 내전을 면한 것을 신께 감사하고 메디치가의 권력 복귀를 축하하는 예식에는 전 시민이 초대되었다. 금실 은실로 짠 값진 사제복을 입은 사제들을 앞세운 행렬의 선두는 화려하게 차려입고 말에 올라탄 메디치가의 두 형제였다. 행렬은 피렌체의 거리거리를 누빈 다음 산타마리아델피오레 성당에 이르렀다. 앞쪽의 줄이 엄숙한 데 비해 뒤쪽으로 갈수록 취해서 소란을 피우는 군중들로 떠들썩했다. 그 틈을 노린 좀도둑 몇 명은 시민들에게 덜미를 붙들렸다. 두들겨맞는 걸로 끝난 사람도 있지만 죽임을 당한 사람도 있었다. 교수형과 화형의 구경거리를 빼앗겼던 시민들도 그제야 속이 후련해졌다.

그날 저녁 로렌초는 샤밀라의 방을 찾았다. 처녀는 촛불을 밝힌 채 잠자리에 들어 있었다. 로렌초는 그녀가 자신을 기다렸다는 느낌이 들었다. 그가 말없이 거친 이불자락을 들어올렸다. 꿀 같은 호박색 알몸이 드러났다. 처녀는 조금도 거북한 기색 없이 그를 마주 바라보았다.

"때가 된 거야?" 로렌초가 속삭였다.

처녀는 대답 대신 눈만 한 번 깜박거렸다.

5
1467

몇 살이나 됐을까? 열두세 살을 넘지 않았을 것이다. 마구잡이로 가위질을 해 목선을 깊게 판 허름한 옷을 걸친, 푸석푸석한 금발의 깡마른 계집아이였다. 손은 묶였고 팔에는 족쇄가 채워져 있었다.

계집아이가 두 병사에게 떠밀려 처형대에 올라서자 시의회 광장에 밀집한 군중으로부터 "죽여라! 죽여!"라는 외침이 터져나왔다. 계집아이는 보석을 훔치려고 금은 세공사의 딸을 살해해 우물에 던진 혐의로 유죄를 선고받았다.

참수대 옆에 복면을 쓴 망나니가 도끼에 기댄 채 대기하고 있었다. 몇 발짝 떨어진 곳에서는 두건을 쓴 수도사가 십자가를 위협적으로 흔들어댔다. 계집아이는 울면서 몸부림쳤다. 한 아낙이 킬킬 웃음을 터뜨렸다가 자기 웃음소리에 놀랐는지 얼른 입을 다물었다. 군중이 잠잠해졌다. 병사들이 계집아이를 무릎 꿇리고 참수대에 머리를 얹었다. 망나니가 도끼를 쳐들었다. 군중이 함성을 터뜨렸다. 로렌초는 눈길을 돌리고 팔라초로 돌아갔다. 시민들의 잔혹한 일면이 드러나는 이런 행사는 질색이었지만 그들이 사형 집행을 못 보게 막을 방법도 없었다. 피렌체 시민들은 공연을 구경하거나 가족 나들이라도 하는 것처럼 사형 집행을 보러 다녔다. 심지어 망나니가 일을 마치기를 기다려 희생자의 손톱이나 치아를 차지하려고 다투는 악착스러운 사람들도 있었다. 그들은 그것들을 행운의 부적쯤으로 여겼다.

로렌초는 이 잔혹한 속죄 의식으로 입안이 씁쓸한 채로 팔라초의 평화로운 정원으로 들어섰다. 그곳에서는 만물이 조화로웠다. 봄이 한창이었다. 수액을 흠뻑 머금은 수목들이 싹을 틔웠다. 보드랍고 연한 새순은 쓰다듬고 싶게 사랑스러웠다. 잔디밭에는 색색의 자잘한 꽃들이 흩뿌려져 있었다. 바람은 상큼하고 가벼웠다.

로렌초도 봄날 같은 생동감으로 충만했다. 얼마 전부터 그는 사랑에 빠졌다. 상대는 피렌체 최고의 미녀라고 누구나 입을 모으는 루크레치아 도나티였다. 유행에 맞게 금발인 그녀는(피렌체 여자들은 머리칼을 햇빛에 장시간 노출시키거나 레몬즙이나 명반을 푼 물로 머리를 감아서라도 기필코 금발로 변신했다) 눈동자가 보랏빛이고 코끝은 약간 반항기가 있으며 입술을 보면 입맞춤을 하고 싶어지는, 선이 고운 계란형 얼굴의 미인이었다.

루크레치아 도나티의 남편은 그녀보다 열다섯 살이나 나이가 많은, 니콜로 아르딘겔리라는 세습 귀족이었다. 온 피렌체가 다 알게

끔 그녀를 자신의 뮤즈라 공언한 로렌초에게 그런 것은 중요하지 않았다. 자유로운 새 풍속은 남녀의 플라토닉한 연애 관계를 허용했다. 실제로 그녀의 남편은 누구보다 관대했다. 사업 때문에 수시로 집을 비우고 터키로 떠나야 하는데다, 그 사업이 번창하느냐 마느냐가 한때 그의 가족을 추방했던 메디치가에 달린 까닭이었다. 더욱이 아내가 피렌체 으뜸의 메디치가 장남에게 연애시를 쓰게 만든다는 사실도 흐뭇했다. 그것은 그런 미녀를 아내로 둔 자신의 명예가 아니던가? 메디치가 장남의 열정적 사랑의 시들은 그의 행운을 더욱 빛낼 따름이었다.

로렌초는 정원에서 혼자 시를 읊조렸다.

그대만을 위한 작은 신전 안에 머물던 그대
시공을 초월해 누구보다 고귀한 그대, 우아한 여인이여
그대가 떠나자 나 모든 것을 잃었네

운명에 떠밀려 번민하는 내 슬픈 영혼을 위로하려고
눈앞에 밝은 빛 한줄기 나타났으나
너무나 눈부셔 차라리 어둠처럼 보였지

똑바로 바라볼 수 없기에 나는 생각하였네
아마도 금강석, 아니 금강석보다 더 귀한 보석일 거라고
몸을 맞댄 보석들이 눈부시게 빛을 낸다고

하지만 나는 이내 깨달았다네
찬란한 그 빛이 아름다운 그대 눈길인 것을*

로렌초는 난생처음 사랑하고, 그 사랑 때문에 괴로워하고 있었다. 미녀는 그의 찬사를 음미만 할 뿐 늘 빠져나갔다. 사랑의 헌사는 받아들이되 유혹에는 좀처럼 굴복하지 않았다. 저녁이 오면 로렌초는 하녀 샤밀라를 품에 안으며 다가갈 수 없는 뮤즈의 몸을 꿈꾸었다.

로렌초가 생각에 빠져 있을 때 하인이 다가와 편지 한 통을 내밀었다. 섬세하고 우아한 그 필체는 어머니의 것이었다. 모친은 연초에 로마로 떠났다. 거기서 오라비이자 바티칸의 메디치 은행 대리인인, 그리고 이번 결혼 교섭을 도와주는 조반니 토르나부오니와 합류했다. 먼젓번 편지에 따르면 모친이 아들의 신붓감으로 택한 처녀는 로마에서 큰 영향력을 행사하는 왕가 오르시니가의 클라리체였다. 이 명문가에서는 이미 상당수의 이름난 전사, 추기경, 고위 성직자, 나아가 교황까지 배출했다. 피에로는 오르시니가와 사돈이 되면 차남 줄리아노를 한결 수월하게 추기경 자리에 앉힐 수 있으리라 기대했다. 오르시니가는 그들대로 메디치가의 재력 덕분에 로마 교황청에서 영향력이 커지리라 계산했다.

* 크리스티앙 베크가 번역한 시.(원주)

루크레치아는 첫 편지에서 신붓감의 숙부 오르시니 추기경이 동석한 가운데 처녀를 잠깐 만났다고 알렸었다. 열다섯 살쯤 된, 인상이 퍽 좋은 아가씨라고 했다. 로마의 풍습이 피렌체보다 엄한 탓에 처녀의 가슴을 살펴보는 일은 허락되지 않아 유감이라고, 어쨌든 가슴은 너무 작지도 크지도 않은 것 같았다고 그녀는 강조했다.

로렌초는 밀랍 봉인을 깨고 편지를 읽기 시작했다. 루크레치아는 또 한번 오르시니가에 초대된 모양이었다. 이번에는 클라리체와 더 긴 시간을 보냈다는 모친의 통찰력 있으며 해학적인 논평이 적혀 있었다.

'우리 딸들보다야 덜 예쁘다만 겸손한 아가씨니까 장차 우리 관습을 가르치기는 쉬울 게다. 애석하게도 금발은 아니다, 로마에선 금발이 유행하지 않거든. 숱이 많은 빨강머리란다. 얼굴은 동그랗지만 내 마음에 드는구나. 목은 길고 매끈한데 좀 가느다란 편이다. 당당하게 고개를 쳐들고 다니는 우리 딸들과는 달리 이 아가씨는 고개를 살짝 숙이고 다니는데, 수줍음을 타는 성격이어서 그런 것 같아. 전체적으로 보통 처녀들보다는 낫지만 네 누이 마리아, 비안카, 루크레치아와는 비교가 되지 않는다.'

아내가 될 처녀! 못난이거나 바보는 아니라고 귀띔해준 모친의 처사가 고맙기는 했지만 루크레치아 도나티에게 마음을 빼앗긴 로렌초는 클라리체란 처녀가 미녀건 아니건 개의치 않았다. 장남의 의무를 완수할 각오, 그리고 정력이 허락하는 한 몇 번이라도 아내를 임신시킬 각오는 되어 있었다.

게다가 오르시니가와의 협상은 막 첫걸음을 뗀 참이었다. 양가가 동시에 만족하도록 조목조목 따져 계약을 성사시키는 것은 보통 일이 아니었다. 클라리체란 처녀와 잠자리를 나누려면 몇 달, 어쩌면 몇 년이 걸릴지도 몰랐다. 그 시간을 로렌초는 아름다운 루크레치아를 정복하는 데 쓸 생각이었다. 그는 이제 겸손도 다 팽개치고 스스로를 아폴로 신으로, 루크레치아를 디아나로 그린 사랑의 시들을 지었다.

에로스여, 그대 활과 화살통을 가졌다면
어찌 내 심장을 겨누지 않는가?
죽음을 면할 수 없는 인간이기에 신에게 맞서지 못할 것인데!

그녀처럼 완벽한 여인을 사랑하는 것은 행운이었고, 그런 여인에게는 외면당하는 고통조차 감미로운 법이었다.

창문 건너편에서 줄리아노의 곱슬머리 위에 얹힌 모자가 보였다. 또 한번, 로렌초는 자신이 아우처럼 미남으로 태어나지 못한 것이 아쉬웠다. 길고 흰 콧날을 상쇄하자면 그는 늘 제 실력 이상을 발휘해야 했다. 외모가 준수하지 못한 대신 매사에 누구보다 출중해야 했다. 루크레치아 도나티는 그의 숨겨진 진짜 아름다움을 인정해줄까?

줄리아노가 형을 발견하고 얼굴이 환해졌다. 로렌초는 아우에게 가려다가 부엌에서 급하게 나오던 하녀와 부딪쳐 넘어질 뻔했다. 몇 번이나 고개를 숙이며 사죄하는 하녀의 얼굴을 본 로렌초는 흠칫했다. 시의회 광장에서 처형된 계집아이와 꼭 닮은 얼굴이었다……

* *
*

정원에 면한 방 안으로 카레지의 봄이 가득 흘러들어왔다. 삶은 공작 고기, 속을 채운 닭고기, 노간주나무 열매 풍미로 요리한 닭고기, 크로스티니,* 피노치오네** 등 성대한 진미가 차려진 테이블에 열다섯 명 남짓한 청년들이 둘러앉아 있었다. 트레비아노가 담긴 작은 술 단지가 손에서 손으로 옮겨졌고, 저마다 자기 앞에 놓이는 요리에 즐겁게 푸스치나***를 찔러넣었다.

로렌초는 이들을 자신의 '브리가타'****라 불렀다. 로렌초가 대장으로 군림하는, 친위대라 해도 좋을 유쾌한 청년 모임이었다. 하나같이 흥청망청 놀기를 좋아하는, 그렇지만 시인이거나 음악가이기도 한 그들은 말하자면 메디치 궁정의 측근들이었다. 메디치가의 장남이 잠시 피렌체를 벗어나 시골을 찾을 때, 매 사냥을 떠날 때, 밤에 주막으로 한잔 마시러 가거나 화가 친구들의 보테가를 방문

* 가금류의 간, 버섯, 볶은 콩 따위를 곁들여 버터를 바른 빵 조각.(원주)

** 야생 회향의 풍미를 가미한 소시지.(원주)

*** 이탈리아에서 15세기에 일반적으로 사용된 포크.(원주)

**** 놀이를 하는 한 집단 또는 군대의 여단을 일컫는 이탈리아어.

할 때도 그들은 어김없이 동행했다.

우선 루카 풀치, 베르나도 풀치, 그리고 사람들이 허물없이 지지라고 부르는 루이지 풀치 삼형제가 있었다. 셋 다 시를 즐겨 쓰고 틈만 나면 농담을 해대는 명랑한 청년들이었다. 몰락한 명가의 자제인 그들은 메디치가를 섬기는 데 열심이어서 조잡한 시를 쓸 때를 빼면 각양각색의 일을 도맡아 처리했다. 로렌초의 친위대인 그들의 엉뚱한 짓이나 장난질은 대부분 관대하게 용서되었다. 특히 로렌초의 모친은 지지를 몹시 귀여워했고, 지지는 그녀의 청에 따라 〈롤랑의 노래〉를 우스꽝스럽게 개작하기도 했다.

로렌초의 맞은편에 앉은 브라치오 마르텔리는 뭐든지 털어놓을 수 있는 절친한 사이였다. 그는 풍부한 재치로 침울한 사람들을 금세 쾌활하게 만들었다. 아름다운 루크레치아 도나티를 생각할 때마다 감상에 빠지는 로렌초를 수시로 놀리는 것도 다름아닌 이 청년이었다.

피곤해 보이는 넓적한 얼굴을 감싸고 팔꿈치를 탁자에 괸 채 왼쪽에 앉아 있는 청년은 디오니기 푸치였다. 살이 너무 쪄서 고민인 이 낙천가는 인상과는 퍽 다른 일면을 갖고 있었다. 그는 로렌초와 더불어 토스카나의 시골을 말을 타고 달리는 것보다는 유녀들의 품안에서 쉬는 것을 좋아했다. 게으른 태도는 신중하고 현명한 조언을 할 줄 아는 전략가의 정체를 가리고 있었다.

그 밖에 브리가타의 영구 회원들로는 피에트로 알라만니, 로렌초의 두 처남 베르나르도 루첼라이와 굴리엘모 데 파치, 열렬한 플라톤주의자인 프란체스코 베를린게리, 미식가 상인이자 악명 높은 난봉꾼인 조반 벤투라가 있었다. 이들 가운데 가장 눈에 띄는 인물은 지기몬디 델라 스투파로서, 모든 피렌체 여성의 숭배를 받는 미청년이었다. 알비에라 델리 알비치라는 미녀와 약혼한 이 청년은 로렌초가 제일 좋아하는 상대였고, 그도 로렌초에게 누구보다 충실했다. 장래의 책임을 한시도 잊은 적이 없는 메디치가의 장남은 지기몬디야말로 장차 자신의 오른팔, 측근 중의 측근이 될 것이라 여겼다.

디오니기 푸치가 잔을 쳐들었다.

"우리들의 사랑에 건배!"

청년들이 웃음을 터뜨렸다. 자신들의 덧없는 사랑에 늘 요금이 정해져 있다는 것쯤은 다들 알았다. 푸치는 착실한 관계를 맺는 일을 질색했다. 무엇보다 자유를 사랑하는 그는 결혼을 믿지 않았다.

이번에는 지기몬디가 잔을 흔들며 외쳤다.

"최고의 여자 루크레치아에게 건배!"

청년들이 잔을 들어올리며 일제히 돌아보는 바람에 로렌초는 얼굴이 붉어졌다.

"허물지 못할 요새는 없지!" 조반 벤투라가 말했다.

"고로 연인의 적극적 공세에 무제한 저항할 수 있는 정숙한 여자도 없는 법!" 루카 풀치가 이어받았다.

"남편이 걸핏하면 잠자리를 비울 땐 말할 필요도 없지. 그녀의 남편은 또 떠난다더군." 피에트로 알라만니가 덧붙였다.

"그렇게 사랑스러운 영토를 방치하는 건 유감이야. 로렌초, 달콤한 결말을 모색해야 할 시기가 됐어." 벤투라가 지적했다.

"네 시들이 그녀를 감동시킬 날이 올 거야! 그럼 항복하게 되어 있어." 프란체스코 베를린게리가 결론을 냈다.

그들은 제각기 잔을 비우고 새로 채웠다. 브라치오 마르텔리가 웃었다.

"로렌초, 부디 이것만은 각오해둬. 그녀의 정원을 촉촉하게 적셔 기대에 어긋나지 않는 즐거움을 주고 싶다면 너 상당한 정력을 과시해야 할 거야……"

"무슨 소리야?"

"나, 벽걸이 천 뒤에 숨어서 그 두 사람의 첫날밤을 훔쳐봤거든……"

환호성이 터졌다. 조반 벤투라가 의혹의 눈초리로 물었다.

"그녀의 알몸도 봤단 말이야?"

"백합보다 새하얗던걸. 사내의 손이 더듬기 좋아하는 곳마다 어김없이 매력을 발산하더군!"

청년들의 눈빛이 음탕하게 반짝였다. 오직 로렌초만 무표정한 얼굴이었다.

"그래서? 뭘 각오하란 거야?" 이윽고 로렌초가 짜증스럽게 물었다.

"니콜로가 대단히 뛰어난 기교를 갖췄다는 걸 이 두 눈으로 확인했단 말이야…… 그의 물건은 그야말로 황소 뿔에 필적하더라고!"

"거짓말!"

"게다가 그는 하룻밤에 몇 번이라도 승부를 벌일 수 있지."

"다 헛소리야!"

브라치오가 좌중을 둘러본 다음 로렌초를 가리키며 피식 웃었다.

"사랑이 판단을 마비시킨다더니 정말 그렇군. 제아무리 훌륭한 사람도 사랑엔 굴복하지!"

로렌초는 자제했다. 그는 옷자락 밑의 주먹을 꼭 쥐었다. 황소뿔이 루크레치아의 섬세한 몸속으로 들어가는 것을 상상하면 도저히 참을 수가 없었다.

"너 취했어, 브라치오."

마르텔리의 얼굴이 굳어졌다. 로렌초가 그런 식으로 말한 것은 처음이었다.

"내 말에 기분이 상했다면 미안하게 됐군."

로렌초는 대답하지 않았다. 무거운 침묵을 깨기 위해 루카 풀치가 류트를 집어들고 몇 가락 연주하기 시작했다.

"사향고양이!" 베르나르도가 환성을 질렀다.

그것은 로렌초가 동료들과 함께 작곡한 사육제의 노래였다. 처음부터 끝까지 외설적인 암시로 가득한 그 노래를 브리가타의 청년들은 무척 좋아했다.

"친애하는 부인들, 써먹을 데가 많은 놈이 한 마리 있어요, 이름하여 '사향고양이'라는 녀석이죠……"

청년들의 얼굴이 환해졌다. 풀치가 유쾌하게 노래를 부르고 로렌초의 두 처남이 갖가지 어릿광대짓을 하면서 그 뒤를 따라가는 사이 로렌초도 얼굴이 펴졌다.

임자 없는 길쭉한 수심 측량기를 주웠답니다
끝이 뭉툭해서 찔려도 안 아프지요
반드러운 그걸 한번 집어넣어보세요
부인들, 그럼 기분이 좋아질걸요
주의깊게 봐가면서 제대로 넣어야죠
사향고양이가 사는 곳을 정확히 찾아내야 하거든요
안 그러면 수심 측량기를 더럽히거나
작은 짐승을 다치게 할 염려가 있어요
수심 측량기가 없는 사람도 적당히 해결할 수 있답니다
모르는 사람 힘을 빌리든지 아님 자기 손가락이라도 쓰세요
그런 다음 남편한테도 느껴보라 하세요
그가 못 느낀다면 안됐지만 그의 탓
그건 재주가 많지요, 제일 큰 재주는 임신시키는 것……
물론 다른 재주도 있지만 우리 입으론 차마 더 말 못하죠
어쩜 우린 너무 말을 많이 했나봐
자, 부인들, 진짜인지 아닌지 확인들 해보시래도요

루카 풀치는 좌중의 갈채와 요란한 웃음 속에서 노래를 마쳤다.

브라치오 마르텔리가 걱정스러운 눈초리로 탁자 건너편의 로렌초를 바라보았다. 로렌초는 잠자코 미소를 지어 보였다.

* *
*

충실한 벗 지지 풀치가 로렌초를 따라나섰다. 메디치가의 장남은 피렌체의 골목골목을 거닐기를 좋아했다. 마음처럼 자주 산책할 수는 없었지만, 그는 매번 조부의 손에 이끌려 서민 동네의 복잡한 골목에 들어찬 공방과 가게를 돌아보던 시절을 떠올렸다.

맞은편에서 예쁜 아가씨가 다가왔다. 처녀는 자잘한 꽃이 돋을무늬로 새겨진 초록색 새틴 치마 차림이었다. 거미줄처럼 얇고 가벼운 비단 속옷이 젖가슴을 짐작하게 해주었다. 이마가 훤히 드러나게 틀어올린 머리칼에는 진주 장식이 박혀 있었다. 이마가 넓어 보이도록 잔머리를 깎은 것이 분명했다. 처녀는 부끄러운 기색도 없이 두 청년에게 노골적인 눈길을 던지며 지나갔다.

"저런 교태를 일컬어 뭐라고 하는지 알아? '질 좋은 아마포를 짜줄 씨아와 가락을 물색중'이라고 하지." 지지가 조롱조로 내뱉었다. "상상컨대 넌 물레로 변신해 네 취향에 맞는 옷감을 짤 테지."

지지 풀치가 유쾌하게 웃음을 터뜨렸다. 가슴 설레게 좋은 봄날이었기에 피렌체 여인들은 시의 복장 규제 따위는 아랑곳하지 않았다. 여인들의 알록달록한 옷차림에는 모피 장식, 모조 비단, 자수, 모슬린, 싸구려 장신구, 하찮은 패물 따위가 어지럽게 뒤섞여 있었다. 목선은 아찔할 정도로 깊이 파였고 꼭 끼는 드레스 밑으로는 잘록한 허리와 풍만한 엉덩이가 드러났다.

일요일마다 설교자들은 피렌체의 존경할 만한 여인들을 향해 품행이 추잡하다고 부르짖었다. 유녀처럼 요란하게 화장하고 한껏 모양을 내다니, 그것은 곧 신에게 도전하는 행위였다. 여인들의 옷차림 문제가 소동으로 번질 조짐이 보이자 피렌체 당국이 법을 적용하기에 이르렀는데, 그것은 애초 품위를 지키며 올바른 상행위를 확립하자는 취지로 먼 옛날에 제정된 케케묵은 법률이었다. 안 그래도 할일이 많은 공증인들이 여인들의 복장을 단속하기 위해 길목마다 파견되었다. 그들은 이내 조롱을 샀고, 그러자 유행의 지도자로 자처하기를 재빨리 포기했다. 이런 사태에 제일 먼저 코웃음을 친 것은 시의회에 커다란 존경을 공식적으로 표명해온 로렌초였다. 새로운 자유에 눈뜬 피렌체 여인들이 관습을 무시하고 혼자 외출하거나 화사하게 화장하는 것이 로렌초는 유쾌했다. 그것은 아름다움에 대한 경의였고 사랑의 찬가였다.

그러나 지난가을의 폭풍을 말끔히 잊게 만드는 이 태평한 분위기 밑에는 불안이 도사리고 있었다. 일 년 전 음모를 꾸몄던 인물들은 유배를 틈타 토스카나의 도시에 등돌리게 베네치아를 쑤석거렸다. 니콜로 소데리니와 디오티살비 네로니가 주동자였다. 그들은 베네치아 총독을 설득해 바르톨롬메오 콜레오니를 고용하게 만들었다. 산마르코 공화국에 숱하게 봉사했던 늙은 용병대장은 피렌체를 코앞에 두고 짐을 싸서 돌아서야 했던 이래 울분이 쌓였던 터였다. 다른 용병대장들도 콜레오니에게 힘을 보탤 준비가 되어 있었다. 에르콜레 데스테, 알레산드로 스포르차, 페사로의 영주, 조반니 피코 델라 미란돌라, 그 밖에도 피렌체를 희생시켜 새 영지를 손에 넣으려는 인물들은 얼마든지 있었다.

이탈리아 전역에 심어둔 밀정들 덕에 피에로와 로렌초는 이 결탁의 진전을 훤히 알았다. 매일 당도하는 보고서를 읽을 때마다 그들의 근심은 깊어졌다. 피렌체의 선박들이 베네치아 선단의 공격을 받고 화물을 빼앗겼다. 베네치아 공화국은 제노바에서 반란을 일으키고, 사보이아 쪽에는 피렌체의 동맹 밀라노 공국을 공격하라고 부추겼다.

피에로는 곧바로 위험을 감지했다. 그는 우선 교황 바오로 2세의 용인하에 피렌체, 밀라노, 나폴리를 재규합하는 연맹을 결성하자는 약속을 얻어냈다. 중대한 외교적 성공이었지만 그것만으로는 충분하지 않았다. 베네치아가 규합한 군대와 대등하게 싸울 군사력을 준비해야 했다. 바르톨롬메오 콜레오니에 대항할 수 있는 용병대장은 딱 한 명이었다. 우르비노의 영주 페데리고 다 몬테펠트로. 바오로 2세에게 가톨릭 군대의 수장으로 임명된 명장인 페데리고는 콜레오니의 오랜 맞수였다. 둘은 무수한 전장에서 어김없이 적장으로 만나온 사이였다.

피에로는 즉각 로렌초를 우르비노로 파견하기로 했다. 우르비노에서 일을 마치면 나폴리로 가 페란테왕을 설득해 원군을 보내주겠다는 약속을 받아내야 했다. 메디치가의 가장은 몬테펠트로의 용병, 나폴리의 병사들, 그리고 밀라노의 원군과 피렌체의 자위 부대에 합세할 볼로냐의 몇몇 중대를 아우르는 세력이 강력히 집결함으로써 베네치아의 야망에 종지부를 찍을 수 있기를 기대했다. 나폴리와 로마에서 이미 능란한 외교 수완을 발휘했던 로렌초만이 그 기대를 현실로 만들 수 있을 것이다.

로렌초는 부친이 마련한 두둑한 자금과 선물을 갖고 지체 없이 길을 떠나야 했다. 루카 풀치, 브라치오 마르텔리, 그리고 병사 몇 명이 호위대로 따라가게 되었다.

동이 틀 무렵, 아펜니노산맥으로부터 불어온 신선한 바람이 피렌체에 막 당도할 때 그들은 메디치가의 팔라초를 떠났다. 현관 뒤에서 샤밀라가 출발을 엿보았다. 그 곁을 스치듯 지나가면서도 로렌초는 눈길을 주지 않았다.

도시는 아직 잠에 빠져 있었다. 로렌초는 루크레치아 도나티의 집 앞에서 잠깐 멈추었다. 덧창들은 닫혀 있었다. 그녀의 초상화 한 장 지니고 있지 않은 것이 아쉬웠다. 초상화라도 있으면 피렌체를 비울 몇 주 동안 헤어짐의 고통이 수그러들 것 같았다.

* *
*

놀라운 풍경이었다. 멀리, 평원 위에, 따로따로 솟구친 높다란 두 언덕은 저 옛날 지구의 창자가 몇 번이고 뒤틀렸다고 증언이라도 하는 것 같았다. 가까이 다가가서야 몇 백 마일에 걸쳐 퍼진 두 언덕을 둘러싼, 총안이 뚫린 성벽이 보였다. 뒤이어 마치 거대한 성채 같은 도시 우르비노가 통째로 눈에 들어왔다. 군데군데 치솟은 성당 종탑들과 웅장한 팔라초 한 채가 보였다.

로렌초 일행은 도시의 여러 문들 가운데 하나로 이어지는 뱀 같은 길을 올라갔다. 그들은 앞질러 전령을 보내 자신들이 가고 있다는 사실을 알려두었다. 경비병들이 경사가 심한 골목길과 계단들의 미궁을 가로질러 팔라초까지 그들을 호위했다. 정면에서 본 건물은 엄청난 규모였음에도 불구하고 대단히 우아했다. 이 건물이 본래 요새였음을 일깨워주는 높다란 망루 두 채가 위아래로 삼층이나 되는 로지아와 연결되어 있었는데, 그것은 집을 태양과 빛을 향해 열어두는 최신 건축양식이었다. 앞뜰은 아직 공사중이었다. 그러나 화려한 기둥머리를 갖춘 높다란 기둥들, 그리고 그 기둥들과 잇닿은 아름다운 반원형 아치들에 탄복하는 데는 아무 지장도 없었다. 내부는 페데리고 다 몬테펠트로의 취향대로 꾸며져 있었다. 이 용병대장이 고대의 고딕식 성채를 호화로운 궁전으로 바꾸는 중이란 사실은 구석구석에서 드러났다. 벽마다 늘어진 플랑드르산産의 호사스러운 타피스리, 정묘하게 상감 세공된 문들, 세련된 벽난로, 화려하게 채색된 훌륭한 천장, 수집한 사람의 높은 식견을 짐작케 하는 대리석과 악기. 사방에 걸린 그림들이 화풍으로 보건대 피에로 델라 프란체스카의 작품이란 것을 로렌초는 이내 알아보았다.

로렌초는 예술 전반에 탁월한 식견을 지닌 용장을 어서 만나보고 싶었다.

용병대장은 자신이 이 팔라초에서 가장 자랑스럽게 여기는(로렌초는 그 사실을 나중에야 알게 되었다) 도서관에서 메디치가의 장남을 맞아들였다. 흑갈색 목재 선반에 금실로 수놓은 비단이나 진홍빛 가죽으로 장정한 책들이 빽빽이 꽂혀 있었다. 코시모의 조부가 일찍이 피렌체에 세상에서 제일 큰 도서관을 만들려 했다는 것을 아는 몬테펠트로는 손님이 자신의 수집품 앞에서 감탄할 시간을 충분히 주었다. 필사본인 각 저작물에는 세밀한 장식 문자가 추가되어 내용이 한결 풍부했다.

"서기 사십 명이 매일 내 수집품들의 목록을 늘리기 위해 일한다오. 그리스어, 히브리어, 라틴어가 총망라되어 있죠…… 자랑 같소만 교회 박사들의 주요 문헌들도 필사하게 했소이다."

우르비노의 영주는 작달막하고 딱 바라진 사내였는데, 챙 없는 빨간 모자를 단두대 칼날처럼 푹 눌러쓰고 있었다. 어느 싸움터에선가 한쪽 눈을 잃고 코뼈도 부러졌다는 그의 얼굴 한복판을 차지하는 긴 코는 꼭 새의 부리처럼 보였다.

모자와 똑같은 빨간색 옷자락 밑으로 근육질의 탄탄한 몸을 짐작할 수 있었다. 한쪽 눈을 잃었건 코뼈가 부러졌건 이 사내의 운동신경은 끄떡도 없을 터였다. 그러나 험악한 외모와는 달리 용병대장은 부드럽고 고른 목소리로, 한마디 한마디를 신중하게 골라가며 말했다. 무거운 눈꺼풀 밑에 절반쯤 가려진 하나뿐인 눈동자는 지성과 통찰력으로 반짝였다. 로렌초는 그의 명성이 과장이 아니라고 생각했다. 용장 몬테펠트로는 승리를 확신할 때만 공격하는 인물이었다. 그는 싸우기 전에 먼저 우회 수단을 쓰고, 적을 속이거나 조종하고, 노리는 도시를 포위하는 데 유용한 새 무기를 발명했다. 그리고 기회다 싶으면 매처럼 적을 덮쳤다. 사람들은 또 그의 충성심도 칭송했다. 많은 용병대장들과는 달리 그는 고용주를 배반한 적이 없었고 자신의 지휘권이 유효한 한 계약을 파기한 적도 없었다. 그는 군대를 엄격한 규율로 통제했는데 불필요한 죽음, 약탈, 시민에 대한 폭력을 최대한 억제했다. 그의 방침 덕에 피해를 면한 도시들은 용병들이 집을 약탈하고 여인을 겁탈해 차지했을 것보다 훨씬 많은 전리품을 내놓았다. 그가 큰 재산을 축적해 우르비노를 번영시킬 수 있었던 것은 그런 현명함과 봉사의 대가로 요구한 높은 보수 덕분이었다.

로렌초는 손에 쥐고 살펴보던 티투스 리비우스의 『열흘』이란 책을 도서관 한복판의 서적대에 내려놓았다.

"내 애독서라오. 밥 먹을 때마다 몇 장씩 낭독시키죠. 물론 귀한 손님과 식사하는 영예를 누릴 때는 빼놓고 말이오."

그가 소리 없이 웃었다. 그의 외눈에 주름이 잡혔다. 로렌초는 용병대장이 용건을 묻고 있다는 것을 알아차렸다. 굳이 설명할 것도 없는 일이었다. 베네치아가 전쟁 준비를 서두를 때 메디치가의 장남이 용병대장을 찾아왔다면 고용계약 말고 뭐가 있겠는가? 그는 오랜 맞수 바르톨롬메오 콜레오니와 또 한번 대적할 생각에 벌써 즐거운 것이 분명했다.

협상은 격렬했다. 예술을 옹호하는 식견 높은 용병대장은 알고 보니 만만찮은 협상가였다. 몬테펠트로는 즉각 수천 플로린을 지불할 것과 연합군의 지휘권을 요구했다.

"한 부대는 한 사람처럼 움직여야 하오. 대장이 여럿이면 부대는 흩어지고 싸움에서 패하죠!"

로렌초는 밀라노와 나폴리 측의 반응이 염려스러웠지만 그 요청을 수용했다.

첫 협상이 끝나자 용병대장은 로렌초를 데리고 스물여덟 폭의 초상화가 벽을 장식하고 있는 특별 집무실로 갔다. 몬테펠트로는 호메로스, 성 토마스 아퀴나스, 프톨레마이오스, 세네카, 솔로몬 등 옛 위인의 초상화도 수집했다. 로렌초가 그 특별한 수집품을 감상하기를 기다렸다가 그가 불쑥 말했다.

"원정이 길어지고 겨울이 닥쳐서 중단되면 따로 수당을 지불해 주시오. 겨울 숙영 기간 동안 병사들을 유지하고 봉급도 줘야 하니까."

"무슨 말씀을! 영주님만한 맹장께서 가을이 시작되기 전에 결판을 내지 않는다면 외려 제가 놀랄 일입니다."

몬테펠트로가 웃음을 터뜨리자 로렌초는 자신이 약간 억지를 썼다는 것을 깨달았다.

* *
*

피에로가 고갯짓을 했다. 격렬한 고통이 엄습했지만 그는 아들의 보고를 듣기 위해 몸을 일으켰다. 로렌초는 해냈다. 페데리고 다 몬테펠트로는 당장 진군을 시작할 것이다. 그가 이끄는 부대라면 우르비노와 피렌체를 가로막은 험한 산길에서도 무거운 청동 대포를 너끈히 옮길 것이다. 로렌초는 나폴리에서도 외교 수완을 발휘했다. 페란테왕은 자신의 친아들 알폰소 데 칼라브레가 지휘하는 연대를 보내기로 결정했다. 하지만 피에로는 이 귀중한 군사 동맹을 위해 피렌체의 국고와 메디치가의 사재를 얼마나 축내야 하는지 듣고는 낯을 찡그렸다. 어쨌든 더 우물쭈물할 수 없었다. 바르톨롬메오 콜레오니가 8천 기병과 6천 보병으로 구성된 대규모 군대를 이끌고 이미 포강을 건넌 터였다. 언제 피렌체로 몰려들지 모를 이 부대를 몬테펠트로가 가로막는 게 절박했다.

"우르비노의 영주는 제때 도착할 겁니다. 듣자 하니 콜레오니는 강행군을 질색한답니다. 콜레오니는 자기 군대가 개입하기 전에 기습적으로 평화 협상이 성립되기를 기대하면서 천천히 시간을 쓰는 걸 선호하는 인물이라더군요." 로렌초가 말했다.

피에로가 어깨를 으쓱했다.

"용병대장들은 하나같이 고용주를 만족시키는 것보다 자기네 병사를 온존할 길만 찾는단 말이야."

"어쨌든 전쟁보다는 낫죠."

"하지만 꾸물거리는 사이에도 그들의 지갑엔 돈이 들어가지."

로렌초가 소리 없이 웃었다. 경제 감각은 메디치가의 누구나가 갖춘 덕목이었다. 피렌체의 부가 곧 자신들의 부라고 생각하는 그들이었지만 도시를 치장하고 예술가를 후원하기 위해 지갑을 무제한으로 여는 것처럼 보일 때도 언젠가는 그 투자의 이익을 환수할 수 있으리라 계산했다. 로렌초도 그런 탁월한 경제 감각을 발휘할 수 있을까?

"아버지, 부탁이 있습니다……"

루크레치아 도나티를 향한 열렬한 사랑을 생각하면 당장 그녀에게 달려가도 모자랄 지경이었지만, 로렌초는 자신에게 깊은 인상을 남긴 페데리고 다 몬테펠트로와 합류하고 싶었다. 이탈리아 최고의 용병대장이 군사작전을 준비하는 것을 곁에서 보고 싶었다. 그가 전술전략을 짜는 것을 지켜보고 강력한 전력의 비밀을 캐보는 일은 좋은 공부가 될 터였다. 로렌초가 아무리 무술에 능해도 직접 싸움터로 나갈 일은 없을 테지만, 어쨌든 전쟁에 대해 배워둘 필요는 있을 것 같았다.

"우르비노의 영주와 동행하게 해주세요."

"안 된다, 로렌초. 넌 전쟁터보다 피렌체에 더 필요해. 난 갈수록 힘이 빠지니 네가 나 대신 손님들을 맞아야 한다. 동맹국의 사절단을 즐겁게 해주고, 그들이 원하는 건 뭐든지 내놓거라."

피에로는 잠시 뜸을 두었다가 더 약한 목소리로 말을 이었다.

"네 몸에 어떤 위험도 닥쳐선 안 된다."

로렌초가 자신의 방으로 돌아와보니 샤밀라가 옷을 손질하는 체하며 서성거리고 있었다.

"여기서 뭘 하는 거야?" 그가 퉁명스럽게 물었다.

"돌아오셨다기에……"

시르카시아 하녀의 눈에 눈물이 고였다. 로렌초는 거칠게 이야기한 것을 후회했다. 샤밀라에 대한 정열은 갈수록 미지근해졌다. 우르비노에서는 영주 부인의 싹싹한 하녀가 그의 욕정을 잠재워주었다. 이 여자 아니면 저 여자…… 스스로를 속이기 위해 숱한 여자들을 품었지만 그가 정말로 원하는 여자는 오직 루크레치아였다.

"눈물을 거둬라, 샤밀라……"

"이젠 저한테 싫증이 나셨죠!"

"난 곧 결혼해."

로렌초는 말을 마치자마자 수치심을 느꼈다. 왜 이 처녀를, 때가 오기를 기다려 너그럽게 자신을 내준 처녀를 속이려 들었을까? 그가 손을 잡았지만 그녀는 물리치고 뛰어나갔다.

로렌초는 그녀에게 선물을 해야겠다고 생각했다. 그러나 황금으로 슬픔을 지울 수 있을까? 외려 더 비겁한 짓은 아닐까?

* *
*

몇 달이 흘렀다. 메디치가의 팔라초에서는 연일 그 집의 장남이 주최하는 연회가 벌어졌다. 나폴리, 밀라노, 볼로냐의 동맹들은 극진한 대접을 받았다. 전쟁터에서는 아직 아무 소식도 없었다. 우열을 가릴 수 없이 교활한 두 용병대장은 무슨 일이 있어도 전면 충돌은 피하려고 작정한 것 같았다.

이제 방을 벗어나는 일이 거의 없는 피에로가 초조해서 분노를 터뜨리는 사이 로렌초는 계속 루크레치아 도나티를 손에 넣기 위한 공작을 펼쳤다. 서로 노려보기만 하는 두 용병대장처럼, 로렌초의 작전도 진전이 없었다. 고작 은밀한 입맞춤을 얻어낸 정도였다. 남편이 집을 비운 줄 뻔히 아는데도 뮤즈는 저항했다. 앙큼한 그녀는 그러면서도 희망은 남겨두었다.

로렌초가 아폴로, 루크레치아가 디아나로 등장하는 사랑의 시들은 이제 우수와 침울함만 넘쳤다.

홀로 수목들 사이에 남겨졌으나
나 외롭지 않음은
당당하고 감미로운 사랑을 끝도 없이 떠올리는 까닭이어라
눈물 한줄기 흘러 내 가슴을 적시고
나는 죽음 아니면 더 좋은 시절만 바랄 뿐
다른 바람은 하나도 없는 내 사랑에 물을 주네

브리가타의 동료들은 낙담했다. 끝이 안 보이는 공략을 지켜보는 일에 지친 몇몇은 후퇴하라고 조언했다. 몇몇은 더 우물거리지

말고 무력으로 요새를 탈취하라고, 심술궂은 그 여자는 실은 마지막 일격을 기다리는 것뿐이라고 주장했다. 완력으로 정복당하면 상대도 어쩔 수 없을 터였다. 차라리 몸을 빼앗기면, 아니 빼앗긴 척이라도 하면 정숙치 못한 여자란 자책도 없으리란 논리였다.

로렌초는 결정을 내리지 못했다. 충족되지 않은 열정이야말로 그에게는 무엇보다 소중했다. 그것은 무궁한 영감의 샘이었고, 그 불행을 그는 지극히 사랑했다. 그가 사랑하는 것은 사실상 루크레치아가 아니라 사랑 자체가 아니었던가? 그런데도 그는 그 사실을 자인하지 못했다. 꿈이 깨질까봐 두려워서였다. 그녀를 손에 넣으면 자신의 사랑이 식지나 않을까 그는 혼자 겁내고 있었다.

* *
*

대접을 받을 만큼 받은데다 꿈쩍도 않는 전선의 소식을 기다리다 지친 메디치가의 동맹들은 저마다 고향으로 돌아갔다. 한여름으로 접어들면서 날은 몹시 무더워졌다. 귀족들은 서늘함을 찾아 도시를 벗어나 시골 별장으로 떠났다. 그곳에서 그들은 포도밭을 관리하고 수확을 감시했다. 로렌초도 브리가타의 친구들과 함께 카레지로 떠나고 싶었다. 그러나 로마에서 돌아온 모친이 바뇨 아 모르바로 가자고 권했을 때 그는 주저 없이 따라나섰다. 모친이 홀로 물러나 머무는 비밀스러운 온천지를 그의 눈으로 볼 최초의 기회였다.

가는 길에 모친은 오르시니가와의 협상이 길어진다고 털어놓았다. 로마의 왕가는 욕심이 많았다. 양가의 결합으로 이득이 더 큰 쪽은 메디치가라고 판단한 그들은 끝없이 새로운 요구 조건을 들고 나왔다. 루크레치아는 뒷일을 오라비에게 맡기고 피곤한 그 협상에서 철수했다. 로렌초는 아무 말도 하지 않았지만 내심 안도했다. 클라리체라는 처녀가 하루 빨리 피렌체에 와주기를 바라는 마음은 조금도 없었다.

모친의 주도로 건조된 소박하고 우아한 온천지에 그는 단박에 매료되었다. 로렌초는 무성한 풀밭 사이사이에 자잘한 꽃들이 쾌활하게 피고 레몬나무가 늘어선, 향기롭고 아늑한 정원의 매력을 느긋하게 맛보았다. 사랑의 보금자리로 이보다 좋은 곳이 또 있을까? 로렌초는 마음속의 연인 루크레치아 도나티가 낙원 같은 이곳을 거니는 모습을 떠올렸다. 신록의 규방 안에서 그녀의 사랑스러운 얼굴은 프라 필리포 리피의 성모마리아처럼 보일 것이다. 유황 성분이 함유된 온천수 속에서 감미롭고 요염한, 흰 대리석 같은 그녀의 몸은 꽃처럼 활짝 벌어질 것이다. 욕장에서 나온 그녀는 햇빛 아래서 알몸을 말릴 테고, 그것을 내려다본 아폴로 신은 기분이 좋아져 디아나의 몸 구석구석까지 빛을 뿌려주리라…… 마침내 그녀가 몸을 맡기리라. 그는 그녀를 갖게 되리라.

"무슨 생각하니?"

로렌초가 소스라쳤다. 모친이 다가오는 소리도 듣지 못했던 것이다.

"아무것도요. 명상하고 있었어요."

모친이 상냥하게 웃으며 놀렸다.

"젊은 사람들이 명상한다고 하는 건 사랑 때문에 고민한다는 소리지."

"이 정원이야말로 사랑의 보금자리 같은데요?"

루크레치아가 얼굴을 붉혔다. 불현듯 모친이 바뇨 아 모르바에 머문 것은 남편을 배려해 차마 피렌체에서는 지속할 수 없었을 밀회 때문인지도 모른다는 생각이 로렌초의 머릿속을 스쳤다. 그녀는 아직 누군가를 사랑하고 있을까? 가혹하게도 로렌초는 그러기엔 그녀가 너무 나이가 들었다고 생각했다. 그러나 이내 그 생각을 거두면서 모친을 힘껏 껴안았다.

"갑자기 왜 이러는 게냐?" 아들의 품안에서 루크레치아가 물었다.

"어머니가 내 어머니란 것이 행복해서요!"

루크레치아가 미소를 지었다. 빛나는 그 얼굴에는 옛 미모가 되살아나는 것 같았다.

로렌초가 그들을 목격한 것은 이른 저녁나절이었다. 레몬나무 가지 사이사이에서 석양빛이 황금색 덩어리를 만들며 흔들릴 때, 그는 저택 근처에서 도둑질을 하는 말 탄 사내 둘을 보았다. 큼직한 가죽 윗옷과 마구로 보아 병사들이 분명했다. 로렌초는 신경이 곤두섰다. 아버지의 밀정들은 메디치가의 적이 베네치아를 쑤석거리는 데 그치지 않고 다른 음모를 획책한다고 거듭 경고하지 않았던가.

무장 호위대도 없이 단신으로 모르바에 오다니, 위험을 얕잡아 봤다고 그는 자책했다. 습격이라도 받으면 모친을 어떻게 보호할 것인가? 그는 모친에게는 알리지 않고 밤을 기다렸다. 동이 트기 전 그가 말에 안장을 얹고 모친을 깨우러 갔다.

"여기서 벗어나야 해요. 공격을 받을지도 몰라요……"

암살이 흔한 정치 행위란 것쯤은 신중한 피렌체 여인인 루크레치아도 잘 알았다. 그녀는 신속하고 침착하게 준비를 마치고 아들이 기다리는 마구간으로 갔다.

"어머니의 마차는 쉽게 표적이 될 거예요…… 제 뒤에 타세요. 시르카시아 하녀 둘은 여기 남기죠, 그럼 저들도 우리가 떠나지 않은 줄 알 거예요."

그녀는 아무런 반론도 하지 않았다. 모친이 말에 오르는 것을 도와주면서 로렌초가 덧붙였다.

"제일 가까운 볼테라로 갈 거예요. 그곳의 성벽 안이라면 안전할 겁니다."

잿빛 밤하늘 아래서 그들은 평보로 빠져나왔다. 동쪽에서 진홍색 리본처럼 번지는 첫 태양빛이 보였다. 루크레치아는 아들의 허리를 꽉 껴안았다. 등에 모친의 체온이 전해지자 로렌초는 가슴이 두근거렸다. 그는 마을을 벗어나자 말에 박차를 가했다.

* *
*

그들은 무사히 말을 달렸다. 루크레치아는 기진맥진했지만 불평 한마디 없이 아들의 허리를 감싼 손을 풀지 않았다.

요새 꼴을 갖춘 커다란 부락 볼테라에 닿은 그들은 명반 광맥의 채굴을 감독하는, 메디치가 대리인의 집에 묵었다. 로렌초는 곧바로 피렌체로 전령을 보내 아버지에게 사실을 알리고 병사를 몇 명 보내달라고 청했다.

전령은 엄청난 소식을 갖고 돌아왔다. 두 용병대장이 마침내 몰리넬라 평원에서 전투를 개시했던 것이다. 피에로의 편지에 자세한 설명이 적혀 있었다. 목격자들에 따르면 싸움은 격렬하게 시작됐다. 두 부대는 나팔소리를 신호로 무기를 요란스레 부딪치며 일제사격의 소란 속에서 충돌했다. 페데리고 다 몬테펠트로는 연대 하나를 에스팽가르드라는 신종 화염 무기로 무장시켰는데, 이것이 베네치아 전열을 큰 혼란에 빠뜨렸다. 싸움은 횃불 아래서 밤늦도록 이어졌다. 새벽이 밝을 무렵 콜레오니는 적진에 군사를 보내 패배를 인정하며 휴전을 요청했다. 사망자 숫자는 아무도 추산할 수 없었지만 두 용병대장이 자기 병사들을 아끼기 위해 최선을 다한 것은 분명했다.

동이 트자 몬테펠트로와 콜레오니는 협상했다. 두 대장은 오랜 맞수이기는 했지만 앙숙은 아니었다. 그들은 승자의 영광을 훼손하지 않으면서 패자의 명예도 구하는 타협안에 합의했다. 베네치아군의 수장은 패배를 인정하고 군대를 철수하기로 약속했다. 전쟁은 끝났고 제각각 동계 숙영지로 돌아갈 터였다. 헤어지기 전에 두 용병대장은 힘찬 포옹을 나누었다.

로렌초는 몹시 기뻤다. 피렌체의 승리였다. 그러나 아직 평화조약이 체결된 것은 아니었다. 신속하게 합의서가 조인되지 않으면 이듬해 봄에 전쟁이 재개되리란 불안을 씻지 못한 채 겨울 동안의 용병 유지비도 지불해야 했다.

피에로는 로렌초의 협상 수완을 어느 때보다 필요로 하고 있을 터였다. 로렌초는 한시라도 빨리 피렌체로 돌아가야 한다고 모친에게 알렸다. 어쩌면 루크레치아 도나티도 그를 기다리고 있을 피렌체로.

6
1469

붉고 흰 꽃들이 창밖으로 빗발처럼 떨어지는 가운데 로렌초가 탄 말은 기수와 열두 기사를 앞세우고 당당히 나아갔다. 천을 씌운 그 백마는 나폴리 왕의 선물이었다. 그는 피렌체를 상징하는 흰색과 붉은색 옷을 입고, 깃털 모양의 다이아몬드 장식이 달리고 진주가 박힌 검은 모자를 쓰고 있었다. 옷과 마구만 해도 일만 플로린은 가볍게 넘을 거라고 사람들이 수군거렸다. 작은 깃발들이 휘날리는 피렌체의 거리거리에 모여든 구경꾼의 눈길을 특히 잡아끈 것은 로렌초의 깃발이었다. 로렌초가 손수 적은 '시대는 되돌아온다'라는 프랑스어 문구 밑의 그림은 뛰어난 화가 베로키오의 작품으로, 쪽빛 드레스를 입은 여인이 밝은 햇빛 아래서 월계수(이것은 아폴로를 상징했다) 잎을 엮고 있었다. 그 미녀가 루크레치아 도나티란 것은 누구라도 한눈에 알 수 있었다.

로렌초의 뒤에는 형 못지않게 차려입은 줄리아노가 있었다. 진주 장식이 달리고 은사로 수를 놓은 옷에 구경꾼들은 탄복했다. 그 뒤로 열네 명의 참가자가 열을 지어 따라갔다. 구경꾼은 물론이고 참가자들에게도 이 '조스트라'*는 피렌체 사상 유례 없는 큰 시합이 될 터였다. 대부분 브리가타의 일원인 참가자들은 로렌초와 마찬가지로 제각기 연정을 품은 여인의 얼굴이 그려진 깃발을 보란 듯이 휘날렸다.

로렌초의 스무 살을 축하하기 위해 열리는 이 기마 창 시합은 메디치가에게 커다란 정치적 의미가 있었다. 지병의 악화로 고통을 받는 만큼 여느 때 없이 '통풍 환자'라는 별명이 어울리는 피에로는 가문의 승리와 장남의 생일을 한꺼번에 축하하고 싶었다. 이탈리아에는 평화가 돌아왔고 피렌체는 재차 번영을 누리고 있었다. 호전적인 두 도시 나폴리와 베네치아가 협상 테이블 앞에서 미루적거리자 피에로는 프랑스 왕에게 도움을 청했다. 메디치가에 '경卿'**의 칭호를 주고 그들의 가문家紋에 그려진 여섯 개의 공 가운데 하나에 푸른 들판과 백합을 새기도록 허락한 루이 11세는 수완 좋게 협상을 중재했다. 마침내 평화조약이 조인되고 용병들과의 계약도 완료되었다. 피렌체는 사르차나라는 도시와 제노바로 가는 길목의 요새를 얻어냈다. 그 요새가 이제부터 롬바르디아 지방으

* 말을 타고 하는 창 시합.(원주)

** 프랑스 국왕이 타국의 왕이나 자국의 왕족, 귀족에게 주던 칭호.

로 이어지는 길들을 통제했다.

어차피 피에로는 구경도 못할 이 기마 창 시합은 요컨대 이미 위엄을 갖춘데다 예술을 위해 아낌없이 돈을 쓰는 덕에 '일 마니피코'라 불리는 메디치가 장남이 건재하는 한 피렌체의 미래는 밝다는 메시지였다. 물론 이 젊음의 축제를 제패할 사람도 로렌초뿐이었다.

산타크로체 광장 주변에 설치된 계단식 관람석은 관객들로 가득찼다. 선수들이 나팔 소리에 맞춰 원형경기장으로 입장했다. 누구나 즐겁고 들떠 있었다. 참가자들이 여섯 명의 심판에게 인사를 하는 사이 각 기수들이 참가자 전원의 깃발을 흔들었다. 일대는 그야말로 화려한 빛깔로 번쩍였다. 피렌체 여인들은 시합에 나설 선수들을 향해 스카프를 흔들어댔다. 로렌초는 그 한복판에서 루크레치아 도나티를 발견했다. 그의 뮤즈는 초록색과 황금색 꽃무늬가 새겨진 흰 비단 드레스를 입고 있었다. 그녀가 열렬히 응원하는 사람은 로렌초였다, 다른 사람일 리가 없었다. 그녀는 로렌초를 자신을 섬기는 기사로 인정했다. 마침내 그를 사랑하기로 한 것이다. 그녀의 갈채는 달콤한 고백이나 다름없었다.

그는 부푼 자부심과 술기운 같은 열정에 사로잡혀 광장 한구석 막사로 들어가 갑옷을 입었다. 무슨 일이 있어도 우승해야 했다. 루크레치아가 그것을 원했다. 로렌초는 이제 자신도 결혼한 몸이란 것을 거의 잊어버리고 있었다. 오르시니가와의 긴 협상이 작년 말에 끝났다. 클라리체가 6천 로마 플로린을 지참금으로 가져온다는 사실이 전해졌다. 다만 아이를 낳지 못한 채 세상을 떠날 경우 그 재산은 그녀의 친정으로 귀속된다는 조건이었다. 12월에, 피사의 대주교 필리포 데 메디치가 클라리체에게 결혼반지를 건네줌으로써 대리 결혼이 성립되었다. 클라리체는 아직 로마의 양친 집에 있었다. 예비 남편과 아내는 편지를 교환했다. 로렌초는 대충, 클라리체는 열심히. 진짜 결혼식은 6월에 토스카나의 도시에서 성대하게 치를 예정이었다. 루크레치아가 사랑을 받아주겠다고 공개적으로 선언한 것이나 마찬가지인 이때, 아내와의 첫날밤을 서두를 이유는 없었다.

그는 타고 온 말에서 내려 페라레의 보르소 데스테 후작에게 선물로 받은 전투용 말로 갈아탔다. 그러고는 갑옷으로 완전 무장을 마친 후 투구의 면갑을 내렸다. 시종이 프랑스 왕의 백합이 돋을새김으로 새겨진 방패를 내밀었다. 끝이 무디게 처리된 시합용 창을 움켜쥐자 준비는 끝났다. 나팔 소리를 신호로 그는 경기장으로 뛰어들었다.

로렌초는 첫 상대 카를로 바로모에이를 손쉽게 무찔렀다. 그다음엔 사촌인 브라초 데 메디치와 맞섰는데, 상대의 일격으로 땅에 떨어질 뻔했다. 가슴은 불에 덴 것처럼 화끈거렸지만 그는 고통도 잊고 다시 경기장으로 달려갔다. 그가 상대의 창을 피하면서 가슴 한복판을 후려쳤다. 브라치오가 땅으로 굴러떨어졌다. 로렌초의 손에는 이제 톱니 모양으로 부러진 창만 들려 있었다.

'일 마니피코'는 내처 카를로 다 포르메에게 달려들어 투구를 내리쳤다. 연이어 베네데토 살루티도 물리쳤다.

몇 번이나 아슬아슬한 고비를 넘기면서도 로렌초는 한 번의 결투도 지지 않고 경기를 마쳤다. 매번 그는 평소보다 몇 갑절 힘을 발휘하며 맹렬한 위세로 상대를 격퇴했다.

투구를 벗은 그가 심판석 앞으로 나아가 말에서 내렸다. 우승자로 선언된 것은 두말할 여지 없이 로렌초였다. 계단식 관객석에서 승리를 축하하는 환호성이 일어났다. 관객들이 모자를 공중으로 던졌다. 산타크로체 광장의 종탑들에서 일제히 종이 울렸다. 관례대로 그는 땅에 무릎을 꿇고 머리를 숙였다. 그녀가 와줄까?

연단에서 비단 스치는 소리가 들렸다. 그의 심장은 터질 것 같았다. 로렌초는 눈을 내리깐 채 버텼다. 그는 최후의 순간까지 기다릴 작정이었다. 마침내 드레스 밑자락이 나타나는 것이 보였다. 눈앞에서 흔들리는 초록색과 황금색 꽃들은 맑은 밤하늘의 별들 같았다. 옷자락이 그의 얼굴을 살짝 건드렸다. 그 스침만으로도, 비단자락 밑에 그녀의 몸이 있다는 사실만으로도 로렌초는 흥분을 누를 수 없었다.

로렌초는 루크레치아가 기마 창 시합 우승자에게 수여되는 투구를 씌워주는 순간에야 눈을 들었다. 안토니오 델 폴라이올로가 조각한 은 투구의 꼭대기에는 마르스 신이 장식되어 있었다. 그녀의 손이 그의 관자놀이를 스쳤다. 그는 그 손끝이 필요 이상으로 오래 머문 것 같다고 느꼈다.

* *
*

메디치가의 팔라초에서는 축연이 한창이었다. 로렌초의 우승을 축하하러 온 브리가타의 회원들이 소란을 피우고 있었다. 지지 풀치가 손수 작곡한 노래를 열창하자 나머지 청년들이 뒤를 이어받아 합창을 해댔다. 갓 결혼한 브라치오 마르텔리는 앳되고 예쁜 아내 코스탄차 데 파치만 정신없이 바라보며 연신 입맞춤을 퍼부어댔다. 조반 벤투라는 늘 그렇듯이 옆자리의 여인에게 음탕한 이야기를 늘어놓았다. 신입 회원인 아뇰로 폴리차노는 먹을 것과 마실 것이 지천에 깔린 호사스럽고 떠들썩한 향연을 얼이 반쯤 달아난 눈길로 구경하고 있었다. 그를 로렌초에게 추천한 사람은 플라톤주의의 대가 마르실리오 피치노였다. 고향 몬테풀차노를 떠나 피렌체로 흘러온 폴리차노는 고아였다. 누더기를 걸치고 해진 신발을 신은 깡마른 도둑고양이 같은 행색은 누가 봐도 걸인이었다. 그러나 독학으로 고전어문학을 마스터한 이 청년의 시들을 읽어본 로렌초는 피치노가 제2의 페트라르카라 해도 좋을 탁월한 예술가를 소개했다는 것을 깨달았다. 로렌초는 즉각 폴리차노의 후원자가 되었고, 브리가타의 유쾌한 모임에도 드나들게 했다. 사랑을 경배하고 봄을 예찬하는 그의 목소리는 듣는 이를 매료했다. 로렌초가 피렌체에 알리려고 애쓴 고대 이교도 문명의 아름다움을 그토록 훌륭하게 표현한 시인은 일찍이 없었다.

축제가 끝났다. 하녀들이 손 씻을 물이 담긴 물병을 날랐다. 로지아 앞의 횃불들은 정원을 아직 환히 밝히고 있었다. 작은 수풀 뒤에서 얼싸안은 한 쌍의 그림자가 로렌초의 눈에 들어왔다. 그의 가슴에 씁쓸한 고통이 번졌다. 그녀는 왜 오지 않았을까? 왜 자신의 승리를 축하하는 자리에 참석하지 않았을까?

그녀의 집을 자주 드나드는 브라치오가 귀띔한 바에 의하면 남편이 곧 피렌체로 돌아올 예정이었다. 남편! 그리고 황소 뿔! 로렌초는 그 무지막지한 사내의 행운이 미워 죽을 지경이었다. 대체 어디가 잘나서 피렌체 최고의 미녀를 차지했단 말인가!

로렌초는 당장이라도 달려가 대문을 두드리고 싶은 것을 참았다. 설령 그녀는 열어주고 싶어도 하인들의 쑥덕공론과 추문이 두려워 그렇게 할 수 없을 것이다. 그는 이튿날 브라치오를 통해 전언을 남길 작정이었다. 어떻게든 그녀를 만나야 했다. 그녀를 품에 안고, 그의 바람을 이루어야 했다. 그에게 우승자의 투구를 씌워준 이상 그녀는 그의 것이 되리라 약속한 것이 아니었던가?

그날, 밤이 깊었을 때 모친이 로렌초를 은밀히 불러냈다. 모친은 샤밀라의 죽음을 전했다. 몇 달 전부터 심한 기침에 시달리다가 소리 없이, 비명 한마디 없이 생명이 꺼졌던 것이다. 가슴속에는 오로지 손에 넣을 수 없는 연인 생각뿐이었지만 로렌초는 깊은 동요를 느꼈다. 그것은 슬픔이라기보다는 후회였다. 죽은 하녀의 넋이 팔라초의 복도를, 그리고 로렌초의 영혼 밑바닥을 언제까지나 헤매고 다닐 것 같았다.

* *
*

로렌초는 가슴이 쿵쿵거리는 것을 느끼며 공방의 문을 밀었다. 그녀가 올까? 일을 꾸민 것은 브라치오였다. 초상화 제작을 명분으로 루크레치아 도나티를 화가의 작업장으로 불러들이고, 때마침 주문한 작품들이 얼마나 진척됐는지 확인하러 온 로렌초가 그녀와 우연히 마주쳐 담소를 나눈다는 계획이었다. 운이 좋으면 담소보다 더 많은 것을 얻어낼 수 있을지도 몰랐다!

화가는 방 한복판의 커다란 탁자 앞에 서서 방금 마친 목탄 스케치를 들여다보고 있었다. '정말 젊군!' 하고 로렌초는 생각했다. 풍부한 감수성의 소유자란 것을 드러내는 섬세한 얼굴이었다. 알레산드로 필레페피는 실은 로렌초보다 나이가 많았는데도 소년 같은 구석이 남아 있었다. 찰랑거리는 부드러운 금발이 그를 더욱 여자처럼 보이게 했다.

사람들이 왜 이 사내에게 전혀 어울리지 않는 보티첼리('작은 술통'이란 뜻이었다)란 우스꽝스러운 별명을 붙였는지 모를 일이었다. 아무튼 피렌체의 손꼽히는 예술가가 될 것이 분명한, 무두장이를 아버지로 둔 이 화가를 사람들은 보티첼리라 불렀다.

주위는 책, 함, 헝겊, 깃발, 조각 그리고 장식이 되기를 기다리는 침대의 닫집 따위 갖가지 물건들로 뒤죽박죽이었다. 붓을 쥔 견습생들이 부산하고 유쾌하게 움직였다. 작업대에서 작업대로 농담이

오고갔다. 오니산티 구역에 있는 산드로 보티첼리의 보테가는 쾌활함이 넘쳤다. 할일도 많고 주문도 쇄도했다. 많은 견습생이 그의 밑에서 일했지만 모든 고객을 만족시키기는 힘들었다.

보티첼리는 환속한 수도사 필리포 리피 밑에서 수련했다. 그런 후 베로키오의 아틀리에를 거쳐, 안토니오 폴라이올로에게서 색을 흐릿하고 연하게 퍼지게 만드는 스푸마토 화법을 배웠다. 이제 인정받은 예술가의 대열에 오른 보티첼리 자신도 소질 있는 견습생을 상당수 거느리고 있었다. 필리포 리피의 아들(부친을 기리는 뜻으로 사람들은 그를 필리피노라 불렀다), 고향을 따서 페루기노라 불리는 피에로 바누치, 그리고 빈치 마을의 한 공증인의 사생아인, 아직 어린 레오나르도 피보나치. 보티첼리처럼 베로키오의 제자였던 이 소년은 일찌감치 출중한 재능과 독특한 개성을 드러냈다.

로렌초는 보티첼리에게 다가오는 카니발의 미술 구성을 의뢰했다. 장식 수레들을 고안하고, 의상을 디자인하고, 촌극을 회화로 묘사하고, 무대를 제작하는 일이었다. 재능 있는 시인 폴리차노에게 영감을 받은 화가는 견습생과 제자를 모조리 작업에 동원했다. 로렌초가 주제로 택한 것은 신화의 세계였다. 아리안은 바쿠스의 위로를 받고, 백조로 변신한 주피터는 레다와 더불어 완벽한 사랑을 잦고, 비너스는 마르스와 함께 불카누스를 속인다. 다나에는 황금 빗물을 맞아 임신을 하고, 파시파에는 황소 괴물에게 자신을 내준다. 물론 화살통을 메고 활을 흔드는 디아나도 등장하는데, 그 디아나의 얼굴이 루크레치아란 것은 말할 필요도 없었다.

로렌초는 고대 신화의 아름다움을 부활시킬 생각이었다. 전통적으로 종교적인 공연과 외설적이고 음탕한 여흥이 섞인 이 카니발은 젊음과 소생의 축제인 동시에 행복과 사랑, 그리고 메디치가의 장남이 새로이 열고자 하는 황금시대를 노래하는 찬가가 될 것이다.

행복하자, 기다리지 말자.
내일은 헛된 약속에 지나지 않으니.

바쿠스는 아름다운 아리안의 눈물 젖은 눈썹에 입맞춤하면서 그렇게 말했다. 로렌초도 잠시 후 루크레치아의 귓불에 똑같이 속삭이고 싶었다.

* *
*

그 순간은 마법처럼 다가왔다. 루크레치아와 맞닥뜨린 로렌초의 눈초리는 팽팽하게 반짝였다. 보티첼리는 목탄을 몇 번 놀려 루크레치아의 얼굴을 데생했다. 충실한 표현이었다. 자신의 미모에 끊임없이 쏟아지는 찬사에 살짝 짜증을 드러낼 때의 조금 거만하고 뾰로통한 표정, 위압적인 시선, 도도하고 깨끗한 이마. 누가 봐도 루크레치아 도나티였다!

그녀는 사락사락 비단 스치는 소리를 내며 포즈를 취했던 자리를 떠나 데생을 한 번 훑어보고는 그만 돌아가겠다고 선언했다. 보티첼리가 재치 있게 그녀를 붙들었다. 그는 작업장 위층의 조촐한 처소에서 신선한 토스카나 포도주로 목이나 축이고 가라고 권했다. 루크레치아는 머뭇거리다가 결국 승낙했다.

두 사내는 건물 맨 위층까지 이어진 좁다란 계단을 앞장서서 올라갔다. 피렌체의 집들이 내려다보이는, 지붕 있는 발코니에 손님들을 데려다놓은 산드로는 포도주를 가지러 갔다. 루크레치아가 가쁜 숨을 몰아쉬었다. 로렌초는 계단을 올라온 탓만은 아니라고 짐작했다. 그가 다가가자 그녀는 뒤로 물러서려다 그만두었다.

"덫이었군요……" 그녀가 중얼거렸다.

몸에 꼭 붙는 자줏빛 비단 드레스 밑에서 그녀의 가슴이 큰 폭으로 들썩였다. 그녀가 눈앞에서 숨쉬고 있다. 이번에야말로 입술과 입술을 포개고, 그녀의 숨결을 아낌없이 들이켜며 영혼 속까지 파고들리라.

"루크레치아, 오래전부터 당신을 원했소!"

그가 몸을 기울였다. 그녀는 그의 입술을 피하기 위해 고개를 돌렸다. 그가 목덜미에 입을 맞추었다. 그녀는 떨고 있었다.

"안 돼요……"

뒤에서 소리가 들렸다. 산드로 보티첼리가 술 한 단지와 잔 세 개를 들고 돌아왔다. 루크레치아는 얼굴을 붉히며 로렌초에게서 떨어졌다. 화가는 무심한 얼굴로 작은 원탁에 포도주와 잔을 내려놓고 발길을 돌렸다.

"편안히 쉬었다들 가시죠!" 그는 그 말만 남기고 어두컴컴한 계단으로 사라졌다.

루크레치아의 얼굴이 창백해졌다. 그를 놀리는 걸까? 아니면 정말 겁이 났을까? 그가 그녀의 어깨를 끌어당겼다. 따뜻하고 매끈한 살갗이 손에 들어왔다.

"루크레치아……"

로렌초가 그녀의 등을 어루만지며 옷자락을 파고들었다.

"얼마나 당신을 찬양하고 기다렸는지 안다면……"

그의 입술이 그녀의 입술을 찾았다.

"거절하지 말아요, 더는 못 기다리겠소……"

마침내 그녀가 그의 입맞춤을 받아들였다. 천천히, 그의 손끝이 그녀의 가슴을 더듬기 시작했다.

* *
*

그녀의 얼굴은 아무리 바라보아도 싫증이 나지 않았다.

"내게 산드로만한 재능이 있다면 아직 사랑의 여운으로 떨리는 당신을 그릴 거요."

그의 집게손가락이 그녀의 몸 위를 움직여 허벅지와 허리와 가슴을 차례로 훑었다. 그의 손끝이 닿을 때마다 그녀는 몸을 떨었다. 그녀가 그의 손을 밀어내고 웃었다.

"그렇게 오래 기다렸던 게 후회스럽나요?"

"그래요. 늑장을 부리면서 살 필요는 없으니까!"

"하지만 당신은 젊어요……"

"인생은 아주 짧아요, 디아나."

"여신들은 영원히 죽지 않죠."

그들은 산드로 보티첼리의 그림과 데생이 널린 작은 방의 침대에 누워 있었다. 섬세한 얼굴에 꿈꾸는 눈동자를 한 여인들이 그들을 바라보고 있었다. 피렌체의 투명한 햇빛이 방안을 느리게 떠다녔다.

루크레치아가 포도주를 한 모금 마셨다. 로렌초는 잔을 빼앗아 여인의 입술이 닿았던 곳에 입술을 갖다댔다. 그가 술을 단숨에 들이켰다.

"이제부터 당신은 내 생각을 속속들이 알게 될 거요. 연인 사이엔 비밀이 있어선 안 되니까."

"그 반대에요. 수수께끼가 사랑을 짜릿하게 만들죠. 내 비밀을 캐려고 하진 말아요."

그가 그녀의 턱을 쥐고 강제로 자신을 바라보게 만들었다.

"내게 뭘 감추고 싶은데?"

"전부! 내 삶, 내 욕망, 나 자신까지도…… 당신이 가질 수 있는 건 내게서 얻어낸 쾌락뿐일 거예요."

로렌초는 당황스러운 얼굴로 고개를 흔들었다.

"무슨 의미요?"

"어린애처럼 굴지 말아요, 로렌초. 난 결혼했고 남편을 존경해요."

"그럼 날 사랑하지 않는군!"

"그건 절대로 가르쳐주지 않을 거야!"

그가 그녀의 손을 붙잡고 애원했다.

"최소한 희망이라도 갖게 해주시오."

"당신도 곧 클라리체 오르시니와 결혼하잖아요."

"사랑 이야기를 하는 거지 결혼 이야기를 하는 게 아니오."

루크레치아가 다시 웃음을 터뜨렸다. 로렌초가 그녀에게 달려들었다. 그는 한번 더 그녀를 가지고 싶었다. 그녀의 살갗에 격렬한 욕망을 아로새기고, 쾌락의 비명을 지르게 만들어 질투의 고통을 잊고 싶었다.

* *
*

군중들이 라르가 거리로 몰려들었다. 피렌체인들은 로렌초 데 메디치의 신붓감이라는 로마 여자(심지어 '불청객'이라고 부르는 사람들도 있었다)가 어떻게 생겼는지 보고 싶어 안달이 났다.

한 달 전, 봄이 한창일 때 피렌체의 귀족 청년 한 무리가 로마로 떠났다. 대부분 브리가타의 회원인 그들을 이끈 것은 줄리아노, 그리고 로렌초의 어릴 적 가정교사인 젠틸레 베시였다. 그들의 임무는 클라리체 오르시니를 피렌체로 데려오는 것이었다. 6월 2일, 그들이 돌아왔다. 백합의 도시에 도착한 신붓감은 친구 가족에게 맡겨져 그곳에서 첫 밤을 보냈으므로 그녀를 본 피렌체인은 거의 없었다.

이튿날인 6월 3일 아침, 클라리체는 남편과 대면하기 위해 메디치가의 팔라초로 예를 갖춰 인도되어야 했다. 도시는 축제 분위기로 흥청거렸다. 메디치가는 나흘이나 축제를 베풀 예정이었다. 축하연에는 모든 시민이 초대되었는데, 피렌체 일등 신랑감의 신부가 피렌체 여자가 아니란 사실을 무마하기 위해서가 분명했다. 꽃수레 행렬이 골목골목을 누비고 풍성한 구경거리와 연주회가 마련될 터였다.

전날부터 메디치가의 팔라초에는 토스카나 전역으로부터 엄청난 식료품이 밀려들었다. 암소 백오십 마리, 수탉 2천 마리, 암탉 수백 마리와 생선. 빵과 과자, 치즈와 과일도 넘쳐났다. 이탈리아산과 프랑스산 포도주가 담긴 술통들이 쌓였다. 팔라초의 집사들은 주체할 수 없이 많은 음식을 가난한 시민들에게 즉각 나눠주기로 결정했다.

마침내 사람들은 그녀를 보았다. 흰 베일 밑에 절반쯤 감춰진 머리칼은 소문대로 빨강머리였다. 금실 은실로 수놓은 비단 드레스가 불꽃같은 빨강머리에 잘 어울렸다. 제일 좋은 자리를 잡은 사람들은 그녀의 뺨을 덮은 분가루가 주근깨를 거의 감추지 못한 것을 놓치지 않았다. 그들은 또 목선을 많이 파는 피렌체의 유행과는 동떨어지게 옷깃이 턱밑까지 올라온 것도 주목했다. 눈썰미 있는 사람들은 신부가 메디치가의 저택으로 타고 들어간 백마가 나폴리 왕이 로렌초에게 선물한, 그러니까 그가 지난번 기마 창 시합에서 탔던 말이란 것도 알아챘다.

묵직한 문들이 닫히자 환영 나팔이 울렸다.

웅장한 계단 밑에서 로렌초가 모친과 함께 그녀를 기다렸다. 그의 아내! 시종들에 둘러싸여 현관 계단을 올라오는 여인이 조금씩 그의 눈에 들어왔다. 크지도 작지도 않고, 미인도 추녀도 아닌, 주근깨가 박힌 평범한 얼굴. 걸음걸이가 부자연스러운 것은 아마 흥분한 탓이거나…… 두려움 때문이리라! 그날 저녁, 대성당에서의 예식과 연회가 끝나면 그녀는 그의 것이 되어야 했다. 루크레치아의 요염한 육체를 떠올리기만 해도 아직 몸이 떨리는데, 이 낯선 여자와 어떻게 잠자리를 나눌 수 있을까? 루크레치아! 그녀도 연회에 초대되었으니 잠시 후면 만날 것이다. 그는 연인의 눈부신 몸에 입맞춤을 퍼붓고 싶어 가슴이 달아올랐다.

클라리체가 그의 앞에 멈추고 허리를 숙였다. 그가 손을 잡아 그녀를 일으켰다. 그녀가 희미한 미소를 지었다. 상처 입은 새 같은 이 여인이 장차 그의 아이들을 낳아줄 것이다.

* *
*

반신이 마비된 피에로를 태운 가마가 널찍한 살롱으로 옮겨졌다. 살롱 찬장에는 황금 그릇, 은제 물병, 도금한 은식기 등 신랑에게 보낸 선물들이 진열되어 있었다. 메디치가의 가장은 고통을 견디며 손님 한 사람 한 사람과 인사를 나누었다. 그런 다음 자신의 방으로 돌아가 두 아들을 들게 했다.

"얘들아, 내게 이 순간을 허락해주신 하늘에 감사드린다. 이제 평화롭게 눈을 감을 수 있겠구나."

그는 말끝마다 막히면서 한 마디씩 토해냈다. 그의 얼굴이 고통으로 일그러졌다.

"반드시 나으실 거예요……" 줄리아노는 부친을 위로하고 싶었다.

"아니다, 마지막이 가까웠어. 의사들도 희망이 없다고 했다."

"의사들이 뭘 알아요! 멍청한 노새들!"

피에로가 입을 비죽거렸다. 웃고 싶었지만 얼굴이 뜻대로 움직여주지 않았다. 그는 힘을 쥐어짜내 말을 계속했다.

"로렌초는 많은 가족을 거느리게 될 거다. 그리고 줄리아노, 넌 추기경이 되어야 해. 오르시니가와 사돈이 됐으니 좀 수월할 테지…… 그게 내 바람이다. 언젠가, 신이 메디치가에 은총을 내리신다면 교황이 될지도 모르지. 얼마 전에 또 교황에게 편지를 보냈다. 물론 우리가 구두쇠가 아니란 걸 증명하기 위해 값비싼 반지도 같이 보냈지……"

"아버지, 그만 쉬셔야 해요." 로렌초가 말했다.

"아니, 말을 마쳐야겠다. 로렌초가 내 뒤를 이어라. 시의회도 인정했고 시민들에게선 존경받으니 문제없겠지. 그리고 줄리아노, 넌 당당함과 타고난 다정함으로 피렌체인의 사랑을 받고 있다. 형을 잘 보좌해야 한다. 가문의 적들은 물러났지만 미움과 원한이 깨끗이 사그라진 건 아니야. 이 도시의 시민들 가슴속엔 음모가 잠들어 있어. 메디치의 권력은 선망과 질투를 일으킨다. 언젠가 또 폭풍이 일어날 거다. 너희들이 그걸 잠재워야 해, 힘을 합쳐 맞서야 해. 신께서 너희들을 튼튼한 애정으로 이어주신 걸 감사한다."

그가 입을 다물고 눈을 감았다. 형제의 가슴에 똑같은 감동이 밀려들었다. 둘은 부친의 손에 입을 맞추고 손님들에게 돌아갔다.

환히 밝힌 정원에서 현악사중주의 선율에 맞춰 젊은 남녀가 춤을 추고 있었다. 팔라초 밖 담장 아래 설치된 포도주통 주변에 모인 군중이 소란을 떠는 소리도 들렸다.

축연은 밤늦도록 계속됐다. 음식이 끝도 없이 날라졌다. 산책용 회랑, 살롱, 정원의 풀밭에도 테이블이 펼쳐져 결혼식에 초대된 8백 명의 손님을 맞았다. 관습에 따라 남자들과 여자들의 테이블은 따로 준비되었다. 로렌초는 이탈리아의 명문가, 교황과 프랑스 왕의 사절, 시의회의 고위 인사 등 귀빈이 자리잡은 테이블을 주재했다. 로렌초의 모친은 로지아에서 귀족 부인들을 접대했다. 신부 클라리체는 꽃처럼 우아하고 상큼한 피렌체의 숙녀들 사이에 자리를 잡았다. 같은 테이블, 신부에게서 두 자리 건너 루크레치아 도나티가 앉아 있었다. 어느 때보다 요염한 그녀는 목덜미와 젖가슴선이 훤히 드러나는 진홍색 벨벳 드레스 차림이었다. 눈길을 돌리고 싶을 정도로 유혹적인 자태였다. 숙녀들의 테이블에 인사를 하러 온 로렌초는 아내와 연인이 서로의 눈앞에 있는 것에 당황했다.

턱까지 올라오는 정숙한 예복을 입은 클라리체는 루크레치아 곁에서 한결 갑갑하고 초라해 보였다. 짓궂은 루크레치아는 들으란 듯이 신부를 축복하고 칭찬을 퍼부어 로렌초를 더욱 당혹스럽게 만들었다.

* *
*

축제의 소음, 음악, 웃음, 환호성, 술잔과 접시 부딪치는 소리가 열린 십자형 창문을 통해 올라왔다. 로마에서 피렌체까지 주인을 따라온 하녀가 클라리체의 옷을 벗기고 긴 빨강머리를 빗질해주었다.

옆방에서는 로렌초가 탁자 앞에 앉아 중요한 사건들을 기록하는 비망록을 열었다. 그가 펜촉을 잉크에 적셔 적기 시작했다. '나, 로렌초는 오르시니 영주의 딸 클라리체를 아내로 삼았다……' 그는 잠시 손을 멈추고 생각한 다음 계속해서 적었다. '더 정확히 말하면 1468년 12월 그녀가 내게 주어졌고, 결혼식은 1469년 6월 4일 메디치가 저택에서 거행되었다.' 그는 펜을 내려놓고, 짤막한 기록 위에 잉크 말리는 가루를 뿌린 다음 비망록을 덮었다.

그가 신부가 기다리는 방문을 두드렸다. 대답을 기다리지 않고 그는 들어갔다. 클라리체는 머리를 풀고 벌써 침대 속으로 들어가 시트를 턱까지 당겨 덮고 있었다. 로렌초가 다가갔다. 눈이 부은 걸로 보아 신부는 울고 있었던 것이 분명했다. 머리맡에는 미사 경본이 놓여 있었다.

그가 머리맡에 앉았다.

"아무것도 겁낼 것 없소. 당신은 이제부터 내 아내이고, 나는 신께서 목숨을 허락하시는 한 계속해서 당신을 존중하겠소."

"당신 뜻을 따르겠어요, 당신이 내 주인이시니까." 클라리체가 작은 목소리로 대답했다.

로렌초는 감동했다. 그녀는 너무나 연약하고 겁에 질려 있었다. 그런데도 그녀가 자신의 의무를 완수하기로 마음먹었다는 것이 느껴졌다. 그녀가 자란 가문과 교육, 나아가 고해신부도 그렇게 하라고 권했을 것이다.

"당신을 알기 위해 노력하고, 이제부터 당신 집인 이 집에서 당신이 스스로의 뜻으로 움직일 자유를 주겠소. 당신이 원하지 않으면 나를 사랑하라고 강요하지도 않을 거요……"

"그럼 당신은요? 로마에서 들었어요, 피렌체인들은 전부 애인을 거느린다지요." 그녀가 용기를 내어 말했다.

로렌초가 웃었다.

"로마에선 아니던가? 로마야말로 창녀들로 넘치더군요. 피렌체하고는 비교도 안 되던데. 귀한 신분 미천한 신분 할 것 없이 누구나 즐기는 것 같았소만."

그녀의 얼굴이 살짝 붉어졌다. 시트 밑에서 그녀의 손을 찾던 그는 그녀가 잠옷을 입고 있다는 것을 알아차렸다.

"내 여자가 되어주겠소?" 그가 그녀의 작은 손을 쥐며 말했다.

"신께서 우리를 부부로 만드셨어요. 당신을 밀어낼 수는 없어요."

말을 마친 그녀는 제물로 바쳐질 처녀처럼 눈을 감았다.

로렌초는 그녀의 수치심을 덜어주기 위해 양초의 심지를 줄였다. 그가 천천히 옷을 벗고 침대로 들어갔다. 그가 잠옷을 벗기자 그녀는 가만히 몸을 맡겼다. 그는 그녀의 차가운 몸 위로 살며시 올라가 온기를 전하려는 것처럼 꼭 안았다.

"아프게 하는 일은 없을 거요…… 절대로."

신부는 대답 없이 목 메인 흐느낌만 터뜨렸다.

* *
*

카레지의 하늘은 눈이 쏟아질 것처럼 무겁게 내려앉아 있었다. 피에로 일 고토소는 온몸이 마비되는 위독 상태에 빠졌다. 메디치가는 전원 카레지의 저택에 모여 있었다. 건강이 썩 좋지 않은 연로한 피에로의 모친 콘테시나도 예외가 아니었다.

루크레치아 토르나부오니는 눈물바람으로 남편이 누워 있는 방과 부엌에 딸린 찬방을 번갈아 들락거렸다. 피에로는 의외로 침착했다. 죽음의 문턱에 닿자 마침내 고통이 그를 놓아준 것 같았다. 피렌체인들이 흔히 말하듯이 '대양'을 쉽게 건너갈 수 있도록 고통도 그를 떠난 것인지도 몰랐다.

커다란 장작이 타는 넓은 살롱의 벽난로 앞에서 로렌초와 줄리아노는 체스를 시작했다. 둘 다 게임에 마음이 없었으므로 실수에 실수가 거듭됐다. 클라리체는 입을 굳게 다문 채 슬픈 모습으로 이따금 얼굴을 내밀었다. 그리고 부른 배를 힘겹게 가누며 올 때와 마찬가지로 조용히 사라졌다.

메디치가의 장남은 부친의 최후가 다가오는 것이 슬픈 한편 자신을 기다리는 막중한 임무로 인해 두려워졌다. 그는 피렌체 제1의 시민이 될 수 있을까? 조부와 부친이 가장 높은 자리에 오른 것은 완전히 어른이 된 후였다. 그는 갓 스무 살이었고, 아직은 브리가타의 친구들과 즐거움을 누리거나 아름다운 루크레치아와 비밀스러운 사랑을 나누며 지내고 싶었다.

지금까지는 그에게 주어진 어느 임무에서나 부친의 그림자를 느낄 수 있었다. 이제부터는 혼자였다. 아직 열다섯 살인 줄리아노는 자신을 제대로 도와줄 형편이 아니었다. 그런데 이탈리아는 재차 분열의 조짐을 보이며 혼란으로 치닫고 있었다. 여름이 한창일 때 로렌초는 밀라노의 대공 갈레아초 마리아 스포르차의 아들의 영세식에 참여한 김에 두 도시의 동맹 협약을 갱신했다. 사실 밀라노의 대공은 일명 '호담공豪膽公'이라 불리우는, 호전적인 부르고뉴의 샤를 대공과 부쩍 친밀해진 사보이아가 프랑스 루이 11세의 오랜 동맹인 밀라노를 공격할까 봐 염려했다. 메디치가의 장남은 태어난 아기의 대부가 될 것을 기꺼이 승낙함으로써 피렌체가 밀라노의 군사력 유지를 위해 후하게 원조하리라 약조했다.

로렌초가 밀라노에서 돌아오자마자 에밀리아 로마냐에서 분쟁이 터졌다. 리미니의 영주이며 용병대장 시기몬도 말라테스타의 사생아인 로베르토가 자신의 부친이 죽으면서 생시에주에 부속되었던 리미니를 다시 차지했던 것이다. 로마는 이 년 전 베네치아와 전쟁을 치른 것도 잊고 이번에는 즉각 베네치아에 원군을 청했다. 이 사태는 나폴리, 피렌체, 밀라노로 구성된 연맹의 적대적 반응을 불렀다. 세 도시는 교황 바오로 2세가 이탈리아반도에서 너무 큰 영향력을 행사하지는 않을까, 그리고 자기네 소유지가 이리저리 쪼개져 결국 교황의 친족들의 손에 넘어가지나 않을까 걱정하던 참이었다. 그 결과 세 도시 연맹에 고용된 용병대장 페데리고 다 몬테펠트로가 옛 주인인 교황을 상대로 무기를 들고, 리미니의 영주 로베르토 말라테스타, 그러니까 자신의 오랜 적수였던 지기몬도의 아들을 지원했다.

피렌체, 나폴리, 밀라노도 군대를 동원했다. 그러나 그들의 부대가 미처 개입하기도 전에 몬테펠트로는 지체 없이 교황의 군대를 패퇴시켜 이탈리아 최고의 용장이란 명성을 또 한번 드높였다. 남은 것은 평화조약에 조인하는 일이었다. 로마에서 전쟁 당사자국 대표들의 회의가 열렸다. 그러나 어제의 동맹들, 더욱이 전쟁 준비가 완료된 그 동맹들은 재빨리 분열되기 시작했다. 나폴리와는 달리 밀라노는 신속한 결론을 원했다. 그 서두름에는 속셈이 있었다. 스포르차는 어서 평화조약을 맺고 자신의 군대를 프랑스 왕에게 보내주고 싶었다. 평화조약이 성립함으로써 온존된 밀라노 군대를 옛날에는 앙주가 지배했던 나폴리 공화국의 재정복을 위해 고용하게 해달라는, 스포르차 대공에게는 가장 중요한 동맹인 프랑스 왕의 청원을 들어줄 작정이었던 것이다. 나폴리의 페란테왕은 그 음모를 꿰뚫어보았다. 격분한 그는 어제의 적 베네치아와 동맹을 맺겠다고 위협했다.

피렌체의 외교사절은 나폴리와 밀라노 사이를 오가며 이탈리아와 피렌체의 안정을 위해 반드시 필요한 이 연맹의 분열을 피하고, 1467년에 추방됐던 자들이 베네치아를 다시 쑤석거려 피렌체와 전쟁을 부추기지 못하게 전력을 다했다.

메디치가에 매일 당도하는 보고들은 썩 고무적이지 못했다. 페란테왕은 화를 풀지 않았고 나폴리 대표단은 밀라노의 배반이라 규탄하며 한 발짝도 물러나지 않았다. 연맹의 존속은 어느 때보다 위태로웠다.

로렌초를 기다리는 것은 바로 이런 상황이었다. 물론 사람들의 예상대로 피렌체 당국이 메디치가의 지배가 속행되는 것을 묵인해 로렌초의 손에 실질적인 권력을 쥐여준다면 말이다. 그러나 경쟁 가문들이 '메디치가가 대체 무슨 근거로 대대로 권력을 행사한다지?'라고 반발하는 날이 오지는 않을까?

조급한 발소리가 들렸다. 두 형제가 동시에 뒤를 돌아보았다. 톰마소 소데리니가 당황한 얼굴로 계단을 내려왔다.

"운명하실 것 같네."

로렌초와 줄리아노가 정신없이 계단을 올라갔다. 루크레치아는 침대 발치에 무릎을 꿇고 기도하고 있었다. 피에로가 그들이 들어오는 소리를 듣고 눈을 떴다. 그의 눈이 깜박였다.

“얘들아……” 그는 가까스로 입을 뗐지만 이내 경련이 일어 얼굴이 굳어졌다. 그걸로 끝이었다.

* *
*

피에로의 유해는 산로렌초 성당으로 옮겨졌다. 장례식은 수많은 피렌체인들이 참석한 가운데 얼음 같은 추위 속에서 거행되었다. 로렌초와 줄리아노는 눈물을 참기가 힘들었다. 검은 베일로 얼굴을 감춘 루크레치아 토르나부오니는 모두의 존경에 걸맞은 위엄을 보여주었다.

안드레아 델 베로키오가 조각한 석관의 뚜껑이 국부의 아들 위로 닫힌 순간, 로렌초는 그의 어깨에 얹힌 무거운 책임을 실감했다. 산로렌초 성당을 나오자 벌써 사람들의 눈길이 달라진 듯했다. 부친의 생전에는 그저 그를 높이 사고 칭찬하는 데 그쳤던 사람들이 이제는 그에게 공경을 표시했다. 심지어 슬픔에 잠긴 모친도 아들을 바라보는 눈빛이 달랐다. 그는 이제 후계자가 아니라 메디치가의 가장이었다.

장례식이 치러진 날 밤, 톰마소 소데리니가 시의원도 몇 명 포함된 귀족 대표를 대동하고 메디치가의 팔라초에 나타났다. 이 연로한 자문관이 장례식 직후 산안토니오 수도원에서 유력한 시민들의 회합을 주관했다는 것을 로렌초는 알고 있었다.

로렌초는 자신의 방에 딸린 스투디올로*에서 그들을 맞았다. 아직은 감히 아버지의 서재를 쓸 기분이 아니었다. 아우 줄리아노가 그의 곁을 지켰다. 소데리니가 대표로 입을 열었다.

"우선 진심 어린 애도의 뜻을 표하오. 참으로 아까운 죽음이오. 피에로 데 메디치는 현명하게 이 도시를 다스렸소. 전쟁에 반대했던 그는 선대 코시모가 그랬듯이 피렌체를 포위의 고통과 약탈로부터 여러 번 구했소…… 평화의 전도자였던 그는 상업을 번창시키고 피렌체의 번영에 공헌했으며 예술을 장려했지요."

로렌초가 고개를 끄덕였다. 그는 부친이 조롱조의 '통풍 환자'라는 별명으로 역사에 남는 일이 없기를 충심으로 원했다. 피에로는 그 이상의 평가를 받을 자격이 있었다. 로렌초는 사람들이 부친을 제대로 평가한 것에 깊이 만족했다.

소데리니가 말을 이었다.

"피렌체의 주요한 시민들을 대표해서 찾아왔소. 그대와 아우 줄리아노가 선대의 유지를 잇기를 엄숙하게 요청하는 바외다."

무거운 침묵이 깔렸다. 로렌초의 얼굴은 심각했다. 손님들이 그의 말을 기다렸다. 그가 천천히 아우에게 얼굴을 돌렸다. 줄리아노가 고개를 끄덕였다. 마침내 로렌초는 감동한 얼굴로 나지막하게 말했다.

"받아들입니다."

* 작은 사무실.(원주)

두 형제가 서로 바라보았다.

"아버지도 그걸 원하셨어요." 줄리아노가 담담하게 말했다.

손님들이 안도한 기색으로 물러간 다음, 소데리니는 로렌초에게 면담을 청했다. 피에로의 자문관은 즉각 본론으로 들어갔다.

"아버님이 운명하기 직전에 이야기를 나누었네. 산안토니오 수도원에서 이 회합을 하라고 제안한 사람은 자네 선친이셨어."

"현명한 결정이셨군요."

"선친께선 그의 생전과 다름없이 자네 곁에서도 자문관의 임무를 수행해줄 것도 청하셨네."

로렌초는 아무 말도 없었다. 소데리니는 낙담하여 더 주장하지 않고 물러갔다.

로렌초는 부부 침실을 찾기 전 비망록을 열어 1469년 12월 4일, 이라고 날짜를 쓴 다음 그날의 사건을 적었다. 그가 받은 제안에 대해서는 이렇게 기록했다. '나는 할 수 없이 동의했다. 내 나이로 볼 때 적절하지 않은 제안이었고, 많은 걱정과 위험이 따르는 일이기 때문이다. 오직 내 벗들과 나를 따르는 사람들의 행복을 위해 나는 그 제안을 수락했다. 지배자가 없이는 피렌체에서 누구도 살아갈 수 없기 때문이다.'

로렌초는 생각에 잠겼다. 대표단이 로렌초 형제에게 도시의 열쇠를 맡긴 것은 어디까지나 꿍꿍이가 있어서였다. 로렌초가 개인적 권력을 휘두르지 못하게 미리 막겠다는 것이 일을 주도한 소데리니의 의도일 터였다. 어쨌든 조심해야 했다. 소데리니는 교활한 늙은이였다. 두 형제가 부친의 정치적 유산을 자연스럽게 받아들이게 손을 씀으로써 새파란 청년들의 자문관이 되고, 어쩌면 대신 권력을 행사하려는 게 아니겠는가? 그렇다면 소데리니는 너무 빨리 본색을 드러낸 셈이었다.

로렌초는 아버지가 거느렸던 노회한 자문관들을 하나하나 교체해 하루빨리 간섭에서 벗어나리라 다짐했다. 브리가타의 회원들 가운데도 몇 명쯤 쓸 만한 인재가 있었다. 그들이라면 안심하고 중책을 맡길 수 있으리라.

그는 촛불이 하나만 밝혀진 방으로 들어갔다. 옆에 누운 클라리체가 가볍게 코를 골았다. 그녀는 곧 태어날 아기를 보호라도 하는 것처럼 양손을 배에 얹고 잠들어 있었다.

7
1470

로렌초는 사랑의 행복에 취해 있었다. 그는 미열이 나는 긴 꿈에 잠길 때마다 뮤즈를 찬양하기 위해 펜을 쥐었다.

아름다운 내 여인의 희디흰 가슴이
사랑의 한숨 토하네
여인의 가슴속에서 자라난 한숨이여
내 마음의 소식을 몇 줄 말해다오

그 행복은 그녀가 만남을 한 번 거절하거나 남편이 돌아왔다는 전언 한마디면 당장 절망으로 바뀌었다. 황소 뿔의 사내! 그때마다 로렌초는 깊은 낙담에 빠져 주위를 걱정시켰다. 피렌체의 국정도 그를 무기력 상태에서 끌어내지 못했다. 변덕스러운 애인이 그의 숭배를 다시 받아주어야만 그는 소생했다.

두 연인은 기회만 있으면 로렌초가 부친에게 상속받은 피에솔레의 저택으로 달려갔다. 언덕 옆에 세워진 아름다운 저택은 나무들이 울창해 시선을 차단했다. 이층의 방에서는 피렌체의 전경이 한눈에 내려다보였다. 키 작은 초목들이 아무도 열어볼 수 없는 신록의 보석 상자처럼 들어찬 비밀의 정원 한복판, 기운찬 물줄기를 내뿜는 분수들 옆에서 로렌초와 루크레치아는 사랑을 나누었다. 늘 찾아오는 순간이 아니었기에 청년은 매번 마음이 급했다. 우린 시간을 훔치고 있어! 라고 되뇌면서 로렌초는 연인의 몸을 산산조각 낼 기세로 파고들었다. 그는 입술과 목덜미를 깨물고 젖가슴에 뜨거운 입맞춤을 퍼부었다. 이따금 스스로도 두려움을 느낄 정도로 격렬한 열정이었다.

주위의 눈을 피하기 위해 돌아오는 길은 제각기 따로따로였다. 루크레치아가 그의 뮤즈이고 연정을 품은 여인이며 시적 영감이란 것은 피렌체인이라면 누구나 알았지만 애인이란 사실은 아무도 몰랐다. 그 사실은 가까운 사람 몇몇만 알고 있었다.

그날 로렌초가 돌아왔을 때 팔라초는 몹시 뒤숭숭했다. 콘테시나와 루크레치아를 비롯해 집안의 여자들이란 여자들은 모두 분주했다. 하녀들이 뜨거운 물이 담긴 대야와 깨끗한 헝겊을 날랐다. 클라리체가 아기를 낳을 모양이었다. 산파도 와 있었다.

로렌초는 아내 근처에 갈 수 없었다. 그것은 사내의 일이 아니었다. 출산이 끝났다는 전갈이 올 때까지 기다려야 했다. 아들! 아들일 거야! 로렌초는 자신의 분신이 태어난다는 사실에 순진한 감동을 느꼈다. 그는 아이의 모친이 루크레치아 도나티라면 얼마나 좋을까 생각했다. 루크레치아의 핏줄이라면 기쁨도 몇 갑절일 텐데.

가여운 클라리체! 그녀는 잠자리에서는 무미건조했고, 대화는 평범했으며, 신앙심은 과도했다. 남편이 피치노나 폴리차노 같은 친구들과 플라톤을 논할 때면 그녀는 보란듯이 물러나 있었다. 가톨릭교회의 가르침과는 모순되는 그리스 철학자의 사상에 아내가 공감하지 않는다는 것은 로렌초도 짐작했다. 알몸을 수치스럽게 여기는 그녀가 고대 이교 문명의 아름다움을 찬미할 리가 없다는 것도 물론 알았다.

그의 모친이 지친 얼굴로 나타났다.

"딸이다!"

로렌초는 실망했지만 곧바로 기운을 되찾았다.

"이름은 루크레치아로 하겠어요!"

그는 진심으로 그렇게 원했다.

* *
*

기다렸다는 듯이 사건들이 터졌다. 피렌체에서 십여 마일 떨어진 프라토라는 도시가 오래전에 추방됐던 나르디 형제가 앞세운 소규모 군대에 점령되었다. 이들 형제는 반란의 주모자로 지목된 디오티살비 네로니의 친구였는데, 밤을 틈타, 그리고 아마 미리 결탁했을 내부 인물의 도움을 받아 피렌체의 영지인 프라토의 튼튼한 요새와 행정장관의 궁전을 빼앗았다. 피렌체인인 행정장관 체사레 페트루치는 강력히 저항했지만 결국 항복했다. 피렌체에 들어온 최초의 보고에 따르면 시의회 의원들이 인질로 붙잡혀 있었다. 갖가지 이유로 메디치가에 원한을 품은 앙숙들이 또 한번 고개를 쳐든 것이다. 사실 프라토에 불온한 기운이 감돈다는 것은 로렌초도 알고 있었다. 부친의 배다른 형제인 카를로 숙부가 일찍이 예견한 일이었다. 산스테파노 성직자회의 고위 성직자인 그는 피에로의 생전에 두 도시의 상업 경쟁으로 야기된 불화를 몇 차례나 경고했다. 일이 터진 이상 불길이 다른 데로 번질 위험이 있었다. 정치력이 미지수인 애송이가 피렌체의 새 주인이 된 틈을 타 그간의 무거운 감독에서 벗어나려는 도시들이 속속 등장할지도 몰랐다.

로렌초는 즉각 사설 자문회의를 소집했다. 법률적으로는 아무 근거도 없는 이 조촐한 회합이 실제로는 피렌체의 권력을 쥐고 있었다. 물론 결정권자는 메디치가의 장남이었다. 그는 훌륭한 균형감각을 발휘해 자문회의를 구성했다. 우선 선대의 가르침을 충실히 따라 메디치가의 오랜 맞수이자 피렌체 유수의 가문을 대표하는 자코포 드 파치를 회합에 넣었다. 톰마소 소데리니도 아직은 자문관이었다. 그러나 로렌초는 그의 영향력을 조금씩 축소시키는 대신 믿음직한 친구들인 브라치오 마르텔리, 디오니기 푸치, 지기몬디 델라 스투파의 권한을 키웠다. 마지막으로 메디치 일족의 전통적 지지자 두 명도 포함되어 있었다. 나폴리와 친밀한 안토니오 리돌피, 밀라노와 관계가 좋은 루이지 구이치아르디니가 그들이었다.

다들 심각한 얼굴이었다. 파치 혼자만 느긋해 보였다. 이 제한위원회에 속한 것으로 만족한 그는 적어도 좋은 기회가 왔다고 해서 바로 관계를 끊고 반대편에 서지는 않을 것이다.

브라치오가 논의를 주도했다.

"벌레가 과일을 파먹고 있어요. 신속히 엄벌에 처해야 합니다."

"군대를 보내자고요? 프라토의 요새는 난공불락이외다." 소데리니가 반박했다.

"공략하지 못할 요새는 없죠!" 브라치오가 맞받았다.

"포위는 언제 끝날지 모르고 그 사이 우리 재정은 파탄을 면치 못할 거외다!"

로렌초는 침묵한 채 논쟁을 지켜보았다. 그는 브라치오가 루크레치아 도나티를 놓고도 비슷한 말을 했던 것을 떠올렸다. 루크레치아 요새! 로렌초는 그 철옹성을 집요하게 공략해 끝내 손에 넣지 않았던가.

늙은 소데리니가 다시 말을 받았다.

"협상하는 게 나을 거요."

"협상은 곧 양보를 의미합니다."

"또다른 반란을 부추기는 꼴이지요!" 푸치가 자코포 드 파치를 응시하며 덧붙였다.

자코포 드 파치가 조롱조로 되받았다.

"성공하면 반란자란 딱지는 남지 않는 법이오!"

"그건 위협입니까?" 브라치오가 목소리를 높였다.

"천만에! 상식적으로 그렇다 그 말이오. 오늘의 승리자는 어제의 반도인 경우가 허다하지요. 아득한 옛날부터 그러했소."

눈길이 일제히 로렌초에게 떨어졌다. 결정권자는 그였다. 그가 천천히 입을 열었다.

"이 이탈에 종지부를 찍어줄 군사력은 우리에게도 있습니다…… 작년 말에 인상한 삼만 플로린의 추가 세금 덕에 재무장할 수 있었으니까요. 하지만 그전에 자신들의 운명을 우리 손에 의탁한 프라토의 선량한 시민들을 뒷받침해주는 게 어떨까 합니다만."

"무슨 의미인지요?" 구이치아르디니가 물었다.

"그들은 자기들의 도시를 잘 알아요. 점령된 요새 안에도 암묵적인 동조 세력이 있을 게 분명합니다. 그들에게 칼 잘 쓰는 사람 몇 명과 무기, 그리고 반도들과 맞설 용기를 북돋아줄 두둑한 지갑을 보내는 것도 한 방법이지요."

"만일 그들이 거절하면요?"

"그땐 우리가 나서야죠. 하지만 피렌체의 재원을 아끼기 위해 최선을 다할 겁니다."

* *
*

로렌초의 계획은 재빨리 성공을 거두었다. 4월 6일, 그러니까 나르디 형제가 거사를 일으킨 지 불과 사흘 뒤, 프라토 시민들은 요새로 몰려가 인질로 잡혀 있던 시의원들을 해방시키고 대부분의 반도를 체포했다.

메디치가의 가장에게도 지체 없이 보고가 들어왔다. 궁전으로 되돌아온 행정장관은 반도들의 처벌 문제를 로렌초에게 전적으로 의탁했다. 로렌초는 자문회의의 자문을 구하고 시의회의 의견도 물어 그들을 엄벌에 처하라고 통고했다.

신속하게 재판이 열렸다. 4월 9일에 첫 사형 선고가 내려졌다. 베르나르도 나르디가 제일 먼저 목이 베였다. 뒤이어 열네 명이, 4월 중순에도 열 명이 교수형에 처해졌다. 반란의 주모자들이 속속 사형을 당하는 사이 남은 십여 명의 공모자들은 공포에 떨며 감옥에서 판결을 기다렸다. 로렌초는 그쯤에서 이번 사태를 정치적 승리로 마무리짓기로 했다. 그는 행정장관에게 소송서류를 전부 파기하라고 명령했다. 투옥된 죄인들은 추소 사항 소멸로 석방되었다. 로렌초는 단번에 그들의 호의를 산 것은 물론이고 엄격함과 관대함을 모두 갖춘 정치가라는 명성을 얻었다. 이로써 적들은 당분간 딴생각을 못할 테고, 그 덕에 그는 권력을 굳히고 피렌체의 정치를 개혁하며 사랑에 열중하고 화가와 철학자 친구들을 수시로 찾아가 즐거움을 누릴 터였다.

로렌초는 조금씩 왕관 없는 제후가 되어가고 있었다. 그는 메디치가의 팔라초가 예술가, 문인, 상인, 장인을 아우르는 모든 방문객에게 열려 있기를 원했다. 그곳은 선대부터 수집한 예술품으로 넘쳤지만 과시나 허영은 없었다. 호화롭기만 한 것이 아니라 좋은 취미가 엿보이는 메디치가의 팔라초는 원칙적으로 소박함과 단순함을 추구했다.

로렌초 데 메디치는 검붉은 긴 옷만 검소하게 걸치고 소탈하게 사람들을 맞았다. 상대가 귀한 신분이건 아니건 피렌체의 손님 앞에서는 자신도 그들과 똑같다는 것, 아무 특권도 휘두르지 않는다는 것을 상기시켰다. 그러나 상대가 외국의 제후일 때면 '일 마니피코'는 대등하게 그 앞에 나섰다. 피렌체의 진정한 주인이 로렌초란 것이 명백한 이상 그의 권위는 자연스럽게 인정되었다.

특히 명망 있는 방문객들은 베노초 고촐리가 그린 예배당의 거대한 벽화 앞으로 어김없이 안내되었다. 피에로가 생전에 주문해 제작된 〈동방박사들의 경배〉는 메디치가, 그리고 오늘 그 메디치가를 통솔하는 로렌초에게 바쳐진 경의였다. 아름다운 전원을 배경으로 말을 타고, 혹은 걸어서 구불구불한 산길을 올라가는 호화로운 옷차림의 사람들이 그려져 있었다. 열을 지어 걷는 생생한 인물들 가운데 가장 시선을 끄는 것은 벽화 한복판의 인물이었다. 화려한 마구로 치장한 힘찬 백마를 탄, 황금색 옷을 걸친 젊은 왕. 무성한 금발의 곱슬머리에는 왕관이 얹혀 있었다. 무엇보다 인상적인 것은 그 젊은 왕의 얼굴이었다. 사람들은 차분하고 고귀한 그 얼굴에서 눈을 뗄 수 없었다. 실제보다 조금 미남으로 그려지기는 했지만 그것은 분명 로렌초였고, 그 로렌초가 실물과 꼭 닮은 메디치가 사람들의 선두에 있었다. 코시모, 피에로와 그의 형제 조반니,

그리고 줄리아노까지, 죽은 사람과 산 사람이 뒤섞인 행렬의 선두에. 벽화는 기사로 서임된 로렌초가 메디치가를 영광과 불멸의 길로 인도하는 것을 상징했다. 그 뒤를 피렌체의 주인이자 피렌체를 번영케 한, 메디치가를 사랑하는 시민들이 따라가고 있었다.

로렌초는 이 훌륭한 벽화가 몹시 자랑스러웠다. 부친이 굳이 아들을 행렬의 선두에 그려달라고 주문한 것은 그에 대한 신뢰를 증명했다. 로렌초는 종종 예배당에서 그림을 들여다보며 죽은 자들을 기렸다. 의혹이나 의문이 일 때면 부친의 유언처럼 느껴지는 그 그림을 바라보며 평화와 안정을 되찾았다.

* *
*

피렌체에 새로운 태양이 떠올랐다.

그녀의 이름은 시모네타 카테아노. 메디치 은행의 채무자이기도 한 뱃사람 아메리고 베스푸치의 사촌인 마르코와 결혼한 새색시였다. 열여섯 살인 그녀는 포르토 베네레, 그러니까 전설에 의하면 비너스가 바다에서 나왔다는 바로 그곳 출신이었다.

매끈한 이마를 시원하게 드러낸, 견줄 데 없이 눈부신 금발 미녀였다. 눈은 커다랗고 얼굴빛은 맑았다. 가녀린 허리, 자그맣지만 탄탄한 가슴, 작고 둥근 배와 늘씬한 다리가 옷 속에 감춰졌으리란 것을 사람들은 짐작했다. 보석! 그녀를 한 번이라도 본 사람들은 누구나 그렇게 칭송을 아끼지 않았다.

메디치가가 주재한 그녀의 결혼 축하연 때 로렌초는 마음을 빼앗기고 말았다. 그는 자신의 뮤즈가 밀려날지도 모른다고 직감했다. 이 어여쁜 새 별이 루크레치아 도나티의 아름다움을 퇴색시키는 것은 시간문제였다. 그러나 누구보다 그녀에게 반한 것은 줄리아노였다. 그는 연회 내내 그녀에게서 눈을 떼지 못했다. 그렇지만 저녁이 다 가도록 말 한번 붙여보지 못했고 춤을 청할 용기는 더욱 없었다.

이튿날 아침, 줄리아노는 멍한 눈길로 정원을 터벅터벅 거닐고 있었다. 로렌초가 말을 걸자 그는 소스라쳤다.

"머릿속에 그녀 생각뿐이구나, 그렇지?"

아우는 어깨를 으쓱했다.

"그러는 형은, 반하지 않았다 그거야?"

"어쨌든 난 먹고 마시는 일까지 잊지는 않았어." 로렌초가 웃음을 터뜨렸다.

대꾸가 없자 로렌초가 아우의 어깨에 손을 얹었다.

"넌 언젠가 교회의 사람이 되리라는 걸 명심해야지."

"추기경은 사랑도 못하던가? 로마에선 추기경들도 애인을 거느리잖아……"

"유녀들을 말하는 거겠지! 시모네타는 결혼한 여자야."

"루크레치아 도나티도 마찬가지야!"

"그래, 말 잘했다, 아우야."

곱슬머리와 고집스러운 이마가 줄리아노를 팔팔한 숫양처럼 보이게 했다. 그가 분통을 터뜨렸다.

"그녀는 그 마르코란 작자에겐 과분해. 마르코는 흥청망청 놀면서 사내들 뒤꽁무니나 쫓아다니는 못된 놈이라고!"

"어쩌면 그녀는 아직 처녀인지도 몰라…… 그러니까 그녀의 집안에선 일단 네 경쟁자가 없다고 봐도 좋겠는데." 로렌초가 싱글거리며 말했다.

"남편은 그렇다 쳐. 그녀가 얼마나 미인인지 알면 피렌체 사내들이 모조리 덤벼들걸."

"이봐, 줄리아노, 손에 넣기도 전에 질투부터 느껴서 어쩌자는 거야?"

아우는 초조하게 낯을 찡그리고는 형을 똑바로 건너다보았다.

"형은? 형도 달콤한 말로 그녀를 유혹하지 않을 거라고 누가 보장해?"

로렌초는 웃기만 할 뿐 대답이 없었다.

* *
*

채찍 끝이 사냥개의 주둥이를 후려쳤다. 개는 몸을 떨더니 몸뚱이를 낮추고 제자리로 돌아갔다.

말들이 성급하게 몸을 털었다. 기수들은 유쾌하게 서로를 불러댔다. 몬테풀차노 술병이 손에서 손으로 건네졌다. 새벽 공기는 싱그러웠고 하늘은 밝았다. 무젤로산은 흐릿한 안개에 젖어 있었다.

초원의 나뭇가지와 덤불숲에 걸린 거미줄에는 진주 같은 이슬들이 매달려 있었다.

사냥꾼들에게 에워싸인 사냥개 감독이 동이 틀 무렵 생긴 지 얼마 지나지 않은 멧돼지떼의 흔적을 발견했다고 보고했다. 놈들은 숲 가장자리의 진창으로 간 것 같았다.

"그렇다면 놈들을 추적하자!" 로렌초가 사냥 팀의 리더에게 말했다.

풀려난 사냥개들이 나팔 소리에 맞춰 일제히 뛰어나갔다. 말 울음소리, 등자 부딪치는 소리가 뒤섞인 소란 속에서 사냥꾼들도 달리기 시작했다.

로렌초는 사냥과 그 사냥에서 맞닥뜨리는 우연들을 사랑했다. 정신이 멍해지도록 숲속을 달리고, 사냥개 짖는 소리를 듣고, 궁지에 몰린 짐승의 거친 콧숨을 느끼는 것이 좋았다. 심지어 말에서 내려 단검이나 수렵용 창 하나로 억센 짐승과 대면하는 순간의 위험까지도 사랑해마지않았다. 그는 힘을 소모하고, 남아도는 에너지를 비워내고, 몸속을 도는 격한 기운을 어떻게든 방출해야 했다. 그의 탄탄한 근육이 지쳐떨어질 때까지 움직여 메디치가의 저주, 조부와 부친을 차례차례 저세상으로 데려간 병마의 저주를 밀어내고 싶었다. 오랫동안 말을 달린 저녁이면 몸은 녹초가 됐지만 그 달콤한 피로 속에서 마음은 외려 차분해졌다.

줄리아노와 브리가타의 동료 대부분이 그와 함께였다(딱 한 사람, 디오니기 푸치만 침대에 남는 쪽을 택했다). 사냥도 즐거웠지만 사냥이 끝난 후의 술자리도 큰 즐거움이었다. 일행은 전날 밤을 카파지올로의 저택에서 보냈다. 메디치가의 일을 도맡는 건축가 미켈로초가 옛 성을 망루와 도개교, 돌로 만든 외호만 남기고 안락한 주거지로 바꾸었다. 그 저택은 피에로가 세상을 떠나면서 줄리아노의 것이 되었다. 주변의 울창한 언덕에 사냥감이 넘쳤으므로 두 형제는 자주 그곳에 왔다.

사냥개들이 짖어대기 시작했다. 로렌초가 박차를 가했다. 이윽고 놈들이 그의 눈에 들어왔다. 멧돼지떼가 사냥개들에게 쫓겨 달아나고 있었다. 뻣뻣한 붉은 털의 덩치 큰 암컷이 선두였다. 짐승은 장애물을 돌파하고 시냇물을 건너뛰고 바위를 기어오르며 거침없이 전진했다. 로렌초는 가슴이 벌렁거리는 것을 느끼며 창을 그러쥔 주먹에 힘을 주었다. 나뭇가지들이 얼굴을 후려쳤지만 그는 아랑곳없이 말을 달렸다. 뒤에서 사냥 팀의 리더가 끊임없이 나팔을 불었다. 브리가타의 회원들이 왁자지껄하게 그 뒤를 따랐다.

추적은 족히 두 시간째 계속되고 있었다. 일행 중 몇몇은 흩어졌다. 조반 벤투라는 말이 자갈 위에서 미끄러져 낙마한 참에 추적을 포기했다. 로렌초는 땀을 철철 흘리면서 갈기에 몸을 바싹 붙이고 계속 달렸다. 멧돼지떼가 빽빽하고 시커먼 가시나무 덤불 속으로 사라지면서 사냥개들을 떼어놓았다. 개들이 놈들을 다시 불러낼 수 있을까? 무모한 사냥개 몇 마리는 쉴새없이 짖어대며 칼날 같은 바늘이 무성한 덤불 속으로 들어가려고 안달했다.

갑자기 나뭇가지 부러지는 소리가 들리더니 수놈 멧돼지 한 마리가 튀어나왔다. 시커멓고 육중하고 날쌘 놈이었다. 놈은 사냥개 한 마리를 코끝으로 가격해 단번에 쓰러뜨리고 로렌초의 말을 스쳐지나갔다. 로렌초는 놈의 상앗빛 송곳니가 번쩍이는 것을 보았다. 놈이 전나무가 많은 언덕을 오르기 시작했다. 사냥개들의 주력 부대가 크게 짖어대며 뒤를 쫓기 시작했다.

의논하고 말고 할 것도 없이 로렌초 일행은 가시나무 덤불로 사라져 숨어버린 나머지 멧돼지떼는 버려두고 이놈을 쫓기로 했다. 놈을 잡자면 앞으로도 몇 시간은 만만찮은 추적을 각오해야 했다.

태양이 높은 하늘 한복판에서 빛나고 있었다. 쫓는 사람도 쫓기는 짐승도 지쳤다. 목도 말랐다. 그러나 사냥개들은 한 번도 뒤를 놓치지 않았다. "놈도 거의 막다른 골목이야!" 사냥 팀의 리더가 말했다.

쫓기던 멧돼지가 빽빽한 잡목림에서 불쑥 튀어나오자 개들이 놈을 둘러쌌다. 개들은 털을 곤두세우고 거품을 흘리며 죽어라고 짖어댔다. 로렌초와 일행은 땅에 내려섰다. 날쌘 개 두세 마리가 어지러운 수풀을 헤치고 멧돼지에게 다가갔다. 개 한 마리가 깨갱거리며 나동그라졌다. "어차피 궁지에 몰렸어!"라고 리더가 다시 말했다. 그는 단검을 휘둘러 덤불숲에 길을 내기 시작했다.

멧돼지는 나무를 등지고 정면을 향해 서 있었다. 배가 찢어진 피투성이 사냥개 두 마리가 놈의 발치에 널브러져 있었다. 창을 쥔 수렵 담당관들이 멧돼지에게 달려들려는 사냥개들을 제지하면서 충분한 거리를 유지하려고 애썼다.

로렌초가 칼집에서 단검을 꺼냈다. 브라치오 마르텔리가 만류했다.

"안 돼! 놈은 벌써 사냥개를 두 마리나 해치웠어!"

로렌초는 말을 듣지 않았다. 눈앞의 짐승과 대적할 사람은 오직 자신뿐이었다. 그는 단검을 틀어쥐고 다가갔다. 그는 놈의 몸뚱이, 뻣뻣한 머리털 밑에서 번들거리는 작은 눈, 놈이 물어뜯은 사냥개들의 피로 시뻘겋게 얼룩진 어금니를 차례로 노려보았다. 그가 한 발짝씩 접근했다. 웅크린 짐승은 언제든 달려들 태세였다. 로렌초가 날쌔게 옆으로 뛰어올라 단검을 찔렀다. 기습당한 멧돼지는 제 몸뚱이를 찌른 인간을 향해 코를 가까스로 돌렸을 뿐이었다. 로렌초의 오른쪽 허벅지에 뜨끈한 통증이 느껴졌지만 그의 칼이 이미 짐승의 가슴팍에 박힌 후였다. 로렌초는 기쁨이 번지는 것을 느꼈다. 칼날은 살덩어리를 가르며 깊숙이 미끄러져들어갔다. 치명상을 입은 짐승은 네 발로 선 채 조금 더 버티다가 얼이 빠져 이윽고 모로 쓰러졌다.

땀에 젖은 로렌초가 숨을 헐떡거리며 바닥에 무릎을 꿇었다. 찢어진 오른쪽 반바지에서 피가 흘렀다. 그런데도 안도감과 이겼다는 자부심으로 아무런 고통도 느끼지 못했다. 친구들, 수렵 담당관들, 아우 줄리아노가 새파랗게 질려 그에게 달려갔다. 그는 낯을 찡그리며 다시 일어섰다.

"난 괜찮으니까 개들의 상처부터 봐줘!"

* *
*

벽난로의 장작이 기세 좋게 타올랐다. 로렌초의 다리에는 붕대가 감겨 있었다. 다행히 근육만 찢어졌을 뿐 상처는 깊지 않았다. 사냥 팀의 리더가 상처를 봉합하고 끈적끈적한 연고를 발라주었다.

그는 벽난로 앞으로 옮긴 침대에서 다친 다리를 길게 뻗고 쿠션에 기대어 쉬고 있었다. 친구들이 그의 주위에 둥그렇게 모여 있었다. 그들이 카파지올로에 사냥을 올 때마다 시중을 도맡는 농가의 처녀 베네데타가 포도주와 음식을 날랐다. 로렌초는 처녀의 풍만한 가슴, 늘씬한 다리, 벽난로의 불꽃으로 빨갛게 물든 통통한 뺨을 눈여겨보았다. 소박한 시골 풍경에 잘 어울리는, 꾸밈없는 미녀였다.

순박한 그 처녀가 정열을 일깨운 탓이었을까? 로렌초는 사람들한테 들은 실화를 토대로 보카치오풍으로 집필중인 외설적인 이야기를 떠올렸다. 그는 한갓진 그 시간을 이용해 '지아코포'라는 제목의 자기 작품을 친구들에게 피로하기로 했다.

"다들 후끈해질 만한 이야기 하나 들려줄까?"

청년들이 환성을 터뜨리자 베네데타는 살짝 자리를 피했다. 로렌초는 그녀가 부엌 옆에 딸린 찬방에 숨어 귀를 기울이리라 짐작했다.

"사랑스러운 제노아 처녀 카산드라는 부유한 늙다리 상인 지아코포와 어쩔 수 없이 결혼했지. 그런데 제노아에 공부하러 온 피렌체의 미남 청년 프란체스코가 우연히 이 처녀를 길에서 봤겠다. 청년은 사랑에 빠졌어."

"늙정이의 의심을 사지 않고 어떻게 그녀를 정복할 것인가! 그것이 문제로군." 루카 풀치가 말했다.

"젊은 여자와 결혼한 늙은이들은 하나같이 질투의 화신인 만큼 그건 쉬운 일이 아니지." 그의 동생 지지가 덧붙였다.

로렌초가 싱긋 웃고는 말을 이었다.

"꾀바른 그 청년이 어떻게 해서 늙은 남편이 꼼짝 없이 아내를 내주게 만들었나 내 얘기해주지…… 남편한테 안 들키고 그들의 둥지로 침투하기는 어차피 불가능했지, 감시가 철저했으니까. 그래서 프란체스코는 머리를 썼어. 그는 고향으로 돌아가 지갑을 호기롭게 털어 피렌체 제일의 창녀와 계약을 맺었지."

"누구?" 청년들이 일제히 물었다.

"그건 알려줄 수 없어, 절대 비밀에 부치기로 그녀와 약속했으니까. 편의상 바르톨롬메아라고 부르자고."

청중이 실망의 한숨을 터뜨렸다. 그들은 피렌체의 창녀들이라면 빠짐없이 알고 있었다. 로렌초가 말을 계속했다.

"프란체스코는 바르톨롬메아를 데리고 제노아로 돌아와 부부 행세를 했지."

"그가 그녀와 맺었다는 거래는 뭔데?" 브라치오가 성급하게 물었다.

"좀 기다려. 바르톨롬메아는 멋이란 멋은 다 부리고 부유한 상인 지아코포가 출입하는 곳에 진을 쳤지."

"남편이 집을 비운 틈에 잠입한다 그거로군." 푸치가 말했다.

"아니, 하인들의 감시가 심해서 그럴 수 없어."

"그러니까 바르톨롬메아가 질투심 많은 남편을 유혹하는 일을 맡았군." 루카가 말했다.

"맞아, 피렌체의 미남 청년은 그걸 노렸어. 지아코포는 창녀의 추파에 오래 버티지 못했지. 그는 홀딱 넘어가 그녀와 진한 관계를 맺었지. 하지만 그가 제정신을 차리고 옷을 주섬주섬 챙겨 입을 때 바르톨롬메아가 눈물을 뿌리기 시작했어."

"그 연극은 또 뭐야?" 지지가 물었다.

로렌초는 자신의 대단찮은 작품에 흥미를 갖는 청중을 만족스럽게 둘러보았다.

"부정한 그 여자가 눈물 콧물 흘리면서 털어놓기를, 남편을 배반한 걸 깊이 후회한다고 했겠다. 즉각 고해성사를 봐야겠는데, 아내를 배반한 지아코포도 물론 같이 가야 한다는 거야. 둘이 저지른 죄니 나란히 회개해야 한다나. 아직 황홀한 맛에 잠겨 허우적대던 상인은 일리 있는 말이라 생각하고 제일 가까운 성당으로 따라갔지. 마침 그녀가 그 성당의 성 프란체스코회 수도사 하나를 안다고 했어."

"잠깐! 제노아에 온 지 얼마 되지도 않는 그녀가 어떻게 수도사를 안다는 거야?" 브라치오가 끼어들었다.

"당연히 프란체스코의 책략이지. 그는 플로린 금화를 한 움큼 내주어 일찌감치 수도사를 매수해뒀거든. 바르톨롬메아가 고해성사 시늉을 마치자 지아코포의 차례가 되었어. 상인의 고해를 들은 엄격한 수도사는 용서받을 길은 하나뿐이라고 선언했지. 지아코포가 청년의 아내와 관계를 맺었으니 그 청년도 지아코포의 아내와 관계를 맺어야 죄가 상쇄된다나."

청중이 폭소를 터뜨렸다. 로렌초가 말을 맺었다.

"프란체스코는 늙은 상인의 환대 속에서 카산드라의 집에 당당히 입성했지. 늙은 남편이 아래층 식당에서 혼자 밥을 먹는 사이 젊은 남녀는 이층의 부부 침실에서 좋은 시간을 보냈어. 수도사가 시간까지는 구체적으로 지정하지 않았기 때문에 프란체스코는 카산드라를 몇 번이나 즐겁게 해줄 수 있었지!"

브리가타의 청년들이 피로에 지치고 술기운으로 몸이 무거워져 하나둘 잠자리를 찾아갔다. 로렌초는 난롯불 앞에 혼자 남아 춤추는 불꽃을 바라보았다. 베네데타가 들어와 머리맡의 촛불 한 개만 남겼다. 방을 나가기 전에 그녀가 물었다.

"뜨거운 포도주를 좀 갖다드려요? 상처의 화끈거림이 가라앉을 거예요. 원하시면 잠을 재촉하는 약초도 드릴 수 있어요."

그가 그녀에게 손을 뻗었다.

"이리 와봐, 친절한 베네데타…… 기분 좋게 잠드는 처방이라면 나도 잘 아니까."

그녀는 머뭇거리는 기색 없이 다가갔다. 그가 그녀를 옆에 앉혔다.

"지금까지 몇 번쯤 사내의 손길을 받았지?"

베네데타는 말없이 웃기만 했다.

"아직 숫처녀라고 우기지는 마……"

그가 처녀의 앞가슴 자락에 손을 집어넣었다. 베네데타가 다시 웃었다.

"젊은 주인님께선 보잘것없는 농부 처녀를 골리실 게 아니라 다친 다리를 잘 보살피셔야 할 것 같은데요."

그녀는 그러면서도 손을 밀어내지 않았다. 오히려 다리의 상처를 건드리지 않게끔 그를 도와주었다.

난롯불은 기운 좋게 타올랐고 그녀의 가슴은 땀으로 번들거렸다. 그녀는 그의 위에 말 타듯 걸터앉아 부드럽게 골반을 움직였다. 머리를 반듯이 쳐들고 눈을 감은 채 입술은 반쯤 연 그녀는 로렌초도 아직 입문하지 못한 신비로운 의식을 주재하는 것처럼 보였다. 이따금 단조로운 노래 같은 긴 신음이 그의 입술 사이로 흘러나왔다.

마침내 그가 짤막한 비명을 지르자 그녀가 그의 몸 위로 쓰러졌다. 그녀는 꼼짝도 않은 채 떨림이 가라앉기를 기다렸다.

"베네데타……"

그녀가 다친 다리를 건드리지 않도록 조심하면서 옆으로 내려섰다.

"베네데타……" 그가 또 중얼거렸다.

그녀는 일어나 웃옷을 걸치고 나머지 옷가지들을 거두어 한마디도 없이 사라졌다. 로렌초는 자신이 사랑해마지않는 그 숲의 신비로운 요정이 다녀간 것이라 생각했다.

8
1472

그는 오래 살지 못할 것이다, 아무래도 그런 예감이 들었다.

너무 늦기 전에 삶을 누려야 했다. 즐겨야 했다! 그에게는 모든 것이 욕망을 만족시키고 자극을 일으키는 계기였다. 그는 모든 형태의 아름다움을 추구했다. 친구이기도 한 보티첼리의 섬세하고 빛나는 회화를 사랑했고, 지지 풀치의 때로는 전원적이고 때로는 풍자적인 시들을 사랑했고, 갈수록 많은 돈을 들여 줄기차게 수집하는 메달과 조각상을 사랑했고, 아이들(얼마 전에 아들 피에로가 태어났다)을 사랑했고, 여인들을 사랑했다.

그렇다, 그는 여인들을 사랑했다. 농부 처녀 베네데타처럼 격정적인 하룻밤 사랑도 있었고 집요하게 공략해 손에 넣은 루크레치아 도나티도 있었다. 루크레치아와의 만남은 뜸해졌다. 로렌초는 연인을 찾는 마음이 무디어진 것을 자인했다. 속속들이 알고 나면 물리는 법이다. 그는 두 사람을 부서뜨릴 것 같던 숨막히는 열정을 이제 느끼지 못했다. 그 사실을 알아챈 뮤즈는 기분이 상했다. 더욱이 축제나 연회 때마다 어김없이 시모네타 베스푸치와 비교당해야 했다. 시모네타 베스푸치는 불과 몇 달 만에 그녀를 제압했다. 눈부신 시모네타! 그녀는 사내들의 마음에 마법을 걸고 다리를 후들거리게 만들었다. 온 피렌체가 그녀의 발밑에 있었다. 화가들은 다투어 그녀를 그리게 해달라고 사정했다. 그녀의 승낙을 얻은 것은 산드로 보티첼리였다. 오직 보티첼리만이 그녀를 감싼 찬란한 빛, 그리고 절반은 슬픔에, 절반은 꿈에 잠긴 듯한 신비스러운 얼굴을 재현할 수 있었다.

줄리아노는 그녀를 뮤즈로 삼고 숭배를 바쳤다. 가벼운 감정이었을까? 아니면 정말로 사랑에 빠졌을까? 로렌초는 속으로 물었다. 아우는 이 여자 저 여자로 곧잘 옮겨다녔다. 매력적이고 다정하며 귀티가 흐르는 그는 줄곧 가볍고 태평한 삶을 살아왔다. 로렌초와는 정반대였다. 로렌초, 그는 타협할 줄 모르고 소유욕이 강했다. 반드시 손에 넣어야 만족했다. 그래서 루크레치아도 기어코 자기 것으로 만들었다. 뮤즈도 언젠간 그의 애인이 되고 그의 욕망에 따라야만 했다.

형제는 모든 면에서 달랐지만 서로 사랑했다. 아우는 형의 권위에 의문을 품은 적이 없었고 형을 보호자로 알고 따랐다. 그는 언제라도 형을 도울 준비가 되어 있었고 이미 까다로운 임무 몇 가지를 성공시켰다. 메디치가의 추종 세력은 그들의 우애에 탄복했고 형제간의 경쟁심에 은근한 기대를 걸었던 앙숙들은 낙담했다.

그렇지만 시모네타가 있었다! 로렌초가 나날이 그녀에게 빠져드는 것은 아무도 몰랐다. 이따금 몸짓과 미소나 눈빛으로부터 이 미녀가 손에 넣지 못할 존재는 아니란 걸 어렴풋이 느낄 때도 있었다. 과연 그녀가 수려한 아우보다 못생긴 형을 더 좋아해줄까? 아우와 틀어질 각오를 하면서까지 끝내 그녀를 유혹할 수 있을까? 로렌초는 이내 자책하며 그 생각을 물리쳤다. 심상찮은 폭풍의 조짐이 보이는 마당에 우애에 금이 가는 일을 만들 수는 없었다.

* *
*

"이 사건의 배후엔 교황이 있어!" 브라치오 마르텔리가 단언했다.

"근거 없는 중상이야! 아무 증거도 없잖은가……" 안토니오 리돌피가 맞받았다.

"자네와 친분이 두터운 나폴리 왕이 교황과 사이가 좋으니 그렇게 믿고 싶겠지." 지기몬디 델라 스투파가 말했다.

"바티칸은 우릴 강탈할 생각만 해." 브라치오가 덧붙였다.

로렌초는 단언을 피했다. 토스카나의 광산 지역 중심지인 볼테라가 봉기했다는 보고를 받은 그는 측근 몇 명만 급히 불러들였다. 사실 작년부터 위태롭기는 했다. 고대 에트루리아 시대에 발달한 볼테라는 피렌체의 지배를 받는 도시로, 피렌체가 경찰 수뇌 임명권을 쥐고 해마다 많은 세금을 거뒀다. 시민들에게 선임된 여덟 명의 시의원으로 구성된 볼테라 시의회는 대놓고 반항은 하지 않았어도 오래전부터 싫은 얼굴을 하고 있었다. 그런데 새 명반 광맥이 발견된 것이 화약에 불을 붙였다. 채굴 사업권은 피렌체인들, 다시 말해 메디치가의 심복들이 경영하는 회사에 귀속되었다. 그러나 얼마 가지 않아 볼테라 시의회는 풍부한 광상을 보유하고도 빈약한 사용료밖에 챙길 수 없는 건 부당하다고 판단했다. 협상이 시작됐다. 볼테라는 대화를 통해 제 몫을 찾는 대신 돌연 협상을 깨버렸다. 시의회가 취한 조치는 간단했다. 광산 시설을 점거하고 자신들의 광맥을 돌려받은 것이다.

피렌체는 그들 쪽에서 보면 엄연한 강탈인 이 사태를 용인할 수 없었다. 무엇보다도 메디치가가 관련되어 있었다. 그들의 명반 채굴 독점권이 이 일방적인 결정으로 인해 무시당한 꼴이었기 때문이다.

작년 여름, 로렌초는 볼테라에 최후통첩을 보냈다. 시의회는 즉각 광산을 원 임자에게 돌려줄 것. 메디치가의 심복인 경찰 대장은 광산 점거에 연루된 사람들을 잡아들였다. 몇몇은 추방형을 선고받았다. 자유를 열망하는 볼테라의 시민들에게는 억울한 처사였다. 해가 바뀌자 피렌체와 싸울 결심으로 무기를 든 시민들이 메디치가 추종 세력을 학살하기 시작했다. 시의회는 그 사태를 저지하기는커녕 연대를 표시했다. 볼테라의 도발은 명백했다.

그럼 교황은? 그는 어떤 역할을 했을까? 식스투스 4세는 1471년에 사망한 바오로 2세에 이어 교황에 즉위했다. 아우 줄리아노를 추기경으로 만들 꿈을 포기하지 않은 로렌초는 축하 사절단을 이끌고 교황을 방문했다. 교황의 인상은 썩 우호적이지 않았다. 본명이 프란체스코 델라 로베레인 새 교황은 야심가로, 실은 자신의 사생아인 수많은 조카들의 뒤를 봐주는 일밖에는 관심이 없었다. 새 교황의 짐짓 상냥한 태도에도 불구하고 로렌초는 자신과 피렌체 앞에 만만찮은 적이 등장했음을 직감했다. 백합의 도시는 너무 강성하고 부유했으며, 이탈리아의 평화와 통일을 원했다. 식스투스 4세는 그런 원대한 사상에 조금도 공감하지 않았다. 그가 원하는 것은 다른 공국들을 잘게 쪼개 교황청의 세력을 키우는 것뿐이었다. 맨 처음으로 손을 봐줘야 할 곳은 교만한 피렌체일 터였다. 줄리아노의 추기경 자리로 말하자면 더 기대할 것도 없다는 것을 로렌초는 깨달았다. 그렇지만 교황이 과연 볼테라의 반란을 부추기기 위해 손을 썼을까? 바티칸 소유의 명반 광맥도 메디치가가 채굴과 판매권을 독점하고 있었다. 교황은 피렌체의 독점권을 갉아먹도록 쑤석거려 자신도 그 상업적 간섭을 벗어나려는 것인지도 모른다.

로렌초만 빼고 저마다 의견을 피력했다. 대부분 볼테라의 반란을 무력으로 진압해야 한다는 의견이었다. 로렌초도 두말없이 그 의견에 동조했다. 정치적으로도 그렇지만 경제적 이유를 감안해도 엄벌이 필요했다. 피렌체의 시의회를 설득하기는 어렵지 않을 것이다. 로렌초 데 메디치의 정치적 권력은 그 어느 때보다 강력했다.

백인 자문회의의 개혁을 이용해 그는 자신의 심복들을 임기 오 년의 위원으로 임명하게 만들었다. 공화정은 이제 이름뿐이었다.

* *
*

이번에도 페데리고 다 몬테펠트로는 피렌체의 요구에 응해 진군을 시작했다. 나폴리의 왕은 자신을 위해 복무중이던 이 용병대장이 피렌체군의 지휘권을 갖도록 허가했다. 그의 동맹인 교활한 식스투스 4세는 메디치가의 볼테라 진압을 격려하는 시늉을 했다.

몬테펠트로의 삼천 보병은 도시로 통하는 길목을 지키는 요새 몇 채를 빼앗고 파죽지세로 볼테라의 성벽 앞에 당도했다. 에트루리아 시대의 육중한 돌 더미로 만들어진 탄탄한 성벽이 도시를 둘러싸고 있었다. 볼테라의 시의원들은 대포와 병기로 중무장한 군대가 뿌연 먼지바람을 일으키며 도착하는 것을 보고 목숨을 보전하기 힘들겠다는 사실을 깨달았다. 포위가 시작되면 기아와 갈증 앞에서 용기와 결의는 무너질 것이다. 그들은 용서를 구하기로 했다. 대표단이 피렌체 방문 허가를 얻었다.

볼테라인들은 우선 시의회에 출석해 진술했다. 그들은 잘못을 인정하고 배상을 제안했다. 전통적으로 평화를 선호하는 피렌체 당국은 그들의 뉘우침을 받아들이고 싶었다. 그러나 결정권자는 로렌초였다.

로렌초는 사설 자문관들을 대동하고 자신의 팔라초에서, 메디치가의 영광을 찬양하는 회화와 조각에 둘러싸여 대표단을 맞아들였다. 대표단이 유감을 표명하고 자비를 간청하는 내내 그는 딱딱한 표정을 풀지 않았다. 침묵을 지키던 그가 이윽고 입을 열었다.

"당신들은 배반자요. 당신네 도시에 있던 내 친구들을 공격하고 살해했소. 그런 배반을 용서하면 장차 토스카나의 다른 시민들의 그릇된 행동도 정당화될 것이오. 피렌체는 무질서를 용인할 수 없소. 정의가 요구하는 대로 엄벌에 처해질 것을 각오하시오."

로렌초가 일어섰다. 면담은 끝났다. 볼테라인들은 얼어붙어 고개를 숙였다. 메디치가의 가장이 방을 나가면서 덧붙였다.

"대사로서의 자격은 존중하리다. 우리 군대가 불과 무기를 들고 볼테라로 진격하기 전에 고향으로 돌아갈 자유를 주겠소."

서재로 돌아온 로렌초는 우르비노의 영주 페데리고 다 몬테펠트로에게 전언을 썼다. 그는 용병대장에게 피렌체의 이름으로 수행하는 이번 원정을 가장 엄격한 수단을 사용해 마무리하라고 통고했다.

편지를 다 썼을 때 루크레치아 도나티가 방문했다는 전갈이 왔다. 로렌초는 놀랐다. 그의 뮤즈는 소문이 나는 것도, 무뚝뚝한 클라리체와 마주치는 것도 꺼려 메디치가의 팔라초로 찾아오는 일이 거의 없었기 때문이다.

하녀의 안내를 받아 들어온 루크레치아의 눈동자는 분노로 이글거렸다.

"이 주일이나 기다렸는데 소식이 없더군요……"

"할일이 많았소. 게다가 사랑하는 부군께서 귀가하신 줄 알았지." 로렌초가 차분하게 말했다.

"남편? 세상없이 다정한 남편이라 해도 날 집에 붙들어둘 수 있다고 생각해요?"

그녀가 다가왔다. 엷은 분가루 밑에서 가볍게 홍조를 띤 뺨, 팔딱거리는 가슴이 그녀의 노여움을 드러냈다. 그녀가 머리를 그의 가슴에 갖다댔다.

"확실한 것 하나는, 당신이 더이상 나를 사랑하지 않는다는 거죠……"

그녀가 한 발짝 물러나 그를 쏘아보았다. 그는 자신도 모르게 가벼운 흥분을 느꼈다. 그녀는 어느 때보다 아름다웠다. 노여움으로 뺨은 달아오르고 눈동자에는 불꽃이 일었으며 체취는 한결 더 향기로웠다. 거기서, 아내가 살고 있는 집에서, 그녀를 품에 안고 마지막 사랑을 나눌까? 그가 그녀의 어깨를 끌어당겼다. 그녀는 저항하지 않았다.

로렌초가 그녀의 옷을 벗기기 시작했다. 유륜이 넓은, 깨물고 싶은 과일 같은 젖가슴이 드러났다. 벨벳 같은 배는 약간 둥그스름했고 배꼽이 튀어나와 있었다. 그는 살짝 곱슬거리는 음모에 입을 맞추었다. 보티첼리의 비너스처럼 그녀는 완벽했다.

"임신했군, 그렇지?"

그녀는 아무 말도 없었다. 그가 무릎을 꿇고 입맞춤을 퍼부었다. 그녀는 움직이지 않았다.

"루크레치아, 미안하오!"

그는 억누를 수 없는 욕정에 사로잡혔다. 그가 그녀의 다리를 벌리고 은밀한 그곳에 얼굴을 파묻었다.

"나의 뮤즈! 나의 디아나!"

갑자기 그녀가 거칠게 그를 밀어냈다.

"거짓말…… 당신은 다른 여자를 생각하고 있어! 뱃속의 아이가 당신 아이일지도 모르는데도!"

로렌초가 얼빠진 얼굴로 몸을 일으켰다. 루크레치아가 발밑에 떨어졌던 옷을 움켜쥐어 몸을 가렸다.

"건드리지 말아요! 두 번 다시 날 건드리지 마! 당신을 매혹한 건 시모네타 베스푸치…… 조심해요, 로렌초! 난 독초와 독약의 비밀에 훤한 점성가를 잘 아니까! 게다가 그 풋내기 계집애는 안 그래도 병약한 것 같더군요!"

* *
*

고지에 자리잡은 도시는 옛 화산 활동의 흔적이 남아 있는, 혼돈스러운 풍경을 내려다보고 있었다. 육중한 성벽 위로 연기가 몇 줄기 올라가는 것이 보였다. 7월의 태양 아래, 유린당한 그 땅은 칙칙한 빛깔로 누워 있었다.

조촐한 호위대의 선두에 선 로렌초의 눈에 언덕 아래 펼쳐진 용병부대의 막사들과 깃발들이 들어왔다. 한 달 동안 포위를 버티던 도시는 이틀 전 백기를 들었다.

그는 볼테라를 향해 나아갔다. 요새의 묵직한 문들은 열려 있었다. 병사들이 오고갔다. 도시에서 나오는 병사들의 손에는 단지, 통, 그릇, 소시지 따위 각양각색의 물건이 들려 있었다. 만취한 독일인 보병의 품속에서 새끼 돼지가 끽끽 울어댔다. 암탉 두 마리를 둘러메고 양손에 햄을 들고 있는 병사도 있었다.

약탈! 병사들이 자기 몫을 챙기고 있었다. 용병들은 집을 약탈하고 아녀자를 욕보임으로써 전쟁의 비참함을 잠시 잊었다.

도시로 들어가자 냄새가 코를 찔렀다. 죽음의 냄새. 그리고 로렌초는 보았다. 골목마다 널브러진 시체들을. 여자들은 치마가 뒤집혀 있고 사내들은 피를 흘렸다. 아이들도 머리가 깨져 죽어 있었다. 버려진 시체들 위로 파리떼가 맴돌았다. 주검, 어디에나 주검뿐이었다. 그리고 술 취한 용병들이 있었다. 학살을 면한 주민들은 불타지 않은 집의 지하실이나 곳간에 몸을 맞대고 숨어 있을 터였다.

엄격하게 처분하라고 통고한 것은 사실이었다. 그러나 이런 학살은 아니었다. 정복한 도시를 약탈하지 않는 걸로 유명한 몬테펠트로가 어떻게 이런 잔혹한 짓을 내버려두었을까?

그는 시의회 궁전까지 나아갔다. 볼테라의 시의원들은 거기서 엄중한 감시를 받고 있었다. 공포에 사로잡힌 그들은 로렌초를 보고도 감히 눈을 들지 못했다.

로렌초는 망루에 있는 작은 방에서 페데리고 다 몬테펠트로를 찾아냈다. 용병대장은 투구와 검을 탁자 위에 얹어놓고 완전무장 차림으로, 채색 문자가 울긋불긋하게 장식된 두툼한 책의 페이지를 넘겨가며 왕성한 식욕으로 식사를 하고 있었다. 로렌초의 노한 눈빛과 마주치자 그가 어깨를 으쓱했다. 그는 포도주를 한 모금 삼켜 입안의 음식물을 넘겼다.

"무슨 말을 하고 싶은지 압니다……"

"난 분명히 통고했습니다. 도시를 점령하고 반도들을 체포하되 주민들의 안전은 보장했어야죠."

몬테펠트로가 고개를 끄덕였다.

"나도 괴롭소. 저것들은 야만인이오. 내 잘못은 인정합니다. 내 힘으로도 어떻게 해볼 수가 없습디다."

용병대장의 설명은 이러했다. 기아에 허덕이던 볼테라인들이 백기를 내걸자 용병들은 질서 있게 도시로 들어갔다. 장교들은 병사들에게 약탈과 양민 학살을 엄금했다. 주동자 시민들은 체포됐고, 관례에 따라 그들의 저택만 약탈이 허용될 터였다. 해거름까지 그 명령은 지켜졌다. 그러나 숨막히는 더위와 술기운이 나머지 집에 손을 댈 수 없다는 불만을 키웠다. 병사들이 도시의 대로와 골목골목으로 떼를 지어 흩어졌고 약탈이 시작됐다. 고삐 풀린 용병들을 저지할 수 있는 것은 아무것도 없었다.

"난 말을 달려 현장으로 갔소. 두 딸과 모친을 겁탈한 병사 셋을 내 손으로 즉결 처분까지 했어요."

"더 엄격한 조치를 취해 학살을 막았어야 합니다."

"역부족이었소. 병사들은 이미 광기에 사로잡혀 제정신이 아니었죠…… 체포하고 말고 할 차원을 넘었단 말이오."

"당신이 대장인데도 말인가요?"

메디치의 엄한 눈초리 앞에서 마침내 몬테펠트로가 눈을 내리깔았다. 로렌초는 마음이 누그러지지 않았다. 이 끔찍한 사태의 제일의 책임자는 다름 아닌 그 자신이었다. 볼테라에 관용을 베풀기를 거부함으로써 결과적으로 이런 불필요한 폭력을 불러오지 않았는가?

용병대장이 자기 잔에 포도주를 채워 청년에게 내밀었다. 그는 어딘지 부드러운 눈빛으로 로렌초를 건너다보았다.

"젊을 땐 나도 당신만한 결벽증은 있었다오. 싸움터에서 평생을 보내면 이 꼴 저 꼴 다 보지요…… 인간은 멍석만 깔아주면 얼마든지 잔혹해집니다. 사태를 이렇게 만든 책임은 피하지 않겠소. 어차피 터진 일이니 이 불행한 사건을 정치적으로 잘 이용해보시구려. 메디치가에 섣불리 도전했다간 무슨 꼴을 당하는지 다들 똑똑히 알았을 거요."

"프라토의 반란도 엄벌에 처했었죠…… 효과는 불과 이 년밖에 지속되지 않았고요."

"음…… 하지만 이 학살은 두고두고 적들의 마음속에 남을 거외다."

불현듯 로렌초의 머릿속에 의혹이 지나갔다. 몬테펠트로의 말에는 한 점도 거짓이 없었을까? 학살을 방치해 메디치가에 책임을 돌리려 한 것은 아니었을까? 용병대장은 페란테왕과 식스투스 4세가 찬동할 때만 피렌체를 위해 군사를 일으켰다. 그도 어쩌면 이용당했는지도 모른다. 설령 그렇다 해도 로렌초는 의심스러웠다. 우르비노의 성에서 로렌초에게 깊은 인상을 주었던 예술 애호가가 그런 살육을 저지를 수 있었을까?

로렌초는 입술만 적신 후 포도주 잔을 내려놓았다. 몬테펠트로는 로렌초의 미심쩍은 눈길을 모르는 체하며 탁자에 놓인 두툼한 책을 뒤적거렸다.

"내 전리품은 이것 하나죠. 여러 언어로 쓰인 귀한 성경인데……"

로렌초가 차갑게 그의 말을 잘랐다.

"용병들을 도시 밖으로 물러나도록 하시오. 그런 다음 피렌체로 같이 가주셔야겠소. 원정의 성공을 축하하는 행사가 있을 겁니다."

* *
*

로렌초가 늙은 용병대장에게 엄숙하게 씌워준 투구는 폴라이올로의 작품이었다. 몬테펠트로는 예술 애호가답게 이 아름다운 선물을 높이 평가했다.

뒤이어 벌어진 시의원, 귀족, 메디치가 자문관 들이 전부 모인 연회에서 로렌초는 좋은 낯을 보이려 애썼다. 그러나 볼테라의 시체들이 눈앞에 어른거리고, 약탈당한 도시 곳곳에 떠돌던 죽음의 냄새가 아직도 코를 찌르는 듯했다.

일 마니피코는 용병대장과 이야기를 마친 뒤 볼테라의 시의원들과 협의했다. 그는 반란 주동자는 엄벌하되 육체적 경제적 손실을 입은 시민들에 대해서는 원조하겠다고 약속하고 용병들의 학살을 개탄했다. 로렌초가 취한 조치는 이러했다. 첫째, 볼테라 시민이 지명한 반란의 수뇌는 추방형에 처하고 재산을 압류한다. 둘째, 볼테라는 토스카나에 합병시키고 자치도시로서의 자유를 박탈한다. 셋째, 명반 광맥 소유권은 피렌체 회사에 반환한다. 그것이 평화를 되찾기 위해 치러야 할 값이었다.

시의회는 그대로 따를 수밖에 없었다. 몬테펠트로의 용병들은 요새의 성벽 밖으로 물러났지만 위협은 남아 있었다. 시민들의 공포는 쉽사리 지워지지 않을 것이다.

페데리고 다 몬테펠트로가 자리에서 일어나 관대한 보수를 치러준 피렌체에 감사를 표시했다. 로렌초는 부러진 콧날이 위압적인 그 거친 얼굴을 뜯어보았다. 움푹한 동공, 불안하게 번뜩이는 눈동자 뒤에는 어떤 음모가 숨겨져 있을까? 언젠가 현재의 동맹 관계가 손바닥처럼 뒤집히는 날에 이 외눈박이의 군대가 피렌체를 행군하고 백합의 도시도 볼테라와 똑같은 꼴이 되지 말란 법은 없었다.

* *
*

루크레치아 도나티는 불만을 말끔히 잊은 것처럼 보였다. 그녀는 로렌초가 자신에게 돌아왔다고 확신했다.

몇 주일 전, 그녀가 해산을 하고 났을 때 그가 찾아왔다. 그의 아내도 함께였다. 클라리체 오르시니는 어쩌면 로렌초의 아들일지도 모르는 피에트로의 대모가 되어주겠다고 승낙했다. 루크레치아는 로렌초의 눈길을 보고 그가 여전히 자신의 미모에 사로잡혀 있다는 것을 알아챘다. 그는 영원히 그녀의 것이었다. 오직 그녀만이 그를 다시 유혹하고, 자신의 요염한 미모와는 겨룰 수 없는 가냘픈 시모네타를 잊게 만들 수 있었다.

연인들은 카레지의 마법 같은 평화 속에서 몰래 사랑을 나누기 위해 다시 한번 떠났다. 그곳에서는, 새순이 돋아나는 정원과 아늑한 방안에서는 일 마니피코도 고스란히 그녀의 것이었다. 그의 주변을 에워싼 아첨꾼과 숭배자, 신랄한 조롱과 낯 뜨거운 농담으로 그녀를 질리게 만드는 브리가타의 청년들도 따돌리고 그를 독점할 수 있었다.

오직 그만 곁에 두고, 그의 사랑을 받을 수 있었다. 그녀는 로렌초가 열렬한 사랑을 증명해주리라 믿었다.

연인들은 매 사냥을 즐기고, 물살 빠른 강물에서 미역감고, 책을 읽고, 시를 지었다. 늦여름은 갖가지 빛깔과 향기로 넘쳤다. 만물이 조화롭고 즐거웠다.

그런데도 잠깐잠깐 로렌초의 이마에는 주름이 생겼다. 난제들이 산적해 있었다.

볼테라 원정은 피렌체의 국고에 2십만 플로린 이상의 손실을 입혔다. 그 손실분을 채우려면 얼마나 많은 시간이 걸릴까? 안 그래도 무거운 세금을 더 거두고 갖가지 요금도 인상할 수밖에 없을 것이다. 그것은 장인과 상인을 몰락시키고 가난한 이들을 더욱 가난하게 만들어 급기야 커다란 사회 불만을 유발할 터였다. 일 마니피코가 정치적 의도를 품고 실시한 현 세제는 많은 비판을 받았다. 세금은 누진세로서 제일 부유한 계층의 경우 50퍼센트에 이르렀는데, 세율을 결정하려면 우선 피렌체 시민들의 자산 상태를 평가해야 했다. 메디치가로서는 일석이조였는데, 추종 세력을 극빈층으로 분류해 세금을 감면함으로써 충성심을 굳히는 한편 경쟁 은행을 소유한 가문들에게는 한결 무거운 세금을 부과할 수 있었기 때문이다. 그로 인해 오랜 앙숙들의 원한은 더욱 깊어졌다.

더 걱정스러운 것은 메디치가의 주요한 두 해외 지사의 실패였다. 런던 지점은 영국 국왕에게 너무 많은 돈을 빌려준 바람에 파산 위기였다. 브뤼헤 지점은 거대 채무자가 선박 난파로 도산하는 바람에 곤경에 빠졌다.

마지막으로 교황의 야망도 갈수록 큰 위협이었다. 새 교황은 선출되자마자 두 조카, 줄리아노 델라 로베레와 피에트로 리아리오를 추기경으로 임명했지만 로렌초의 아우에게는 추기경 자리를 내주지 않았다. 식스투스 4세는 자신의 친인척과 유력 제후들 사이의 결혼도 적극 추진했다. 교황이 가장 총애하는, 새 추기경의 형 지롤라모 리아리오는 밀라노의 대공 갈레아초 마리아의 서출인 카타리나 스포르차와 결혼할 예정이었다. 교황의 또다른 조카인 레오나르도는 나폴리 왕 페란테의 사생아 딸과 결혼 약속이 되어 있었다. 페란테도 이 결혼에 교황 못지않게 호의적이었는데, 그 대가로 나폴리 왕국이 해마다 교황청에 바치는 조공이 감면될 것이라 기대했기 때문이다.

나폴리, 밀라노…… 교황청과 이 두 도시의 결혼 동맹은 피렌체를 고립시키기 위한 것이라고 로렌초는 걱정했다.

루크레치아는 꽃을 따러 가고 없었다. 로렌초는 저택 이층에서 풍경을 내려다보았다. 계곡의 골짜기로부터 떨어진 은빛 물줄기 아르노강이 나팔 모양으로 벌어지는 하류를 향해 당당하게 흘렀다. 강물은 늘 한결같았지만 겨울이 끝날 무렵 아펜니노산맥의 눈이 녹아 강물이 불어나고 물살이 빨라지면 무섭게 돌변했다. 강의 급류는 나무 기둥과 바위를 휩쓸고, 도시의 길을 덮치거나 다리들을 위협했다. 그것이 강의 운명일까? 물이 빠져나가면 아르노강은 거짓말처럼 평온해졌다. 저 물길 속에는 어떤 요정이 살면서 강물의 분노를 누그러뜨리고 격정을 어루만질까?

갑자기 그의 눈앞을 가리는 손이 있었다.

"나쁜 사람! 당신, 내 생각을 하지 않았던 게 틀림없어!"

그는 루크레치아의 손을 부드럽게 걷어냈다. 그녀가 등뒤에서 몸을 맞대고 어깨에 가만히 턱을 얹었다. 뾰족한 젖가슴과 배의 온기가 전해졌다.

"님프에게까지 질투를 하는 거요?"

"무슨 님프?" 그녀가 그의 귀에 속삭였다.

"아르노강에서 미역감는 요정."

"날 놀리는 거죠……"

"아니, 조금 전 분명히 본 것 같았어…… 벌거벗고 물살을 가르며 헤엄치고 있더군, 송어보다 더 유연하게."

"그 요정이 나만큼 아름답던가요? 보세요!"

로렌초가 뒤를 돌아보았다. 루크레치아의 드레스가 흘러내려 진주빛 몸이 드러났다. 그는 그녀를 쳐다보았다. 고개를 살짝 숙인 채 눈을 내리깔고 팔을 흔드는 그녀는 너무나 유혹적이었다.

"님프는 보통 사티로스가 제일 탐내는 먹이죠." 그녀가 속삭였다.

그는 웃음을 터뜨리며 달려가 그녀를 품에 안아 커다란 침대로 던졌다.

9
1474~1475

해가 떨어지자 로렌초는 팔라초를 살며시 빠져나갔다. 외투 자락으로 얼굴을 반쯤 감추고 그는 빠른 걸음으로 걸었다.

몇 분 후, 그는 보티첼리의 보테가로 들어갔다. 여느 때는 부산하고 활기찬 아틀리에는 정적에 잠겨 있었다. 화가는 커다란 촛불을 밝히고 혼자 이젤 앞에 앉아 그림을 그리고 있었다. 그가 뒤를 돌아보고 소리 없이 웃었다.

"안 오는 줄 알았지…… 베르나치아 한잔 마시겠나?"

"아니, 곧 그녀가 올 것 아닌가."

"그렇게 마음이 달았나?"

로렌초는 대답 대신 긴장한 얼굴로 물었다.

"난 어디 있으면 되지?"

보티첼리가 널찍한 방의 커튼 한쪽을 가리켰다.

"무늬가 요란한 쪽에 구멍을 뚫어놨어…… 밖에서 봐선 전혀 모를 거야. 하지만 절대 움직이면 안 되네!"

잠시 후 기다란 망토로 호리호리한 몸을 감싼 그녀가 도착했다. 솜씨 좋게 땋아올려 진주가 박힌 은제 장식핀을 꽂은 머리 밑으로 반듯한 이마가 드러나 있었다. 화가가 정중하게 그녀의 망토를 받았다. 커튼 뒤에 몸을 감춘 로렌초는 가슴이 쿵쾅거렸다. 창백한 그녀는 너무 아름다워 비현실적으로 보였다.

보티첼리가 그녀를 등받이 없는 의자에 앉혔다. 수줍음 때문인지 시모네타 베스푸치는 아직 한마디도 없었다. 화가가 그녀를 찬찬히 뜯어보더니 다가갔다.

"실례합니다, 고귀한 부인……"

화가가 그녀의 헐렁한 민소매 블라우스로 조심스럽게 손을 가져갔다. 그녀는 보티첼리가 그녀를 건드리자 소스라쳤지만 그가 하는 대로 내버려두었다. 보티첼리가 가만히 단추를 풀었다. 연인 같은 그 손끝을 주시하는 로렌초의 눈동자는 질투로 따끔거렸다.

보티첼리의 눈앞에 시모네타의 가슴이 서서히 드러났다. 상앗빛의 가슴은 작지만 완벽한 모양이었고 한복판의 딸기 같은 유두가 살결을 한결 눈부시게 만들었다.

화가는 이젤 앞에 앉아 새 종이 한 장을 올려놓았다. 로렌초는 도저히 참을 수 없었다. 그러나 약속한 이상 커튼 밖으로 나갈 수는 없었다. 여인을 바라보면 볼수록 그의 눈동자는 고통에 젖었다.

시모네타는 족히 한 시간 동안 포즈를 취했다. 보티첼리는 시모네타에게 다음날도 오겠다는 약속을 받아냈다. 그녀는 소리 없이 웃옷과 망토를 걸치고 사라졌다.

로렌초가 커튼 뒤에서 튀어나왔다.

"나, 우리에 갇힌 사자가 된 기분이었어!"

보티첼리가 웃음을 터뜨렸다.

"그리고 지금이야말로 자네의 베르나치아를 마셔야 할 것 같아!"

일 마니피코는 다음날도 해가 떨어진 후에 찾아왔다. 그러나 그는 여인이 포즈를 취하기를 기다렸다가 들어갔다. 시모네타는 비명을 지르며 재빨리 가슴을 가렸다. 그런데도 반쯤 벗은 몸을 보여준 것에 정말 화가 난 것 같지는 않았다. 보티첼리가 큰 붓을 휘둘러 초벌 스케치를 손질하는 사이 로렌초는 그녀에게 입을 맞추었는데, 그녀는 전혀 당황하지 않았다.

* *
*

로렌초는 방금 전해받은 편지의 밀랍 봉인을 단검 끝으로 떼어냈다. 루크레치아 도나티! 그녀는 왜 만나주지 않느냐고, 누가 그의 마음을 차지했느냐고, 그가 몇 번이나 시모네타 베스푸치를 만났다는 것을 안다고, 대체 그 젠체하는 말라깽이보다 자신이 못한 게 뭐냐고, 애원하고 푸념하고 분통을 터뜨렸다.

일 마니피코는 고약한 기분이 되어 편지를 찢었다. 시모네타…… 그녀가 갈수록 그를 사로잡는 것은 사실이었다. 꽃 같은 스무 살의 그녀가 눈앞을 지나갈 때마다 그는 어김없이 매혹되었다. 보티첼리의 아틀리에에서 포즈를 취하던 모습을, 그가 훔쳐봤던 앳되고 보드라운 젖가슴을 떠올렸다.

새 뮤즈가 찾아와 옛 뮤즈를 밀어냈다. 서재에 혼자 틀어박혀, 새로 지은 시를 시집에 정리할 때마다 그는 시모네타를 꿈꾸었다.

나 맑은 강물의 속삭임을 듣네
내 여인의 이름만 되뇌는 속삭임을.
사랑이 강물을 행복하게 만들어
강물은 아름다운 내 여인의 거울이 되었지

로렌초는 쇠사슬 갑옷 위에 옷을 걸쳤다. 얼마 전부터 그는 언제 어디서 튀어나올지 모르는 자객의 습격에 단단히 대비하지 않고는 팔라초 밖으로 나가지 않았다. 또 자신이 먹고 마시기 전에 다른 사람이 맛을 보도록 했다. 그는 아우에게도 똑같이 주의를 기울이도록 했다. 줄리아노는 너무 과민한 반응이라고 생각했지만 형의 말을 따랐다. 천성적으로 너그럽고 온화한 그는 메디치 형제를 노리는 위협을 실감하지 못했다.

로렌초의 판단은 명철했다. 교황은 조만간 피렌체를 공격할 것이다. 그는 예술과 상업이 번영한 피렌체의 이권을 탐냈다. 메디치가의 권력을 곱게 보지 않는 명문 귀족들이라면 피렌체에도 얼마든지 있었고, 교황은 손만 뻗으면 그들의 협력을 얻을 수 있을 터였다.

식스투스 4세는 이미 음험한 공격을 개시했다. 그는 우선 조카인 피에트로 리아리오 추기경을 피렌체의 대주교이자 이탈리아 전역의 교황 특사로 임명했다. 리아리오는 각지를 돌며 향응을 요구했다. 물론 피렌체에 체류하는 동안은 로렌초가 열과 성을 다해 호화롭게 접대해야 했다. 1474년이 되자 로렌초는 비로소 안심했다. 갓 스물여덟 살의 리아리오 대주교가 베네치아의 한 창녀에게 옮은 성병으로 세상을 떠났던 것이다.

그 불운을 계기로 식스투스 4세는 클라리체의 친척인 리날도 오르시니를 피렌체의 대주교로 임명해 유화를 하려는 시늉을 했다. 그러나 그가 장기말을 자기 뜻대로 움직이기를 포기한 것은 아니었다. 봄이 되자 교황의 또다른 조카 줄리아노 델라 로베레 추기경이 공격을 시작했다. 그는 대규모 군대를 동원해 토스카나의 인접 지역으로서 전통적으로 피렌체의 보호를 받던 움브리아 지방을 공격했다. 몇몇 도시가 곧 그들의 수중에 떨어져 약탈당했다. 자비심이라고는 없는 위험한 추기경이었다. 그는 내처 군대를 치타 디 카스텔로, 그러니까 니콜로 비텔리라는 폭군이 다스리는 도시의 성벽 밑에 주둔시켰다. 로렌초 데 메디치는 그 독재자의 운명 따위에는 관심이 없었지만 그 근처에는 보르고 산세폴크로, 즉 교황 에우제니오 4세가 피렌체인들에게 하사한 요새가 있었다. 그러므로 사태를 방관할 수는 없었다. 그는 막대한 비용에도 아랑곳 않고 육천 명 규모의 군대를 동원했고, 그것만으로도 교황청이 얌전히 물러나주기를 기대했다. 다행히 밀라노의 대공 갈레아초 마리아 스포르차가 중재한 덕에 전쟁은 면했다. 그러나 그것도 잠깐의 보류에 지나지 않았다. 식스투스 4세는 이제 본격적인 맞수로 떠올랐다.

뒤이어 교황이 눈독을 들인 것은 메디치가가 병합하기를 희망하는 이몰라였다. 교황청이 그 영지를 타데오 만프레디로부터 사들여 교황이 가장 총애하는 조카 지롤라모 리아리오를 영주로 앉히는 날에는 토스카나의 국경이 위협을 받을 터였다. 그런데 현재 로마군은 최근 식스투스 4세에 의해 우르비노의 대공으로 승격된 용병대장 페데리고 다 몬테펠트로가 지휘하고 있었다.

일 마니피코는 줄리아노를 베네치아에 대사로 파견하기로 했다. 로마와 그 동맹 나폴리와 맞서려면 새로운 연맹을 결성해야 했다. 베네치아 공화국이 피렌체와 밀라노에 합류한다면 교황청의 야망을 억제할 수 있을 것이다. 대등한 힘을 가진 두 세력이 탄생하면 어느 쪽도 무용하고 비싸기만 한 전쟁에 선뜻 뛰어들지 않을 것이다. 평화를 얻을 길은 그 방법뿐이었다.

* *
*

해가 떨어지자 로렌초는 두 병사의 호위를 받으며, 자신도 긴 칼과 단검으로 무장하고 팔라초를 나섰다. 어둠을 틈타 비밀리에 방문할 곳이 있었다. 그는 세례당과 산타마리아델피오레 성당 사이를 지나 두오모 광장을 가로질러 곧장 나아갔다. 그는 긴장된 발걸음으로 성큼성큼 걸어 보르고 델리 알비치 쪽으로 향했다. 몇 분 후 그는 파치가의 팔라초에 당도했다.

권력으로 보나 재산으로 보나 메디치가와 어깨를 나란히 하는 파치가의 가장 자코포는 피렌체의 거장 화가들의 걸작이 빽빽이 내걸린 이층의 살롱에서 로렌초를 맞아들였다. 사실 예술에 아낌없이 돈을 쓰기로는 파치가도 메디치가 못지않았다. 오십 줄에 가까운 작달막한 자코포는 챙 없는 모자를 쓰고 모피 깃이 달린 긴 외투를 입고 있었다. 호인처럼 보였지만 그는 꾀 많고 돈벌이에 악착스러운 은행가였다. 그의 조카가 로렌초의 누이 비안카와 결혼했음에도 불구하고 두 일족은 여전히 서로를 경계했다.

파치가 짐짓 놀란 얼굴로 상냥하게 물었다.

"내일 자문회의에서 얼굴을 보기로 한 게 아니던가요?"

"긴히 할 말이 있어서 왔습니다."

"들어봅시다, 로렌초."

"교황이 당신의 조카 프란체스코와 접촉했단 말을 들었습니다."

"그래서요? 그 아이는 파치 은행의 로마 지점 대리인이외다. 식스투스 4세는 바티칸에 짓는 대성당 때문에 돈이 필요했던 게지요……"

"그런 거라면 제가 먼저 알았겠죠…… 우리가 교황의 은행가란 걸 잊으신 모양입니다."

"기분을 상하게 할 생각은 아니었소, 로렌초."

"나를 속이려 드시는군요." 로렌초는 응수했다.

"솔직해지십시다. 내가 무슨 이야기를 하는지 잘 아실 텐데요."

로렌초가 무심한 표정으로 오른손을 칼집에 갖다댔다.

자코포는 잠시 침묵을 지켰다.

"원하는 게 뭐요?"

"식스투스 4세는 돈이 필요해요. 하지만 그건 예배당을 짓기 위해서만이 아닙니다. 불한당 같은 조카 지롤라모 리아리오를 이몰라의 영주에 앉힐 속셈이지요. 그것 때문에 당신 조카를 불러들인 겁니다."

"그 아이한테 아무것도 들은 바가 없소이다."

"거짓말은 그만두십시오, 자코포. 당신은 파치가의 수장이오. 조카가 그렇게 중요한 일을 감출 리가 없어요."

"그애가 짤막하게 소식을 전하기는 했소이다…… 하지만 난 신경도 쓰지 않았다오. 우린 교황의 요구에 응하지 않을 거요. 그만한 대금을 조달하기는 쉽지 않아서 말이외다……"

"파치 은행에 3만 플로린이 없다는 말을 믿으란 겁니까?"

로렌초는 위협적인 어조로 말을 이었다.

"이몰라는 피렌체인들에게 돌아와야 합니다. 안 그러면 피렌체가 심각한 위기에 처할 수도 있어요."

"거래가 이미 성립된 건 아니외다." 파치가 변명처럼 말했다.

"잘 들으십시오, 자코포. 로마 구석구석에 우리 밀정들이 있습니다. 물론 교황 주변도 마찬가지죠. 경고합니다, 만일 바티칸의 금고에 3만 플로린이 흘러들어간다면 배반으로 간주하겠습니다. 당신 조카는 재판에 회부되어 유죄 선고를 받겠지요. 당신도 기소될 위험이 있고요."

파치는 아무 말도 없었다. 피렌체에서 배반의 유죄 판결은 사형을 의미했다. 이윽고 그가 입을 열었다.

"조카에게 바로 전갈을 보내리다, 그애를 설득할 수 있을지는 모르겠소만. 프란체스코는 파치 은행의 로마 대리인일 뿐만 아니라 동업자이기도 해서…… 내 동의 없이 혼자 결정할 수 있는 입장이오."

"무엇보다도 그가 피렌체인이란 걸 잊으면 후회할 거라고 일러두십시오."

* *
*

줄리아노는 훌륭하게 일을 해냈다. 베네치아에 대사로 파견된 그는 성공적으로 임무를 마쳤다. 베네치아 공화국은 피렌체, 밀라노와 동맹 맺기를 수락했다.

로렌초는 애정이 담긴 눈길로 아우를 바라보았다. 그들은 메디치가 팔라초의 정원, 오렌지나무 그늘의 벤치에 앉아 있었다. 아이들(이제 아이는 셋이었다. 그 전해에 딸아이 마달레나가 태어났고, 클라리체는 또 아이를 가졌다)은 좀 떨어진 곳에서 모친이 지켜보는 가운데 놀고 있었다.

"널 위해 기마 창 시합을 열 거다. 네가 우승해야 해. 그래, 꼭 우승자가 돼야 한다."

줄리아노가 기쁨으로 얼굴을 살짝 붉혔다. 로렌초가 덧붙였다.

"내 스무 살 생일을 기념했던 시합 못지않게 호화롭게 치를 생각이다."

"내 깃발엔 아름다운 시모네타의 얼굴을 그리겠어. 온 피렌체가 그녀가 내 여신이란 걸 알도록. 그녀는 시합의 여왕이 될 거야."

흥분한 아우의 모습에 일 마니피코는 미소를 지었다. 그 자신도 루크레치아 도나티에 대한 열정을 공공연히 선언하지 않았던가? 게다가 아우의 순수한 사랑이 좀더 세속적인 사랑과 사이좋게 양립한다는 것도 그는 알고 있었다. 줄리아노는 기회가 닿으면 하녀나 노예나 농부 처녀 들과 기꺼이 사랑을 나누었다. 그가 카파지올로의 저택에 머물 때면 베네데타가 옛날에 형에게 해준 것과 똑같이 아낌없는 사랑을 베풀었다. 청년은 약속되었던 추기경 자리에서 멀어진 것을 애석하게 여기지 않는 게 분명했다.

조금 파렴치한 생각인 줄은 알면서도 로렌초는 아우가 여기저기서 사랑의 출구를 찾아내는 것이 만족스러웠다. 아무리 봐도 그의 손에 들어올 준비가 된 것 같은(그렇다, 갈수록 그런 생각이 들었다) 시모네타를 정복하는 데 대한 가책은 줄어들었다. 더욱이 그가 목적을 이룬다 해도, 줄리아노의 흠모가 기마 창 시합 때 만천하에 알려지면 누구의 의심도 사지 않을 터였다.

이 사실을 알면 아우는 어떤 반응을 보일까? 아우에게 전부 고백하는 것이 좋지 않을까? '나, 실은 시모네타를 사랑한다, 그녀를 원해, 그녀를 갖고 싶다고! 아름다운 그녀에게 찬사를 바치고 마음껏 숭배하렴, 하지만 그녀를 품고 입맞추는 역할은 나한테 넘겨줘!'

그것이 진심인 만큼 로렌초는 더욱 고통스러웠다. 그는 아우를 사랑했고, 아우를 괴롭히고 싶지 않았다. 진실을 터뜨리는 일이 감추는 일보다 잔혹하지 않을까? 줄리아노가 불쑥 묻는 바람에 그의 생각은 중단됐다.

"솔직히 말해봐. 형은 시모네타를 어떻게 생각해? 어떻게 그녀에게 반하지 않고 버티는 사람들이 있는지 모르겠어. 그녀는 피렌체에서 가장 아름다운 꽃이야. 미모와 교양을 겸비한 이상적인 여인이지."

아우의 표정이 너무나 황홀했으므로 로렌초는 침묵하기로 했다. 그런 순진한 열광을 깨뜨릴 용기가 그에게는 없었다. 그 자신도 불과 얼마 전까지만 해도 불꽃같은 헌사와 숭배를 바치며 루크레치아의 발밑에서 굽실거리지 않았던가? 그도 아우처럼 어리석을 정도로 열정에 빠지지 않았던가? 가슴이 얼얼해지는 그 설렘을 이제 느낄 수 없게 된 것은 애석한 일이었다. 시모네타를 향한 그의 열정은 무엇보다도 육체적 쾌락을 위한 것이기 때문이었다.

"보티첼리에게 내 깃발을 주문해도 될까?" 줄리아노가 물었다.

"그보다 그녀를 잘 그릴 수 있는 화가는 없어. 그의 모든 작품에 그녀가 등장하잖아. 어쩌면 그도 그녀에게 반했는지 모르지?"

줄리아노가 웃었다.

"피렌체의 사내라면 누구나 마찬가지일걸…… 딱 한 사람, 남편만 그녀의 매력을 잘 모르는 것 같아. 하지만 그는 다른 사랑을 하느라 바쁜 게 사실이지."

어린 마달레나가 그들을 향해 종종걸음으로 뛰어왔다. 아이는 아버지의 무릎 사이에 쪼그리고 앉았다. 로렌초가 아이를 안아 일으켜 입맞춤을 퍼부었다. 그는 아이들을 미친듯이 사랑했다. 여행으로 집을 비울 때도 매일 아이들의 소식을 보고받았다. 그는 아이들이 아픈 데는 없는지, 밥은 잘 먹는지, 공부는 순조로운지 늘 걱정했고 클라리체가 아이들을 유모에게만 맡기지 않고 손수 돌보는 것을 고맙게 여겼다.

줄리아노가 아이를 간질였다. 마달레나는 몸을 비틀며 종알거렸다.

"잠깐 빌려간다!"

그가 아이를 부친의 품에서 빼내 목말을 태워 정원의 오솔길들을 달리기 시작했다. 로렌초는 그 광경을 보며 감동했다. 그러면서도 그 행복이 언제 깨질지 모른다고 생각했다. 그것이 로렌초의 기질이었다. 지금 이 순간을 즐기라고, 너무 늦기 전에 행복을 누리라고, 철학자 친구들도 말하지 않았던가……

서재로 돌아오자(그는 할아버지에게 많은 것을 배운 그 검소한 작은 방을 자신의 서재로 쓰고 있었다) 책상 위에 로마에서 온 편지가 놓여 있었다. 재빨리 봉투를 뜯어 편지를 읽기 시작한 그의 얼굴이 굳어졌다. 숙부 토르나부오니는 나쁜 소식 두 가지를 전했다. 하나는 메디치가의 바티칸 밀정 가운데 한 명이 테베레강에서 단검에 찔린 시체로 발견됐다는 것, 또하나는 프란체스키노(본명은 프란체스코였지만 키가 작아서 다들 이렇게 불렀다) 드 파치가 교황에게 조카 지롤라모 리아리오 몫으로 이몰라의 영주 자리를 사줄 수 있는 금액을 빌려줬다는 소식이었다.

* *
*

제일 격분한 것은 브라치오 마르텔리였다. 배반한 파치 일가는 엄벌에 처해야 마땅했다. 다른 자문관들도 같은 의견이었지만 나폴리 왕과 친밀한 안토니오 리돌피만 반대였다.

자코포는 공식적으로는 아직 자문관이었지만 현명하게도 이 회의에 모습을 드러내지 않았다. 교황은 본격적으로 메디치가와의 전쟁을 선포했다. 우선 프란체스코 드 파치의 공을 치하하기 위해 바티칸의 은행을 메디치 은행에서 파치 은행으로 바꾸었다. 나아가 메디치가의 명반 채굴 독점권까지 몰수하겠다고 위협했다. 물론 그 이권도 파치가에 넘겨줄 작정이었다.

"프란체스키노를 즉각 피렌체로 소환해 앞뒤를 분명히 캐야 해!" 지기몬디 델라 스투파가 말했다.

"그의 숙부 자코포도 똑같아. 당장 체포하자고!" 마르텔리가 분통을 터뜨렸다.

늘 그랬던 것처럼 로렌초는 결정을 내리기 전에 먼저 의견을 들었다. 메디치가는 물론이고 피렌체가 위협을 받고 있었다. 프란체스코는 교황의 도구에 지나지 않았다. 식스투스 4세는 자신의 수많은 조카들 가운데 하나에게 내주기 위해 백합의 도시를 빼앗으려는 것이다. 어쩌면 이제부터 토스카나의 국경에 진을 칠 저 지롤라모에게 내주려는 것인지도 몰랐다. 그러자면 먼저 메디치가를 파산시키는 일이나 암살도 서슴지 않을 것이다. 그다음 똑같은 파렴치한 수단을 써서 자신이 수족처럼 부렸던 파치 일가도 제거할 것이다.

전쟁이 선포된 이상 단호하게, 그러나 신중하게 맞서야 했다. 자코포를 공격하는 것은 불필요할 뿐더러 서투른 짓이었다. 피렌체 시민들은 경쟁 가문의 행운을 시기한 메디치가의 개인적 복수라 여기고 지지하지 않을 것이다. 프란체스코로 말하자면 숙부로부터 귀띔을 받고 피렌체 근처에는 얼씬도 하지 않을 것이다. 교황의 등 뒤에 숨어 로마를 한 발짝도 벗어나지 않을 게 뻔했다.

"보로메오가 유언을 남기지 않고 죽었다는 게 사실인가?" 로렌초가 불쑥 물었다.

보로메오는 외동딸을 프란체스코 드 파치의 동생 조반니와 결혼시킨 거부였다. 법에 따르면 외동딸 비안카가 그의 전 재산을 상속하게 되어 있었다.

"급사하는 바람에 유언장을 작성할 틈이 없었지." 디오니기 푸치가 말했다.

"그렇다면 파치 일가를 간접적으로 공격할 수 있겠어."

로렌초가 방금 머릿속에 떠오른 생각을 말했다. 소급 적용될 법률을 하나 공표한다는 간단한 조치였는데, 유언장이 없는 경우 유산은 가장 가까운 남자 친척에게 넘어간다는 법률이었다. 그러면 비안카와 그녀의 남편 조반니 드 파치는 보로메오의 막대한 재산을 한푼도 물려받을 수 없었다. 유산은 남자 조카에게 굴러들어갈 것인데, 우연히도 그 인물은 메디치가의 추종 세력이었다.

"이 정도면 파치 일가도 우리가 얼마나 화가 났는지 깨닫겠지. 하지만 개인적 보복이라고 고발할 길은 없어, 아무리 심증이 있다고 해도 말이야!" 로렌초가 결론 내렸다.

* *
*

관습에 따라 그녀는 다른 마차로 여행했다. 로렌초는 동맹인 갈레아초 마리아 스포르차를 방문하기 위해 밀라노로 갔다. 교황의 공격에 직면한 이상 두 공화국 사이의 관계를 강화할 필요가 있었다.

그가 시모네타 베스푸치에게 사절단으로 같이 가줄 것을 제안한데 놀라는 사람은 피렌체에는 아무도 없었다. 그녀야말로 토스카나 제일의 미녀가 아니던가? 그녀의 남편 마르코도 이견을 달지 않았다. 시모네타가 없는 사이 마음껏 자유를 누릴 텐데 군말이 있을리 없었다. 새해 초에 열릴 기마 창 시합 준비에 한창인 줄리아노는 형의 결정을 조금도 수상쩍게 여기지 않았다. 그는 마음속 연인의 아름다움에 걸맞은 경의를 준비하는 것이 먼저라고 생각했다.

길은 진흙탕이었다. 사방에 녹지 않은 눈 무더기가 쌓여 있었다. 아펜니노 산꼭대기는 아직 눈이 덮여 있었다.

로렌초는 생각에 잠겼다. 그는 정치에서 발휘해오던 은폐 수완을 이제 사랑에도 적용하고 있었다. 파치가를 속이는 데는 아무 거리낌도 없었다. 그렇지만 아우는? 그는 아우의 순진함을 이용해 신성한 우애를 훼손했다.

그렇지만 시모네타에게 끌리는 마음은 어느 때보다 강렬했다. 빛나는 커다란 초록 눈동자, 정교한 곡선을 그리는 섬세한 입술, 백조보다 우아한 목덜미, 알몸을 전부 본 적은 없지만 공기처럼 투명한 드레스 밑으로 짐작되는 여신 같은 육체. 그는 저항할 수 없었다. 그는 첫 숙박지에 당도하기를 초조하게 기다렸다.

시모네타는 동행을 흔쾌히 수락했다.

"갈레아초에게 숱한 선물을 가져가지만 그중에서도 제일 눈부신 건 당신일 거요."

그녀는 겸손하게 눈을 내리깔았지만 입가에는 미소가 살짝 드러났다. 로렌초는 좋은 조짐이라 생각했다.

그런데도 험한 산길을 요동치며 나아가는 마차 안에서 그는 의혹에 사로잡혔다. 혹 시모네타도 마침내 허락하기까지 그렇게 오래 기다리게 만든 루크레치아와 똑같은 여자는 아닐까? 사내들의 애를 끓이고 몸만 닳게 만들면서 사랑은 허락하지 않는 앙큼한 여자는 아닐까?

로렌초는 애인이었던 여자와 어쩌면 애인이 될지도 모르는 여자를 자기도 모르게 조목조목 비교했다. 루크레치아는 사랑을 나눌 때만 빼고는 계산적이고 지배적이었다. 시모네타는 순수함과 부드러움의 화신처럼 보였다. 루크레치아는 열정적이지만 변덕스러웠다. 시모네타는 조심스러웠지만 그 조심성 속에 어쩌면 무한한 관능을 감추고 있을지도 몰랐다.

앞에 앉은 디오니기 푸치가 잠에서 깼다. 그가 기지개를 펴고 낯을 찡그렸다.

"온몸의 뼈마디가 다 욱신거리네."

그는 모피 외투 자락을 다리까지 잡아당겨 덮었다.

"빌어먹을, 머릿속까지 덜거덕거리는데다 사지가 꽁꽁 얼겠어."

바닥에 놓인 화로는 꺼져 있었다. 생각에 몰두한 로렌초가 숯불을 제대로 돌보지 않았던 것이다.

하늘이 어둑어둑해졌다. 숙박지에 가까워질수록 로렌초의 가슴은 더욱 거세게 뛰었다.

"활활 타는 벽난로, 포도주 한 병에 큼직한 돼지 삼겹살! 그것만 있으면 더 바랄 것이 없어." 푸치가 말했다.

로렌초가 소리 없이 웃었다. 그가 바라는 것은 다른 것이었기 때문이다.

* *
*

그녀는 피곤하다며 일찍 방으로 물러났다. 하녀가 저녁 몸단장을 위해 그녀를 따라갔다. 로렌초와 수행원들은 여인숙의 널찍한 방에 남아 있었다. 장작 타는 냄새와 밀랍 냄새가 방안을 흘러다녔다. 만취한 사람들도 몇 있었다. 푸치는 탁자 위에 엎어져 요란스럽게 코를 골았다.

일 마니피코는 취하지 않도록 조심했다. 그는 몹시 초조했다. 시모네타가 계단에서 뒤돌아보며 던진 눈길, 그것은 분명 그를 부르는 것 같았다. 로렌초는 여인의 방을 찾아가 문을 두드린다는 생각에 여느 때 없이 수줍음을 느꼈다.

마침내 그가 일어섰다. 결연한 그 얼굴을 누군가 봤더라면 소리죽여 웃었으리라. 그는 양초를 들고 계단을 올라갔다. 불현듯 그는 불안에 휩싸였다. 여행길에 하녀가 여주인의 방을 같이 쓰는 것은 드문 일은 아니었다. 한밤중에 방을 찾아감으로써 시모네타의 평판을 해치는 것은 아닐까? 그러나 그녀의 눈길을 떠올리자 최후의 망설임을 떨쳐낼 수 있었다. 그는 문을 두드렸다.

대답이 없었다. 어쩌면 벌써 잠들었는지도 모른다. 그가 소리 없이 걸쇠를 올리고 문을 밀었다. 그녀가 보였다. 두툼한 털이불 위로 얼굴만 내밀고 있었다. 그녀가 그를 향해 손을 뻗었다.

"기다렸어요……"

그가 촛대를 내려놓았다. 그녀가 그를 끌어당겼다. 방은 추웠지만 그녀의 입술은 뜨거웠다. 그는 그녀를 가까이서 보기 위해 잠시 몸을 떼어냈다. 풀어헤친 긴 머리칼이 베개 위에서 황금물결처럼 일렁거렸다. 눈동자를 들여다보면 정신을 잃을 것 같았고 입술은 너무 아름다워 탄성이 새어나왔다.

"시모네타……"

"아뇨, 아무 말도 하지 말고 사랑해줘요!"

그가 털이불 속으로 손을 넣었다. 따뜻하고 보드라운 알몸이 만져졌다. 그녀는 손길이 닿자 몸을 떨었다.

"오세요, 어서……"

그는 서둘러 옷을 벗고 그녀의 곁으로 미끄러져들어갔다. 그녀가 그를 꼭 끌어안자 둘의 배가 맞닿고 다리가 엉키고 입술이 포개졌다. 두 사람은 자신들의 욕망을 천천히 음미하기 위해, 서로의 육체를 길들이기 위해, 한참 동안 꼼짝도 하지 않았다. 이윽고 그녀가 입술을 떼고 속삭였다.

"부드럽게 하세요…… 어떤 사내의 손길도 닿은 적이 없어요."

* *
*

일 마니피코는 이번 기마 창 시합을 최고의 축제로 만들고 싶었다. 줄리아노의 스물한 살 생일, 그리고 베네치아, 밀라노와 동맹을 맺은 피렌체의 외교적 성공을 축하하는 행사였다. 또 갖가지 음모와 공격에도 불구하고 메디치가의 부와 영광은 건재하다는 것을 식스투스 4세에게 과시하는 의미도 있었다.

금실 은실의 자수에 보석이 몇 줄씩 박힌 줄리아노의 겉옷 하나만도 8천 플로린의 고가품이었다. 1469년과 마찬가지로 집집마다 선수들의 깃발이 내걸렸는데, 가장 많은 것은 메디치가의 흰색과 붉은색 깃발이었다.

쌀쌀한데도 새벽부터 사람들이 몰려들어 산타크로체 광장에 설치된 계단식 관람석을 메우기 시작했다. 도시가 통째로 열에 들떠 있었다. '팔라! 팔라!' 하고, 북이나 나무조각을 두드리며 거리를 달리는 사람들이 즐겁게 소리쳤다. 그 축제가 메디치가의 선물이란 것은 누구나 알았다.

오전이 절반쯤 흘러가자 관람석은 이미 초만원이었다. 창백한 겨울 햇빛이 안개를 뚫고 쏟아져내릴 때 중앙의 연단에 귀빈들이 도착했다. 시의원, 고위 관리, 부유한 상인, 장인들의 대표*와 그네들의 동반자들까지. 창 시합의 여왕인 시모네타 베스푸치가 마지막 손님들에 섞여 도착했다. 관람석에서 탄성이 터졌다. 그녀의 진홍빛 비단 드레스 소매에는 흰 담비털로 안을 댔고, 진주를 알알이 박아가며 솜씨 좋게 땋아올린 머리칼 밑으로 백합처럼 깨끗한 이마가 드러났으며, 미끈한 목에서는 루비 목걸이가 빛났다. 물처럼 맑은 초록 눈동자는 어느 때보다 반짝였다. 심판석에서 사람들이 달려가 그녀를 연단 한복판으로 안내했다.

거기서 좀 떨어져 위쪽에 앉아 있던 루크레치아 도나티는 질투

* 동업자조합. 피렌체에는 주요 기술 분야(판사, 공증인, 양탄자 상인, 환전상, 양모업자, 의사, 약사, 견직물업자, 봉재 재료상, 모피업자, 모피 상인)와 부수 기술 분야(푸줏간, 구두수선공, 대장장이, 여인숙 업자, 자물쇠공, 빵집 경영자, 포도주 상인)의 동업자조합이 나뉘어 존재했다.(원주)

에 사로잡혔다. 육 년 전, 바로 그 자리에서, 그녀가 열렬한 숭배를 받았다는 것을 피렌체인들은 벌써 잊은 걸까? 그녀가 피렌체의 꽃이었다는 사실을? 루크레치아는 분한 마음을 억누르며 새 여왕을 찬찬히 뜯어보았다. 그 눈길에는 증오가 깃들여 있었다.

선수들의 도착을 알리는 나팔이 울렸다. 광장은 영롱한 빛깔들로 출렁였다. 시종, 깃발을 든 기수, 출전자 들이 저마다 경쾌하고 산뜻한 복장을 과시했다. 관객을 열광시키고 그들의 환호를 독점하기 위한 호화롭고 사치스러운 그 옷차림도 시합의 일부나 다름없었다.

줄리아노와 그가 거느린 대규모 수행원이 엄청난 갈채 속에 맨 뒤에 입장했다. 몸에 꼭 붙는 윗옷에 흰색과 붉은색의 짧은 바지를 입은 병사들이 말 탄 나팔수들과 시종들 앞에서 길을 열었다. 메디치 형제가 그 뒤를 따랐다. 로렌초는 일부러 한 걸음 물러나 있었다. 이날의 주역은 줄리아노였기 때문이다. 줄리아노는 투구를 뒤로 젖히고 갑옷 위에 예의 호화로운 겉옷을 걸치고 있었다. 특히 눈길을 끈 것은 당당히 펄럭이는 그의 깃발이었다. 시모네타의 얼굴을 한 미네르바. 투구를 쓰고 창을 쥔 이 전쟁의 여신은 올리브 나무에 묶인 큐피드의 화살통을 짓밟고 있었다. 보티첼리의 아름다운 그림에 관객들은 탄복했다. 바람에 나부끼는 시모네타의 얼굴은 살아 숨 쉬는 것 같았다. 그림의 우의를 속으로 묻는 사람들도 있었다. 정숙한 미네르바가 큐피드를 박해하는 것은 영원히 사랑을 포기한다는 의미일까? 그렇다면 만인이 알고 있는 시모네타를 향한 줄리아노의 연정은 영영 받아들여지지 않으리란 선고일까? 아니면 줄리아노는 자신이 얼마나 애타는지, 마음으로만 사랑하는 일이 얼마나 고통스러운지 그림으로라도 그녀에게 선언하고 싶었을까?

로렌초는 특별관람석이 설치된 연단 앞을 지나갈 때 시모네타에게서 눈길을 떼지 않았다. 그녀는 양손을 무릎 위에 가지런히 올리고 꼿꼿이 앉아 있었다. 메디치가의 행렬이 다가오자, 양손을 무릎 위에 가지런히 올리고 꼿꼿이 앉은 채 그녀는 눈을 내리깔았다. 마치 그들이 바치는 경의가 정숙함을 훼손하기라도 하는 것처럼.

강철이 부딪치는 요란한 소음 속에서 시합이 시작됐다. 승리자가 나올 때마다 광장 네 구석에서 무장한 군사軍使들이 나팔을 불었다. 무기를 떨어뜨린 선수들이 경기장의 모래밭 위로 속속 굴러 떨어졌다. 부상자 두 명이 실려나갔다. 로렌초는 연단의 관람석으로 돌아가지 않고 메디치가의 막사에 남아 상대를 착착 무찌르고 돌아오는 아우를 응원했다.

"이겨야 한다, 줄리아노! 이겨야 해!"

아우는 투구의 면갑을 내리고 다음 상대와 싸우기 위해 달려나갔다. 온화한 줄리아노는 딴사람이라도 된 것 같았다. 형이 불어넣은 투지도 투지였거니와 시모네타의 눈앞에서 용맹함을 증명하고 싶었을 것이다.

환호가 터졌다. 관객들이 전부 일어섰다. 줄리아노의 마지막 상대는 늙은 자코포의 조카로 이름도 숙부와 똑같은 파치가의 청년이었다. 줄리아노에게 거세게 밀려난 상대는 크게 휘청거렸지만 떨어지지 않고 버텼다. 상징적인 대결이었다. 요컨대 이 결승전이 적대 관계인 두 가문의 정치적 싸움이란 것을 잘 알기에 피렌체인들은 더욱 즐거워했다. 양 선수가 자기 진영으로 돌아갔다가 다시 뛰어나왔다. 로렌초는 숨을 죽인 채 시합을 지켜보았다. 관객들이 일제히 침묵했다. 경기장에는 두 선수가 정면으로 격돌하기 위해 달려나가는 말발굽소리밖에 들리지 않았다. 엄청난 충격이었다. 줄리아노의 방패가 바닥으로 떨어지고, 투구의 목가림 위를 자코포 파치의 창이 스쳤다. 줄리아노가 균형을 잃었다. 관람석에서 비명이 일었다. 줄리아노는 경기장의 담벼락에 충돌하기 직전 아슬아슬하게 몸을 일으켰다. 숨을 고를 사이도 없이 그가 또 달려나가는 순간 나팔이 울렸다. 두 젊은이들은 마지막 힘이 다할 때까지 싸우려 했지만 너무 과열됐다고 판단한 심판관들이 시합을 중단시켰던 것이다.

시합은 무승부로 끝났다. 메디치가와 파치가, 양가의 공동 우승이었다. 로렌초는 실망을 감추고 애써 좋은 낯빛으로 연단 밑까지 아우와 동행했다. 시모네타가 일어섰다. 그녀의 손에는 꼭대기가 은으로 장식된, 안드레아 델 베로키오가 조각한 투구가 들려 있었다. 햇빛 아래서 찬란하게 반짝이는 투구를 든 시모네타의 얼굴이 신비로운 빛을 내뿜었다.

로렌초는 질투로 하얗게 질린 루크레치아 도나티의 얼굴을 관람석에서 발견하고 그녀가 자신에게 투구를 씌워줬던 순간을 떠올렸다. 그러고는 눈길을 돌렸다.

시모네타가 무릎을 꿇고 기다리는 두 청년에게 다가갔다. 그녀는 잠시 망설이다가 줄리아노의 머리에 투구를 씌웠다. 그녀의 눈은 줄리아노가 아니라 로렌초를 보고 있었다.

10
1476

로렌초는 몹시 걱정스러웠다. 봄이 찾아와 주변의 들판이 황홀하게 살아나고 아르노 강변에 꽃들이 피어나는데도 시모네타는 몸져누워 있었다. 그녀는 잠깐씩 창밖을 내다보며 숨을 고르는 순간을 빼면 줄곧 침대를 벗어나지 못했다. 메디치가의 주치의이기도 한 피렌체 제일의 명의가 포함된 의사단이 내린 진단은 쇠약이었다. 그러나 로렌초는 루크레치아 도나티가 외쳤던 한마디를 잊을 수 없었다. 질투와 변심은 독살을 꿈꾸게 만들지 않던가. 그녀가 버림받은 것에 대한 복수로 시모네타의 목숨을 노린 것은 아닐까? 설령 그것이 사실이라 해도 따질 수도 고발할 수도 없었는데, 그와 시모네타의 관계가 비밀에 부쳐졌기 때문이었다. 브리가타의 몇몇 친구만 일 마니피코의 새 연인이 누구인지 짐작했지만 로렌초는 그들에게도 일체 속내를 털어놓지 않았다. 줄리아노로 말하자면 티없이 행복해 보였다. 그는 아무 의심도 하지 않고 마음속의 연인을 줄기차게 숭배할 따름이었다.

시모네타의 하녀 하나만 비밀을 알고 있었다. 하녀는 밤이 되면 숨겨진 문을 열고 망토 깃을 세워 얼굴을 감춘 메디치를 집안으로 들였다. 그는 해가 뜨기 전에 역시 아무도 모르게 그 집을 떠났다. 메디치가에서 로렌초의 밤나들이에 놀라는 사람은 없었다. 로렌초가 한밤중에 선술집을 찾아 예술가나 작가 친구들과 한잔하는 것은 드문 일이 아니었다. 물론 이따금 더 분방한 만남을 위해 외출하기도 했다. 친한 자문관들은 무분별한 행동이라며 나무랐다. 피렌체의 어두운 골목길을, 그것도 야밤에 돌아다니다가는 언제 습격을 받을지 몰랐다. 아무리 쇠사슬 갑옷을 입고 무기를 지녔다 해도 위험했다. 그러나 새 사랑을 철저히 숨기기로 한 그는 외출할 때 무장 호위대를 거느리는 일을 고집스럽게 거부했다. 그는 두 번이나 미행을 당할 뻔한 적도 있었다.

로렌초는 그녀를 바라보았다. 반쯤 잠에 빠진 그녀의 야윈 얼굴은 속이 들여다보일 정도로 맑았다. 그는 그녀의 머리맡에 앉아 길고 가녀린 손가락을 잡았다. 몸져누운 그녀는 어느 때보다 아름다웠다. 완벽한, 신비스럽고 거의 성스러운 아름다움이었다. 그녀가 걸친 단순한 아마 드레스가 어깨와 앞가슴을 드러냈다. 그 어여쁜 꽃망울에 얼마나 숱한 입맞춤을 퍼부었던가! 그 눈부신 몸을 얼마나 구석구석 어루만졌던가!

문득 스승 크리스토포로 란디노의 가르침이 떠올랐다. '아름다움에 감사하는 것, 그것은 신의 작품을 인정하는 일이다.' 그러니까 그의 사랑은 본질적으로 신성했다. 그는 언제나 열렬히, 기도하는 것처럼 사랑했다.

그녀가 눈을 떴다. 그를 발견하자 그녀의 얼굴이 환하게 빛났다.

"아직 곁에 있었군요"

"해가 뜨려면 멀었소."

"더 있어줘요, 당신이 곁에 없으면 겁이 나요."

로렌초가 고개를 가로저었다.

"당신한테 나쁜 소문이 나는 건 싫소."

"곧 죽을 테니까 나한텐 아무 의미도 없어요……"

그는 그녀의 머리를 감싸쥐고 자줏빛 입술에 입을 맞추었다.

"나 아직도 매력적인가요?"

"그 어느 때보다 아름답소."

"당신 품에 안길 기력이 아직 있으면 좋을 텐데……"

"당신은 내 안에 있소. 내 가슴속에 살고 있어. 아무것도 우릴 갈라놓지 못해……"

그녀는 미소를 지으려고 애썼다. 그녀는 그와 사랑을 나눌 때처럼 빛을 발산하는 듯했다.

"당신은 가장 멋진 사내예요, 로렌초. 이 세상을 떠나기 전에 당신을 알게 되어 난 정말 운이 좋았어요!"

시모네타의 눈가에 눈물이 한 방울 맺혔다. 그는 몸을 기울여 혀끝으로 정성껏 눈물을 닦았다.

"그건 눈물이 아니라 내 영혼이에요, 사랑하는 로렌초."

* *
*

메디치가의 팔라초로 심부름꾼이 뛰어들어왔다. 시모네타가 죽어가고 있었다. 전갈을 받은 형과 아우는 누가 먼저랄 것도 없이 베스푸치 저택으로 달려갔다.

방문 앞에서 갈지자로 비틀거리는 그녀의 남편 마르코를 밀치고 그들은 안으로 들어갔다. 시모네타는 눈을 감은 채 침대에 누워 있었다. 입가에 분홍빛 거품이 맺혀 있었다.

"병자성사를 받았어요." 술내를 풍기며 마르코 베스푸치가 말했다.

형제는 침대 양쪽에 무릎을 꿇었다. 그들은 죽어가는 여인의 양손을 제각각 붙잡았다.

그녀의 얼굴에 미소가 잠깐 나타났다. 천사 같은 그 미소는 이내 촛불처럼 꺼졌다. 시모네타는 조용히 숨을 거두었다.

숨을 거둔 여인의 손을 맞잡고 얼마나 있었을까? 줄리아노는 기도했다. 로렌초가 시모네타를 바라보던 눈길을 거두어 아우를 바라보았다. 아우는 저도 모르는 새 소리 없이 울고 있었다.

형제는 시모네타에게 마지막 인사를 하려고 모여드는 양친과 친구들에게 자리를 넘겨주고 그곳을 떠났다. 그들은 입을 다문 채, 행인들의 인사도 받지 않고 목적도 없이 거리를 걸었다. 문득 줄리아노가 걸음을 멈추고 형의 어깨를 붙들었다. 그가 형을 건너다보았다.

"나 알고 있었어……"

로렌초가 침을 삼켰다.

"무슨 뜻이냐?"

"시모네타랑 형."

"하지만……"

"아무 말 마."

눈물이 가득 고인 줄리아노가 쉰 목소리로 덧붙였다.

"형을 원망하지 않아…… 그녀는 너무나 행복해 보였으니까."

* *
*

피렌체는 큰 충격에 휩싸였다. 몇 년 사이에 시모네타 베스푸치는 백합의 도시의 상징적 존재가 되어 있었던 것이다. 그녀의 미모는 만인에게 찬탄을 받았다. 그녀는 여신처럼 숱한 시인과 예술가에게 영감을 주었고, 피렌체의 봄의 화신이었으며, 수치심 없이 알몸의 아름다움을 경배했던 옛 시절로 되돌아가게 만든 존재였다. 일 마니피코가 아끼는 시인 아뇰로 폴리차노는 지난해 기마 창 시합의 여왕을 불멸의 존재로 만들기 위해 시를 지었다.

그녀는 천진했지

천진한 그녀의 옷엔 장미와 들꽃이 피었고
땋은 황금빛 머리칼이
겸손하되 당당한 이마 위로 흘러내렸지.
그녀를 보면 울창한 숲의 나무들도 웃었네
그녀의 눈동자는 고요히 빛났지만
큐피드가 그 너머에 작열하는 불꽃을 숨겨두었네*

오니산티 성당까지 가는 장례 마차를 긴 행렬이 뒤따랐다. 사람들이 그녀의 견줄 데 없는 아름다움을 마지막으로 볼 수 있도록 관의 뚜껑은 열려 있었다.

줄리아노는 시모네타가 영원히 쉬게 될 베스푸치 예배당의 지하 묘소로 내려갈 때 형의 어깨에 기대 울었다.

그날 저녁, 로렌초는 잠시 슬픔을 잊고 힘을 쥐어짜 비망록에 기록했다.

"그녀는 얼굴을 드러낸 채 저택을 나가 묘소로 옮겨져 추모객들을 울렸다. 그 얼굴은 연민과 찬탄을 동시에 일으켰다. 그녀가 죽음으로써 생전에는 넘어설 수 없을 것 같았던 자신의 아름다움을 초월했기 때문이다. '아름다운 그 얼굴 위로 죽음의 신이 눈부시게 모습을 드러냈다'는 페트라르카의 말은 그녀에게 꼭 들어맞았다."

* 폴리차노, 〈줄리아노 데 메디치의 기마 창 시합에 대한 노래〉.(원주)

그는 자리에 앉아 있을 수가 없어서 쓰라린 심정으로 정원으로 내려갔다. 밤하늘에 별들이 일렁거렸다. 서쪽 하늘에 유난히 빛나는 별이 하나 있었다. 시모네타는 하늘로 올라갔다. 그는 그 별을 너무 쏘아보는 바람에 눈물을 흘리고 말았다.

바스락 소리가 들려 그는 소스라쳤다. 그가 재빨리 단검에 손을 가져갔다. 그림자 하나가 다가왔다. 어머니였다. 루크레치아는 잠자코 그의 젖은 뺨을 어루만졌다.

"그녀를 몹시 사랑했던 거로구나!"

그는 목이 잠겨 대답을 할 수 없었다.

"울어라, 아들아…… 하지만 사람들 앞에선 드러내지 말거라. 네 가슴속 고통은 비밀로 간직하거라."

"어머니도 알고 계셨군요."

"난 네 어미다. 아무리 숨겨도 네 즐거움과 고통을 왜 모르겠니."

로렌초가 모친을 끌어안았다. 그가 유난히 빛나는 별을 가리키며 말했다.

"보세요, 그녀예요."

* *
*

피렌체의 국정이 그를 필요로 했다. 그러나 그는 아무 의욕도 없었다. 시모네타의 죽음으로 그는 망가졌다. 그의 절망은 너무 깊어 화가 친구들의 보테가를 방문할 기력조차 없었다. 폴라이올로, 피에로 디 코시모, 보티첼리는 너나없이 똑같은 열병에 사로잡혀 자신들의 작품에 시모네타의 얼굴을 되살렸다.

몇 명의 자문관이 커다란 원탁에 둘러앉아 있었다.

충실한 측근들의 모임에서 핵심적인 역할을 하는 이는 얼마 전 새로 들어온 로렌초의 어릴 적 친구 니콜로 미켈로초였다. 그는 메디치가를 위해 많은 일을 한 훌륭한 건축가의 아들이기도 했다. 일 마니피코는 그를 개인 사무관으로 삼아 숱하게 쏟아지는 편지에 답장을 쓰고 메디치가의 팔라초를 찾아오는 많은 청탁자들을 맞는 일을 자주 일임했다.

미켈로초가 로렌초의 귀에 산드로 보티첼리가 급히 만나잔다고 속삭였다.

"자문 회의가 끝나고 만나겠어."

미켈로초가 로마에서 보내온 보고서를 읽기 시작했다. 식스투스 4세의 음모는 계속 걱정을 불러일으켰다. 교황은 로렌초의 반대에도 불구하고 피사의 대주교 자리를 자신의 심복 프란체스코 살비아티에게 내주었다. 성직 서임권이 오직 자신에게만 있음을 분명히 하고 싶었던 것이다. 옛날 코시모에게 가족이 추방당했던 피사의 대주교는 로렌초가 임명을 반대했다는 것을 알고 나서 메디치가에 대한 원한이 더욱 깊어졌다. 그는 교황의 지지를 등에 업고 갖가지 음모를 꾸미며 메디치가에 대한 적대 행위를 계속했다.

그에 못지않은 위협이 교황의 조카 지롤라모 리아리오였다. 교황청에서 최근 막대한 영향력을 행사하기 시작한 그는 프란체스코

드 파치가 빌려준 3만 플로린 덕택에 무사히 이몰라의 영주가 되었다. 그가 계략이건 암살이건 전쟁이건, 수단을 가리지 않고 토스카나를 가로채려 하는 탐욕스러운 인물이란 것은 어디로 보나 명백했다.

프란체스코로 말하자면 피렌체 경찰의 소환 명령을 받고도 예상대로 꿈쩍도 하지 않았다. 교황의 등뒤에 숨어 있는 것이 현명하다고 판단했으리라. 6월에 교황청은 명반 광맥 채굴과 판매권을 메디치가로부터 몰수해 파치가의 회사에 내어주며 본격적인 위협을 가했다. 이미 교황청 재산 관리권을 빼앗겼던 메디치 은행의 로마 지점은 파산 위기에 처했다. 그 은행은 메디치가 재산의 중대한 기둥이었다.

마침내 피렌체에서 얼마 떨어지지 않은 도시 제노바와 페라레에서 봉기가 일어났다. 교황이 자신의 감독과 영향력을 벗어나 있는 피렌체 일대를 혼란에 빠뜨리기 위해 손을 썼다는 것을 로렌초는 바로 알아차렸다.

자문관들의 얼굴은 심각했다.

"교황을 정면에서 공격할 수는 없어." 디오니기 푸치가 말했다.

"화해하는 게 나을걸." 지기몬디 델라 스투파가 덧붙였다.

"그러자면 너무 비싼 대가를 치러야 할 거야. 교황은 우리가 그를 부자로 만들어줄 게 확실할 때만 화해에 합의할걸……" 브라치오 마르텔리가 반박했다.

"교황의 재산뿐 아니라 진짜 혹은 가짜 조카들 패거리의 재산도 불러줘야겠지!" 로렌초가 빈정거렸다.

다들 소리 없이 웃었다. 로마에서는 교황의 조카들이 실은 그의 사생아이거나 총애하는 미동들이라는 소문이 돌았다.

"그가 우리한테 가로챈 돈으로 교황군의 유지비를 지급하고, 그 군대로 조만간 우릴 공격하리란 건 차치하고." 루이지 구이치아르디니가 말을 이어받았다.

"당분간은 동맹들의 군대가 피렌체를 보호할 거야. 하지만 식스투스 4세는 이 동맹도 얼마든지 분열시킬 수 있어."

"무슨 의미인가?" 니콜로 미켈로초가 물었다.

"로마가 직접 피렌체를 공격하는 대신 우리 동맹 가운데 어느 쪽인가를 쑤석거려 불화를 일으킬까봐 걱정이야."

"그래, 해결책이 있을 것 같아?" 푸치가 물었다.

로렌초가 한숨을 쉬었다.

"이렇게 거추장스럽고 강력한 적은 피렌체로서도 처음이야…… 식스투스 4세는 자신의 권위를 강요하고 우리의 자유를 제한하려는 거야. 피렌체 시민이 단결해서 그 도전에 맞서야 해."

"그렇다면 뭣 때문에 보르고 델리 알비치의 팔라초에 숨은 저 벌레 같은 인간들을 참고 봐줘야 한단 말인가? 그들을 쓸어버려야 해!" 브라치오 마르텔리가 격분했다.

"진정하게, 브라치오. 파치 일가는 일거수일투족 감시받고 있어. 무슨 짓을 하건 우리 눈을 벗어나지 못해."

마르텔리가 어깨를 으쓱했다.

"자네는 너무 관대해, 로렌초. 자코포란 늙은이는 보통 능구렁이가 아니라고. 누이 비안카가 저들 가운데 하나와 결혼했다는 사실은 잠시 잊게!"

"처남 굴리엘모는 언제나 충실했어."

"하지만 파치가의 인간이야!"

일 마니피코가 성난 얼굴로 일어섰다. 회의는 끝났다. 그가 방을 나가려 할 때 브라치오가 다가왔다.

"미안하네, 로렌초. 누군가 자네 목숨을 노린다고 상상만 해도 몸서리난단 말이야. 우리가 선수를 치지 않으면 저들이 일을 저지를 걸세."

로렌초는 대답 대신 그의 목을 가볍게 껴안았다. 그런 다음 산드로 보티첼리를 들였다.

언제나 입가에서 미소가 떠나지 않는 화가지만 이번엔 심각한 낯빛이었다.

"무슨 일인가, 산드로?"

"그를 좀 구해줘!"

"누굴?"

"지금은 베로키오의 보테가에 속한, 내 옛 제자 레오나르도 다 빈치……"

"그 친구라면 나도 기억해. 키가 크고 야성적인 미남 청년이지."

"그가 동성연애로 고발당했네."

"어떻게 된 거야?"

"익명의 고발이야. 혹시 그게 사실일까 두렵네. 그가 내밀한 교제를 가졌다는 자코포 살타렐리는 누구나 아는 남창이거든."

로렌초는 잠시 생각에 잠겼다.

"내가 뭘 어떻게 해주길 바라나, 산드로?"

"레오나르도는 대가가 될 그릇이야…… 만일 유죄 선고를 받으면 화형당할 거라고……"

화가는 눈물을 글썽이며 안락의자에 주저앉았다.

"로렌초, 동성애에 빠진 훌륭한 예술가들은 얼마든지 있어. 그런데 왜 하필 다른 사람도 아니고 레오나르도지?"

"판관들에게 말해두지. 내 말이면 그들도 사면을 거절하지는 못할 거야."

산드로 보티첼리의 얼굴이 환해졌다.

"고맙네, 로렌초, 정말 고마워!"

"이건 다 자네를, 나아가 자유를 사랑하기 때문이야. 하지만 그 레오나르도에게 앞으로는 조심하라고 일러두게. 또 한번 고발당하면 그땐 나도 손을 쓸 수 없을 거야."

* *
*

보나 데 사보이아는 잠시도 입을 쉬지 않고 한탄했다.

"고해도 하지 않고 가다니!"

그녀는 고인의 죄목을 끝도 없이 늘어놓았다. 그녀의 말에 따르면 남편 갈레아초 마리아 스포르차는 전쟁, 약탈, 독재, 육욕에 이르기까지, 저지르지 않은 죄가 하나도 없었다. 그런데도 이 과부는 진심으로 슬픈 것처럼 훌쩍거렸다.

"교황님께 편지를 써야겠어. 그이의 사면을 간청해야지. 안 그러면 불쌍한 그이는 언제까지고 연옥에 머물 거야."

죄도 그 정도면 연옥이 아니라 단연 지옥행이란 것을 모르는 게 놀랍다면 놀라운 일이었다. 더욱이 식스투스 4세가 사면을 해주겠다고 나서는 날에는 스포르차 일가의 재산에 커다란 구멍이 날 것이라고 로렌초는 속으로 웃었다.

공개 처형대 앞에 세워진 특별관람석에서 보나는 여전히 징징거렸다. 로렌초가 아우의 귀에 대고 속삭였다.

"제길! 정말 바보 같은 여자로군! 저런 수다쟁이가 밀라노를 다스릴 수 있을까?"

갈레아초 마리아는 성탄절 이튿날, 예쁜 여자들한테 추파를 던지는 재미로만 드나들던 산스테파노 성당에서 살해됐다. 자객은 셋이었다. 한 명은 파산한 귀족 가문 출신의 건달, 또 한 명은 남색 취미가 있다고 알려진 선생이었는데 갈레아초 마리아의 심복들에게 그 자리에서 죽임을 당했다. 나머지 한 명인 지롤라모 올리아티라는 젊은 공화당원은 즉결 처분은 면했었다. 이날 밀라노 시민들 앞에서 그가 공개 처형될 예정이었다. 스포르차가에 애도를 표하러 온 메디치 형제도 행사에 초대되었다. 공작 부인의 심기를 건드리기 싫었으므로 그들은 누구나 좋아하는 그 구경거리에 참석할 수밖에 없었다. 대공 살해에 가담한 것으로 보이는 콜라 몬타노란 인물은 이미 멀리 도망친 후였다.

사형수는 처형대에 묶여 있었다. 살과 겨드랑이 밑을 두 개의 원형 쇠고리가 단단히 찍어눌렀다. 도도하고 귀티 나는 얼굴의 앳된 청년이었다. 곁에서는 사형집행인이 노란 연기가 풍풍 새어나오는 활짝 열린 화로 앞에서 풀무질을 해가며 숯을 새빨갛게 달구고 있었다.

임시로 설치된 울타리 뒤로 빽빽하게 모여든 군중이 소란을 떨었고 주위 건물에서는 창문마다 사람들이 내다보고 있었다. 억센 말 네 마리가 광장으로 끌려나오자 구경꾼들의 환호가 터졌다.

보나의 우는 소리는 벌써 한참 전에 그쳤다. 그녀는 말짱한 얼굴로 준비 작업을 주시하고 있었다. 얼굴이 해쓱하고 가녀린, 고인의 여덟 살짜리 아들 잔 갈레아초가 그녀의 곁에 붙어 앉아 있었다. 좀 떨어진 곳에는 살해된 대공의 다섯 형제가 앉아 있었다.

마구에 연결된 줄을 사형수의 팔다리에 묶는 사이 사형집행인은 커다란 집게 모양의 고문 도구를 불 속에 넣었다. 군중들이 잠잠해졌다. 그러자 사형수가 고개를 들고 힘을 쥐어짜내 외쳤다.

"죽음은 잔인하나 영광은 불멸이다! 내 행동은 두고두고 기억되리라! 폭정 타도! 자유 만세!"

로렌초는 소름이 끼쳤다. 사형집행인이 뻘겋게 달군 집게를 청년의 가슴으로 가져갔다. 그는 능숙하게 손을 놀려 살점 한 조각을 떼어냈다. 사형수가 비명을 질렀다. 쇠고리가 몸뚱이를 찍어누르고 있었으므로 그는 몸부림조차 칠 수 없었다. 로렌초는 도저히 더 볼 수 없어 고개를 돌렸다. 그는 팽팽한 눈길로 처형대를 주시하는 보나의 입가에서 엷은 미소를 발견하고 소스라쳤다.

* *
*

군중들의 고함 속에서 고문은 끝없이 이어졌다. 사형집행인은 사형수의 몸뚱이 여기저기를 고문한 후 말들을 끌라고 명령했다. 말들은 크고 억셌지만 죄인의 사지를 찢어놓는 데 애를 먹었다. 팔다리는 늘어나기만 했지 끊어지지 않았다. 사형집행인의 조수들이 말들이 더 기운을 내도록 채찍을 휘둘렀다. 말발굽은 포석 위에서 번번이 미끄러졌고 사형수는 그때마다 처참하게 울부짖었다. 마침내 한쪽 다리가 끊어졌다. 피가 분수처럼 솟구쳤다. 죄인은 피를 흥건히 쏟아낸 뒤 곧 숨이 끊어졌다.

백합의 도시와 어깨를 나란히 하는 너그럽고 세련된 도시, 예술의 향기가 넘치는 도시에 이런 참혹한 처형 제도가 정말 필요할까?

피렌체로 돌아오기 전에 일 마니피코는 밀라노를 통치하게 될 인물을 만나두고 싶었다. 로렌초는 아우와 함께 체코 시모네타를 찾아갔다. 그는 형제를 정중하게 맞아들였다. 대공의 사무관이었던 체코 시모네타는 우아하고 교양 있는 사내로, 눈동자가 총명하게 반짝였다. 즐길 것이 많아 여러모로 바빴던 밀라노의 대공은 충직한 이 비서에게 뭐든지 일임했었다. 자문회의는 섭정인 보나 데 사보이아를 설득해 그에게 통치를 맡기도록 했다. 대공의 상속자가 권력을 행사하기에는 너무 어렸기 때문이다.

사무관은 갈레아초의 암살로 인해 피렌체와 밀라노의 전통적 동맹 관계가 흔들릴 일은 없다고 장담했다. 그런데도 로렌초는 걱정을 숨기지 않았다.

"공의 우정과 호의를 왜 모르겠습니까. 다만……"

"내가 권력의 좌에서 썩 오래 버티지 못할까봐 걱정이시군요."

"공의 능력을 문제 삼는 게 아닙니다. 실례를 무릅쓰고 솔직하게 털어놓지요. 고인의 아드님은 아직 어린애고 그 모친도 보아하니 별로 분별력이 있는 것 같지는 않더군요."

대공의 사무관이 엷은 미소를 떠올렸다.

"물론 돌아가신 대공께선 덕이 깊고 성실한 인물은 아니었지요. 하지만 그분은 대단히 우수한 두뇌들에 둘러싸여 있었습니다."

"그는 내 친구였소. 그에겐 다섯 형제가 남아 있지요."

"조카의 자리를 노리는 사람이 있지 않겠느냐는 말씀이군요?"

"그래요, 그겁니다. 밀라노 공국의 역사가 그걸 증명하니까요."

체코 시모네타가 한숨을 뱉었다.

"한 번도 가족의 분열을 겪은 적이 없는 메디치가는 운이 좋은 겁니다."

"형제들 가운데 제일 위험한 건 누구인지요?"

사무관은 주저하다가 낮은 목소리로 대답했다.

"솔직하게 물으셨으니 솔직하게 대답하리다. 다섯 명 다 위험합니다. 누가 일을 저지를지 모르지요. 필요하다면 독이나 칼을 써서라도 말입니다. 특히 위험한 인물은 내가 보기엔 루도비코입니다."

"하지만 그는 계승 서열에서도 다섯번째에 불과한데요."

"그야 그렇지요. 문제는 루도비코가 선친 프란체스코가 대공의 자리에 오른 후에 최초로 태어난 적출자란 것이지요. 얼마든지 합법적인 야망을 키울 수 있는 입장입니다."

"고맙소. 장수와 건투를 빌겠습니다."

"정말 그렇게 생각하시오?" 체코가 냉소를 지으며 반문했다.

로렌초가 일어나자 줄리아노도 따라 일어났다. 줄곧 침묵을 지키던 줄리아노가 불쑥 물었다.

"갈레아초의 암살에 교황이 관련됐다고 생각하십니까?"

사무관은 갑작스러운 질문에 선뜻 대답하지 못했다.

"올리아티는 처형되기 전에 심문을 받았어요. 그의 입에서는 교황의 개입을 짐작케 하는 자백은 나오지 않았습니다. 다른 둘은 심문을 받기도 전에 살해되었고요……"

그가 잠시 뜸을 두었다가 덧붙였다.

"어쨌든 광신자의 손에 무기를 들려주는 것보다 쉬운 일은 없지요."

11
1478

회담은 극비리에 이루어졌다. 자코포 드 파치는 메디치가의 감시를 따돌리고 일단 시골 별장으로 가 거기서 겨울밤의 어둠을 틈타 이동했다.

회담 장소는 피사의 대주교를 배출한 살비아티가가 소유한 저택이었다. 식스투스 4세의 두 조카, 이몰라의 영주 지롤라모 리아리오와 그 동생 라파엘로 추기경이 거기서 파치가의 가장인 이 은행가를 기다리고 있었다.

지롤라모가 대뜸 다그쳤다.

"우물쭈물할 때가 아니외다. 우리 쪽에 가담할지 말지를 오늘밤 분명히 해주셔야겠소."

지롤라모와 첫 대면인 자코포는 대답하기 전에 잠자코 상대를 뜯어보았다. 키가 크고 건장하며 광대뼈가 튀어나오고 매부리코인 그 사내에게서는 난폭함이 풍겨나왔다. 향락적인 작은 눈동자는 뭔가를 끊임없이 염탐하는 것처럼 번들거렸다.

"우리가 어느 편인지는 조카 프란체스코가 벌써 오래전부터 증명하지 않았습니까. 파치가는 교황의 충실한 심복이외다."

"말로 떠드는 것만으로는 충분치 않소!"

"우리 형님 말이 옳습니다. 행동으로 옮겨야 할 때가 왔어요. 누가 진짜 우리 편인지를 가려야 한다 그거지요." 추기경이 온화한 어조로 말했다.

라파엘로는 지롤라모보다는 섬세하고 우아했지만 역시 형 못지않게 위험한 인물로 보였다.

"오늘 저녁 두 분의 이야기는 곧 존엄한 숙부님의 뜻이라 해석해도 좋겠소?" 늙은 자코포가 신중하게 물었다.

"숙부의 승낙도 없이 당신 같은 거물을 소집했겠습니까?" 추기경이 살짝 미소를 지으며 대답했다.

"좋아요. 바라는 게 뭡니까?"

두 형제가 서로를 마주보았다. 그들의 얼굴에는 똑같은 만족감이 드러나 있었다. 라파엘로가 입을 열었다.

"우선 이걸 아셔야 합니다…… 메디치가의 시대도 얼마 남지 않았어요. 갈래아초 스포르차의 죽음이 그들에게 심한 타격을 입혔지요. 그들이 중요한 동맹이자 훌륭한 용병을 잃었기 때문만은 아닙니다. 애국자들이 스포르차를 살해하면서 뭐라고 외쳤는지 아세요? '자유!'라고 소리쳤어요. 이탈리아 여기저기서 시민들이 독재에서 벗어나기를 원합니다."

"피렌체에서 메디치가는 여전히 인기가 있어요."

"시민들은 단숨에 의견을 바꾸는 법이죠. 그들의 마음을 충동질하는 걸로 충분합니다. 갖가지 명목의 무거운 세금, 상업과 수공업을 속박하는 과도한 규제…… 시민들은 메디치가의 주머니를 불리기 위해 일하는 꼴이지요. 독재자가 물러나고 훌륭한 통치자가 나타나면 그들도 일한 만큼 누리는 편안한 생활을 할 텐데 말입니다. 존경받는 인물이 나서서 그 사실을 납득시키면 피렌체 시민들도 기꺼이 찬동할 겁니다."

자코포는 리아리오 형제를 경계하면서도 점점 흔들렸다. 지롤라모가 상냥하게 덧붙였다.

"파치가도 메디치가보다 못할 게 하나도 없소이다. 그런데도 자손 대대로 메디치가에 눌려 살아야 할까요?"

"만일 시민들의 봉기를 유도하는 데 실패하면 메디치가가 가차 없이 복수할 거요."

"존엄하신 교회의 지지가 있는 한 우리는 실패하지 않습니다." 추기경이 대답했다.

지롤라모가 말을 이어받았다.

"잘 들으시오. 우린 두 군대의 지지를 확보했소. 로렌초 주스티니의 부대가 이몰라에 숙영중이고, 니콜로 다 톨렌티노가 토디 근처에 대기하고 있어요. 시민들이 독재에 대항해 일어나는 것과 동시에 그들이 도시의 성문 앞에 나타날 겁니다."

자코포는 여전히 주저했다. 그런 대담한 계획에 가문의 미래를 맡겨도 될까? 어쨌거나 메디치가와 파치가는 팽팽히 노려만 볼 뿐 싸움을 벌이지는 않았고, 그 평화로 인해 파치가가 손해를 본 일은 없었다. 더욱이 파치가는 바티칸의 보호 덕에 갈수록 많은 이익을 올리고 있었다. 그런데 그 교황이 메디치가를 제거하고자 한다면 이야기는 달라졌다. 파치가가 교황의 뜻에 따르지 않으면 어떻게 될까?

"메디치가는 어떻게 할 작정이시오?"

"둘 다 죽여야죠." 지롤라모가 내뱉었다.

"형님 말이 옳습니다. 다른 해결책은 없어요…… 둘 다 없애지 않으면 반란의 요인이 남지요."

사람 목숨을 빼앗는 일에 아무 거리낌도 없는 이 성직자에게 기독교의 애덕 따위는 들어설 여지가 없는 것이 분명했다. 자코포 드 파치는 맞서지 않았다. 오직 효율만이 중요했다. 그는 성공이 보장될 때만 가담할 작정이었다.

"줄리아노야 태평하게 놀러다니니까 비교적 간단하겠지만 로렌초는 쉽지 않을 겁니다. 그는 외출할 때 반드시 무장 호위대를 거느리지요."

지롤라모가 요란스럽게 웃음을 터뜨렸다.

"잔 바티스타 드 몬테세코의 솜씨를 못 믿으시겠다는 거요?"

자코포가 고개를 가로저었다. 교황 밑에서 일하는 이 유명한 자객은 표적을 한 번도 놓친 적이 없는 걸로 유명했다. 그는 숱한 암살 의뢰를 깨끗하게 해결했다.

"이제 납득을 하셨으려나?" 추기경이 물었다.

자코포는 동의했다. 주사위는 던져졌다. 지롤라모가 유쾌한 낯빛으로 덧붙였다.

"반드시 둘을 한꺼번에 제거해야 하오. 그럼 메디치가도 끝장이지요."

* *
*

말대꾸 한번 한 적이 없는, 온순하고 수줍음 많은 클라리체였지만 이번만은 달랐다. 그녀는 아뇰로 폴리차노가 메디치가의 가정교사를 그만둬야 한다고 고집을 부리고 있었다. 자신의 결심이 얼마나 단단한지 증명하기 위해 그녀는 일단 그의 필사본을 전부 추려냈다.

"내 뜻이 관철되지 않으면 이걸 전부 태워버리겠어요."

폴리차노가 이름 높은 시인이 되었고 많은 사람의 찬미를 받는 것 따위는 중요하지 않았다. 진리와 덕은 교회의 가르침을 통해서만 얻어진다는 걸 무시하고 그가 아이들에게 이교 취미를 불어넣고 플라톤주의자의 헛소리를 늘어놓아 타락시킨다는 것이 그녀의 주장이었다. 더욱이 크게는 말하지는 못했지만 폴리차노가 실은 스승 마르실리오 피치노처럼 동성애자는 아닐까 그녀는 염려했다.

"그가 아이들 앞에 얼씬거리는 걸 더이상 놔둘 수 없어요."

로렌초는 고해신부, 아니면 피렌체에 우글거리는 수도사들 가운데 하나가 그녀의 머릿속에 그런 생각을 불어넣었으리라 짐작했다. 그 자신도 교회가 요구하는 의무는 지켰다. 그러나 사실은 좀 더 인본주의적인 종교, 말하자면 희망을 주는 대신 전례의 준수만 강요하는 예배 속에 인간의 정신을 가두는 종교가 아니라 그 정신을 살찌우고 드높이는 종교를 은밀히 꿈꾸었다.

그는 아내를 설득하려고 해보았다. 그의 친구 폴리차노는 아이들에게 그리스어와 라틴어의 아름다움, 작시법과 작곡도 가르쳤다. 루크레치아, 피에로, 마달레나, 조반니 그리고 루도비카는 완벽한 교육을 받았고 아이들도 거기에 만족했다.

"난 그 어릿광대를 우리집에서 더는 보고 싶지 않아요. 선량한 기독교인이 되는 데는 고대 로마의 작가들을 공부할 필요가 없다고요." 클라리체가 목청을 높였다.

그녀는 미간을 찌푸릴 대로 찌푸린 채 그의 주위를 왔다갔다하면서 똑같은 말을 되풀이했다. 또 임신한 그녀가 거만한 손끝으로 둥그런 배를 가리켰는데, 그것이야말로 자신이 아이들의 엄마이고, 엄마로서 그 정도의 권리는 있다는 무언의 항의였다. 로렌초는 피곤해져서 항복했지만 조만간 복수하리라 다짐했다. 마침내 승리를 손에 넣은 클라리체가 그를 놓아주고 서재를 나갔다.

얼마나 편협한 여자인가! 원칙밖에 모르는 여자, 신앙심으로 무장한 여자. 뼛속까지 로마인인 그녀는 피렌체에 매혹되기를 줄기차게 거부해왔다. 클라리체는 자유로운 피렌체의 풍속을 질색했고, 아무리 봐도 조잡한 시나 끼적거리는 시인이거나 서투른 화가이거나 도락가에 불과한 인물들과 교류하며 호기롭게 돈을 쓰는 로렌초에게 찬동하지 않았다. 기독교 신자의 제일 의무는 자신의 영혼을 구하는 일인데, 아름다움 앞에서 찬사를 늘어놓고 조화를 주장하는 것이 무슨 쓸모가 있단 말인가?

이따금 로렌초는 만일 아내가 미인이었다면 달랐을까 생각했다. 남자들의 환심을 얻고, 칭찬을 받고, 찬탄의 대상이 되었다면 그녀도 어쩌면 지금과는 다른 여자가 되었을지도 몰랐다. 일 마니피코는 아직 때때로 그녀와 잠자리를 같이했다. 그녀는 군소리 없이, 목석처럼 그를 받아들였다. 그리고 부부의 의무를 면하기 위해 다음번 임신을 초조하게 기다렸고, 임신만 하면 얼른 메디치가의 많은 시골 별장들 가운데 하나로 달려가 휴식을 구했다.

줄리아노가 방문을 열고 고개를 들이밀었다.

"언성이 제법 높던데……"

로렌초가 한숨을 내뱉었다.

"클라리체가 죄 없는 폴리차노를 내쫓기로 작정했어."

"그럴 줄 알았어. 그 두 사람, 아이들 교육 문제로 끊임없이 말다툼을 하더라고. 어제는 시편 때문에 싸웠지…… 클라리체는 그보다 건전한 공부는 없다고 주장했거든."

로렌초가 웃음을 터뜨렸다.

"불쌍한 폴리차노! 일단 그만두게 해야 할 것 같아. 그래야 클라리체가 잠잠해지지. 하지만 두고 봐, 조만간 다시 불러들일 테니.

그때는 그녀가 입도 벙긋 못하게 할 거야."

줄리아노가 형의 앞에 앉았다. 걱정이 있는 눈치였다. 흔한 일이 아니었으므로 로렌초는 무슨 일인지 물었다.

"안토니아 고리니가 곧 해산할 모양이야."

카파지올로의 농부 처녀 이야기였다. 싹싹하고 매력적이고 깜찍한 그 처녀는 베네데타의 사촌으로, 줄리아노가 무젤로의 저택에 갈 때마다 시중을 들었다. 그 처녀도 사촌처럼 서글서글하다면, 잘생긴 줄리아노의 공세에 별로 오래 버티지 않았을 게 분명했다.

아우의 고민스러운 얼굴을 보고 로렌초는 미소를 지었다.

"너만 좋다면 얼마든지 아버지가 될 수 있지."

"그럴 생각은 없어…… 안토니아는 상냥하고 순진한 처녀야, 힘들게 만들고 싶지는 않아."

"네가 원한 건 그 처녀가 외롭지 않게 하는 것이었던 모양인데." 로렌초가 싱글거렸다.

줄리아노가 어깨를 으쓱했다.

"사내아이건 계집아이건 그 아이가 메디치의 성을 가졌으면 해."

"왜 내가 반대하겠니? 내가 아는 한 메디치가 사내들은 핏줄을 부정한 적이 없어."

줄리아노의 얼굴이 환해졌다.

"날 아주 좋아하는 다정한 여자야. 나도 그녀가 좋고."

시모네타가 죽은 후로 형제는 서로의 사랑에 대해 언급하는 것을 완곡하게 피했다. 그런데도 친한 화가들의 작품에 계속 등장하는 것처럼, 죽은 여인은 형제의 마음속에 머물고 있었다. 잊을 수 없는 시모네타, 그녀는 피렌체 사내들을 모조리 홀아비로 만들고 떠난, 이상적 여인의 상징이었다. 로렌초 자신도 새 여자친구 바르톨롬메아 데이 나시에게서 얼마간의 위안을 얻었다. 연인이 나타나면 알아서 자리를 비켜주는 우아한 사내 도나토를 남편으로 둔 요염한 그 여인은 그의 조언자이기도 했다.

그녀를 사랑하느냐고? 그런 것은 생각해본 적도 없었다. 그에게는 없어서는 안 될 욕망의 배출구를 그녀에게서 찾을 뿐이었다. 바르톨롬메아는 그의 지칠 줄 모르는 욕망을 가라앉히고 이야기를 들어주었다.

줄리아노는 마음이 놓인 얼굴로 형을 건너다보았다.

"형……"

그는 잠시 뜸을 두었다가 걱정스러운 얼굴로 말을 이었다.

"혹 나한테 무슨 일이 생기거든 안토니아의 아이를 우리집에서 보호해줬으면 좋겠어."

"갑자기 왜 그런 걱정을 하는 거냐?"

"모르겠어…… 성당에서 살해된 스포르차의 사건이 머리에서 떠나지를 않아."

"너답지 않구나. 낙천가께서 웬일이지……"

"그러게…… 어쩐지 남의 일 같지가 않아…… 내가 누리는 이 행복도 공짜가 아닐 거란 생각이 이따금 들어."

* *
*

로렌초는 보테가의 한구석에 앉아 보티첼리가 일하는 모습을 바라보았다. 그는 자신을 홀린 이 화가가 일하는 모습이라면 몇 시간을 지켜봐도 물리지 않았다. 열정적인 보티첼리는 끊임없이 움직였다. 두 장의 크로키 사이를 오가는 사이에 제자의 그림을 손질하고, 손수 고안한 새 재료를 혼합하면서 로렌초에게 하나하나 설명을 해주었다.

"계란노른자에 니스 약간…… 이걸로 미인의 살결처럼 가벼운 색채를 얻는 거야."

그는 재료를 휘저어 섞더니 여인의 초상화가 초벌 스케치된 이젤 앞으로 몸을 돌렸다.

"보게, 비너스야……"

이번에도 여신은 시모네타와 닮은꼴이었다. 꿈속처럼 환상적인 그녀는 지금이라도 로렌초에게 말을 걸 것 같았다.

"비너스가 바다에서 솟구쳐 거대한 소라고둥을 타고 항해하는 걸 상상해봐…… 최초의 날처럼 알몸으로, 출렁이는 머리칼로 그곳을 감추고 말이야. 우리 친구 폴리차노의 시를 읽고 영감을 얻었지. 그런데 이거 원, 할일이 너무 많군."

보티첼리는 위대한 작품 하나를 막 끝마친 참이었다. 환전상 동업자조합의 부유한 중개인이 주문한 〈동방박사들의 경배〉란 작품이었다. 산타마리아 노벨라 예배당의 제단 뒷면을 장식할 예정인 이 장식화는 메디치가에 대한 경의였다. 고대의 잔해 위에 올라앉은 성모마리아가 동방박사들에게 아기 예수를 보여주고 있었는데, 그 동방박사들 중 둘은 다름 아닌 코시모와 피에로였다. 경배하는 군중 가운데는 로렌초와 줄리아노, 폴리차노는 물론이고 브리가타에 최근 합류한 명석한 피코 델라 미란돌라도 보였다. 그림 한구석에는 긴 외투를 입고 어딘지 쓸쓸한 미소를 지은 곱슬머리 금발의 보티첼리 본인의 모습도 있었다. 그는 마치 아름다운 이 광경을 좀 보라고, 메디치가는 이렇게 신앙심이 깊다고 관람객에게 말이라도 거는 듯했다.

"자네 사촌들한테 봄을 주제로 한 그림을 주문받았어……"

그는 영감에 잠기려는 것처럼 눈을 감았다.

"아담한 나무들이 자라는 숲의 그늘에 자잘한 꽃들이 깔려 있지…… 미의 세 여신이 날개 같은 베일로 몸을 살짝 가리고 봄을 경축하는 춤을 추고…… 비너스가 이 의식을 주재하고 사랑에 초대하는 거야. 거기다 플로라 여신과 그녀의 꽃 장식도 그려야지. 물론 클로리스 요정과 그 뒤를 쫓아가는 사티로스도…… 아니면 미풍의 정령이 이 매혹적인 미녀를 가벼운 숨결로 애무하게 하든지."

보티첼리가 눈을 뜨더니 열렬한 어조로 말을 이었다.

"어떻게 생각하나, 로렌초? 그 그림 앞에서 누구나 진정한 새 시대가 왔다는 걸 깨달을 거야. 피렌체가 이처럼 아름다운 적은 한 번도 없었어. 황금시대가 되돌아오고 있단 말일세. 자네도 그것과 무관하지 않아, 그래서 일 마니피코라 불리는 게 아닌가……"

로렌초가 웃음을 터뜨렸다.

"추켜세우지 말아, 난 예술가가 아니야."

"자네는 시인이야, 로렌초! 우리의 대변인이고 안내자야."

그때 니콜로 미켈로초가 온 바람에 그들의 대화는 중단되었다. 로렌초가 눈을 쳐들고 푸념했다.

"봐, 일하라고 붙잡으러 왔잖아! 메디치로 태어나면 시인 노릇도 힘들어."

로렌초의 비서이자 어릴 적 동무는 라르가 거리로 향하면서 심각한 얼굴로 보고했다.

"피렌체 주변에서 군대가 움직였다는 보고가 있었어. 교황군이 페루즈 가까이, 몬토네 앞에 진을 치고 있어. 톨렌티노가 이몰라에 원군을 재집결시켰고 기스티니는 시타 디 카스텔로에 용병들을 충원할 거야."

"걱정할 일은 아닌 것 같은데…… 이 년 전부터 식스투스 4세는 잠잠하잖아? 파엔사의 싸움 때는 내 자문관들을 구해내라며 자신의 용병대장 잔 바티스타 드 몬테세코를 보내주기까지 했어. 나도 예를 갖춰 그를 대했지만, 어쨌든 그는 나무랄 데 없는 신사인 것 같았어."

"교황의 표리부동한 일면일 뿐이야. 그는 다정하게 굴 때일수록 사나운 발톱을 감추고 있다고."

"그럴 테지. 하지만 피렌체가 자신의 영향권 밖이란 걸 인정했는지도 몰라. 우리한텐 힘이 있고, 동맹들도 우릴 보호하니까."

니콜로는 납득한 것 같지 않았다. 그는 강조해서 말했다.

"최근 자코포 파치의 거동이 이상해……"

"어떤데?"

"교활한 그 늙은이가 정직하고 신앙심 깊고 자비로운 사람으로 돌변했어. 가난한 사람을 돕고, 작품에 기부를 하고, 부채를 청산하고, 사업을 바로잡고 있다니까."

"이유는?"

"그걸 모르겠어. 마치 조만간 하늘에 불려갈 준비를 하는 사람처럼 구는데 말이야."

"중병이라도 걸린 게로군?"

"전혀 아니야. 그래서 더욱 수상쩍다는 것이지."

그들은 한동안 침묵한 채 걸었다. 약동하는 봄날의 부드럽고 향긋한 공기는 불길한 생각들과 어울리지 않았다. 로렌초는 아우처럼 태평해지고 싶었다. 그렇게 될 수 있을까?

"어떻게 하자는 건가?" 로렌초가 불쑥 물었다.

"경계해야지. 언제 어디서 공격이 시작될지는 정확히 모르겠지만 그 장본인이 누구일지 심증은 있으니까."

* *
*

음모자들은 자코포 파치와 직접 접촉하는 것은 이제 위험하다고 판단했다. 몬투기의 저택에 은둔한 늙은 은행가한테는 철저한 감시가 딸려 있었다. 앞으로 그에게는 음모의 진척 사항만 비밀리에 전달될 터였다.

피사에서는 살비아티 대주교와 리아리오 추기경이 마지막 사항들을 하나하나 점검했다. 평판이 썩 좋지 않은 지롤라모는 로마에 남아 있었다. 그가 피렌체 주변에 나타났다가는 메디치가가 곧바로 경계심을 품을 터였다.

다듬고 또 다듬어 완성된 계획은 이러했다. 로렌초 데 메디치와는 퍽 호의적 관계인 용병대장 몬테세코가 백합의 도시를 재방문한다. 이때를 이용해 그가 부리는 자객 몇 명을 도시로 들인다. 두 번째 단계는 바티칸과 메디치가의 화해를 굳히기 위해 추기경 라파엘로 리아리오가 피렌체를 공식 방문하는 것이었다. 메디치가로서는 교황의 조카이기도 한 추기경을 맞아 성대한 연회를 베풀 수밖에 없을 것이다. 추기경이 대동할 사절단 가운데는 나쁜 짓이라면 뭐든지 맡길 수 있는 하수인도 몇 명 끼여 있을 것이다. 데려갈 사람들은 용병대장과 대주교가 직접 선정했다. 두 사제가 임무를 수락했는데, 한 명은 고향이 약탈당한 후로 메디치가에 앙심을 품게 된 볼테라 출신의 안토니오 마페이, 또 한 명은 자코포 파치의 전속 신부 스테파노 드 바뇨네였다. 연회가 끝날 즈음 자객들이 칼을 꺼내 두 형제를 신속하게 재거할 것이다. 그들의 죽음이 봉기의 신호가 될 것이다. 메디치가의 추종 세력이 저항하면 즉각 교황군이 개입해 질서를 바로잡을 것이다. 자코포 파치는 은둔처를 떠나 피렌체로 입성해 권력을 쥐라는 부름을 받을 것이다. 그러나 그 권력이 사흘도 못 갈 겉치레란 것은 파치도 아직 몰랐다. 그것은 시의회를 속이기 위한 절차였다. 지롤라모는 파치는 물론이고 공화당원들도 최대한 빨리 쓸어버리고 어서 피렌체의 대공이 되기를 노리고 있었다.

프란체스코 살비아티의 눈동자는 초조하게 번들거렸다. 마침내 한때 자기 가족을 추방했던 메디치가에 복수하고, 교황의 언질대로 피렌체의 대주교가 되는 것이다.

두 공모자는 일이 착착 진행되는 데 만족하며 건배했다. 추기경과 그 일행이 피렌체에 입성하는 것은 4월 25일 토요일, 그러니까 성지주일 전날로 결정되었다. 메디치가에도 어서 그 소식을 전해두어야 했다.

* *
*

일 마니피코는 화려한 수집품의 소개가 끝나자 팔라초의 이층, 널찍한 살롱에 차려진 연회장으로 손님들을 안내했다. 리아리오 추기경은 미소를 띠우며 아첨하는 낯빛으로 로렌초의 오른편에 자리를 잡았다.

하녀들이 물병들을 날랐다. 이틀 전부터 팔라초의 일손이 전부 동원되어 연회 준비에 분주했던 만큼 탁자에 늘어선 다양한 요리들은 하나같이 훌륭했다.

리아리오 추기경 옆의 의자 하나가 비어 있었다.

"이 자리는 잘생긴 아우님께서 앉을 예정이었던 것 같소만."

"맞습니다. 하지만 그애는 이 즐거운 자리에 나올 수 없을 겁니다. 사냥을 하다 다쳐서 아직 몸을 제대로 움직일 수 없어서요."

"심한 부상이 아니기를 바랍니다만……"

"의사 말로는 푹 쉬면 괜찮을 거라고 하더군요."

맞은편에 앉은 살비아티 대주교가 그 대화를 전부 들었다. 그는 눈살을 찌푸리며 옆자리의 스테파노 드 바뇨네 신부의 귀에 몇 마디 속삭이고 재빨리 제자리로 돌아왔다. 신부가 즉각 자리를 떠나 긴 탁자의 맨 끝으로 가서, 실은 몬테세코의 자객들인 추기경의 수행원 몇 사람에게 무어라 속삭였다. 추기경과 이야기를 나누는 데 몰두한 로렌초는 아무것도 알아채지 못했다.

연회는 계속됐다. 리아리오 추기경은 교황이 화합을 바랄 뿐이라고 상냥하게 말해 로렌초를 안심시켰다. 지금은 파치가와의 계약에 묶여 있지만 조만간 메디치가에 유리한 타협안을 받아들이겠다는 것이 숙부의 생각이란 것도 넌지시 일러주었다. 그것이야말로 로렌초가 듣고 싶었던 말이었다. 그의 본능적인 경계심이 조금씩 누그러들고 평화에 대한 기대가 그 자리를 차지했다. 어차피 프란체스코 드 파치에 대한 미움을 꾹 누르고 그가 추기경이 체류하는 동안 수행원이 되는 것도 수락하지 않았던가?

바티칸과의 화해는 이탈리아 통일의 길에서 중대한 진척의 신호탄이 될 것이다. 일 마니피코는 이 위대한 평화의 시금석이 되고 싶었다. 똑같은 언어를 사용하고, 똑같은 정신적 문화적 공동체에 속한 이탈리아의 여러 공국들이 왜 서로 싸워야 한단 말인가? 그가 외교 수완을 발휘한 덕에, 군주들과 야심가들이 자기네 재산을 불리는 데만 혈안이 되어 시민들의 진정한 이익을 무시해 온 많은 공국들의 탐욕에 종지부를 찍을 제도의 밑그림이 그려졌다.

마침내 연회가 끝났다. 로렌초와 추기경은 나란히 정원을 거닐었다. 그들은 다음날 아침 산타마리아델피오레 성당에서 추기경이 주재할 미사 때 다시 만나기로 했다. 로렌초는 추기경을 한번 더 식사에 초대했다. 시간이 모자라서 미처 소개하지 못한, 팔라초 구석구석의 탄복할 만한 보물들을 느긋하게 보여주기 위해서였다.

추기경은 환한 미소를 지으며 초대를 수락하고 자리를 떠나기 전에 말했다.

"아우님께서 빨리 회복해 주님의 믿음 안에서 우리가 하나가 될 성지주일 대미사에 참석할 수 있으면 좋겠구려."

* *
*

리아리오 추기경과 살비아티 대주교의 숙소는 파치가의 팔라초였다. 잔 바티스타 드 몬테세코도 그곳으로 합류했다. 줄리아노가 연회에 불참하는 바람에 그들의 계획은 헝클어졌다. 대주교는 노여움을 가라앉히지 못했다.

"계획이 들통난 게 틀림없소."

용병대장 몬테세코가 고개를 가로저었다.

"아닙니다, 줄리아노의 친구들한테 물어봤는데 정말로 다쳤다고 했어요."

"그렇다면 어서 대응책을 마련해야 하오."

"내 자객들이 그들의 팔라초를 기습해 형제를 신속히 해치울 수 있습니다."

"그건 너무 위험하오. 메디치가가 보유한 병사들이 맹렬하게 방어할 거요. 사태를 알아챈 두 형제가 도망치거나 몸을 피할 수도 있을 거외다." 리아리오가 말했다.

"더 꾸물거릴 시간이 없소! 우리 용병부대가 이미 피렌체를 향해 진군을 시작했단 말입니다!" 살비아티가 신경질적으로 소리쳤다.

"내일이오! 내일, 줄리아노가 미사에 참석하도록 해야만 하오." 추기경이 단호한 어조로 말했다.

"하지만 무슨 수로?"

"그의 기독교인으로서의 의무감에 기대를 걸어봅시다. 아무리 아파도 성지주일 미사에는 빠져선 안 되는 법이지."

"팔라초에서 성당으로 가는 사이에 공격하실 생각입니까?" 몬테세코가 물었다.

"아니, 틀림없이 호위대가 딸려 있을 거외다."

"그럼 어디서?"

"산타마리아델피오레 성당 안에서."

"거양성체의 순간에!"라고 대주교가 외쳤다. 그가 말을 이었다. "사제가 주님의 몸을 높이 쳐들면 믿음 깊은 신도들은 고개를 숙이고 무릎을 꿇지요. 그보다 더 좋은 기회는 없습니다."

"하지만 신성모독의 중죄가 될 겁니다!" 몬테세코가 펄쩍 뛰었다.

"내가 즉각 당신의 죄를 사해주리다. 우린 교황의 이름으로 움직인다는 걸 잊지 마시오." 추기경이 대답했다.

"아뇨, 난 못해요…… 이미 숱한 살인을 저지른 건 그렇다 칩시다. 그래도 주님의 성전 안에선 한 번도 없어요. 그런 짓을 저지르고 죽을 때까지 죄책감에 시달리긴 싫습니다."

두 성직자는 눈을 동그랗게 뜨고 서로를 바라보았다. 고집 센 용병대장 몬테세코는 마음을 바꾸지 않을 것이다.

"우리가 데려온 두 신부를 소집하시오. 그들이라면 서슴없이 일을 맡아줄 거외다." 추기경이 용병대장에게 냉랭하게 말했다.

* *
*

산타마리아델피오레 성당의 종소리가 유쾌하게 울려퍼졌다. 신도들이 서둘러 입구로 몰려갔다. 성당 안은 브루넬레스코가 건조한 큐폴라로부터 눈부신 빛이 쏟아지고 있었다.

젊은 리아리오 추기경을 호위하는 서른 명의 사수射手가 사람들을 가르고 나아갔다. 추기경은 미소를 머금고 신도들에게 인사하면서 내진內陣*을 향해 걷기 시작했다. 내진에는 피사의 대주교 프란체스코 살비아티와 피렌체의 대주교 리날도 오르시니가 사제들에게 둘러싸여 이미 자리를 잡고 있었다. 로렌초 데 메디치는 신도석의 첫째 줄에 앉아 있었다. 추기경이 걸음을 멈추고 주위를 둘러보며 놀란 얼굴로 물었다.

"아우님은 같이 안 오셨소?"

"아직 몸이 성치 않습니다."

"그의 신심이 이렇게 부족하다니 내 낙담이 큽니다. 신의 자비에 감사를 드릴 땐 몸이 다소 힘들어도 참아야 하지요."

로렌초의 뒤에서 한 사내가 일어섰다.

"제가 가서 데려오겠습니다."

뒤를 돌아본 로렌초는 그 말을 한 사람이 자코포 드 파치의 조카라는 것을 알아보고 눈살을 찌푸렸다. 그는 자신의 바로 뒤에 사제가 두 명 앉았는데, 한 사람은 처음 보는 얼굴이고 또 한 사람은 파치가의 전속 신부란 것도 알아차렸다. 프란체스키노가 짐짓 상냥하게 덧붙였다.

"물론 우리 사이가 틀어졌던 적도 있지요, 로렌초. 하지만 줄리아노는 제 어릴 적 동무이기도 해요."

그러자 옆에서 다른 청년도 일어섰는데, 파치가에 얹혀사는 건

* 성당에서 성직자와 성가대가 차지하는 자리.

달로서 역시 줄리아노의 어릴 적 동무인 베르나도 반디니였다.

"저도 같이 가겠어요. 줄리아노가 걷는 걸 도와주겠습니다."

"고맙구나. 주님이 축복하실 거다." 추기경이 말했다.

추기경은 그들에게 우정 어린 눈짓을 보내고 엄숙하게 나아가 내진에 자리를 잡았다.

두 청년이 떠나는 것을 보면서 로렌초는 마음이 개운치 않았다. 왜 파치 일파가 이렇게 열심일까? 이 이상한 친절에는 무엇이 숨겨져 있을까? 그는 심복 하나를 아우에게 보낼까 생각했지만 미사가 시작되는 바람에 그만두었다. 잠시 후, 봉헌의 낭독을 들으면서 그는 불현듯 성당에서 살해당한 밀라노의 대공을 떠올렸다……

* *
*

일 마니피코의 아우는 프란체스키노와 베르나도가 느닷없이 들이닥쳤을 때 거울 앞에서 머리를 곱슬곱슬하게 손질하고 있었다. 손님들이 유쾌하게 그를 불렀다.

"추기경께서 찾으셔, 줄리아노! 대미사에 참석하라시던데!"

벌써 오래전부터 얼굴을 맞댄 적이 없는, 더욱이 메디치가의 적이라 여겼던 두 사람의 등장에 줄리아노는 놀라서 중얼거렸다.

"형에게 아직 몸이 덜 회복됐다고 말해뒀는데……"

"로렌초 형님도 널 데려오라고 하셨어!" 프란체스키노가 말했다.

줄리아노는 선뜻 믿을 수 없었다. 그가 옆의 의자에 놓인 단검을 힐끗 쳐다보았다. 두 사람이 달려들면 단검을 집을 시간이 있을까? 그러나 그는 이내 그런 생각을 한 스스로를 나무랐다. 두 동무는 매우 상냥했고 미소에는 꾸밈이 없었다. 전날, 로렌초도 리아리오 추기경의 방문은 메디치가와 교황청이 앞으로 평화롭게 지내리란 신호라고 말하지 않았던가.

"부축해줄게! 우릴 목발이라 생각해." 베르나도가 덧붙였다.

"너희 둘 다 무척 친절하구나. 하지만……"

"자, 어서, 늑장 그만 부리고. 지금 출발하면 미사에 참여할 수 있을 거야."

그는 일어서려다가 낯을 찡그렸다. 프란체스키노와 베르나도가 얼른 달려가 제각각 어깨와 허리를 부축했다. 두 사람은 줄리아노를 다정하게 토닥거리면서 등뒤에서 은밀한 눈짓을 주고받았다. 메디치가의 차남은 쇠사슬 갑옷을 입고 있지 않았다.

줄리아노는 어릴 적 동무들의 어깨를 빌려 절뚝거리는 걸음으로 성당 입구에 도착했다. 그들은 함께 중앙 통로를 올라가 로렌초보다 몇 줄 뒤에 자리를 잡았다. 발자국 소리를 들은 로렌초가 뒤를 돌아보았다. 그가 아우에게 미소를 보냈다. 그의 마음속에는 아직 희미한 불안이 남아 있었다. 순간적으로 그는 평소와 뭔가 다르다는 것을 알아챘다. 왜 뒷자리의 두 사제는 동료들이 모여 있는 내진에 합류하지 않았을까?

* *
*

"……아키피테 에트 마두카테 엑스 호크 옴네스."

종이 한 번 울렸다. 신도들이 무릎을 꿇고 고개를 숙였다.

"호크 에스트 에님 코르푸스 메움."

피렌체의 대주교가 무릎을 꿇었다가 일어나 성체의 빵을 두 손으로 머리 위로 쳐들었다. 바로 그때, 프란체스키노와 베르나도 반디니가 칼을 꺼내 자기들 사이에 있던 줄리아노를 찔렀다. 줄리아노는 가슴을 움켜쥐고 고꾸라졌다. 프란체스키노는 실성한 사람처럼 거듭 칼을 찔러넣었고, 그 와중에 자기 팔에도 부상을 입었다.

같은 순간 로렌초의 목덜미에도 누군가가 손을 얹었다. 로렌초가 벌떡 일어섰다. 어깨에 뜨끈한 아픔이 느껴졌다. 그가 몸을 돌렸다. 단검을 쥔 두 사제가 다시 달려들 태세였다. 경험이 없는 그들의 손은 떨리고 있었다. 일 마니피코는 재빨리 칼을 꺼내고 외투를 벗어 팔을 감아 공격에 대비했다. 두 사제를 해치우려는 순간 그는 긴 칼과 단검으로 무장한 사내들이 다가오는 것을 발견했다. 싸울 때가 아니었다, 도망쳐야 했다. 로렌초는 중앙 제단까지 달려가 내진의 난간을 뛰어넘어 일단 몸을 숨길 생각으로 제의실을 향해 달렸다. 브리가타의 친구들이 달려와 그의 뒤를 쫓는 자객들 앞을 가로막았다. 성당은 신도들의 비명과 자객들의 고함으로 진동했다.

제의실의 묵직한 청동 문은 열려 있었다. 문 앞에 거의 다다랐을 때 로렌초의 앞을 한 자객의 칼날이 가로막았다. 그는 온 힘을 다해 후려쳤다. 적의 칼은 날아갔지만 그는 그 바람에 소중한 시간을 잃었다.

"로렌초! 조심해!"

단검을 쥔 베르나도 반디니가 로렌초에게 달려들었다. 조심하라고 외쳤던 로렌초의 친구 프란체스코 노리가 몸을 던져 칼을 막아냈다. 그는 쓰러졌고, 브리가타의 동료들이 로렌초를 제의실 안으로 밀어내고 청동 문을 닫았다. 그들은 위험을 면했다.

로렌초는 식은땀을 흥건히 흘리며, 얼빠진 눈길로 피가 떨어지는 외투를 내려다보았다. 브라치오 마르텔리가 다친 자리를 찾기 시작했다. 칼날은 목정강이를 아슬아슬하게 비껴 어깨를 찢은 듯했다. 사제가 조금만 솜씨가 좋았더라면, 그리고 로렌초의 반응이 조금만 늦었더라면 목이 꿰뚫려 숨이 끊어졌을 터였다.

"깊은 상처 같지는 않아." 브라치오가 말했다.

"하지만 칼날에 독을 묻혔을 수도 있어!" 안토니오 리돌피가 말했다.

그가 나서서 상처의 피를 빨기 시작했다. 몇 번이나 빨고 뱉기를 되풀이했을 때 로렌초가 비로소 의식이 돌아온 것처럼 소스라쳐 물었다.

"줄리아노! 놈들이 그애의 목숨도 노린 건 아냐?"

동료들은 줄리아노가 치명상을 입는 것을 목격했지만 누구도 차마 사실을 털어놓을 수 없었다.

* *
*

성당 안은 엄청난 혼란에 빠져 있었다. "자유!"라고 반란자들이 외쳤다. "배신!"이라고 메디치가의 추종자들이 맞받았다. 그들은 칼을 휘두르며 싸웠다. 마페이와 바뇨네, 두 신부는 시민들의 손에 죽임을 당했다. 통로에 시체들이 쌓였다. 신도들은 여자들과 아이들을 짓밟으며 도망쳤다. 겁에 질린 리아리오 추기경은 자줏빛의 추기경 외투를 걷어올리고 중앙 제단으로 기어올라가, 제단을 굽어보는 십자가를 꽉 껴안고 있었다. 기둥과 기둥 사이에 방치된 줄리아노의 유해는 계속해서 피를 쏟아냈다.

살비아티 대주교는 자객들의 공격이 시작되자 몬테세코의 자객들에게 호위를 받으며 신속하게 몸을 숨겼다. 시의회 건물인 베키오 팔라초를 빼앗는 것이 그가 맡은 임무였다. 자코포 드 파치도 거기로 합류하기로 되어 있었다.

건물 일층에는 소규모 수비군이 주둔해 있었다. 살비아티는 교황의 중요한 전갈을 가져왔다며 시의원들과의 면담을 요구했다. 이층으로 올라가도 좋다는 허락이 떨어졌지만 대신 혼자 가야 했다. 호위대는 경비대의 방에 남아 있어야 했는데 그 방은 일단 문이 닫히면 밖에서만 열 수 있는 기발한 자물쇠 장치가 딸려 있었다.

시의원들은 식사중이었다. 장관이 식당 옆에 딸린 작은 방에서 살비아티 대주교를 맞아들였다. 체사레 페트루치는 억세고 풍채 좋은 사내로, 팔 년 전 프라토의 행정관 시절에는 폭동을 일으킨 반도들에게 목숨을 걸고 맞섰던 인물이었다. 그는 주교관冠을 보고도 위축되는 빛 없이 교황의 전갈은 무엇이며, 긴급 사안이라면 왜 전날부터 피렌체에 머무르던 살비아티가 오늘에야 찾아왔는지 미심쩍은 얼굴로 캐물었다. 대주교로서는 기대하지 않았던 반응이었다. 그는 앞뒤가 안 맞는 말을 우물우물 주워댔고, 그로 인해 더 한층 장관의 의심을 샀다. 게다가 그는 기다리는 사람이라도 있는 것처럼 끊임없이 문 쪽을 힐끔거렸다.

바로 그때 시의회 광장에서 커다란 소란이 일어났다. 페트루치가 창문을 열었다. 자객들에게 쫓긴 사내들이 달려오면서 외쳤다.

"메디치 형제가 암살됐다!"

장관이 몸을 돌렸다. 대주교가 얼굴이 하얗게 질려 사지를 떨면서 이제 가보겠다고 말했다. 체사레 페트루치는 대답 대신 칼집에서 칼을 꺼냈다.

"난 결백합니다! 이 암살과는 아무 상관도 없다고요!" 대주교가 중얼거렸다.

장관이 다가갔다. 대주교는 겁에 질려 뒤로 물러났다. 그는 벽에 바싹 달라붙어 소리치기 시작했다.

"모반의 수뇌는 리아리오, 교황의 조카요! 그가 숙부의 명령이라면서 파치가에 암살을 사주했어요!"

페트루치는 더 들어보지도 않고 대주교의 가슴에 칼을 꽂은 후 재빨리 뛰어나갔다. 그는 팔라초 안에서 싸울 수 있는 사람을 전부 모으고, 문마다 방비벽을 만들고, 피렌체의 시민이 모이도록 종을 울렸다. 이미 광장에 모습을 드러낸 파치 일파와 몬테세코의 자객들이 건물을 공격하기 시작했다. 건물 안에서는 돌을 비롯해 손에 잡히는 것들을 닥치는 대로 던지면서 맞섰다. 잠시 후 팔라초 내부는 또다른 위협에 직면했다. 살비아티 대주교를 호위하며 따라온 자객들이 몸을 빼내는 데 성공한 것이다. 계단마다 백병전이 벌어졌다. 숫자가 더 많은 페트루치의 부하, 직업군인, 쇠꼬챙이와 부엌칼로 무장한 하인 들이 우세였다. 생포된 반란자들은 이층으로 끌려가 창문 밖으로 내던져졌다. 베키오 팔라초의 십자형 창문에 거꾸로 매달린 반도들도 있었다. 그들은 오랜 고통 끝에 숨이 끊어졌다. 마침내 장관의 명령에 따라 대주교의 피투성이 시체도 건물 밖에 매달렸다.

담장 밑에서 그 시체들을 본 반란자들은 주춤했다. 옆길에서 "팔라!"라는 외침이 들리기 시작했다. 메디치가를 지지하는 시민들의 우렁찬 함성을 들은 반도들은 재빨리 흩어졌다.

* *
*

소문은 삽시간에 온 피렌체에 퍼졌다. 일 마니피코는 살아남았고, 파치가에 매수됐던 자객들은 패퇴했다. 반면에 줄리아노는 어릴 적 동무 둘에게 살해됐다. 로마의 의도에 따라 움직인 음모자들은 메디치 형제를 없애고 권력을 차지하려 했다. 살비아티와 리아리오, 두 성직자도 음모에 가담했다. 한 명은 이미 대가를 치렀고 또 한 명은 메디치가의 팔라초에서 단단히 감시를 받고 있었다. 남은 것은 음모의 뿌리를 샅샅이 파헤쳐 송두리째 들어내는 일이었다.

파치가의 팔라초는 흥분해서 몰려간 군중에게 점령되었다. 자코포 드 파치는 실패를 전해 듣고 바로 도망쳤다. 그의 조카 프란체스키노는 벗은 채로 피를 흘리며 침대에 쓰러져 있었다. 줄리아노를 내리칠 때 자기 팔도 다치는 바람에 숙부와 함께 도망칠 수 없었던 것이다. 그는 결박되어 베키오 팔라초까지 질질 끌려갔다. 그리고 살비아티 대주교의 시체가 흔들거리는 창문에 나란히 매달렸다.

무장한 시민들이 자발적으로 배신자를 찾아내 처단했다. 토스카나의 시골에 용병부대가 진을 치고 있다는 사실이 알려지자 시민들은 더욱 거칠어졌다. 메디치 형제의 암살자들은 피렌체 공화국의 배신자이기도 했다. 그들은 피렌체의 독립과 존엄성을 해치려 했던 것이다!

미처 도망칠 시간이 없었던 자객들은 학살됐다. 몬테세코 용병대장도 붙들려 심한 폭행을 당하고 시의회로 끌려갔다. 그가 성당 안에서의 암살에 반대한 유일한 인물이란 것을 알아주는 사람은 아무도 없었다. 조금이라도 파치가와 연관이 있다는 의심을 받은 사람들은 모조리 체포되거나 현장에서 죽임을 당했다. 피렌체의 거리에는 수십 구의 시체가 널렸다.

* *
*

라르가 거리는 슬픔에 싸였다. 로렌초는 아우의 죽음을 슬퍼하며 울었다. 폭력이 도시를 피로 물들이고 있다는 것은 알았지만 시민들이 제 손으로 정의를 바로잡는 것을 막을 여유는 없었다. 자신의 고통과 노여움이 너무 깊고 컸기 때문이다. 무엇보다도 그는 후회하고 있었다. 안일하게 상대를 신용했던 것을 그는 자책하고 또 자책했다. 어떻게 리아리오 추기경의 달콤한 말을 믿었을까? 어떻게 식스투스 4세가 평화를 원한다고 믿었을까? 어쩌자고 그런 착각을 했을까? 그런 의미에서 줄리아노의 죽음은 전적으로 그의 책임이었다. 피렌체의 거리에 흐르는 피가 그의 슬픔을 가라앉히고 복수심을 누그러뜨릴 수 있을까? 피! 줄리아노가 죽고 없는 마당에 시민들의 폭주와 빗나간 응징 따위가 뭐 그리 중요할까?

일층에서는 비탄에 빠진 루크레치아가 아들의 유해를 지켰다. 로렌초는 서재로 물러났다. 아우의 훼손된 얼굴과 상처투성이 몸을 더 바라볼 수 없었다. 왜 아우는 죽고 자신은 살아남았단 말인가?

그는 깊은 고통에 사로잡혔다. 다정한 줄리아노가 죽음으로써 로렌초의 젊음도, 어쩌면 가장 소중한 부분도 같이 죽었다. 밝고 너그러운 로렌초는 죽었다. 일 마니피코는 홀로 어둠 속에 던져졌다. 이제부터 미움과 분노가 그의 가슴속을 영원히 떠나지 않을 것이다.

산타마리아델피오레 성당에서 돌아와 줄리아노의 죽음을 전해 들은 순간으로부터 얼마나 시간이 흘렀을까? 알 수 없었다. 로렌초는 심한 출혈로 인해 기력이 없었다. 커튼을 열었다. 밖은 이미 어두웠다. 밤하늘은 별들로 일렁거렸다. 아우는 시모네타를 찾아갔으리라.

서재 문을 조그맣게 두드리는 소리가 들렸다. 문 앞에 눈이 충혈된 브라치오 마르텔리가 서 있었다. 두 사내는 잠자코 껴안았다. 로렌초는 친구 앞에서 마음놓고 울었다.

이윽고 브라치오가 먼저 입을 열었다.

"방금 시의회에서 오는 길이야. 너구리 같은 자코포 그리고 줄리아노와 프란체스코 노리를 살해한 반디니만 도망쳤어."

로렌초가 입을 꽉 다물었다.

"꼭 잡을 거야! 어디 숨건 반드시 잡을 거야. 하지만 진짜 원흉은 로마에 있어."

"대신 그의 조카가 자네 손안에 있어."

라파엘로 리아리오 추기경은 성당에서 붙들렸다. 성난 군중에게 죽임을 당하기 직전 그는 가까스로 목숨을 건졌다. 시민의 즉결 처분에 맡기기에는 너무 중요한 포로라고 판단한 메디치가의 추종 세력이 개입한 덕분이었다. 그는 메디치가의 팔라초로 끌려와 계속 갇혀 있는 신세였다.

브라치오 마르텔리가 말을 이었다.

"그는 재판에 회부해야 해. 사형선고를 내리기에 충분한 증거들은 확보됐어. 몬테세코가 자백을 시작했거든. 교황과 그의 조카가 음모의 수뇌라고 털어놨어."

로렌초는 생각에 잠겼다. 친구 덕에 다소 명철함이 되돌아온 것 같았다. 그에게는 괴로움에 젖어 있을 권리가 없었다. 그는 메디치였다. 아직도 코시모와 피에로의 기억이 떠다니는 이 서재에서 그는 힘을 추슬러야 했다. 그에게는 정치가로서 처리해야 할 일들이 많았다.

"식스투스 4세의 의중을 파악하기 전엔 재판을 열지 않을 거야. 이용 가치가 있는 한 계속 붙들어둘 생각이야."

"인질?"

"우리 손안에서 계속 죽음의 위협을 받는 거지. 그의 숙부도 그게 어떤 의미인지 알걸."

그가 잠시 얼굴을 찡그렸다. 상처에 바른 연고가 효험이 떨어진 것 같았다. 그가 숨을 몰아쉬며 말을 이었다.

"이번 일에 조금이라도 관련이 있는 자는 남김없이 엄벌에 처해야 해. 그게 피렌체의 정의야."

또 한번 경련이 일어나 그는 낯을 찌푸렸다. 그가 아픔을 참으며 말했다.

"파치가! 파치가는 한 명도 빠짐없이 제1 연루자들이야. 그들의 이름을 이 도시에서 모조리 지워버릴 거야!"

"자네 누이 비안카의 남편도 파치란 걸 잊었나?"

"난 분명 파치가 전원이라고 말했어."

그는 피로한 얼굴로 안락의자의 등받이 뒤로 머리를 젖히며 중얼거렸다.

"파치가 전원."

* *
*

왜 하필 그가 이런 일을 해야 한단 말인가? 관대한 보티첼리는 베키오 팔라초에 대롱대롱 매달린 시체들을 불멸의 것으로 남겨달라는 시의회의 주문을 40플로린에 수락했다. 그로서는 거부하기 힘든 주문이었다. 그러나 혀가 늘어지고 퉁퉁 부은, 간혹 알몸으로 방치된 것도 있는 그 기괴한 송장들을 관찰하는 일은 무서운 고역이었다. 송장들을 구경하러 온 많은 피렌체인들이 제각기 감상을 내뱉었다. 걸걸한 웃음과 가벼운 농담이 오고갔다. 구경꾼들에게 특히 깊은 인상을 준 것은 대주교의 시체였다. 거꾸로 매달린 그는 붉은 옷과 레이스가 달린 겉옷이 얼굴을 전부 가리는 대신 정작 감춰야 할 그곳이 고스란히 드러났던 것이다.

보티첼리는 포석 위에 주저앉아 두꺼운 종이를 무릎 위에 펴고, 그 무시무시한 광경을 흑연으로 스케치하기 시작했다. 스케치가 끝나면 팔라초에 벽화도 그려야 했다. 그것 역시 정의가 얼마나 엄격한지 똑똑히 보여주겠다는 시의회의 요구였다. 정의도 좋고 엄벌도 좋지만 어쨌거나 보티첼리는 매달린 시체들이 조만간 내려지기나 바랄 뿐이었다.

환성이 들려와 그는 손을 멈추었다. 희한한 행렬이 광장 한구석에 나타났다. 쇠스랑과 낫과 도리깨를 쥔 농민들이 보잘것없는 수레를 끌고 왔는데, 수레 위에 한 사내가 묶여 있었다. 호기심이 일어 다가간 보티첼리는 그가 자코포 드 파치란 것을 알아보았다. 얼굴은 피투성이에 옷은 너덜너덜한 늙은 은행가는 의식이 없었다. 한 농부가 그래도 아직 숨은 붙어 있다고 일러주었다. 몬투기의 저택 근처에서 어슬렁거리던 늙은 은행가는 피렌체의 사건을 알고 있던 마을 농부들에게 붙들린 모양이었다.

수레가 베키오 팔라초의 거대한 문 앞에 멈췄다. 무장한 경비병들이 나타났다. 그들은 농부들을 거칠게 밀어내고 자코포를 풀어낸 다음 건물 안으로 끌고 들어갔다.

화가는 무표정한 낯빛으로 일을 다시 시작했다. 그는 분명 줄리아노 데 메디치의 벗이었고, 벗을 살해한 자들이 벌을 받기를 원했지만, 어쩐지 마음이 편치 않았다. 고인의 한을 씻어주기 위해 정말로 그토록 많은 피를 흘려야 할까?

* *
*

비안카가 눈물을 뿌리며 오라비에게 애원했다.

"굴리엘모는 결백해요. 그는 자기 일가가 꾸민 음모를 일절 모르고 있었어요."

"믿을 수 없다. 줄리아노는 그의 친형제 손에 죽었어!"

"오빠, 피와 복수라면 이제 충분하지 않나요? 자코포와 레나토는 참수됐어요. 프란체스키노는 교수형에 처해졌고요. 그의 다른 형제들, 굴리엘모, 갈레오토와 조반니는 자신들도 처형될 날만 기다리면서 지옥 같은 '스틴케스'*에서 썩고 있고요. 피렌체에서 파치란 이름이 붙었던 장소는 남김없이 다른 이름으로 바뀌었어요. 심지어 파치가의 문장도 전부 지워졌고요. 그 정도면 차고 넘치지 않아요?"

로렌초는 노여운 얼굴로 누이를 나무랐다.

"몬테세코가 참수형을 당하기 전에 파치 일가가 주범이라며 음모의 실상을 낱낱이 자백한 자술서를 남긴 걸 잊었니?"

"굴리엘모의 이름도 들어 있던가요?"

"사실을 말하자면, 없었다."

"그렇다면 왜 그에게 자비를 베풀지 않는 거죠?"

"줄리아노를 묻은 지 얼마나 됐다고 감히 파치를 감싸고 나서니?"

"그는 내 남편이에요, 로렌초! 오빠는 관대한 사람이잖아요, 이렇게 무자비하게 굴지 말아요!"

---

* 피렌체의 감옥.(원주)

비안카가 무릎을 꿇고 오라비의 손을 쥐었다.

"부탁이에요!"

로렌초는 마음이 흔들려 누이를 일으켰다.

"돌아가거라. 결정하거든 일러주마."

로렌초는 누이의 눈물 뒤에서 희망의 빛이 잠깐 반짝이는 것을 본 것 같았다.

그녀가 떠나자 로지아의 그늘에서 그 장면을 다 지켜본 디오니기 푸치, 브라치오 마르텔리, 안토니오 리돌피가 정원으로 찾아왔다. 한낮의 햇볕이 쨍쨍하게 쏟아지고 있었다.

상처의 통증은 가라앉았지만 일 마니피코의 목에는 아직 붕대가 감겨 있었다. 눈가가 거무스레한 그의 야윈 얼굴에는 깊은 슬픔이 감돌았다.

"비안카가 바라는 대로 해줬나?" 브라치오가 물었다.

로렌초는 고개를 숙인 채 대답하지 않았다. 최근의 시간은 안갯속처럼 흘러갔다. 라르가 거리에는 조문객이 줄을 이었다. 줄리아노의 관 앞에서 부인들은 눈물을 뿌리며 탄식했고, 시의원들과 동업자조합 회원들은 엄숙하게 회한과 감동을 표시했다. 루크레치아는 초췌한 얼굴로 사람들의 애도를 받았다…… 팔라초 앞으로 몰려든 시민들은 지칠 줄 모르고 기도하고 복수를 외쳤다. 온 피렌체가 이 년 전, 잊을 수 없는 시모네타의 죽음 앞에서 울었던 것처럼 아름다운 줄리아노의 죽음을 열렬히 애도했다. 그들은 영웅을 빼앗긴 것이다. 다정하고 유쾌한 청년, 백합의 도시를 상징하도록 비너스에게 선택된 듯했던 청년! 살해당한 왕자를 기리는 메달이 주조되고 초상화가 그려지며 봉헌물이 바쳐질 것이다. 피렌체 시민들은 줄리아노의 죽음을 계기로 자신들이 암묵적으로 주인으로 모시는 메디치가와 굳게 연대하려 했다. 줄리아노의 죽음이 메디치가와 피렌체를 하나로 만들었다는 생각에 로렌초는 수치심을 느꼈다. 산타마리아델피오레 성당 바닥에 쏟아진 아우의 피 덕분에 메디치가에 돌아온 영관榮冠을 제일 먼저 누릴 것은 로렌초이리라.

그가 침묵하자 친구들도 입을 열지 않았다.

"죽음의 대가……" 그가 혼잣말처럼 중얼거렸다.

로렌초가 불쑥 친구들에게 물었다.

"난 어떻게 해야 하지? 굴리엘모가 아무리 결백하다 해도 파치가의 인간인데, 그를 용서할 수 있을까? 설령 내가 용서한다 해도 시민들은 절대 용납하지 않을 거야. 피렌체의 시민은 파치가 전원을 똑같이 증오해."

"자네 체면도 살리고 누이도 안심할 방법을 찾아야지." 브라치오가 말했다.

"좋은 생각이 있나?"

"나한테 생각이 있어." 디오니기 푸치가 나섰다. "굴리엘모를 감옥에서 빼달라고 요청한 다음 이곳에, 리아리오 추기경과 똑같이 가두는 거야. 그럼 재판이 있을 때까지 자네가 그의 목숨을 보증하게 돼."

"재판관들은 그가 아내와 아이들을 만나는 걸 허락하지 않을걸."

리돌피가 반박했다.

“요구가 일단 받아들여진다 해도 결국 재판 때 다시 보내라고 하면 난 뭐라고 대답하느냐고?”

“자네는 이 도시의 주인이야. 그런 일쯤 자네 뜻을 관철하면 되는 거 아닌가?” 브라치오가 소리를 높였다.

“그럴 수는 없어…… 파치가 전원이 일찌감치 학살될 수도 있었을 텐데 굳이 재판을 요구한 건 바로 나니까. 시민들이 직접 일을 해결했어도 아무도 그걸 보복이나 폭력이라고 비난하지는 않았을 테지. 하지만 난 엄정하고 공식적인 정의를 원했어.”

“이렇게 하면 어떨까. 굴리엘모는 자네 요청에 의해 감옥에서 나오는 거야. 하지만 이곳이 아니라 피렌체에서 너무 멀지도 가깝지도 않은 장소에, 철저한 감시하에 옮겨지는 거지. 그러면 판관들도 그가 재판 때까지 사법권의 손이 닿는 곳에 있다고 생각할걸.” 예리한 푸치가 말했다.

“그런 다음엔?”

“몰래 도망치게 손을 써주는 거야. 그럼 자네 체면도 서고 누이도 살리는 거지.”

12
1478

리아리오 추기경은 두려웠다. 메디치가 팔라초에 감금된 그는 방문이 열릴 때마다 소스라쳤다. 그날, 줄리아노의 유해 곁에 홀로 남겨졌던 그의 눈앞에 무장한 사내들이 불쑥 나타났을 때의 공포는 잊히지 않았다. 그는 도망쳤다. 그러나 추기경 복장이 거치적거리는 바람에 이내 붙들렸다. 긴 칼과 짧은 칼과 단검이 골고루 그에게 겨눠졌다. 그는 마지막이라고 생각했다. 굴욕인 줄 알면서도 살려달라고 애원하는 수밖에 없었다. 추기경의 옷에 자신이 오줌을 지렸을 때, 그는 분해서 눈물이 흘렀다. 그는 결코 용서하지 않을 것이다.

자물쇠 소리가 들렸다. 공포에 사로잡힌 젊은 추기경은 뒤로 물러나 벽에 달라붙었다. 문이 열렸다. 로렌초! 메디치가의 가장은 이따금 그렇게, 불시에 찾아왔다. 일 마니피코가 희미한 미소를 띠며 다가왔다.

"내 증오심을 확인하고 싶으면 이리로 와서 당신을 바라보는 걸로 충분하지. 덫에 잡힌 더러운 쥐 같은 그 낯짝을 말이야!"

"숙부님이 복수해주실 거요."

"아무렴, 그럴 테지. 하지만 당신이 로마의 타락한 공기를 다시 들이켜려면 한참 있어야 할걸. 재판관들이 당신을 기다린다는 걸 잊지 마. 그들은 당장이라도 살인자들을 지옥에 떨어뜨릴 수 있지."

"추기경에게 손을 댔다가는 교회 전체를 모욕하는 거야!"

로렌초가 웃음을 터뜨렸다. 등골이 서늘해지는 웃음이었다.

"무슨 교회? 동성애자에 썩어빠진 교황을 지도자로 모시는 교회? 교황은 살인자야!"

리아리오는 반박하지 않았다. 메디치가 격분해 단검을 뽑아들까봐 두려웠다. 로렌초는 계속 웃다가 방을 나가 아이들의 거처로 향했다. 유모가 갓난아기에게 젖을 먹이고 있었다. 며칠 전 태어난 줄리아노의 아이였다. 로렌초는 아우와 약속한 대로 아기와 그 모친을 메디치가로 맞아들였다. 줄리오는 로렌초의 아이들과 더불어, 메디치의 성을 지니고 자랄 것이다. 신앙심 깊은 클라리체는 사생아를 거두는 것에 반대했지만 항의할 엄두는 내지 못했다. 줄리아노가 죽은 후로 로렌초는 한결 엄격해졌다. 그는 더한층 국정에 몰두했고 누구든 자신의 권위에 불복하는 것을 용납하지 않았다. 덕분에 폴리차노도 메디치가의 가정교사로 복귀했는데, 이번에는 클라리체도 입도 벙긋할 수 없었다.

로렌초는 때때로 만족스러운 한숨을 내뱉으며 열심히 젖을 빠는 어린애를 들여다보았다. 아우의 핏줄…… 일 마니피코는 조여드는 가슴을 안고 서재로 돌아갔다. 그는 특히 신뢰하는 몇몇 자문관들을 전보다 몇 배나 자주 불러들였고 대사들과 메디치 은행 지점의 책임자들에게 수시로 긴 편지를 썼다. 말을 타고 시골을 달리거나 별장에 머물기를 좋아했던 그였지만 이제 팔라초 밖으로 나가는 일이 거의 없었다. 시의회는 그에게 스물네 시간 무장 호위대를 붙일 것을 주장했다. 사실 위협은 아직 건재했다. 파치가의 음모는 이탈리아 전역을 위협하는 불씨였다. 로렌초는 로마와 그 동맹 나폴리와의 전쟁은 피할 수 없다고 생각했다. 교황은 자신이 선동한 음모가 불발로 끝나자 노발대발하며 총애하는 조카 라파엘로 리아리오를 즉각 석방하라고 요구했다. 그는 우선 바티칸의 피렌체 대사인 도나토 아치아이울리를 불러다 으름장을 놓았고 피렌체 출신 상인들을 체포해 압력을 가했다. 일 마니피코는 양보하지 않았다. 그는 추기경의 석방을 요구하러 온 교황의 대사, 페루즈의 주교를 냉대해 돌려보냈다.

메디치의 완강한 태도에 교황의 노여움은 더욱 커졌다. 6월 1일, 교황은 로렌초 데 메디치, 시의회, 제8경비대 그리고 줄리아노가 죽은 다음날 탄압에 나섰던 사람들 전원에게 파문 교서를 공포했다. 두 사제의 학살과 살비아티 대주교의 교수형도 신랄하게 규탄했다. 로렌초와 그 일당에게 유죄를 선고하고 재산을 몰수해 교회에 귀속시키며 저택들은 흔적도 없이 파괴하란 명령이 떨어졌다. 또 선량한 기독교인들은 이 '죄악의 아들들'과 일체의 상업 관계를 맺는 일이 금지됐다.

말하자면 살인자가 자신의 손아귀에서 빠져나간 희생자를 고발한 것이다. 교황은 자신의 영향력을 이용해 로렌초를 기독교 세계에서 추방할 작정이었다.

무서운 보복의 손길은 메디치가뿐만 아니라 피렌체에도 뻗쳤다. 죄인들을 한 달 안에 성직자 법정에 인도하지 않으면 피렌체는 성무 집행 금지령에 처해지리란 통고가 왔다. 그것은 피렌체인들이 통제하는 토스카나의 영토 안에서는 미사가 거행될 수 없으며 세례와 결혼, 고해성사는 물론이고 매장도 불가능하다는 것을 의미했다. 피렌체처럼 믿음 깊은 도시에서는 사람들의 삶이 단숨에 멈춰버린다고 해도 과언이 아니었다. 촛불이 꺼지고 성당의 문이 닫히고 종이 울리지 않는 것, 요컨대 성무 집행 금지령은 바티칸이 휘두를 수 있는 가장 무거운 벌이었다. 피렌체인들이 자기들 손으로 메디치가를 내치게 만들려는 교황청의 압력이었다.

오산이라면 식스투스 4세가 피렌체와 그 주인의 관계를 잘못 알았다는 점이었다. 줄리아노의 암살을 지시함으로써 교황은 그들의 단결을 더 굳힌 것이나 다름없었다. 시의회는 전 시민을 대표해 일 마니피코와 연대하겠다고 선포하고 교황의 지상권 행사를 거부했다. 토스카나의 성직자들로 말하자면 오래 망설이지 않았다. 사제와 주교와 대주교 들은 성무 집행 금지령을 거부하고 교황청의 부당한 처사를 비난하며, 외려 식스투스 4세를 교황좌에서 끌어내리고 파문을 선포하기 위한 공의회 소집을 요구하고 나섰다.

교황청은 격분했다. 식스투스 4세는 유럽 각국의 군주들에게 피렌체에 맞서는 성전에 참여할 것을 요구했다. 로렌초는 똑같이 그 군주들에게 음모의 진상을 조목조목 고발하는 서류를 보냄으로써 맞섰다. 서류에는 용병대장 몬테세코의 자술서 복사본도 들어 있었는데, '내가 저지른 유일한 과오는 사람들에게 붙잡혔을 때 바로 죽임을 당하지 않은 것이다'라는 말로 끝맺은 그 자술서에는 교황의 평판을 떨어뜨리는 내용이 많았다.

프랑스 왕도 메디치가를 지지했다. 루이 11세는 줄리아노의 암살을 전해 듣자 유족들과 친구들, 그리고 동맹에게도 곧바로 애도의 글을 보냈다. 그 얼마 후 왕의 시종장이자 수석 자문관인 필리프 드 코뮌이 소규모 군대를 이끌고 피렌체에 도착했다. 로렌초는 그를 성대하게 맞아들였다. 토스카나인과 프랑스인은 루이 11세의 바람에 따라, 메디치가를 상대로 한 범죄의 진정한 배후를 벌해야 한다고 표명했다.

동시에 프랑스 왕은 로마에도 대사를 파견했다. 그는 두 당사자 사이의 싸움을 중재하겠다고 제안하면서 식스투스 4세에게 피렌체를 공격하는 것보다는 지중해 서쪽에 도사린 터키인들의 위협에 맞서는 것이 바람직하다고 강력히 조언했다. 교황은 자신의 정책을 가타부타 논하는 것에 노발대발하며 루이 11세의 제안을 내쳤다.

외교적 해결에 실패한 이상 전쟁은 피할 수 없었다.

* *
*

어려운 이 시기에 자신이 시의회를 얼마나 존중하는지 보여주기 위해 로렌초는 베키오 팔라초를 찾아가기로 했다. 그는 무장 호위대에 둘러싸여 메디치가의 팔라초를 나섰다. 조부 코시모와 함께 피렌체의 거리를 자유롭게 산책하던 시절이 그리웠다. 그때는 아무도 그들을 공격하거나 싸움을 걸 생각을 하지 않았다. 무엇이 바뀌었을까? 왜 그는 밟아도 밟아도 또 고개를 드는 증오의 대상이 됐을까? 야망이 너무 컸을까? 이 변덕스러운 시민들을 두려워해야 할까? 지금은 메디치가를 지지하는 시민들도 내일은 마음이 변해 반란을 일으킬 수 있었다. 군중이 한번 잔인해지면 누구도 제동을 걸 수 없고 공포를 불러일으킨다. 산타크로체의 가족 묘지에 매장됐던 자코포 드 파치의 유해는 바로 파헤쳐져 도시의 성벽 밑에 묻혔다. 이튿날 아이들이 시체를 파내 줄에 매달아 끌고 다니다가 아르노강에 던졌다. 그러자 그곳에서 몇 마일 떨어진 곳에서 다른 아이들이 썩어가는 그 시체를 건져내 나무에 매달고 몽둥이로 뼈마디가 전부 떨어져나갈 때까지 후려쳤다.

앞장선 병사들이 구경꾼들을 함부로 물리쳤고, 너무 가까이 다가오는 사람들은 누가 됐건 제지했다. 무장 호위대에 에워싸여 로렌초는 혼자였다. 이제 시민들과의 관계도 옛날과는 다르다는 것을 그는 깨달았다. 예전에는 그에게 관심과 애정을 표시했던 사람들이 오늘은 그를 숭배하고 두려워했다. 그는 갑자기 늙어버린 것 같았다. 아우를 잃으면서 그는 스스로의 열정과 삶에 대한 애착의 일부도 잃었다. 죽음이 도처에서 어슬렁거렸다. 힘과 무기에 둘러싸여 있었지만 그는 어느 때보다 무력하고 무방비 상태였다.

호위대 틈에서 걸으며 그는 생각했다. 그는 힘을 원했었고, 그 바람대로 절대에 가까운 권력을 행사하고 있었다. 그러나 이 혼란의 시기에 그 권력의 가장 큰 희생자는 자기 자신이 아닐까? 바로 그 절대권력 때문에 그는 삶의 즐거움들로부터 멀어져 홀로 갇힌 신세였다.

그의 방문에 기분이 좋아진 시의원들이 그를 정중하게 맞아 삼층의 접견실로 데려갔다. 그들은 피렌체의 문장이 장식된 테이블보가 덮인 기다란 탁자 둘레의 등이 높은 고딕식 의자에 자리를 잡았다. 그들 위로 천장은 푸른색과 황금색이 화려하게 칠해져 있었다.

로렌초에게 제일 먼저 발언 기회가 주어졌다. 그는 피렌체의 상황이 매우 불안하다는 것을 잘 알았다. 식스투스 4세는 토스카나를 고립시킬 작정이었다. 피렌체가 보유한 자체 군사력은 불과 몇백 명뿐이었고, 따라서 교황이 본격적으로 무력을 행사하기 전에 최대한 시간을 벌어야 했다. 그런데 몬테펠트로가 이끄는 교황군이 이미 페루즈를 점령했고, 나폴리군은 트론토를 건너 마르케 쪽으로 전진하고 있었다.

"교황이 우리를 상대로 이른바 '성전'을 선언하는 바람에 전통적인 우리 동맹들이 걱정을 하고 있어요. 공개적으로 우리 진영을 선택했다가는 자기들도 성무 집행 금지령에 처할까봐 두려운 겁니다."

로렌초는 톰마소 소데리니를 밀라노에 파견해 군사 및 재정 원조를 협상하도록 했다고 설명했다. 그것은 어려운 임무였다. 사무관 체코 시모네타의 예측대로, 얼굴빛 때문에 일명 '무어인'이라 불리는 루도비코가 궁정에서 갈수록 영향력을 키우고 있었다. 그는 아직 어린 조카 잔 갈레아초 대공과 형수인 보나 데 사보이아로부터 권력을 빼앗으려고 눈독을 들였다. 이 무어인이 밀라노와 피렌체의 동맹을 깰 속셈인 교황에게 협력하려 한다는 것을 로렌초는 알고 있었다. 베네치아로 말하자면 피렌체와 협정한 상태였지만 오랜 세월 경쟁자였던 피렌체의 힘이 약해지는 데 굳이 불만을 품을 이유가 없었다. 마지막으로 로렌초는 평소 교황군으로 복무하는 로마의 용병대장 셋을 빼내올 생각이라고 밝혔다.

"우리에게 합류했다가는 그들도 파문당할 거요!" 장관 페트루치가 말했다.

"용병들은 애초 그런 걸 신경쓰지 않아요. 어차피 지금까지 저지른 잘못만으로도 지옥행이니까요." 한 시의원이 대꾸했다.

"잘못 아셨소. 용병들보다 미신을 열심히 믿는 사람들은 없어요." 다른 의원이 반박했다.

로렌초가 엷은 웃음을 띠었다.

"오르델라피는 바티칸으로부터 해마다 8천 플로린을 받습니다.

그에게 1만2천을 제공합시다. 그러면 지옥행의 위험을 감수할 겁니다."

몇몇 시의원이 낯을 찡그렸다. 피렌체의 재정은 그런 낭비를 할 여유가 없었다.

"만일 라파엘로 리아리오 추기경을 석방하면 어떻게 되는 겁니까?" 한 의원이 불쑥 내뱉었다.

무거운 침묵이 깔렸다. 눈길이 일제히 로렌초를 향했다. 로렌초의 얼굴이 창백해졌다.

"식스투스 4세가 그쯤에서 호전적 기도를 포기하리란 확신만 있으면 아무리 괴로워도 아우의 살해범을 주저 없이 석방하겠습니다. 하지만 교황의 복수욕은 너무 멀리 갔어요……"

시의원들이 동조했다. 그러나 페트루치는 생각이 달랐다.

"냉정히 생각합시다. 나야말로 그 치마 입은 놈을 당장이라도 베어버리고 싶은 사람이외다. 하지만 그를 석방해서 시간을 벌 수 있다면, 그렇게 하는 것도 망설이지 마십시다!"

로렌초가 일어섰다. 그의 얼굴은 딱딱하게 굳어져 있었다.

"현명하신 여러분의 판단에 전부 맡기겠습니다."

그는 성큼성큼 걸어서 방을 나갔다.

* *
*

로렌초는 감동에 사로잡혀 폴리차노의 편지를 거듭 읽었다. 피렌체가 본격적으로 위협을 받기 전에 이미 시인 가정교사는 클라리체와 아이들을 데리고 떠났었다. 카파지올로가 피렌체보다 훨씬 안전한 피난처였다. 그들은 거기서 엄중한 보호를 받았다. 독살을 염려한 일 마니피코는 가족들이 소유지의 정원과 경작지에서 거두지 않은 음식물은 일체 입에 대지 않도록 명했다.

폴리차노는 아이들 공부의 진척은 물론이고 나날의 생활을 시시콜콜 보고했다. 여섯 살밖에 안 된 피에로는 그리스어 문법에서 크게 진전을 보였다. 루크레치아는 매우 온순했다. 조반니는 목이 약간 아파서 젖을 빠는 데 괴로움을 겪었지만 그렇게 걱정스러운 상태는 아니었다. 마달레나는 식욕이 왕성했다……

로렌초는 너무나도 사랑하는 아이들을 만나지 못하는 것이 괴로웠다. 그러나 전쟁 때문에 어쩔 수 없었다. 그의 예상대로 라파엘로 리아리오 추기경의 석방은 식스투스 4세의 결심을 조금도 약하게 만들지 못했다. 7월 중순에 우르비노의 대공 페데리고 다 몬테펠트로가 이끄는 교황군에 나폴리 왕의 아들인 칼라브리아의 대공이 지휘하는 나폴리군이 합류했다. 두 지휘관은 나란히 남쪽 지방을 통해 토스카나로 밀고들어와 몬테풀차노에서 멈췄다. 그들은 전령에게 교황의 짤막한 최후통첩을 들려 피렌체로 보냈다. 시의회가 피렌체의 독재자 로렌초 데 메디치를 추방하면 적대 행위는 즉각 중지될 것이다.

일 마니피코는 신속히 대응해야 했다. 겁에 질린 피렌체에서는 해묵은 반감이 되살아나고 있었다. 그는 시의원과 피렌체의 유력 시민들을 베키오 팔라초의 오백인 홀에 모았다. 그가 직접 나서서 이 부당한 사태를 고발하고, 그의 앞에 모인 백여 명의 마음을 움직여 자기편으로 만들어야 했다.

로렌초는 어느 때보다 열띤 어조로 연설을 시작했다.

"제 아우의 원한을 갚기 위해, 아울러 이 로렌초 데 메디치를 보호하기 위해 온 도시가 단결하여 보여준 열정과 배려와 애정을 생각하면 기쁨이 북받칩니다. 이번 일로 저는 이 도시에는 생각보다 많은 적이 있었다는 것을, 하지만 한편으로는 과분할 정도로 열렬하고 헌신적인 친구들이 있다는 것도 알게 됐습니다."

로렌초가 청중을 둘러보았다. 그는 두려움이 사라지고 감동이 번지기 시작하는 것을 알아차렸다.

"피렌체 시의회, 그리고 여기 모인 여러분 모두의 동의가 없었다면 메디치가는 지금 같은 명예를 누릴 수 없었을 것입니다. 조부 코시모를 유배지로부터 다시 불러들인 것은 무기도 폭력도 아니고 지금 이곳에 계신 여러분의 바람이었습니다. 병마에 시달렸던 부친은 혼자 힘으로는 그 많은 적들로부터 몸을 지킬 수 없었을 것입니다. 하지만 여러분의 권위와 호의가 방패가 되어줬습니다. 부친이 세상을 떠났을 때 저는 너무 어렸습니다. 그렇지만 여러분의 조언이 제 미숙함을 지워줬습니다. 여러분이 생각을 보태주고, 국정을 유지하도록 도와주지 않았더라면 메디치가는 피렌체 공화국을 이끌지 못했을 것이고 앞으로도 이끌 수 없을 겁니다."

로렌초는 짐짓 겸손하게 눈을 내리깔았다. 영원한 맞수들에 대한 공격으로 넘어가자 그의 연설은 한결 정치적으로 변모했다.

"저들은 왜 교황 그리고 나폴리의 왕과 손을 잡고 우리 공화국의 자유에 맞섭니까? 교황과 나폴리 왕은 오직 메디치가, 특히 이 로렌초 데 메디치와 싸울 뿐이라고 거짓 선언을 하지만 실은 자신들의 이익을 위해 피렌체에 군대를 보낼 뿐입니다. 차라리 그들의 주장이 진실이라면 얼마나 좋을까요? 그렇다면 신속하고 확실한 해결책이 있으니까요. 저는 국가를 위험에 빠뜨리면서까지 제 몸만 지키는 불충한 시민이 아니고, 따라서 우리를 위협하는 폭풍을 면하기 위해 기꺼이 희생할 것입니다. 여러분이 그렇게 하라고 하신다면 저는 언제든지 제 피를 부어, 제 피와 똑같은 아우의 피를 쏟음으로써 시작된 이 전쟁의 불길을 끌 각오가 되어 있습니다."

엄숙한 연설이 끝나자 긴 침묵이 깔렸다. 평화를 위해 목숨을 내놓겠다는 그 선언은 로렌초의 마지막 승부수였다. 그는 한순간 자신의 제안을 사람들이 정말로 받아들일지도 모른다고 생각했다. 청중들 사이에서 웅성거림이 일더니 돌연 귀가 멍해질 정도의 갈채가 터졌다. 일 마니피코의 승리였다. 감동해서 눈가를 닦는 사람도 있었다. 시의원 자코포 데 알레산드로가 다가왔다. 그는 모두를 대표한 연설에서 메디치가에 대한 피렌체의 감사를 표명했다.

로렌초의 귀에는 그 연설의 뒷부분은 들리지 않았다. 그의 가슴은 거세게 뛰었다. 그는 청중을 고무시켰다는 사실, 이 도시에서 가장 유력한 사람들의 마음을 움직였다는 사실에 기쁨과 자부심을 맛보았다. 브리가타의 친구들이 축하하러 달려오는 것도 모르고 그는 서둘러 자리를 떠났다.

잠시 후 시의원들이 다시 모였다. 로렌초의 열변에 감동한 시의회는 교황의 최후통첩을 무시하기로 결정했다.

* *
*

밤이 되자 그는 바르톨롬메아 데이 나시를 찾아갔다. 그녀와 사랑을 나누는 동안은 불안도 전부 잊을 수 있었다. 물론 그녀의 미모는 루크레치아 도나티나 시모네타 베스푸치와는 비교가 되지 않았다. 얼굴은 덜 섬세하고 살결은 덜 맑았으며, 특히 로렌초를 사로잡았던 시모네타의 가녀리고 고운 선의 아름다움이 그녀에게는 없었다. 그러나 그녀는 열정적일 뿐만 아니라 명석한 여자였고, 그래서 피렌체의 국정에 대해 터놓고 이야기를 나눌 수 있었다.

베네치아와 밀라노는 피렌체와의 동맹 조약을 준수했다. 그러나 군사나 재정 면에서는 원조를 거의 기대할 수 없었다. 한결 열렬한 지지를 보여준 것은 루이 11세였다. 그는 교황이 반대해도 공의회를 소집하겠다고, 교황이 싸워야 할 상대는 같은 기독교도인 피렌체가 아니라 터키인들이라고 지적하는 가차없는 편지를 교황청에 보냈다.

물론 일 마니피코는 환상을 품지 않았다. 프랑스는 멀었고, 강력한 봉건 영주들을 견제하면서 왕국을 통일하느라 바쁜 루이 11세는 친구 로렌초를 구하기 위해 군대까지 보내주지는 않을 터였다.

피렌체는 자력으로 방위하는 수밖에 없었고, 그러자면 파문당하는 한이 있더라도 일을 맡겠다는 용병대장을 하루라도 빨리 구해야 했다.

"왜 당신이 직접 피렌체군의 지휘를 맡지 않죠?" 바르톨롬메아가 물었다.

로렌초는 깍지 낀 손으로 팔베개를 하고 알몸으로 여인의 침대에 드러누워 있었다. 그들은 막 사랑을 나눈 참이었다. 턱을 괴고 엎드려 젖가슴을 훤히 드러낸 그녀가 그를 바라보았다.

"난 평화를 너무 사랑해서 훌륭한 장수가 되기엔 틀렸으니까. 물론 병사들을 지휘할 자질도 없지. 내가 자신 있는 건 외국 궁정에 보내는 편지를 구술하고, 날마다 찾아오는 대사들을 접견하고, 피렌체의 시민 사이에 절망이 번지지 않게 노력하는 일 정도야."

바르톨롬메아가 눈가에 주름을 만들며 웃었다.

"당신, 로마 황제처럼 마르스 신인 줄 알았는데……"

그녀가 그의 상체로 손을 뻗었다.

"당신은 강해요, 로렌초, 이렇게 탄탄하고 건장하잖아……"

이번에는 그가 웃음을 터뜨리며 그녀의 손을 밀어냈다.

"유혹하지 마, 비너스…… 그만 가야 해."

"벌써?"

"시간이 됐어. 아침 일찍 에르콜레 데스테가 찾아올 거야."

"그 사람한테 군대를 맡길 생각이에요?"

로렌초가 일어나 반바지를 입기 시작했다.

“피렌체의 재정상 너무 비싼 값만 부르지 않으면.”

“하지만 그는 페란테왕의 친척이잖아요?”

“게다가 그의 친형제는 나폴리군에 속해 있지. 그렇지만 에르콜레는 용병대장이야. 보수만 좋으면 어떤 일이든지 받아들이는 사내다 그거지.”

로렌초는 소매가 불룩한 셔츠를 입고 쇠사슬 갑옷을 졸라맨 다음 모피로 안을 댄 외투의 단추를 채웠다. 옷을 다 입자 그는 몸을 숙여 바르톨롬메아의 젖가슴을 깨물었다. 여인이 작은 비명을 내지르며 몸을 비틀었다. 그녀가 로렌초를 다시 침대로 잡아당겼지만 그는 빠져나가 무장 호위대가 기다리는 일층으로 내려갔다.

* *
*

멀리서 기다란 창끝들이 보였다. 그것들은 마치 들판에 박혀 더운 바람이 지나갈 때마다 흔들거리는 듯했다. 여름에 메뚜기떼가 한바탕 휩쓸고 갔던 경작지에서는 농작물들이 다시 자랐다. 메뚜기떼로 인해 많은 농부들이 농사를 망쳤지만 피렌체인들은 그 덕에 시간을 벌었다. 보급이 끊긴 부대들은 여기저기서 싸움을 포기했다.

로렌초는 병사 한 소대를 이끌고, 전쟁과 관련된 제반 업무를 처리하도록 시의회에 임명된 십인 위원회의 위원들과 더불어 말을 타고 나아갔다. 그들은 페라레의 대공 에르콜레 데스테의 부대가 숙영하는 포조 임페리얼을 향해 갔다. 용병대장은 6만 플로린에 피렌체를 위해 복무할 것을 승낙했다. 1478년 9월 27일, 피렌체의 점성가들이 정한 이날, 그에게 정식으로 지휘권을 넘길 예정이었다.

로렌초 일행이 다가갔다. 숱한 막사와 깃발, 방목한 백여 마리의 말, 그리고 전쟁 준비를 하는 병사들. 엄청난 규모였다. 그러나 그것이 실은 매우 잡다한 것들의 집합체란 사실도 로렌초는 알고 있었다. 대개 로마나 롬바르디아 공국 출신의 밀라노인이거나 베네치아인인 대장들은 독립성을 유지하려 했고 자기들 병사가 연합군 내부에 섞이는 것을 꺼렸다. 그 결과 무질서와 규율 문란의 위험이 있었다. 더욱이 피렌체가 용병부대의 관례를 깨고 주변 지역 주민들에 의지하는 것을 금지한 탓에 병사들의 불만이 높았다. 결과적으로 군대의 납품업자들만 생필품을 비싼 값으로 팔아 이윤을 톡톡히 챙겼다.

에르콜레 데스테는 거푸 절을 하고 찬사를 늘어놓으면서 피렌체의 대표단을 맞아들였다. 사십 줄인 그의 얼굴은 섬세했지만 코가 너무 길어 인상을 망쳐놓았다. 그러나 찬찬히 들여다보면 퍽 호감이 가는 얼굴이었다. 페라레의 대공은 명석하고 영리한 사내였다. 예술의 보호자이고 고대 로마 문학 애호가인 그는 나폴리 왕의 딸 레오노레와 결혼했다. 너그러운 그의 궁정은 그가 페라레 공국 밖에서 재원을 조달하는 것을 인정했다. 그래서 그는 이따금 용병대장으로 나섰다. 그러나 로렌초는 그의 전술 전략이나 직업군인으로서의 자질에 대해서는 회의적이었다. 아무래도 숙영지의 거친 삶과 난폭한 군인들과의 일상적 교제에 적합한 인물로는 보이지 않았던 것이다. 그런데도 그에게 일을 맡길 수밖에 없었던 것은 교황청과 맞서 싸우겠다는 사람을 끝내 구하지 못했기 때문이다. 시의회는 인색하고 엉큼한 상인이자 피렌체 공화국의 위원인 자코포 구이치아르디니를 이 용병대장과 동행시킨다는 신중한 결정을 내렸다. 귀중한 국고를 덜어 고용한 만큼 감시를 딸리는 것은 당연했다.

지휘봉 전달식이 끝나자 로렌초는 에르콜레의 막사에서 단둘이 대면했다. 이미 피렌체에서 만난 적이 있는 두 사내는 서로에 대한 평가도 끝낸 터였다. 둘 다 예술을 사랑한다는 점이 그들을 가깝게 만들었다. 그러나 로렌초는 용병대장의 인척 관계를 생각하지 않을 수 없었고, 따라서 단도직입으로 물었다.

"매형인 칼라브리아의 대공과 맞서는 데 거리낌은 없으시겠습니까?"

용병대장이 웃음을 터뜨렸다.

"알폰소는 바보예요. 그를 혼쭐낼 수 있다면 외려 즐거울 겁니다."

"부인께선 당신에게 원한을 품을지도 모르지요."

"아내도 그 불한당 같은 오라비에 대해선 나랑 거의 비슷한 생각입니다."

"우리 쪽에 합류함으로써 장인이신 페란테왕에게도 맞서는 셈인데요."

에르콜레 데스테가 기다란 코를 만지작거렸다. 그의 눈동자가 꾀바르게 반짝였다.

"하지만 다음번 원정 땐 그의 깃발 아래서 싸울지도 모르죠…… 당신도 페란테왕의 좋은 친구가 아니던가요?"

"그랬었죠, 맞아요…… 하지만 교황이 우리의 아름다운 우정을 뒤흔들었어요."

"흔든다고 흔들리는 우정은 진짜가 아니죠. 나폴리는 최근 로마와 어울리고 있어요. 하지만 우리 장인은 당신 못지않게 리아리오 패거리의 음모를 경계합니다. 만일 교황청이 도를 벗어난 방법으로 세력을 불린다면 누구보다 페란테왕이 가만히 있지 않을 걸요!"

로렌초가 고개를 끄덕였다. 어쩌면 에르콜레 데스테의 말이 옳았다. 그러나 일 마니피코는 경계심을 완전히 털어낼 수 없었다. 혹 이 용병대장이 딴마음을 먹고 있다면 피렌체 공화국의 일개 위원의 권위만으로 일을 해결할 수 있을까?

* *
*

로렌초가 원하기만 하면 화가와 조각가 친구들의 보테가를 스스럼없이 방문하고, 카레지의 저택 근처에 정착시킨 마르실리오 피치노의 플라톤 아카데미아 회원들과 끝도 없이 토론하던 시절이 언제였던가? 전쟁과 외교가 그의 모든 것을 차지하고 있었다.

11월의 이날, 자코포 구이치아르디니가 가져온 소식 또한 조금도 만족스럽지 못했다.

교황군과 페데리고 다 몬테펠트로가 지휘하는 나폴리군은 우선 피렌체 남쪽의 키안티 지역을 휩쓸면서 전쟁을 시작했다. 그들은 연이어 엘사 계곡으로 밀고들어가 라다, 카스텔리나, 가이올레 같은 도시들을 정복했다. 가이올레에서는 리카솔리 일가의 용맹한 방어에도 불구하고 아르노 계곡을 굽어보며 그 도시를 보호하던 브롤리오 요새가 불에 타 파괴됐다.

기묘한 것은 피렌체군이 보여준 수동적 자세였다. 항복하기 전 무려 사십 일이나 저항한 카스텔리나의 주민들이 원군을 요청했는데도 에르콜레 데스테는 움직이지 않았다. 부대를 정비해야 한다는 둥, 병사들의 준비가 부족하다는 둥 가지가지 이유를 붙여 구이치아르디니의 거듭된 요구도 무시하고 진군 명령을 내리지 않았다.

10월이 되자 용병대장도 더는 우물쭈물할 수 없어졌다. 마침내 그의 부대가 움직이기 시작했다. 적군은 그때 몬테 산사비노의 요새를 공략중이었다. 시에나와 피렌체의 국경에 있는 이 요충지는 한쪽으로는 아르노와 암브라 계곡 입구를, 다른 한쪽으로는 아레초와 코르토네 평원 입구를 내려다보았다.

페데리고 다 몬테펠트로의 후위 부대 쪽에 도착한 에르콜레 데스테가 즉각 공격했더라면 승산이 있었다. 그러나 그는 몬테 산사비노를 불과 얼마 앞두고 멈췄다.

"그가 싸울 생각이 없다는 건 명백합니다. 몇 번이나 권고하고 항의도 했지만 말을 듣지 않습니다……" 구이치아르디니가 말했다.

날마다 전쟁의 진전에 대해 보고를 받던 로렌초도 용병대장에게 몇 차례나 직접 전갈을 보냈지만 헛일이었다. 구이치아르디니는 말을 이었다.

"그가 부대의 숙영지가 잘못 세워졌다고 까탈을 부려서 전부 재정비해야 했습니다. 하지만 그 사이에 페데리고 다 몬테펠트로는 포위 작업을 강화했지요. 그리고 적의 몇몇 부대가 싸움을 걸어오자 에르콜레 데스테는 냉큼 후퇴를 명했습니다. 마침내 교황군이 몬테 산사비노에 총공세를 펼치려 하자 그는 전세가 불리하다고 판단했어요. 그 결과 그저께 그 요새가 적의 손에 떨어지는 걸 팔짱 끼고 구경만 했지요!"

"구경만 했다고!"

"유감스럽지만 사실입니다."

"그렇다면 이건 배신행위요!" 격분한 로렌초가 얼굴이 새빨개져서 외쳤다.

"제 생각도 같습니다. 그는 우리 숙영지에 나폴리군에서 싸우는 자기 형제 알베르토를 받아들이지 않았습니까? 그들 사이에 무슨 밀담이 오갔겠습니까?"

로렌초는 어려운 상황을 마음속으로 정리했다. 몬테 산사비노의 점령은 피렌체에는 심각한 위협이었다. 그러나 11월이 되었고, 군대는 동계 숙영을 시작할 것이다. 이 유예기간을 이용해 봄이 와서 전쟁이 재개되기 전에 어떻게든 외교적 해결책을 찾아야 했다. 하루라도 빨리 다른 용병대장을 물색해야 함은 물론이었다.

13

1479~1480

춥고 비가 뿌렸다. 차디찬 바람이 무젤로의 눈 덮인 산등성이와 숲을 휩쓸고 지나갔다. 빗물은 기수들의 외투를 적시고 기수모 위로 뚝뚝 떨어져 목정강이로 파고들었다.

마침내 카파지올로의 총안이 뚫린 망루들이 보이기 시작했다. 로렌초는 속이 쓰라렸다. 마지막으로 이곳에 왔을 때는 줄리아노가 곁에 있었다. 9월의 더운 한낮이었고, 형제는 다음날 새벽부터 시작할 사냥 생각에 들떠 있었다.

일행은 해질녘에 성의 도개교 앞에 도착했다. 로렌초는 갖가지 근심에도 불구하고 며칠 피렌체의 국사에서 벗어나 기분을 돌리기로 했다. 아이들이 너무나 보고 싶었기 때문이다.

곧바로 비명과 웃음이 터졌다. 느닷없는 방문에 놀란 클라리체도 흐뭇한 얼굴로 그의 뺨에 부드럽게 입을 맞추었다. 벽난로에서 커다란 불꽃이 타올랐다. 친절한 폴리차노는 감동해서 이 재회를 지켜보았다. 로렌초가 어린 콘테시나를 껴안자 피에로가 무릎 위로 기어올랐다. 조반니도 지지 않고 피에로를 흉내냈고 마달레나와 루이사도 제각기 아버지의 양쪽으로 달려갔다. 유쾌하고 소란스러운 소동 한복판에서 일 마니피코는 사람이 달라진 것처럼 웃었다. 로렌초와 동행하기를 고집한 브라치오 마르텔리는 로렌초가 아우가 죽은 후로 한 번도 웃지 않았다는 것을 깨달았다.

조금 떨어진 곳에서 아홉 살짜리 루크레치아가 몹시 심각한 얼굴을 하고 있었다. 아이는 놀란 눈동자로 몇 달이나 헤어져 있었던 아버지를 뜯어보았다.

벽난로 앞에서는 줄리아노의 아들 줄리오가 생모인 어여쁜 안토니아 고리니의 품에 안겨 잠들어 있었다. 로렌초는 아이들의 응석에서 잠시 빠져나와 그쪽으로 다가갔다. 그는 아우의 기억을 더듬기라도 하는 것처럼 곱슬머리의 통통한 아기 얼굴을 들여다보았다. 젊은 여인이 수줍은 얼굴로 중얼거렸다.

"이애는 줄리아노처럼 미남이 될 거예요!"

로렌초는 눈물이 흐를 듯한 얼굴로 말없이 웃었다.

가벼운 식사를 마치고 아이들을 재운 다음 그는 브라치오와 폴리차노를 불렀다. 폴리차노는 피렌체와 교황청의 싸움이 어떻게 돌아가는지 궁금해 몸이 달아 있었다.

"교황에 대한 외교적 압력이 계속 커지는 중이야. 프레데리크 3세와 마티아스 코르뱅에 뒤이어 영국 국왕도 우리 편에 들어왔지." 로렌초가 말했다.

"루이 11세는?" 시인이 물었다.

"식스투스 4세와 가시 돋친 설전을 주고받는 중이야. '설전'은 그만두고 '실전'에 돌입하도록 지원군이나 보내주면 좋겠는데 말이야."

브라치오와 폴리차노가 웃음을 터뜨렸고 로렌초는 말을 이었다.

"현명한 루이 11세는 교황과 피렌체의 대결이 전쟁으로 해결될 문제가 아니란 걸 정확히 꿰뚫어본 거야. 그래서 중재역을 자처하고, 아무리 봐도 품행이 의심쩍고 뱃속이 검은 교황에게 비난의 편지를 계속 보내는 중이지."

"식스투스 4세는 뭐라고 답변했는데?"

"프랑스 대사를 불러다 기독교도인 왕의 의무는 교회와 교황청을 지지하는 것이지 로렌초 데 메디치 같은 저속한 상인의 야망을 부추기는 것이 아니라고 일침을 놨지."

"망할 놈!"

"그래도 우리 진영 군주들이 공의회를 소집해 자신을 교황좌에서 끌어내릴까봐 내심 걱정은 하는 눈치더군…… 조만간 교황이 휴전을 제안하지 싶어."

"그건 또다른 책략이 아닐까?"

"그럴 가능성도 배제할 수 없지."

로렌초가 하품을 했다. 그는 피곤했지만 브라치오가 벽난로에 새 장작을 넣는 사이 이야기를 계속했다.

"하지만 제일 큰일은 어쩌면 밀라노 쪽에서 터질지도 몰라…… '무어인' 루도비코가 심상치 않아."

조카를 내몰고 권력을 차지할 궁리만 하던 루도비코가 급기야 체코 시모네타와 보나 데 사보이아의 노여움을 샀다. 자신이 유배될 처지란 것을 안 루도비코는 복수하기 위해 날쌔게 밀라노의 속령인 제노바로 피신했고, 거기서 식스투스 4세와 나폴리 왕 페란테와 공모해 소요를 일으켰다. 제노바 사람들은 독립을 원했고, 루도비코는 그것을 지원할 작정이었다. 그는 로베르토 산세베리노라는 용병대장을 고용하고 4천 병사를 모집했다. 밀라노의 주둔군은 썩 오래 저항하지 못했다. 제노바는 다시 자치령이 되었고, 루도비코는 이제 어디든지 원정을 감행할 수 있는 강력한 군대를 소유하고 있었다. 밀라노를 정복하기 전에 그가 자신의 동맹 식스투스 4세를 거들지 말란 법은 없지 않은가.

"자신이 밀라노 공국을 차지하는 걸 교황청이 인정하리란 확신만 서면 루도비코는 주저 없이 우릴 칠 거야. 이미 제노바를 해방시켜 자기 조국을 배반했잖아? 피렌체를 공격하는 것쯤이야 훨씬 거리낌 없는 일이지."

"우린 제노바의 분리를 인정했잖아?" 폴리차노가 놀라 물었다.

"그야 강압에 의해서지. 제노바의 새 지도자들이 몇 십만 플로린어치 상품을 실은 우리 갤리선 네 척을 항구에 억류하겠다고 하니 별 수 없었어. 그 바람에 밀라노와의 관계에 악영향을 주었고."

"그렇다면 이참에 아예 루도비코와 동맹을 맺는 건 어때?" 브라치오가 물었다.

“나도 그럴 생각이었고, 그래서 대사들을 파견했어. 하지만 무어인은 교황과 너무 깊은 관계야. 그는 바티칸과 동맹 관계를 굳히는 것이 수세에 몰린 피렌체와 새삼 손잡는 것보다 더 유리하다고 판단한 거지.”

“그러니까 그는 우리가 질 거라고 믿는군.” 폴리차노가 결론을 내렸다.

로렌초는 이 어두운 전망을 곱씹으며 친구들과 헤어졌다. 방으로 이어진 계단의 첫 단을 디뎠을 때 왼발에 갑작스러운 고통이 느껴졌다. 빗속에서 오래 말을 달린 탓으로 감기에 걸렸겠거니 하고 그는 낯을 찌푸린 채 계속 올라갔다. 그는 이층에서 멈췄다. 처음에는 다리를 절뚝거리다가, 갈수록 걷기 힘들어져 급기야 완전히 마비됐던 부친이 떠올랐다. 통풍! 메디치가의 저주. 갓 서른 살에 벌써 그 저주가 덮칠 수도 있을까?

그는 심호흡을 몇 번 하고 방까지 걸어갔다. 클라리체는 자고 있었다. 그는 옷을 벗고 촛불을 끈 다음 침대로 들어가 아내의 따뜻한 몸을 더듬었다. 몹시 피로했음에도 불구하고 그는 그날 밤 매우 늦게 잠들었다.

* *
*

“이런 빌어먹을! 이 악당은 우릴 철저히 모욕하려는 거요!”

로렌초의 공식적인 의견을 듣기도 전에 체사레 페트루치가 양피지를 흔들어대며 소리를 질렀다. 목의 핏대가 설 대로 선 옛 장관은 그야말로 시뻘건 얼굴을 하고 폭발하기 직전이었다. 시의원들로부터 십인 위원회에 전달된 서류에는 식스투스 4세가 피렌체를 용서하기 위한 조건이 적혀 있었다.

일 마니피코는 그날 아침에 이미 그 서류의 내용을 알고 있었다. 교황청이 요구한 것은 진정한 복종이었다. 백합의 도시는 교황에게 사면을 간청하고, 막대한 헌금을 바치고, 속죄의 예배당을 건설하고, 죽임을 당한 세 사제의 구원을 위해 많은 미사를 봉헌하고, 베키오 팔라초의 벽에 남겨진 살비아티 대주교의 불명예스러운 그림을 지우고, 막대한 보상금을 내고 다시는 교황청을 공격하지 않겠다고 맹세하고, 보르고 산세폴크로 요새를 반환하고, 다른 두 군데의 요새도 양보해야 했다. 그 대가로 식스투스 4세는 큰 자비를 베풀어 이 조건들이 전부 만족되기 전에 일단 피렌체의 성무 집행 금지령부터 해제해주겠다는 내용이었다.

"아예 로렌초의 목에 줄을 매서 로마의 거리를 끌고 다니라고 하지?" 페트루치가 또 소리쳤다.

"확실히 너무 무거운 벌이군요." 자코포 구이치아르디니가 차분하게 인정했다.

"절대 받아들일 수 없소."

"하지만 그걸 내치려면 우리에게 그만한 의지와 힘이 있어야 하죠." 로렌초가 말했다.

"뭐라고요? 그럼 이런 비열한 요구를 인정하겠다 그겁니까?" 옛 장관이 목청을 높였다.

"그렇게 말하지는 않았습니다. 하지만 우리 상황이 갈수록 불리하다는 걸 아셔야 합니다. 걱정했던 대로 루도비코와 그의 용병들이 우리를 치기 위해 진군을 시작해 피사를 정복할 준비를 하고 있어요. 페데리고 다 몬테펠트로와 칼라브리아의 대공은 남쪽에서 재차 공세를 펴기 시작했고요. 로베르토 말라테스타가 트라시메노에서 과감한 급습 작전으로 전과를 거뒀음에도 불구하고 적이 피렌체로 밀고들어오는 걸 막을 방법은 없을 겁니다. 그 사이 에르콜레 데스테가 맞서 싸울 가능성은 거의 희박하고 말입니다. 심지어 루카에서도 피렌체에 맞서 일어날 움직임이 보입니다."

피렌체의 지배하에 있는 도시 루카에는 콜라 몬타노가 방문중이었는데, 그는 갈레아초 마리아 스포르차의 암살자들의 손에 무기를 들려줬던 자로, 교황의 사주를 받는 것이 분명한 인물이었다. 이 광신도는 루카에 도착한 이래 시민들의 봉기를 부추기며 로렌초 데 메디치의 독재를 목청껏 규탄하고 있었다.

"그깟 것은 아무래도 좋아요. 피렌체는 자유를 위해 싸울 거외다. 필요하다면 전 시민이 무기를 들 것이오." 페트루치가 힘주어 말했다.

풍채 좋은 그 사내는 땀을 계속 흘렸다. 밖은 따뜻한 봄기운에 싸여 있었다. 이 좋은 봄날 백합의 도시를 숱한 위협이 짓누르는 것이 믿기지 않았다.

"옳은 말씀입니다. 리아리오 같은 인물이 피렌체를 빼앗고, 교황을 등에 업고 독재를 휘두르게 놔둘 수는 없습니다." 로렌초가 말했다.

로렌초는 그렇게 말하면서 누구보다 자신을 안심시키려 애썼다. 그의 첩자들의 경고에 따르면 파치가의 음모가 있었던 이튿날 피렌체인을 하나로 만들었던 아름다운 단결심은 균열이 가고 있었다. 상인들과 장인들은 도시가 포위당하면 상업에 악영향이 생길 것이라고 걱정했다. 피렌체가 패하면 주택과 상점이 약탈당할 것이 뻔했다. 그보다는 교황청과 협상하는 것이 낫지 않을까? 일 마니피코가 이 전쟁을 끝까지 밀고가자고 선동하는 것도 결국은 메디치가의 이익만을 보호하기 위해서가 아닐까?

비록 드러내지는 않았지만 사실은 로렌초 본인도 흔들리고 있었다. 난생처음 그는 확신을 잃었다. 그가 원한 것은 오직 정의를 바로잡는 것이었지만, 그 고집이 피렌체를 거대한 혼란에 빠뜨릴지도 몰랐다.

회의가 끝나자 로렌초는 호위대에 둘러싸여 메디치가의 팔라초로 돌아갔다. 다른 시절이었더라면 골목길을 산책하고, 친구들을 찾아가거나, 옷차림이 갈수록 대담하고 화사해지는 피렌체 미녀들을 눈으로 쫓으며 잠시 숨을 돌렸을 것이다. 그러나 그럴 기분이 아니었다.

팔라초의 묵직한 문이 등뒤에서 닫히자 그는 자신이 얼마나 고독한지 깨달았다. 건물은 무거운 침묵에 싸여 있었다. 눈을 감으면 아직도 아이들의 웃음소리와 뛰어다니는 소리가 들렸다. 그러나 클라리체와 아이들은 계속 카파지올로에 머물러야 했다.

비서 니콜로 미켈로초가 기다리는 서재로 가면서 그는 무젤로에서 찾아왔던 다리의 통증이 사라진 것을 떠올리고 안도했다. 그가 며칠이나 괴로워하자 안토니아 고리니가 버드나무 잎사귀, 물에 불린 콜키쿰의 구근과 씨를 섞어 달인 탕약을 내왔다. 마녀처럼 약초의 비밀을 잘 알았던 그녀의 선조로부터 전해지는 비밀의 탕약이었다. "조심하세요, 너무 많이 복용하면 목숨을 잃을 수도 있으니까요"라고 그녀는 말했다.

로렌초는 너무나 큰 고통에 주저 없이 탕약을 들이켰고, 아픔은 곧바로 사라졌다. 그후로 그는 언제 또 아픔이 찾아올까 내심 걱정하고 있었다.

* *
*

불길한 9월이었다. 포조 임페리얼에서 피렌체군은 엘사 계곡을 진군하는 나폴리군이 일으킨 먼지바람만 보고도 대포와 식료품과 탄약을 버리고 흩어졌다. 겁을 먹은 농부들이 피렌체의 성 안으로 도망쳐오자 시민들의 걱정은 더욱 깊어졌다. 더 동쪽의 키아나 계곡에서는 피렌체의 두 용병대장(그 가운데 하나는 물론 에르콜레 데스테였다)이 전리품 문제로 다투는 틈을 이용해 몬테펠트로가 피렌체의 방어벽 한쪽을 뚫었다. 콜레라는 작은 요새 한 채만 아직 저항하면서 칼라브리아의 대공이 당장이라도 토스카나의 수도로 밀고 들어오는 것을 저지하고 있었다. 겨울이 올 때까지만이라도 그 요새가 버텨주기를 바라는 처지였다.

로렌초는 패주를 조금이라도 늦추기 위해 재앙의 근원인 에르콜레 데스테를 해고하기로 했다. 그는 트라시메노 전투에서 승리했던 말라테스타의 부대에 포조 임페리얼의 도망병들을 도시의 문에서 겨우 몇 마일 떨어진 산카시아노에 재집결시키라고 명령했다. 이 마지막 방벽이 추위가 오기 전에 무너지면 피렌체의 운명도 끝장이었다.

다행히 동쪽과 북쪽의 상황은 희망적이었다. 일명 '무어인' 루도비코는 토스카나에 맞서는 대신 줄곧 탐냈던 밀라노의 대공 자리를 빼앗기로 했다. 누구 하나 막내의 뱃속을 몰랐던 네 명의 이복형제가 때맞춰 적절히 사라지자 루도비코는 큰 희망을 품었다. 그의 군대는 포조 임페리얼이 항복한 9월의 바로 그날 밀라노로 들어갔다. 형수와 사무관은 거친 고성이 오고간 회담에서 끝내 권력 이양을 거부했다. 그는 두 사람을 즉각 투옥했고 조만간 사형을 언도할 생각이었다. 그가 밀라노에서 발판을 굳히면 교황의 요청을 받아들여 피렌체로 공격의 화살을 돌리지는 않을까? 이상하게도 일 마니피코는 크게 염려하는 기색이 아니었다. 그는 이 사건들에 감춰진 진실, 다시 말해 루이 11세의 비밀 외교에 대해 아는 극소수의 인물들 가운데 하나였던 것이다. 메디치도 보호하고 이탈리아에서 자국의 이익을 온존하는 일에도 신경을 쓰는 프랑스 왕은 고도의 게임을 벌이면서 그 진전을 친구 로렌초에게 정기적으로 은밀히 알려주고 있었다.

루이 11세는 교황에게는 맹렬한 항의 편지를 보낸 데 반해 자신의 동맹 나폴리 왕을 상대로는 신중한 작전을 썼다. 초여름에 그의 조카딸 안느 드 사보이아를 페란테의 아들 페데리고 왕자와 결혼시킨 것이 호재로 작용했다. 이 결혼은 삼국 동맹의 당사자인 피렌체, 베네치아, 밀라노의 신경을 곤두서게 만들었다. 루이 11세가 혹 지원의 손을 거두는 것은 아닐까? 로렌초도 사태의 추이를 주목하기는 했지만 별로 걱정하지는 않았다. 프랑스 왕의 진짜 의도를 알고 있었기 때문이다.

루이 11세는 페데리고가 자신의 궁정에 머무는 틈을 타 교황청과의 동맹이 나폴리에 유익할 게 별로 없다는 점을 그의 머릿속에 조금씩 주입했다. 식스투스 4세는 조카들을 거두고 바티칸의 세력을 키우기 위해 그들을 이용할 뿐이었다. 페란테로서는 거기서 챙길 이득이 하나도 없을 터였다. 더욱이 페란테의 부대가 교황군과 연합해 먼 곳에서 싸우다가는 정작 터키가 공격해올 경우(사실 그럴 가능성이 매우 높았다) 빈손으로 당할 공산이 컸다. 마지막으로 프랑스 왕은 지금까지는 옛날에 나폴리를 지배했던 앙주 가문이 고개를 들지 않도록 억눌러뒀지만, 페란테가 그의 친구 메디치와 싸우겠다고 계속 고집한다면 달리 처신할지도 모른다고 은근히 위협했다.

페데리고는 아버지에게 루이 11세의 견해를 부지런히 알렸다.

프랑스 왕은 또 자신의 두번째 아내가 보나 데 사보이아와 자매이므로 엄밀히 따지면 그도 밀라노 왕조에 권리가 있다는 것, 그렇지만 페란테가 보호하는 루도비코가 권력을 손에 넣는 것에 반대하지 않겠다는 것도 암시했다. 루이 11세가 숨긴 것이 있다면 과거에 프랑스에 썩 우호적이지 않았던 밀라노의 사무관 체코 시모네타가 사라지는 것을 보고 싶다는 속마음이었다.

이 계략은 교황청과 나폴리의 동맹 단절을 겨냥했다. 그러나 페란테는 여전히 관계를 깨지 않았다. 그의 군대는 아직 피렌체 주변에 진을 치고 있었다. 피렌체는 언제 포위당할지 모를 운명이었다.

니콜로 미켈로초는 당황한 눈길로 주군을 뜯어보았다. 그는 로렌초의 얼굴에 새겨진 주름이 나이 탓이 아니라 근심 때문이란 것을 알아차렸다. 일 마니피코가 침묵을 깨고 불쑥 말했다.

"루도비코의 공격을 받으면 우리의 패배는 거의 확실해. 서둘러 밀라노 대사 지롤라모 모렐리에게 편지를 보내야겠어."

로렌초가 일어서자 니콜로가 펜과 종이를 쥐었다. 그는 방안을 왔다 갔다 하면서 단숨에 편지를 구술했다.

"절대 권력을 손에 넣은 루도비코 영주가 우리를 공격하리라고는 생각하지 않소. 그것은 그에게도 득이 될 게 없소. 그가 나폴리 왕의 호의 덕분에 권력을 장악한 것은 사실이지만 그것이 전부는 아니었고, 특히 그 자신의 능력과 수완이 크게 작용했을 게요. 최대한 빨리 루도비코 폐하를 만나, 우리가 오랜 우정의 이름으로 그가 잘되기만 바란다는 걸 전하시오. 양국이 대립해야 할 이유는 하나도 없고, 그것이 그의 이익에도 합치한다는 걸 주장하시오. 피렌체는 밀라노 공국과 협조하기를 원한다고, 그러니까 그가 바라는 대로 움직일 수 있게끔 그의 의향을 가르쳐달라고 청하시오."

그는 잠시 생각한 다음 계속 구술했다.

"우리가 얼마나 심각한 위기에 처했는지 털어놓고, 그것이 그의 나라에도 중요한 문제란 걸 지적하시오. 이 난국을 타개할 열쇠는 다름 아닌 루도비코가 쥐고 있다는 것도 강조하시오."

로렌초는 한숨을 뱉고 책상으로 돌아와 앉았다. 그가 종이를 한 장 꺼내며 니콜로에게 말했다.

"가봐도 좋네. 나도 무어인에게 직접 몇 줄 적어 보내야겠어."

* *
*

손발이 묶인 사내가 터번을 두른 네 명의 터키인이 끄는 우리에 갇혀 있었다. 그는 베르나도 반디니, 줄리아노의 암살자였다. 그가 갇힌 우리를 중심으로 앞뒤로 길게 이어진 이 희한한 대상 행렬을 피렌체 시민들이 너도나도 구경하러 나왔다. 기린, 표범 같은 반점이 있는 큰 살쾡이들, 매, 말, 융단, 금은이 박힌 안락의자. 터키의 술탄 메흐메트 2세가 메디치에게 보낸 선물들이었다.

이 행렬은 걱정으로 좀먹은 피렌체의 침울한 삶을 잠시 잊게 해주었다. 제일 인기를 끈 것은 반디니가 갇힌 우리였다. "죽여라!"라고 사람들이 소리쳤다. 겁에 질린 반디니는 쏟아지는 침 세례와 돌

팔매질을 피해 우리 한구석에 쭈그려 앉아 있었다.

이 사건을 어떻게 이용해야 할지 정확히 파악한 로렌초는 시민들에게 암살자의 체포 경위를 공개했다. 반디니는 낮에는 숨고 밤에는 걸어 베네치아에 당도했다. 그러나 그곳에서도 오래 머물 수 없었다. 이탈리아에 있는 한 그의 뒤를 쫓는 로렌초의 사람들에게 언제고 붙들릴 운명이었다. 그는 터키로 가는 배에 밀항했다. 콘스탄티노플에 도착한 그는 살았다고 안심했다. 그러나 줄리아노의 암살 소식이 벌써 거기까지 퍼져 있었다. 얼굴을 알아본 피렌체 상인들의 고발로 그는 터키 국왕의 근위보병들에게 체포되어 투옥됐다. 베네치아와 평화조약을 맺은 술탄은 연맹의 동맹국에게도 호의를 얻는 것이 좋으리라 판단했다. 메흐메트 2세는 투옥된 죄인을 로렌초에게 넘기는 김에 호화로운 선물도 딸려보냈다.

반디니는 갤리선의 냄새나는 선창에 처박혀 짐승들과 함께 바다를 건넜다. 배가 앙코나에 닿자 거기서 대상 행렬이 꾸려져 피렌체까지 온 것이다.

시민들은 즉결 처분하라고 아우성을 쳤다. 줄리아노가 죽은 뒤 스무 달이 흘렀다. 로렌초는 어차피 사형 판결을 피할 수 없을 테니 재판에 회부하기로 했다. 현명한 판단이었다. 처형된 시체를 공범자들과 마찬가지로 감옥 창문에 매달면 시민들도 좋아할 것이다.

로렌초는 모처럼 만족을 느꼈지만 증오는 고스란히 남아 있었다. 줄리아노의 목숨을 빼앗은 것은 반디니였다. 그러나 진짜 죄인은 로마에 건재했다.

* *
*

사람들은 긴장된 낯빛으로 로렌초를 기다리고 있었다. 겨울이 시작될 무렵 메디치가의 가장은 개인적으로 군대를 시찰하고 싶다고 요청했다. 그는 그 결과를 십인 위원회에 보고하러 올 예정이었다.

피렌체에서는 점차 반대 의견이 늘어났다. 자신들을 덮친 불행의 근원이 일 마니피코라고 서슴없이 말하는 시민들도 있었다. 어떤 값을 치르더라도 평화를 얻어야 했다. 상업이 다시 번성할 수만 있다면 메디치가가 모욕을 당하고 말고는 중요하지 않았다. 시민들이 쫓아내야 할 사람은 독재자가 아니라 전쟁을 일으킨 자였다. 로렌초만 추방되면 피렌체의 적들도 곧바로 화해에 응할 것이다.

시의회로부터 군사 업무 전반을 위임받은 십인 위원회의 메디치 추종 세력 가운데에서도 의지가 약해지는 사람들이 생겼다.

이윽고 로렌초가 나타났다. 쇠사슬 갑옷을 입고 옆구리에 칼을 차고, 한 손에는 투구를 든 그는 매우 당당해 보였다. 그가 심각한 얼굴로 자리를 잡았다.

"벗들이여, 가망이 없습니다."

로렌초는 한 사람 한 사람의 얼굴을 차례차례 돌아보았고, 그 가운데 몇 명이 안도의 표정을 짓는 것을 놓치지 않았다. 독버섯 같은 배신이 이긴 것이다. 이렇게 된 이상 그가 산카시아노에 주둔한 부대를 시찰하러 가기 전부터 마음먹었던 일을 결행할 수밖에 없으리라. 그는 차근차근 설명했다.

"우리가 고용한 용병부대는 전의를 상실했어요. 규율은 흐트러지고 대장들은 제각기 입씨름만 열심히 벌이고들 있죠. 제각각 따로 행동하면서요. 겨울 숙영이 끝나면 피렌체군은 두 배로 불어난 적 앞에서 와해될 겁니다. 그 말은 곧 피렌체가 나폴리군과 교황군 대포의 사정권 안에 놓인다는 의미이지요."

긴 침묵이 뒤따랐다.

"그럼 어떻게 하면 좋겠소?" 체사레 페트루치가 불쑥 물었다.

로렌초는 자신의 결정이 올바르다는 것을 새삼 확인하려는 것처럼 한 번 더 좌중을 둘러보았다. 그런 다음 짤막하게 내뱉었다.

"내가 나폴리로 가겠습니다."

충격이 번졌다. 십인 위원회 위원들은 아무도 입을 열지 못했다. 일 마니피코는 그 순간을 음미했다. 그가 바랐던 반응이었다. 이윽고 정신을 차린 위원들이 다투어 한마디씩 해댔다. 나폴리에 갔다가는 목숨이 위험했다. 몇 년 전, 항복한 용병대장 피치노가 페란테왕을 믿고 찾아갔다가 처형됐던 것을 잊었단 말인가? 운이 좋으면 목숨은 건지겠지만 포로 신세로 몇 년을 갇혀 있을지 몰랐다. 물론 나폴리 왕이 로렌초를 식스투스 4세에게 냉큼 넘겨주지 않을 때 그렇다는 이야기였다.

로렌초는 손짓을 해 소란을 가라앉힌 뒤 말을 이었다.

"저들이 싸우고 싶은 건 피렌체가 아니라 메디치가의 가장, 로렌초 데 메디치입니다. 그러니까 평화를 구하러 가는 것도 내가 할 일입니다."

"로렌초, 우리를 위해 그런 희생을 해선 안 됩니다." 페트루치가 감동해서 말했다.

"난 피렌체에 많은 빚을 졌어요. 내가 가면 이 도시는 피해를 면할 겁니다." 일 마니피코가 대답했다.

로렌초는 일어섰고, 그것은 그가 마음을 바꾸지 않으리란 것을 의미했다. 그는 마지막으로 좌중을 둘러보고 보일락 말락 미소를 지으며 덧붙였다.

"만일 목숨을 잃는다면, 대신 영광을 얻겠지요!"

* *
*

메디치가의 팔라초로 돌아온 로렌초는 몇 통의 편지를 썼다. 루이 11세와 '무어인' 루도비코에게는 자신이 나폴리로 가겠다는 의지를 확언했다. 임신한 클라리체에게는 그녀 자신, 그리고 그가 너무나 사랑하는 아이들을 잘 보살피라고 당부했다. 브리가타의 친구들에게는 플라톤의 가르침을 계속 실천하고 삶의 즐거움을 누리라고 권장했다. 메흐메트 2세에게는 암살자 반디니를 보내준 호의에 감사를 표했다.

하루 앞을 내다보기 힘든 최근의 위태위태한 상황 속에서 터키의 술탄은 중요한 역할을 할 수 있었다. 사람들의 예측대로 그가 만일 나폴리 왕국을 공격하면 카드 패가 모조리 새로 나눠지는 셈이었다. 교황청은 피렌체에 대한 적대 행위를 포기하고 이교도를 상대로 연합을 결성할 수밖에 없을 것이다.

그는 펜을 다시 쥐었다. 마지막 편지는 애인인 바르톨롬메아에게 썼는데, 그녀와의 다정한 잠자리, 상냥한 애무가 그리워질 것이라 고백했다.

그는 십인 위원회를 속였던 것일까? 사실 그의 출발은 일찌감치 면밀하게 준비됐다. 루이 11세는 페란테왕이 드디어 자신의 충고에 마음이 움직인 것 같다고 알려왔다. 그는 잠정적 평화조약의 초안을 작성하기 위해 서둘러 피에르 팔미에를 나폴리로 파견했다. 로렌초도 오래전부터 나폴리 왕국에 정착한 피렌체의 거상巨商 필리포 스트로치에게 왕과 그 주변의 움직임을 관찰하라는 임무를 주었다. 필리포 스트로치는 피렌체의 고위 인물이 몸소 나폴리를 방문한다는 조건이 충족되면 페란테도 즉각 협상에 돌입할 태세라는 결론을 내렸다.

그 순간 이미 로렌초는 그 임무를 완수할 사람은 자신뿐이란 것을 깨달았다. 그는 그 사실을 루이 11세에게 털어놓았고, 루이 11세는 시도해볼 만한 모험이라는 답을 보내왔다.

물밑에서 몇몇 조건이 갖춰졌다고는 해도 위험이 전부 걷힌 것은 아니었다.

잔인하고 변덕스러운 군주 페란테가 로렌초를 손에 넣기 위해 프랑스 왕을 속였을지도 몰랐다. 로렌초를 가두거나, 아니면 충성의 표시로 식스투스 4세에게 넘겨주고 싶은 유혹은 매우 클 것이다. 교황청은 로렌초를 생 앙주 성의 골방에 처넣을 수만 있다면 돈은 얼마든지 내놓을 것이다.

주사위는 던져졌다. 이제 와서 물러설 수는 없었다. 일 마니피코는 페란테왕의 아들인 칼라브리아의 대공에게 은밀하게 대사를 파견했다. 그는 국왕의 갤리선을 피사로 보내달라고, 그러면 그 배로 나폴리에 가겠다는 의사를 전달했다. 즉각 긍정적인 답변이 돌아왔다. 나폴리의 갤리선 두 척이 바로 출항해 12월 10일 피사에 도착할 터였다.

방문을 두드리는 소리가 들렸다. 로렌초가 일어나 톰마소 소데리니를 맞아들였다. 그는 베키오 팔라초에서 돌아오는 길로 그를 불러두었다. 로렌초 최측근에서 점점 멀리 떨어져가던 선친의 옛 자문관은 백발의 노인이 되어 있었다. 소데리니는 그해에 장관으로 선출됐는데 위엄도 있고 피렌체인들의 신뢰도 두터웠다.

"페란테왕과 담판을 짓기 위해 나폴리로 떠나기로 했습니다."

"온 피렌체가 그 소식과 자네 행동의 대담함에 대한 이야기뿐이라네. 이제 와서 조심하라고 말하기엔 너무 늦은 것 같구먼……"

로렌초는 대답을 하지 않았다. 고령의 톰마소 소데리니가 도시의 질서를 유지하고 반대 의견을 침묵시킬 수 있을까?

"톰마소, 선친과 조부께선 공에게 깊은 우정을 간직하셨죠. 저 역시 그렇습니다. 당신을 멀리한 건 제 실수였는지도 모르죠……

하지만 권력이 주어졌을 때 전 너무 어렸고, 어서 과거와 결별하고 제 능력을 증명하고 싶은 마음이 앞섰던 게 사실입니다."

"자네를 원망한 적은 없다네."

"이제 전 한참 동안 피렌체를 벗어납니다. 페란테가 마음먹기에 따라선 영영 돌아오지 못할지도 모르죠. 피렌체를 부탁합니다. 제가 없는 사이 국정을 맡아주십시오. 시의회에는 이미 전갈을 보내두었습니다."

톰마소 소데리니는 감동을 숨길 수 없었다. 그가 로렌초의 손을 맞잡았다.

"내 자비로운 주군이었던 코시모와 피에로를 기리며 그 제안을 수락하겠네."

* *
*

바람이 거세게 휘몰아쳤다. 아침부터 계속해서 비가 내렸다. 고삐 풀린 말들처럼 빠르게 움직이는 크고 작은 구름장들로 하늘은 어수선했다. 일 마니피코는 자신이 떠안은 임무가 얼마나 위험한 것인지 새삼 깨닫느라 추운 줄도 젖는 줄도 몰랐다. 그는 부러 최악의 경우를 상상해보았다. 가슴을 사형집행인에게 내미는 광경이 떠올랐다. 그는 피렌체, 라고 되뇌며 죽으리라. 그는 영웅이 되고, '국부'라 불렸던 조부 코시모를 능가하는 전설이 퍼지리라. 이탈리아, 아니 전 유럽이 고대의 어느 영웅 못지않은 로렌초 데 메디치를 기릴 것이다.

거센 빗발로 눈앞은 안갯속 같았다. 영웅 로렌초의 꿈은 옷을 파고드는 찬 빗줄기로 인해 흩어졌다. 계획은 실패하고, 임무를 완수하기도 전에 초라한 죽음을 맞을지도 모른다……

로렌초의 머릿속은 상반된 감정들로 뒤죽박죽이었다. 페란테를 찾아가겠다는 결단은 큰 용기였지만, 그것이 무엇보다 자신의 영광을 위해서란 것도 로렌초는 알고 있었다. 그러나 그의 명성이 곧 피렌체의 명성이 아니던가?

로렌초와 그가 거느린 소규모 호위대가 피사로 가는 길목의 첫 숙박지 산미니아토 언덕을 올라갈 즈음에는 뼛속까지 젖어 있었다. 능란한 외교관인 지기몬디 델라 스투파, 나폴리에 많은 친분이 있는 안토니오 리돌피, 그리고 충실한 비서 니콜로 미켈로초가 동행했다.

짐을 잔뜩 실은 노새들은 가파른 길을 오르느라 고생이 이만저만이 아니었다. 짐승들의 길마에는 페란테왕과 그 가족을 위한 선물이 들어 있었다. 보석, 금은 세공품, 조각품, 옷감…… 전쟁에도 불구하고 피렌체는 여전히 예술이 흥한 부유한 도시란 것, 메디치가의 재력은 바닥이 없다는 것을 로렌초는 과시하고 싶었다.

저녁이 오자 그는 동료들을 떠나 혼자 방으로 물러났다. 비교적 조용히 피렌체를 떠났던 일 마니피코는 자신의 행위와 그 밑에 깔린 의도를 전 시민이 알아주기를 원했다. 그는 도시의 벽에 내붙일 긴 문서를 작성하기 시작했다. 피렌체인들의 마음에 직접 호소함으로써 그의 행위는 정치적으로 완결될 것이다. 동시에 임무가 성공할 경우 귀환에도 대비한다는 의미도 있었다.

"나, 로렌초 데 메디치는 여러분 덕택에 명예도 얻고 존경도 누렸습니다. 따라서 내 목숨과 맞바꾸어서라도 조국의 이익에 봉사해야 한다고 믿습니다. 그래서 나는 떠납니다. 신께서는 내 아우의 피로 비롯된 이 전쟁을 내 손으로 끝내기를 바라시는지도 모릅니다. 만일 내 바람이 실현된다면 조국에 평화를 가져오고 내 자신도 무사히 돌아오는 기쁨을 누릴 수 있겠지요. 하지만 불행한 운명이 기다린다 해도 그것이 공공의 선을 위해서라면 견딜 만할 것입니다. 만일 적들이 정말로 나 한 사람의 파멸만을 바란다면, 나를 수중에 넣었으니 원하는 대로 끝내면 될 일입니다. 혹 적들의 야망이 로렌초 데 메디치 개인이 아니라 모두의 자유를 위협하는 것이라면 시민들이 하나로 뭉쳐 최후의 최후까지 싸워주리라 믿습니다. 우리 선조들이 그랬던 것처럼 피렌체의 시민이 끝내 이기고 자유를 지켜내기를 바랍니다."

* *
*

일주일을 항해하자 겨울은 말끔히 잊혔다. 아프리카에서 불어오는 뜨뜻한 미풍 아래 찰랑거리는 나폴리의 푸른 만이 로렌초의 눈앞에 펼쳐졌다.

나폴리 왕들의 거처인, 13세기에 앙주인들이 건조한 웅대한 카스텔 누오보가 항구와 도시를 내려다보고 있었다. 육중한 성벽들은 밑부분이 바다에 잠겨 있었다. 총안을 뚫은 망루들을 갖춘 그 중세의 요새는 아라곤 왕조가 나폴리를 정복한 이래 조금씩 오늘날의 취향에 맞게 변화해왔다. 두꺼운 성벽에는 새 창문들이 생기고 내부는 호화롭게 장식되었다. 그러나 바다 쪽으로 돌출한 그 거대한 돌 건물이 위압적인 왕권의 상징임에는 변함이 없었고, 그래서 보기만 해도 주눅이 들었다.

페란테가 보내준 갤리선 갑판에 서 있던 일 마니피코는 부두에 엄청난 군중이 기다리는 것을 보았다. 그 한복판에서 아라곤의 십자가가 찍힌 깃발을 휘날리는 무장 기병대와 보병대의 갑옷들이 번쩍였다. 그를 환영하러 왔을까, 체포하러 왔을까? 로렌초는 불안했다. 그의 임무가 어떤 결과를 맞을지는 뭍에 내리는 즉시 판별될 것이다. 물론 선장의 태도로 보건대 대강의 향후는 점칠 수 있었다. 나폴리의 장교는 항해 내내 최고의 예우를 갖추어 그를 대했었다.

무거운 갤리선이 부두로 다가갔다. 배는 노를 거두고 진항 속도로 계속 미끄러져들어갔다. 밧줄을 쥔 선원들이 상륙을 준비했다. 병사들 가운데 특히 호화로운 차림의 인물 몇이 로렌초의 눈에 들어왔다.

"저기 있는 게 페란테왕의 차남이야. 곁에 서 있는 아이가 왕의 손자고." 리돌피가 속삭였다.

그러니까 그들은 로렌초를 여느 군주 못지않게 성대하게 맞기로 한 것이다. 그러나 페란테는 뱃속을 드러내지 않는 인물이었다. 오늘 성의와 존경을 다해 맞아들인 손님을 내일 왕궁의 지하 골방(나폴리 왕이 특히 괘씸하게 여기는 적들을 주로 가두는 곳이었다)에 처박는 일도 얼마든지 있을 수 있었다.

피렌체인들이 뭍에 내렸다. 미소와 환호와 갈채가 뒤섞였다. 로렌초는 제후와 똑같은 대접을 받았다. 이튿날 페란테왕이 그를 궁전으로 초대해 몸소 맞아들이리란 말이 전해졌다. 하지만 로렌초가 카스텔 누오보의 높다란 벽에 힐끗 눈길을 던지자 불안이 다시 고개를 들었다.

* *
*

살집 좋고 명랑한 오십대의 사내 페란테 다라곤은 환한 얼굴로 로렌초를 맞아들였다. 그는 로렌초가 내놓는 선물마다 탄복을 아끼지 않았다. 예술에 조예가 깊고 많은 문인, 화가, 조각가 들을 보호하는 그는 특히 향락을 즐기는 왕으로 알려져 있었다. 얼마 전 젊고 매력적인 이사벨레 다라곤과 재혼한 왕은 미인을 좋아하고 식도락가로도 이름이 높았다.

로렌초의 선물을 하나하나 칭찬하며 족히 한 시간은 지났을 때 페란테가 불쑥 내뱉었다.

"대단히 의협심 있는 행동을 하셨소…… 스페인 사람인 나도 감동할 정도로."

"폐하처럼 명예를 중시하는 분께 결단을 맡기지 않고는 평화를 얻을 방법이 없다고 생각했습니다."

페란테가 웃음을 터뜨렸다.

"그건 커다란 모험이오. 우린 전쟁중이고 공은 내 적이란 걸 잊으셨소?"

"원하시는 대로 하십시오. 저는 폐하의 손안에 있습니다. 모든 것을 폐하께 맡기고 그 뜻을 따를 각오로 왔습니다."

"교황이 공을 넘겨달라고 야단이시라오. 공이 날 찾아온다는 걸 알자 곧바로 편지를 보내셨더군. 아, 난 답장은 아직 쓰지 않았다오."

"답장을 쓰실 겁니까?"

"물론이오, 교황의 편지를 떼어먹을 수는 없지요. 하지만 서두를 필요도 없을뿐더러 뭐라고 쓸지도 결정하지 않아서 말이외다."

그는 잠시 뜸을 들이며 로렌초를 뜯어보았다.

"우린 서로 나눌 이야기가 아주 많을 거외다. 함께 시간을 보낼 생각을 하면 벌써부터 즐겁구려. 당신처럼 교양 있는 왕자가 방문하다니 우리 궁정의 영광이오……"

"저는 왕자가 아닙니다."

"하지만 피렌체를 다스리지요."

페란테는 로렌초의 얼굴을 교활한 눈길로 건너다보며 말을 이었다.

"내 궁전을 공의 집이라 생각하고 머무시오. 화려한 내 보물들도 차근차근 보여주리다. 오늘 저녁 당장 성대한 환영 연회를 베풀겠소."

"저를 그렇게 대우했다는 사실을 알면 교황이 불쾌해하지 않겠습니까?"

페란테가 다시 웃음을 터뜨렸다.

"식스투스 4세의 유일한 관심사는 당신이 여기, 내 손안에 있다는 것뿐. 손님의 신분에 맞게 대접했다고 교황청과 관계가 훼손될 일은 없소이다. 외교상의 미묘한 사항들이 무슨 대수겠소? 그 까다로운 문제에 대해 토론할 시간은 얼마든지 있을 거요. 하인들이 거처로 안내할 거외다. 그럼 식사 시간에 다시 만납시다."

로렌초에게는 왕궁 삼층의 널찍하고 편안한 공간이 제공됐다. 그는 손님인가 볼모인가? 페란테왕이 로렌초를 가까이 두는 것은 경의의 표시인가 더 잘 감시하려는 속셈인가? 일 마니피코는 알 수 없었다. 음흉한 페란테라면 뭐든지 가능했다. 나폴리 왕은 쥐를 갖고 노는 고양이처럼 그를 골탕먹일 생각이었다. 어차피 다른 길은 없었다. 로렌초는 자신을 이리저리 재보고 점수를 매기려고 안달이 난 나폴리 궁정을 사로잡기 위해 최선을 다하기로 했다.

그가 방을 미처 둘러보기도 전에 불꽃같은 눈동자의 갈색 머리 처녀가 들어왔다. 처녀가 어여쁘게 인사한 다음 어색한 발음으로 말했다.

"니나라고 합니다. 정성껏 모시라는 분부입니다."

분명 페란테는 손님을 유쾌하게 해줄 모든 준비가 끝난 것 같았다.

* *
*

협상은 길게 늘어졌다. 지기몬디 델라 스투파와 니콜로 미켈로초가 나폴리 대표 안토넬로 페트루치, 안노티오 치치넬로와 일진일퇴의 협상을 벌이는 사이 로렌초와 페란테는 예술과 문학을 논하며 정중한 대화를 나누었다.

나폴리 왕은 서두를 생각이 없었다. 로렌초는 참고 기다렸다. 매일 연회가 베풀어졌다. 로렌초는 그 어느 때보다 일 마니피코라는 별명에 걸맞았다. 여인들은 다투어 그와 동반하려 했고 사내들은 대화를 나누려고 모여들었다. 그는 가난한 처녀들에게 지참금을 주고, 백여 명이 넘는 갤리선 노예들의 몸값을 치러 해방시키고, 호화로운 연회를 베풀었다. 엄격한 예법이 지배하는 스페인인들의 갑갑한 궁정에 로렌초는 독창성과 시적 정취를 들여왔다.

그의 마음을 어지럽히는 장애물은 단 하나였다. 나폴리에 디오티살비 네로니가 있다는 사실이었다. 피에로의 암살을 꾸몄고 프라토의 반란도 주도했던 이 영원한 모사꾼은 지금은 피렌체인들에 대한 나폴리인들의 경계심을 자극하는 데 열심이었다.

로렌초는 피렌체를 벗어난 후에도 자세한 국정 보고를 받고 있었다. 십인 위원회는 정기적으로 소식을 보내왔다. 그가 산카시아노에서 쓴 편지는 훌륭한 효과를 거두었다. 그런데도 피렌체인들은 불평을 토로했다. 전쟁은 끝난 것이 아니라 잠시 보류됐을 뿐이고, 적군은 여전히 토스카나에 진을 치고 있었으며, 사업은 위기에 빠져 있었다. 일 마니피코가 하루라도 빨리 평화조약이라는 선물을 갖고 돌아와야 했다. 불행히도 칼자루는 페란테가 쥐고 있었다.

매일 아침 로렌초는 자문관들을 불러들였다. 협상의 진전에 대해 보고를 받을 때마다 그는 실망한 낯빛이 되었다. 페란테가 그와 직접 담판을 벌이지 않는 한 평화조약의 성사는 기대하기 힘들었다.

매일매일 피렌체의 외교관들은 피렌체에 가해진 교황의 압력이 얼마나 부당한지 열심히 설명했다. 피렌체는 억울하게 빼앗긴 것들을 되찾고 싶을 뿐이라고 역설했다. 또 나폴리와 피렌체의 연합이 얼마나 큰 이익과 직결될지도 강조했다. 교황의 야망이 이탈리아 전역에 몰고 올 위험을 지적하고, 조만간 페란테의 왕국도 그로 인해 뜨거운 꼴을 볼 것이라 살짝 위협도 했다.

나폴리 사람들은 우물쭈물했다. 그들은 교황청 뒤에 숨어 버텼고, 그 교황청은 로렌초와 피렌체, 그리고 교황군에 맞서 싸운 로마냐의 용병대장이 식스투스 4세 앞에 나와 회개하고 용서를 빌 것을 전제조건으로 고집했다. 물론 로마에 도착하는 길로 생 앙주성에 갇힐 게 분명한 로렌초로서는 받아들일 수 없는 주장이었다.

더욱이 로렌초가 영원의 도시로 가는 것을 가장 열심히 말린 이는 페란테였다. 나폴리 왕은 새 친구 로렌초에게 끊임없는 호의를 베풀었다. 메디치는 경계심은 풀지 않되 그 호의에 기꺼이 응답했다. 페란테가 로렌초를 죽음으로 내몰 가능성은 갈수록 희박해 보였다. 그는 로렌초와 벗하는 일이 진정으로 즐거운 기색이었다. 하지만 몇 주가 지나자, 그 모든 환대에도 불구하고 로렌초는 자신이 결국 황금 철창에 갇힌 볼모란 사실을 깨달았다.

14
1480

석 달이 흘렀다.

일 마니피코는 나폴리와 그 궁정의 매력에도 싫증이 났다. 그는 어서 피렌체로 돌아가고 싶은 생각뿐이었다.

미켈로초와 리돌피의 말에 따르면 페란테가 마침내 평화조약을 체결할 생각을 굳혔다고 했다. 연이어 날아온 두 소식이 일을 서두르게 했다. 로렌초는 페란테에게 옛 앙주 가문의 상속자 르네 드 로렌이 선조들의 왕국을 재정복하기 위해 강성한 군대를 이끌고 출항할 계획이라는 정보를 흘렸다. 사실이기는 했지만, 로렌초는 더 명확한 언급은 삼갔는데, 그것이 나폴리 왕에게 압력을 가하려는 루이 11세의 새로운 책략이었기 때문이다.

또 한 가지는 로도스섬에 집결한 터키 술탄의 선단이 이탈리아 남부를 향해 출항할 준비가 되었다는 사실이었다.

이중으로 위협을 받은 페란테는 비로소 로렌초와 단둘이 얼굴을 맞대고 협상할 것을 수락했다.

일 마니피코는 서로 발톱을 감춘 이 협상이 결국 자신의 승리가 될 것이라는 사실을 알고 있었다.

"교황과의 동맹을 갑자기 깨뜨릴 수는 없소." 페란테가 먼저 입을 열었다.

"제가 이 나라에 도착한 순간부터 계속 생각해보신 일일 텐데요."

"식스투스 4세는 줄기차게 증오를 달구고 있소. 그가 공을 용서하는 건 불가능하오."

"저 또한 소중한 아우의 암살을 용서하기란 불가능합니다."

왕이 어깨를 으쓱했다.

"그건 이미 지나간 싸움이오……"

"문제는 피렌체의 성무 집행 금지령이 철회되지 않았고, 몬테펠트로와 폐하의 아드님인 칼라브리아의 대공이 아직도 제 도시를 위협하고 있다는 사실이지요."

"뭘 제안하시겠소?" 페란테가 불쑥 물었다.

"그거라면 양국 대사들의 사전 협상에서 이미 충분히 논의가 됐습니다. 적대 관계 이전의 상태로 돌아가는 것이 현명하겠지요. 폐하가 빼앗았던 도시들을 돌려주시는 게……"

"그 대가는?"

"폐하와 제가 강력한 동맹을 결성하고, 거기에 무어인 루도비코도 합류하는 것이지요."

"베네치아는?"

"베네치아는 폐하가 가입할 동맹에는 절대 들어오지 않을 겁니다. 그들이 터키인들과 사이가 아주 좋다는 걸 잊지 마십시오. 어쩌면 터키인들에게 나폴리 왕국의 해안을 약탈하라고 부추긴 것도 그들일지 모르지요."

페란테의 두 눈에 증오의 빛이 스치는 것을 로렌초는 놓치지 않았다. 그의 본성이 드러났다. 로렌초는 등골이 서늘해졌다. 그 자신도 메흐메트 2세의 나폴리 공격을 단념시키려고 손을 쓰기는커녕 오히려 그 반대의 일을 하지 않았던가. 그가 재빨리 말을 돌렸다.

"베네치아는 아무래도 상관없습니다. 나폴리, 밀라노, 피렌체가 힘을 합쳐 이탈리아 전역의 평화와 번영을 위해 강력한 연대를 형성하는 겁니다. 더욱이 우리가 연합하면 교황의 조카 지롤라모 리아리오의 야망을 견제하여 그가 언제고 폐하를 해치는 걸 막아줄 겁니다."

페란테가 이마를 비벼댔다. 그는 발을 잘못 내디뎌 덫에 걸리지는 않을지 열심히 냄새를 맡고 있었다. 로렌초가 계속해서 말했다.

"만일 터키가 나폴리를 공격하면 피렌체가 폐하 편에 설 겁니다. 또한 폐하의 왕권을 빼앗고 싶어 안달하는 로렌의 대공을 억제하도록 루이 11세에게 각별히 부탁을 해두지요, 약속합니다."

나폴리 왕은 얼이 빠졌다. 메디치가 제안하는 이 조약이 대체 무슨 가치가 있단 말인가? 아들인 칼라브리아의 대공은 시에나를 단단히 틀어쥐고 있었다. 그런데도 얼마 안 가서 그곳을 포기하고 이미 정복한 다른 요새들도 돌려줘야 하는 것이다. 이 평화의 대가는 확실히 토스카나인들에게만 너무 유리했다.

페란테의 머릿속에서 들끓는 생각을 훤히 들여다본 로렌초는 왕이 더 실질적인 이득을 얻기 전에는 물러서지 않으리라 직감했다.

"그럼 이참에 칼라브리아의 대공을 피렌체의 용병대장으로 고용하시는 게 어떻소. 6만 플로린의 연간 보수만 지급하면 될 거요."

"그건 엄청난 금액입니다!" 로렌초는 짐짓 질겁했다.

"조만간 시에나를 토해내자면 그애도 속이 쓰릴 거요. 내 아들의 손해에 그 정도 값은 쳐주셔야할 것 같은데."

페란테가 미소를 지었다. 혈색 좋은 둥그런 얼굴 한복판에서 두 눈동자가 석류석처럼 번들거렸다. 그가 덧붙였다.

"물론 계산은 그 아이가 시에나를 처분할 때 치러주시면 된다오."

로렌초는 대답하지 않았다. 평화를 찾을 수만 있다면 돈은 얼마든지 내놓아도 좋았다. 그것이 그가 한결같이 펴온 정책이고, 그 이전에 메디치가의 정책이기도 했다.

"그렇다면 이제 조인서에 서명할 일만 남았군요……" 그가 말했다.

"공이 귀한 발걸음을 해주셨으니 나야말로 진심으로 그렇게 바란다오. 하지만 식스투스 4세가 노발대발할 게 분명하니 내 한 가지 제안하리다. 오늘밤 내 갤리선에 몰래 오르시오…… 당신이 감시를 따돌리고 도망갔다고 생각하면 교황도 별 수 없을 거요……"

"그럼 조인서는?"

"대사들에게 위임하시게나. 문서가 작성되는 대로 그들이 공의 이름으로 서명하는 거요."

로렌초는 동의했다. 드디어 돌아가는 것이다. 피렌체, 그리고 아이들에게로. 이곳에서도 관능적인 니냐가 부족함 없이 지내게 해 주었지만 바르톨롬메아와 재회하는 것은 큰 즐거움이리라. 물러나기 전에 로렌초는 호기심을 참지 못하고 기어코 물었다.

"절 없애려는 생각은 안 해보셨습니까?"

페란테가 이를 전부 드러내며 웃었다.

"공처럼 훌륭한 제후를 잃어서야 되겠소? 난 공의 목숨을 노린 적도 없을뿐더러 외려 정직한 사람들을 신속하게 저승으로 보내는 교황의 자객들에게서 지켰소이다."

* *
*

길거리는 꽃으로 뒤덮였다. 3월 25일, 성모영보제인 이날, 로렌초 데 메디치는 당당하게 피렌체에 귀환했다. 환희에 싸인 피렌체는 되찾은 평화와 그 도시의 주인을 축복했다. 감사의 기도 행렬이 도시를 누비고 다녔다. 불평꾼들도 이날만은 입을 다물었다. 일 마니피코는 목숨을 걸고 백합의 도시를 구했다.

갈채의 대상은 오직 한 사람, 로렌초였다. 브리가타의 친구들에게 둘러싸여 시의원들과 십인 위원회의 축하를 받은 그는 연로한 소데리니와 포옹을 나누었다. 그는 승리감에 도취되지 않으려고, 위대한 군주에게 쏟아진 경의 앞에서 겸손하려고 애썼다. 그는 이 성공을 발판으로 기민하게 움직여 자신의 권력을 확고히 굳힐 생각을 이미 하고 있었다. 기쁨에 들뜬 피렌체는 그의 뜻을 거부할 수 없을 것이다.

그날 저녁 일 마니피코는 메디치가로 친구들을 불러들여 자신의 계획을 밝혔다.

"위협이 말끔히 사라진 건 아니지만 우린 평화를 얻었어. 동맹이었던 나폴리로부터 버림받은 식스투스 4세는 조약에 서명하고 즉각 성무 집행 금지령을 해제할 수밖에 없을 거야. 그런데도 그는 내가 회개해야 한다고 고집을 부리고 있어. 게다가 칼라브리아의 대공은 시에나를 쥐고 있고. 우리한테 막대한 보수를 받아챙기고도 그는 언제든지 피렌체로 밀고들어올 수 있어."

"자신의 부친이 우리와 동맹이 됐는데도 말인가?" 브라치오 마르텔리가 물었다.

"페란테는 음흉하고 변덕스러운 인물이야. 하지만 터키가 그를 난처하게 만들어 우리 일에 관심을 품을 여유를 주지 않기를 기대하네."

로렌초는 미소를 짓고 포도주를 한 모금 마셨다. 그는 오랫동안 떠나 있던 팔라초로 돌아오고 친구들과 재회한 것에 깊은 만족을 느꼈다. 내일이면 클라리체와 아이들이 피렌체로 돌아올 테고, 오늘밤에는 바르톨롬메아도 만날 것이다. 삶이 다시 돌아가기 시작했다. 그는 끔찍했던 지난 이 년을 빨리 잊고 싶었다.

그가 말이 없자 친구들도 입을 열지 않았다. 그는 포도주를 한 모금 더 삼키고 말을 이었다.

"전쟁으로 여기저기서 야망이 고개를 들었어…… 이탈리아는 앓고 있어. 새로운 싸움들이 또 터질 걸세. 식스투스 4세는 늙고 병들었지만 앞으로도 줄기차게 우릴 공격할 거고, 조카인 지롤라모도 여전히 위험해. 이 혼란의 한복판에서 피렌체는 평화의 섬으로 남아야 해. 내가 그렇게 만들겠어. 하지만 그러자면 시민들의 전적인 신뢰를 얻어야 하지."

"이 도시는 자네 발밑에 있어!" 뚱뚱한 디오니기 푸치가 말했다.

"얼마나 가겠나? 분열은 자네들이 상상하는 것보다 훨씬 빨리 시작될 거야. 그래서 난 개혁의 발리*를 소집할 생각이야."

"뭘 어떻게 하려고?" 루이지 구이치아르디니가 물었다.

"피렌체의 정치기구들은 너무 불안정해."

"그래도 그 기구들은 자네 뜻대로 움직이고 있어!" 마르텔리가 지적했다.

"나도 알아. 다만 새 투표가 있을 경우 어떻게 바뀔지 모르지. 지금은 납작 엎드려 있는 메디치의 적들이 계속 잠잠하진 않을 거야.

* 과격파의 싸움에 종지부를 찍고 질서를 다시 수립하기 위해 선거로 임명되는 일시적인 독재.(원주)

게다가 평화조약엔 볼테라에 감금된 파치 일가의 석방을 약속한 비밀 조항이 들어 있어."

"어쩌자고 거기 동의했나?" 구이치아르디니가 소리쳤다.

"페란테가 마지막 순간, 내가 배에 오르기 직전에 고집을 부렸거든. 보나마나 식스투스 4세의 사주일 테지. 난 평화를 위해 양보했고 그걸 후회하지는 않아. 암살자들은 벌을 받았으니까."

"교황과 꼴 보기 싫은 그 조카만 빼고!" 푸치가 강조했다.

"자네 말이 옳아. 그걸 잊는 일은 없을 거야. 식스투스 4세는 어차피 살날이 얼마 안 남았어. 하지만 맹세하지, 반드시 지롤라모에게 복수할 거야. 난 때를 기다리고 있을 뿐이야."

"다시 자네 계획 이야기로 돌아가지." 브라치오가 말했다.

"현 회원에 의한 신입 회원 지명으로 발족될, 종신 임기의 의원들로 구성된 의회를 수립할 생각이야. 이 새 의회가 기존의 모든 조직을 대체할 거야. 장관, 시의원 그리고 주요 위원회를 전부 지명할 권리를 갖는 거지."

"물론 메디치가의 추종 세력이 그 새 의회에서 대다수를 차지하겠지." 푸치가 약간 빈정거리면서 지적했다.

"당연해."

"독재라고 비난받지 않을까?"

"오로지 피렌체의 이익을 위해서야." 로렌초가 냉랭하게 대답했다.

친구들이 떠나자 로렌초는 바르톨롬메아를 찾아가기 전에 잠시 생각에 잠겼다. 푸치가 옳았다. 외관상 피렌체가 공화국임에는 변함이 없을 테지만 새 제도의 적용은 공화정을 무의미한 것으로 만들 터였다. 메디치가는 그동안 한 번도 쥔 적이 없었던 강력한 권력을 손에 넣을 것이다. 이참에 스스로를 피렌체의 군주로 선포하고, 메디치 왕조를 수립하는 게 좋을까? 그는 그렇게 생각하지 않았다. 신중하게, 한 발짝씩 움직여야 하리라. 그러나 장남 피에로가 언젠가 피렌체의 대공이 되는 것도 나쁘지 않을 것이다.

* *
*

여름이 한창이었다. 로렌초는 자신이 가장 사랑하는 것들에게로 돌아갔다. 피렌체의 숨막히는 더위를 벗어나 카레지에 머물면서 다시 시를 쓰고, 브리가타의 친구들과 향연을 가지고, 마르실리오 피치노나 아뇰로 폴리차노와 철학을 논하고, 시골에서 긴 산책을 즐기고, 농부 처녀들에게 달콤한 말을 속삭이고, 아이들과 놀았다.

그는 전원생활에 흠뻑 빠졌다. 자신의 농토와 경작지의 작황을 살피고, 새 작물 재배에 좋은 토양 개발을 권장하고, 치즈 제조소를 만들고, 농부들에게서 농사일의 요령을 배우고, 팔겠다고 내놓은 농토들은 전부 사들였다. 그는 땅 냄새를 맡고 흙을 만지는 것이 좋았다. 그는 밀이 여물고 포도가 숙성하는 것을 관찰했다. 여인처럼 너그럽게 자신을 내주는 관대한 자연을 그는 사랑해마지않았다.

전쟁 이후, 특히 식스투스 4세가 메디치가의 명반 채굴과 판매 독점권을 거둬간 이후 메디치가는 금전적 어려움을 겪었고, 그로 인해 로렌초는 재산의 일부를 토지에 투자하는 일을 진지하게 고려하고 있었다. 그것은 그의 감성과 완벽하게 맞아떨어지는 일이기도 했다.

사무관이자 비서인 니콜로 미켈로초를 피렌체에 남겨 당면한 일을 신속히 처리하고 그 결과를 날마다 보고받았으니 로렌초의 마음이 가업이나 국정으로부터 떠난 것은 아니었다. 다만 숱한 폭풍 끝에 힘들게 되찾은 평화가 그를 이탈리아의 난국과 조금 거리를 두고 나날의 행복에 젖게 해주었다.

식스투스 4세는 새로 조인된 조약에도 불구하고 여전히 앙심을 풀지 않고 용서를 거부했으며, 조카 지롤라모 리아리오가 이웃 공국들을 희생시켜 이몰라의 영지를 넓히도록 부추겼다.

7월이 끝날 무렵 마침내 로렌초가 기다렸던 소식이 날아왔다. 백여 척의 터키 선단이 이탈리아반도의 남단, 나폴리의 속령인 오트란테의 항구를 포위했던 것이다. 로렌초는 이 사태가 피렌체를 구하리라 점쳤다. 페란테왕은 교황에게 원조를 요청할 것이다. 그는 교황청에 개인적 분쟁은 접어두고 이교도를 상대로 성전을 선포하라고 요구할 것이다. 그는 또 터키가 이탈리아에 한 발짝이라도 들어오는 날이면 아들을 불러들일 것이다. 칼라브리아의 대공은 시에나를 포기하고 위태로운 나폴리로 부랴부랴 돌아갈 것이 분명했다.

만일 페란테가 도움을 청하면 로렌초는 어떻게 해야 할까? 새 동맹국을 외면할 수는 없었다. 그러나 자신에게 늘 우정을 표시해 온, 더욱이 이번 사태를 일으켜 결과적으로 피렌체의 몫을 되찾는 데 기여할 메흐메트 2세를 노엽게 만들 생각도 없었다. 로렌초는 피렌체가 사실상 상비군을 보유하지 않았다는 점을 강조하고, 대신 지갑을 열 것이다. 되찾은 안전을 생각하면 몇 천 플로린쯤은 쓸 수 있었다.

언덕들 위로 해가 기울었다. 불그스름한 저녁 하늘 아래 촛불처럼 늘어선 실편백들이 선명히 드러났다.

밤으로 옮아가기 전, 자연도 잠시 한숨 돌리는 이 순간을 로렌초는 사랑했다. 이 시간이면 시골 들판은 가지각색의 소리로 술렁거렸다. 양떼의 방울소리, 농가의 개 짖는 소리, 사냥하는 여우의 날카로운 울음소리. 그는 아쉬워하며 테라스를 떠났다. 돌연 다리에 아픔이 느껴졌다. 왼발을 땅에 딛자 찌르는 듯한 통증이 번졌다.

그는 절뚝거리며 저택으로 돌아갔다. 살아야 했다. 병마가 완전히 그를 덮치기 전에, 살아야 했다.

* *
*

훤칠한 키에 탄탄한 가슴, 생생한 눈빛과 반듯한 콧날에 아름다운 곱슬머리…… 레오나르도는 미청년이었다. 로렌초가 옛날 산드로 보티첼리의 보테가에서 스친 적이 있던 소년은 당당하고 기운찬 청년이 되어 있었다.

레오나르도 다 빈치는 메디치가의 팔라초에 허물없이 드나들지는 않았다. 비밀스럽고 까다로우며 신중한 이 화가는 신세를 지는 것도, 간섭을 받는 것도, 아첨도 싫어했다. 그렇지만 몇 해 전 로렌초가 손을 써준 덕에 화형을 면했다는 것은 알고 있었다. 그는 감사의 표시로 황적색 연필 스케치 한 장을 로렌초에게 보냈다. 짓궂게도 그것은 입술이 육감적인 젊은이의 초상화였는데, 어쩌면 그가 무모하게 자주 만나다 덜미를 붙들렸다던 그 남창이 모델인지도 몰랐다.

나폴리에서 돌아온 일 마니피코는 레오나르도가 시의회의 주문으로 제작한 크로키를 보고 충격을 받았다. 줄리아노의 암살범 반디니의 최후. 그는 처형당한 자의 초췌한 얼굴, 그리고 시체를 이미 해골처럼 만들어버린 그 움푹한 동공이 머릿속에서 지워지지 않았다.

레오나르도는 올리베토의 산바르톨롬메오 성당에 걸릴 예정인 〈수태고지〉란 작품을 끝냈다. 완성된 작품을 본 보티첼리가 목판에 그려진 그 대형 그림이 피렌체를 떠나기 전에 감상해두라고 로렌초에게 권했던 것이다.

레오나르도는 언제나 혼자 작업하는 자신의 보테가에서 로렌초를 맞아들였다. 기이하다 못해 무시무시한 장소였다. 새들의 축소 모형이 천장에 걸려 있고 해골이 한구석에 놓여 있는가 하면 정체불명의 물건이 넘치도록 담긴 항아리들이 바닥을 뒤덮다시피 했다. 벽에는 잉크나 목탄 또는 황적색으로 그린 스케치들이 핀으로 꽂혀 있었는데, 대개는 골격과 근육이 드러난 인체도나 동물도, 기괴하고 흉한 인물들의 크로키, 볼이 움푹하고 이가 다 빠진 노인들의 초상화, 새들의 날개만 그린 초벌 스케치, 인체가 정밀하게 표현된 해부도 따위였다. 뼈마디가 굵고 힘줄이 많은 남성 누드화들도 사방에 있어 레오나르도의 취향이 여전하다는 것을 짐작케 했다. 또 기계들, 건물이나 도시의 설계도도 있었다. 더 불가해한 것은 그 크로키들 밑에 읽을 수 없는 주석이 붙어 있다는 점이었다. 주석들은 오른쪽에서 왼쪽으로 쓰인 것 같았다. 아랍어 아니면 히브리어일까? 가까이서 살펴본 로렌초는 거울에 비춰야 읽을 수 있도록 거꾸로 쓰인 글자란 것을 알아차렸다. 레오나르도는 숨기고 싶은 게 그렇게 많은 걸까?

화가는 메디치의 머릿속을 흐르는 생각을 눈치채고 한마디 던졌다.

"드물게 찾아오는 방문객들의 호기심을 자극하는 대수롭지 않은 기벽이죠."

"감추기 위한 방법인가?"

레오나르도가 피식 웃었다. 어딘지 경멸하는 듯한 메마른 웃음이었다.

"이렇게 꼬치꼬치 캐기 좋아하는 사회에선 미리 조심해야죠."

그가 몸을 돌려 천이 덮인 거대한 작업대로 가더니 마술사처럼 덮개를 확 벗겨냈다. 방이 순간적으로 환해졌다. 벽에 걸린 음산

한 크로키들 한복판에서 그 작품은 환상적으로 아름다웠다. 일 마니피코는 홀린 것처럼 그림 쪽으로 몇 발짝 걸어갔다. 토스카나의 풍경을 배경으로 성모마리아가 책이 놓인 서적대 앞에 앉아 그 책에 오른손을 얹고 있었다. 가슴 언저리까지 들어올린 왼손은 손바닥을 활짝 펴 놀라움을 표현하고 있었다. 그녀의 하얗고 앳된 얼굴은 비할 데 없이 부드러웠다. 마리아의 시선은 자신 앞에, 융단처럼 깔린 꽃들 위에 무릎을 꿇은 가브리엘 대천사를 향했다. 대천사는 오른손으로 마리아를 축복하면서 손가락 두 개를 그녀를 향해 세우고 있었다. 섬세하게 주름이 잡힌 옷을 입은, 겨드랑이 밑에서 가슴 쪽으로 힘차게 솟은 두 날개를 지닌 천사는 남자 같기도 하고 여자 같기도 했다. 특히 일렁거리는 긴 머리칼 아래로 드러난 얼굴은 반박할 수 없게 여성적이었다. 레오나르도와 친한 어느 미소년이라도 모델로 삼은 것일까?

로렌초는 그림을 더 자세히 살펴보려고 몸을 숙였다. 두 인물 사이의 먼 배경에 뾰족한 바위투성이 산봉우리에 둘러싸인 복잡한 호반 도시가 보였다. 왜 하필 그것을 그려넣었을까? 고대에 대한 동경일까? 건축에 사로잡힌 그가 수태고지라는 주제 너머에 자신만의 생각을 드러내려 한 것일까? 성모마리아의 수수께끼 같은 표정은 무엇을 의미할까? 손의 움직임은 놀라움을 표시했지만 표정은 체념한 느낌, 마치 막 전해들은 자신의 성스러운 운명을 거의 관능적으로 받아들이는 느낌을 주었다.

일 마니피코가 화가를 돌아보았다. 레오나르도는 엷은 미소를 띤 채 그를 마주 바라보았다.

"그녀는 너무나 어머니가 되고 싶어하는군……" 로렌초가 중얼거렸다.

"어쩌면 이미 어머니가 아닐까요? 가브리엘의 이 동작, 그러니까 마리아를 향해 들어올린 두 손가락엔 보이지 않는 관념적 흐름이 있어요."

그는 여전히 웃으며 말을 이었다.

"옷의 주름 밑, 벌어진 넓적다리와 허리에서 무릎까지를 잘 보세요. 이미 이 순간부터 마리아는 수태하기를 기다리고 있죠."

"교황청이 그 관점에 대해 뭐라고 할지 궁금하군……"

"그런 게 뭐 대수겠어요? 난 발명가이고 시인이니까…… 상식적인 규범으로부터 해방되는 걸 좋아하죠."

"그건 이따금 위험하지."

"그야 누구보다 잘 압니다. 다행히 훌륭한 사람들이 간혹 도와주기도 하죠."

로렌초가 미소를 지었다. 확실히 이 예술가는 야릇한 인물이었다. 그가 짓궂게 물었다.

"자네의 천사는 끈으로 묶은 날개를 지닌 것처럼 보이는군…… 천사들은 원래 날개를 가졌고, 그래서 날아다닐 수 있다고 생각하지 않나보지?"

"천사나 인간이나 마찬가지입니다…… 하지만 난 인간에 대해 더 잘 알죠. 날개를 갖고 싶으면 기계 설비로 우리 몸에 붙여야 해요."

"언젠가 인간들이 날 수 있겠나?"

"안 될 게 뭐 있습니까? 난 새들의 비행 구조를 연구해 그걸 재현해볼 생각이에요…… 매우 복잡하지만 도전할 만한 과제죠. 유년 시절에 꿈을 꾼 이래 그런 취미를 갖게 됐어요. 솔개 한 마리가 머리 위로 날아와 꼬리로 내 입을 벌리고 입속을 몇 번이나 때리는 꿈이었죠."

"그건 어쩌면 성령이었을지도 모르지……" 로렌초가 조롱조로 말했다.

"누가 알겠어요? 아니면 그 새는 새들의 비행이라는 불가사의를 한번 연구해보라고 내게 암시한 건 아닐까요?"

로렌초가 고개를 끄덕였다.

"우리 플라톤 아카데미아에 참석할 의향은 없나?"

"없습니다. 난 혼자 지내는 게 좋고 할일도 너무 많아서요……" 레오나르도가 대답했다.

"유감이군."

"플라톤이 제아무리 천재였다 해도 그의 생각을 뛰어넘을 수 없는 건 아니죠. 누군가 그 일을 해낼 겁니다. 난 그런 것보다는 자연을 해독함으로써 세계를 이해하고 싶습니다."

이 만남은 그후로도 오랫동안 로렌초를 사로잡았다. 레오나르도 다 빈치의 불손한 거만함 너머에는 신비와 과학의 세계가 있었다.

* *
*

식스투스 4세는 무릎을 꿇은 열두 명의 사내를 사나운 눈초리로 내려다보았다. 이 속죄 의식은 보잘것없는 위안이었다.

교황청의 우두머리가 노발대발한 것도 무리는 아니었다. 오트란테는 터키의 대포 앞에서 오래 버티지 못했다. 요새를 차지한 이교도들은 그곳을 교두보로 삼아 이탈리아 남부 정복에 뛰어들고, 내친 김에 로마까지 칠 수도 있다고 위협했던 것이다. 물론 그 사이에도 그들은 일대의 연안을 알뜰하게 휩쓸었다.

식스투스 4세는 터키를 몰아내기 위해 기독교인들이 힘을 합치자고 호소했고, 마지못해 피렌체에 대한 적대 행위를 잠시 중지했다. 그렇지만 그는 피렌체가 상징적 용서를 구해야만 성무 집행 금지령을 해제하겠다고 밝혔다.

로렌초 데 메디치가 로마행을 완강하게 거부하자 식스투스 4세는 로렌초를 대신해 회개할 대표단을 파견하라고 요구했다. 물론 그것은 시늉에 불과했다. 교황이 어떻게 해서든 무릎을 꿇리고 싶은 상대는 오직 한 사람, 눈엣가시 같은 일 마니피코였기 때문이다. 어쨌든 그 정도로 교황청의 체면을 세울 수밖에 없었다.

12월 3일, 대림절에 열두 명의 대표단이 성베드로 대성당의 거대한 문 앞에 모습을 드러냈다. 묵직한 문은 닫혀 있었다. 대사, 성직자, 그리고 메디치가를 제외한 피렌체 명문의 대표 들은 교황청의 경비병이 문을 열어줄 때까지 한참이나 기다려야 했다.

그들은 고개를 조아린 채, 마침내 그들을 용서해줄 식스투스 4세가 추기경들에게 둘러싸여 앉아 있는 옥좌까지 걸어갔다.

그들은 엎드려 기다렸다. 교구 서기가 고해의 문구를 낭독했다. 피렌체 대표단의 우두머리인 볼테라의 주교 프란체스코 소데리니가 교황의 자비를 청했다. 식스투스 4세가 대답했다.

"아들들이여, 그대들은 죄를 저질렀소. 우리 구세주 주님께 맞서 피사의 대주교와 사제들을 잔혹하게 살해했소. '너희들은 내게 성유 부음을 받아 축복받은 사람을 건드려서는 안 되리라'라는 주님의 말씀을 위배한 것이오. 그대들은 로마 교황의 명예를 온 세상을 상대로 훼손했소. 교황청의 명령을 거역함으로써 약탈과 화재와 노략질과 무수한 악행의 원인이 되었소. 따라서 그대들을 엄히 다스릴 수밖에 없었소. 허나 그대들이 공손하게 속죄한다니 그 잘못과 방종을 사하려 하오."

한 추기경이 회개의 봉이라 불리는 기다란 나무막대기를 교황에게 내밀었다.

"제 토사물을 집어먹는 개처럼 똑같은 잘못을 또 저지르지 말도록!"

교황이 대표단 한 사람 한 사람의 어깨를 봉으로 내리치는 사이 그들은 〈미세레레〉*를 노래했다.

---

* 성서의 시편 50편, 또는 거기에 곡을 붙인 찬송가를 말한다.

그들은 식스투스 4세의 발에 입을 맞추기까지 하며 겨우 그의 축복을 받았다. 이로써 백합의 도시는 다시 교황의 품으로 들어가게 되었다. 그러나 아직 일이 말끔하게 끝난 것은 아니었다.

"피렌체가 이교도들과 싸울 열다섯 척의 갤리선을 무장시켜야만 완전한 용서를 받을 것이오."

식스투스 4세가 엄숙하게 일어섰다. 교황은 처소로 돌아가면서 자신이 피렌체의 대사들에게 가한 모욕에도 불구하고 이긴 것은 결국 로렌초 데 메디치라고 생각했다. 호전적이고 거만한 교황으로서는 참을 수 없는 일이었다.

15
1488

로렌초는 가업과 국정을 계속 돌보기 위해 어떻게든 몸을 추슬러야 했다. 병마가 갈수록 그를 갉아먹었다. 통풍도 그러했지만, 위장의 격심한 통증도 그를 만신창이로 만들었다. 그는 자주 온천으로 물러나 다정한 어머니의 기억에 잠겼다. 모친은 여섯 해 전에 세상을 떠났다. 죽음의 신이 주변을 떠돌고 있었다. 쇠약해져 몸져누운 클라리체도 머지않아 죽음의 신이 거두어갈 것이다.

죽음이 임박한 클라리체, 아니면 로렌초의 병 때문이었을까? 로렌초 부부는 아이들의 결혼을 서둘렀다. 로마에서 메디치가의 지위를 강화하기 위해 장남 피에로는 알폰시나 오르시니와 결혼했다. 그것은 강력한 결혼정책의 시작이었다. 장녀 루크레치아는 살비아티가에 며느리로 들어갔다. 몸이 허약한 루이사도 사촌인 조반니 데 메디치와 일찌감치 약혼했다. 남은 것은 콘테시나와 아직 너무 어린 줄리오였다.

이탈리아 반도를 끊임없이 혼란에 빠뜨리는 전쟁, 하루가 멀게 합의와 파기를 되풀이하는 조약들과 동맹들, 그 한복판에서 로렌초는 정력적으로 움직이며 피렌체의 안전 확보에 힘을 쏟았다. 어디서건 분쟁이 터지면 그는 중재자를 자처했다.

식스투스 4세도 결국 죽었다. 제노아 출신의 지암바티스타 치보가 인노켄티우스 8세라는 이름으로 교황좌에 올랐다. 분방한 젊은 시절을 보낸 덕에 몇 명의 여자에게서 일곱 아이를 둔 새 교황은 관용과 자비를 간직한 인물이었다. 처음에는 좀 어려웠지만, 피렌체와 교황청은 신뢰를 회복하고 평화로운 관계가 되었다. 지난해에는 교황의 아들 프란체스체토 치보와 로렌초의 딸 마달레나가 결혼을 약속했다. 계약 문서에는 올해 초에 서명했다.

일 마니피코는 그 정도에서 머물 생각은 없었다. 그는 차남 조반니를 추기경으로 만들고 싶었다. 인노켄티우스 8세는 너무 어리다는 이유로 망설였다. 일을 반드시 성사시키기로 마음먹은 로렌초는 교황과 추기경들의 호의를 얻기 위해 20만 플로린이나 썼다. 마침내 교황도 양보했다. 조반니는 불과 열세 살에 추기경이 되었다. 로렌초로서는 아우 줄리아노에게 끝내 추기경 자리를 주지 않았을 뿐더러 비겁하게 암살한 교황 식스투스 4세에게 통쾌하게 복수한 셈이었다. 몇 해가 흘렀는데도 상처는 아물지 않았다. 일 마니피코는 수시로 그 일을 떠올렸다. 누구보다 미운 것은 음모의 주모자, 지롤라모 리아리오였다. 숙부의 부추김으로 피렌체를 빼앗기 위해 메디치 형제를 제거하려 한 것은 바로 그였다.

이제 교황청의 보호를 받지 못하는 지롤라모 리아리오는 자신의 공국 이몰라에 틀어박혀 소리 없이 지냈다. 그러나 로렌초는 언젠가 그를 쓰러뜨릴 수 있으리란 희망을 버리지 않았다. 아이들이 결혼할 때 그는 교황과 비밀조약을 맺었다. 만일 리아리오가 죽으면, 전부터 그 영지를 탐냈던 프란체스체토 치보가 이몰라를 수중에 넣는다는 조약이었다. 일 마니피코에게는 일석이조의 거래였다. 지롤라모에 대한 복수일 뿐만 아니라, 코앞에서 늘 피렌체를 위협했던 그 도시를 사위가 다스리게 되는 까닭이었다.

인노켄티우스 8세와 조약을 맺고 로렌초는 즉각 일에 착수했다.

* *
*

깊은 골짜기로부터 떨어진 물줄기가 버드나무와 포플러 사이를 가로질러 빠르게 흘러갔다. 로렌초는 봄날의 부드러운 태양 아래서 반짝거리는 강물을 바라보는 것이 좋았다. 옴브로네강은 수런거리며 흐르는 맑은 물줄기 한복판에 신록의 보석 상자처럼 떠있는 조그만 암브라섬의 옆구리를 어루만졌다. 그는 그 광경을 몹시 사랑하여 자신이 짓고 있는 집에도 그 섬과 똑같은 이름을 붙였다.

몇 해 전, 그는 피렌체에서 십여 마일 떨어진 포조 아 카이아노에 광대한 농경지를 구입했다. 원래 있던 농가들은 그대로 두거나 다른 곳으로 옮겼고 언덕 위, 요새가 서 있던 자리에는 그의 야심작이라 해야 할 저택을 짓기로 했다. 공사는 줄리아노 다 산갈로라는, 위대한 알베르티의 제자인 젊은 건축가에게 맡겼다. 네 개의 망루가 치솟은 담장들은 공사가 끝났고 광대한 저택도 서서히 모습을 드러내기 시작했다. 로렌초는 공사 현장을 자주 방문했다. 어서 그곳을 손에 넣고 싶어 초조한 그는 산갈로가 고안한 공중에 걸린 듯한 파격적인 정원을 머릿속에 그려보았다. 일생의 꿈이 집약될 포조 아 카이아노의 완공을 그는 볼 수 있을까?

기다리는 사이 그는 들일과 양어장과 목축을 감독했다. 금빛 찬란한 꿩, 우수한 종마, 이탈리아에서 가장 훌륭한 우유를 제공하는 젖소, 그가 손수 심게 한 뽕나무에서 얻은 누에고치와 꿀벌 들. 거기다 콘스탄티노플의 술탄이 내준 사자와 기린 따위 이국적인 동물들도 그의 영지를 채웠다.

여남은 명의 석공과 벽돌공과 목수가 바삐 움직이고 있었다. 로렌초가 다가갔다. 도르래가 삐걱거리고 돌 다듬는 망치가 땅땅거리고 톱들이 끽끽대는 소리를 들으며 그는 기쁨에 사로잡혔다. 벽들이 올라가고, 건물의 출입로가 될 작은 신전 형태의 로지아에 이오니아 양식의 기둥들이 세워지는 것을 눈앞에서 보면 가슴이 설렜다. 저택은 석조 아케이드 위에 펼쳐진 드넓은 노대露臺 위에 지어졌다. 계곡 안으로 들어선 여행객들의 눈에는 저택이 마치 하늘에 매달린 것처럼 보일 것이다. 그것은 집이라기보다는 예술품이었다. 로렌초의 작품이었다. 로렌초는 포조 아 카이아노가 장차 세련된 피렌체 문명과 조화로운 농경 사회의 탁월함을 동시에 증언하기를 원했다.

건축중인 건물 한구석에서 도면 뭉치를 팔 밑에 낀 우아한 청년이 자기보다 훨씬 나이가 많은 현장감독과 논쟁을 벌이고 있었다. 로렌초는 그들이 대화를 마치기를 기다렸다가 다가갔다. 메디치를 발견한 산갈로가 앞질러 말했다.

"공사 진척이 느리다고 하진 마세요! 인부들은 새벽부터 해질 때까지 열심히 일하고 있으니까."

로렌초는 미소를 지으려고 애썼다. 그가 까다롭게 구는 것은 사실이었다. 그러나 살날이 얼마 안 남은 것 같으니 공사를 서둘러달라고 말할 수 있을까? 아직 마흔도 되지 않았는데 그는 늙은이가 된 것 같았다…… 매순간, 그는 병을 잊어버리고 또 이겨내기 위해 싸웠다. 그는 오직 자존심과 의지로 버텼다. 흔적을 남기기 위해, 메디치라는 건조물에 공헌하기 위해. 조상들이 상인이고 은행가였던 데 반해 그는 메디치가를 여느 왕조 못지않게 뚜렷이 피렌체의 역사에 새기겠다는 야심에 이끌려 움직였다. 그의 조부가 만든 공공도서관에 백여 권의 값지고 진귀한 책을 더 채워넣었고, 새 건조물들을 건축해 도시를 아름답게 꾸몄으며, 화가들과 조각가들에게 헤아릴 수 없이 많은 주문을 했다. 사업을 위기에 빠뜨릴지도 모른다는 계산은 접어두고 그 많은 일들에 그 큰돈을 아낌없이 투자했다. 전부 자신과 가문의 영광을 위해서였다.

산갈로는 호기심 어린 눈길로 그의 안색을 살필 뿐 침묵을 깨지 않았다. 로렌초가 생각에서 빠져나왔다. 건물의 큰 윤곽을 결정하는 일은 재능이 풍부한 이 건축가에게 일임했지만 장식에 관해서는 로렌초가 하나하나 간섭했다. 그는 이오니아 양식의 기둥 위쪽에는 인간의 노동과 신들의 기쁨을 표현한 마욜리카 도기를 장식띠처럼 이어붙이고, 그보다 더 위의 합각머리 바로 아래에는 메디치가의 문장을 새기기로 했다.

두 사내는 로지아의 장식을 의논했다. 로렌초는 필리피노 리피에게 벽화를 주문할 생각이었다. 저택 내부와 둥근 천장이 덮인 방문객용의 널찍한 살롱은 피렌체 으뜸의 예술가들에게 장식을 맡길 것이다……

말발굽소리를 듣고 그는 이야기를 멈추었다. 공사 현장을 향해 전력으로 말을 달려올라오는 사내가 있었다. 사내는 병사 몇 명이 지키는 성벽의 비밀 문 밑을 지나 눈 깜짝할 사이에 두 사람 앞에 멈췄다. 로렌초가 전령이 내민 편지를 뜯었다. 그의 얼굴이 환해졌다. 지롤라모 리아리오가 죽었다! 줄리아노의 암살로부터 십 년! 거의 같은 날에!…… 자신이 다스리던 포를리 요새를 방문한 식스투스 4세의 조카는 그의 독재에서 벗어나기를 원하는, 그리고 메디치의 밀정들에 의해 비밀스럽게 조직된 시민들 손에 자신의 성 안에서 죽임을 당했다. 그의 시체는 창밖으로 던져져 거리를 끌려다녔다. 이로써 줄리아노의 원한도 씻겼으리라.

* *
*

로렌초는 서둘러 피렌체로 돌아갔다. 인노켄티우스 8세와 맺은 조약대로 이몰라가 그의 사위 프란체스체토 치보의 수중에 틀림없이 들어가도록 손을 써야 했다.

메디치가의 팔라초는 심상찮은 기운에 휩싸여 있었다. 그는 사람들의 낯빛을 보고 불행한 일이 터졌다는 것을 알아차렸다. 제일 먼저 아내가 떠올랐다.

"클라리체인가?" 그가 한 하녀에게 물었다.

하녀는 고개를 숙였다. 그리고 눈물을 떨어뜨리며 고개를 가로젓고 중얼거렸다.

"어린 루이사가…… 어젯밤 세상을 떠났습니다."

로렌초의 입에서 신음이 흘러나왔다. 다정한 루이사. 조반니 데 메디치의 어린 약혼녀. 오래전부터 딸의 건강이 염려스러웠던 것은 사실이었다. 그러나 이렇게 갑자기 죽음이 찾아올 줄은……

신의 징벌일지도 모른다는 생각이 머릿속을 스쳤다. 지롤라모 리아리오가 죽었다는 기별을 듣고 기뻐했던 대가일까? 그의 암살을 후원한 벌일까? 아니다, 그는 자신의 정의를 집행했을 뿐이었다. 아무도, 무엇도 그것을 막을 권리는 없었다.

그는 아이의 유해 앞에서 묵상했다. 루이사는 겨우 열한 살이었다. 너무나도 가냘프고 해맑은 그 아이는 천사처럼 보였다. 아버지의 죄 때문일까? 그래서 아이를 데려갔을까?

로렌초는 클라리체에게로 갔다. 아내는 침대에 누워 흐느끼고 있었다. 살결은 파리하고 얼굴은 야위어 뼈가 만져질 것만 같았다. 그는 오랫동안 자신과 함께 살았던, 그러나 한 번도 진정으로 바라보지 않았던 이 여인에게 갑작스러운 애정이 솟구치는 것을 느꼈다. 그녀는 일곱 아이를 낳아주었고 늘 그의 의지를 따랐다. 딱 한 번, 폴리차노가 아이들을 가르치는 것을 종교적 이유로 반대할 때를 빼놓고는 목소리를 높인 적이 없었다.

그가 그녀의 손을 잡았다. 그녀의 젖은 눈동자에 놀라움이 떠오르는 것을 보고 그는 부끄러움을 가눌 수 없었다.

슬픔에 잠길 시간도 없이 그는 사설 자문회의를 소집했다. 로렌초가 포를리에 파견했던 브라치오 마르텔리가 피렌체로 돌아온 참이었다. 시민들이 리아리오의 독재에 맞서 봉기하도록 은밀하게 도왔던 그는 그뒤에 벌어진 놀라운 사건들도 목격했다. 그는 아직도 흥분에서 벗어나지 못한 채 사건의 전말을 보고했다.

"지롤라모의 피투성이 시체가 길에서 끌려다니는 사이 하층민들이 그의 아내, 카타리나를 붙잡았어. 미인이지만 대가 센 여자지……"

"스포르차니까!" 로렌초가 말했다.

"맞았어. 정말 보통내기가 아니더군. 시의 경비병들이 제때 개입하지 않았으면 그녀도 곱게 살아남지 못했을 거야. 그녀는 요새 밖에 포로로 억류됐고, 요새 안에선 죽은 남편의 충복들이 문을 닫아

걸고 버텼지. 그녀는 반란을 일으킨 시민들에게 제안했어, 자신이 요새로 들어가 지롤라모의 병사들과 담판을 짓겠다고 말이야. 그들을 설득해 항복시킬 수 있는 건 자신뿐이라고 했지."

"반도들이 그걸 순순히 받아들였어?" 지기몬디 델라 스투파가 물었다.

"물론 경계했지. 일단 요새 안으로 들어가면 얼마든지 도망칠 수 있으니까. 하지만 카타리나는 두 아이를 볼모로 내주겠다고 했어."

"모친으로서 그보다 더 확실한 보증은 없지!" 리돌피가 감탄했다.

"맞았어. 반도들은 카타리나를 요새 안으로 들여보냈어. 그러자 그녀는 돌변해, 요새를 장악하고 있던 대장에게 성을 포위한 반도들한테 대포를 펑펑 쏴주라고 명령했지."

"아이들은 어쩌고?"

"격분한 포를리의 시민들이 아이들을 죽이겠다고 소리를 질렀어. 그러자 카타리나가 성벽에 나타나 뭐라고 소리쳤는지 알아? '얼마든지 죽이시지! 아이들이라면 이몰라에 하나, 그리고 내 뱃속에 또하나 남았다는 걸 알아두셔!' 그런 다음 치마를 치켜올리고 거기 손을 갖다대고는 자랑스럽게 외쳤어. '게다가 딴 아이들도 얼마든지 만들 수 있다는 것도!'"

브라치오의 이야기가 끝나자 떠들썩한 감탄과 환호성이 터졌다.

"그래서 어떻게 되었나?" 로렌초가 물었다.

"결국 카타리나의 결사적 태도에 포를리의 시민이 뜻을 접을 수밖에 없었지."

일 마니피코의 머릿속에는 벌써 계획이 그려지기 시작했다. 루이사의 죽음으로 약혼자 조반니 데 메디치는 자유로운 몸이었다. 그런 대단한 담력을 과시한 카타리나 스포르차를 그의 결혼상대로 제안 못할 이유가 없지 않은가? 그로써 이몰라와 포를리는 우호 관계를 맺게 될 것이다. 조금 더 파렴치한 속셈도 작용했는데, 자신의 원수 리아리오의 과부가 메디치가의 사내와 결혼하는 것도 썩 기분 나쁜 일이 아니었다. 그의 복수는 그렇게 해서 완결될 것이다.

그는 그 계획을 마음속에만 간직했다. 극비리에 카타리나와 협상을 개시하는 게 좋을 것이다. 이몰라가 자기 아들 것이 되리라 믿었던 교황이 이 결혼 계획을 곱게 보지 않을 수도 있었다.

* *
*

피렌체에 다시 여름이 찾아왔다. 통풍으로 꼼짝도 못하는데다 재정적 근심에 짓눌린 로렌초는 온천으로 요양을 떠났다. 조반니 피코 델라 미란돌라라는, 폴리차노의 소개로 최근 브리가타에 합류한 청년이 그와 동행했다. 메디치는 너그러운 운명 덕에 풍부한 재능을 타고난 이 백작 청년을 아꼈다. 히브리 신비 철학은 물론이고 그리스와 로마 작가들에도 정통한 이 미남 청년은 여러 언어에 능통했는데, 아람어처럼 이제는 잊힌 언어까지 구사했다. 아직 젊었지만 이 석학의 삶은 파란만장했다. 페루자에서 유부녀를 유혹해 함께 도망친 그는 펄펄 뛰는 그녀의 남편과 법의 제재를 피해 몸을 숨겨야 했다. 그후 로마로 가 자신의 야심작을 세상에 내놓았는데, 그것이 바로 구백 항목의 철학적 주장이었다. 인노켄티우스 8세는 사전에 교회 박사들에게 그 내용을 심사하도록 위임했고, 그들은 그 가운데 일부가 강렬한 이단의 향기를 뿜는다는 결론을 내렸다. 피코 델라 미란돌라는 자신의 주장을 굽히지 않았다. 그 불손한 자만심에 분개한 교황은 그의 저작물 전체를 유죄로 선고하고 그도 잡아들이라고 명령했다. 청년은 또 도망쳤다. 그러나 몸을 피한 프랑스에서 교황청 특사들에게 붙들렸다. 뱅센에 투옥된 그는 그의 학식과 두뇌를 높이 산 이탈리아의 몇몇 제후가 손을 써준 덕에 가까스로 몸을 빼냈다. 인노켄티우스 8세는 그가 피렌체에 정착하는 것을 허락했고, 로렌초가 즉각 후원자가 되었다.

일 마니피코는 돌침대에 드러누워 하녀에게 진흙 마사지를 받고 있었다. 벌써 오래전부터 안토니아 고리니의 약은 효과가 없었다. 유황 성분이 포함된 온천과 발삼 성분이 들어간 진흙 마사지만이 고통을 얼마간 누그러뜨렸다. 조반니 피코 델라 미란돌라는 좀 떨어진 돌 벤치에 앉아 책을 읽고 있었다. 그가 고개를 들고 불쑥 내뱉었다.

"천체가 우리를 통솔한다, 그건 분명해요. 하지만 천체가 지배하는 건 우리 몸뚱이뿐이죠. 영혼은 자유로워요. 피치노가 옳아요."

로렌초가 낯을 찡그리며 냉소적으로 말했다.

"어느 천체가 날 이리 괴롭히는지 알면 좀 가르쳐주지?"

"틀림없이 불길한 토성의 영향을 받고 있어요…… 음울한 그 노인네는 늘 해를 끼치죠."

"언제나 그 멍에에서 벗어날 수 있겠나?"

피코 델라 미란돌라는 고개를 흔들었다.

"불가능해요. 우주의 힘은 완고하니까. 하지만 우린 그것들에 영혼의 힘으로 맞서야 하죠."

로렌초는 하녀를 물리고 일어섰다. 그는 절뚝거리며 걸어가 노르스름한 물이 찰랑거리는 욕조에 몸을 담그고 짧은 한숨을 토했다. 젊은 철학자가 말을 이었다.

"내 인생은 아주 짧을 겁니다…… 내가 태어났을 때 모친의 머리맡에 불덩어리 하나가 나타났대요. 불덩어리는 몇 초 동안 공중에 떠 있다가 창문으로 빠져나갔어요. 그런 유성이 출현하는 건 아이가 이름을 떨치되 요절하리란 신호라고 어느 점성가가 단언했죠."

"자네는 죽음을 두려워하는 것 같지 않군."

"일찌감치 요절을 각오한 탓이겠죠!" 청년이 웃었다.

"그래도 어쨌든 이름을 날릴 정도의 시간은 있을 테지?"

"인노켄티우스 8세와의 논쟁 덕에 그건 보장된 셈이죠."

그가 빈정거리며 덧붙였다.

"게다가 당신과 친하다는 것만으로도 유명세를 누릴 테죠."

"이제 보니 아첨꾼이로군."

피코 델라 미란돌라가 웃음을 터뜨렸다.

“어차피 아침꾼이니까 한 가지 부탁해도 될까요?”

“들어줄 수 있을지 확실히 모르겠지만……”

“지롤라모 사보나롤라 수도사를 피렌체로 다시 불러주세요.”

로렌초가 뿌루퉁한 표정을 지었다.

“그 도미니코회 수도사는 하품 나게 음울한 인물이야. 산로렌초 성당에서 그의 설교를 들은 적이 있어. 불벼락을 내려주십사 줄기차게 하늘에 간청하면서 종말론만 늘어놓더군……”

“영감이 풍부한 인물이에요.”

“영감이라면 마리아노 다 게나차노 수도사도 그에 못지않지. 그의 종교는 한결 상냥해. 설교에도 고대의 저자들을 즐겨 인용하지.”

“그는 수도사가 아니라 속인이에요. 사보나롤라는 전혀 다릅니다. 그의 불꽃같은 믿음은 사람들의 영혼을 열광시키죠.”

“하지만 그는 삶과 삶의 즐거움을 증오해. 듣자니 사랑에 환멸을 맛보는 바람에 수도사가 되었다던데. 그래서 그 욕구불만으로 동시대인들의 악덕을 줄기차게 규탄하는 거지. 그의 상급자들이 그를 피렌체에서 쫓아내 침묵시킨 건 그걸 정확히 봤단 증거야.”

피코 델라 미란돌라는 잠시 주저하다가 간단히 덧붙였다.

“그래도 제 친구예요.”

로렌초는 대답 없이 생각에 잠겼다. 그는 욕조에서 나와 하녀가 내미는 커다란 시트를 받아 몸을 감쌌다.

잠시 후 먼지를 잔뜩 뒤집어쓴 전령이 달려들어왔다. 전령은 클라리체가 이틀 전 숨을 거두었다는 소식을 조심스럽게 알렸다.

* *
*

암브라가 사라졌다. 그 조그만 섬은 옴브로네강의 거친 물줄기에 쓸려 사라졌다. 손도 써볼 수 없는 재해였다. 강가의 나무와 바위가 떠내려가고 경작지는 황폐화되었으며 집들은 물에 잠겼다.

로렌초는 막 포조 아 카이아노에 도착했다. 그는 제일 먼저 비탄에 잠긴 농부들부터 도우라는 명령을 내렸다. 저택의 테라스에서 그는 쓰라린 심정으로 폐허가 된 계곡을 바라보았다. 암브라섬은 어디에도 없었다.

거센 물보라를 일으키며 사납게 달려드는 격류를 피해 강바닥으로, 강바닥으로 서서히 잠기는 아름다운 물의 요정이 그의 눈앞에 어른거렸다.

눈발이 섞인 차가운 빗방울이 떨어지기 시작하자 그는 저택 안으로 돌아갔다. 산갈로는 일을 빨리 했다. 그곳은 이제 생활이 가능할 정도가 되어 있었다. 거대한 궁륭이 살롱을 뒤덮고 있었다. 로렌초는 잠시 그 화려함을 자책했다. 그는 언제나 너무 큰 것, 너무 아름다운 것만 찾은 것이 아닐까? 단순함을 추구하고 절약에 힘쓰라던 조부의 가르침을 잊었던 것은 아닐까? 그가 택한 길은 조부와는 달랐다. 조부는 보이지 않게 피렌체를 지배했다. 로렌초는 자신의 힘을 만천하에 드러냈다. 대공과 제후와 왕 들이 그를 대등하게 대했기 때문이다. 그의 집들은 궁전이 되어야 했고, 측근들의 집은 어느 제후의 궁정 못지않아야 했고, 수집품들은 이탈리아에서 가장 아름다워야 했다. 심지어 조부 코시모도, 적어도 한 번은 양보하지 않았던가, 하고 로렌초는 생각했다. '국부'는 라르가 거리의 메디치 팔라초가 피렌체의 내로라하는 명문가의 저택들보다 더 높이 솟아 메디치의 부를 드러내기를 원했었다. 귀족도 뭣도 아니고 한갓 은행가이며 평민이었던 그가……

로렌초는 불현듯 오한을 느꼈다. 하인들을 빼면 포조 아 카이아노에 그는 혼자였다. 그는 혼자 그곳에 머물고 싶었다. 어쩌면 자신의 삶을 돌아보고 세월을 붙들고 싶었던 것인지도 모른다. 얼마나 더 살 수 있을까? 그는 몸뚱이가 서서히 화석이 되어가는 느낌에 종종 사로잡혔다. 혈관 속을 흐르는 피는 갈수록 혼탁해지는 것 같았다. 근육들은 둔해지고 움직임은 느려졌다. 얼굴도 조금씩 바뀌었다. 어차피 미남은 아니었던 얼굴은 훨씬 투박해졌다. 피할 수 없는 변화가 착착 완수되고 있었다. 그를 구할 수 있는 젊음의 몰약 따위는 없었다. 너무 늦었다.

병이 잠시라도 그를 놔주는 순간이면 걷잡을 수 없는 욕정이 솟구쳤다. 하녀건 노예건 농가의 처녀건 상대는 아무라도 좋았다. 욕망을 발산해야 했다. 몸과 몸을 맞대고 그 싱싱한 젊음을 조금이라도 가로채고 싶었다…… 식인귀! 루크레치아와 시모네타의 시절은 정말 옛일이었다! 사랑 같은 것은 이제 꿈도 꿀 수 없었다. 거칠고 집요하게 여인들을 찾을 뿐이었다. 로렌초는 소박하고 아름다운 여인들의 몸을 뒤지며 자신이 아직 살아 있다는 것을 확인했다. 아니면 그저 다 잊고 싶었던 것이거나.

그가 화석으로 변하는 것처럼 비는 어느새 눈으로 바뀌었다. 해가 기울었다. 베네데타가 조용히 그의 뒤에 와 있었다. 카파지올로의 농부 처녀는 둥글둥글한 몸매의 중년 여자가 되어 있었다. 로렌초가 고개를 돌렸다. 많은 것이 변했지만 사냥에서 다쳤던 날 밤 그를 찾아왔던 요정의 추억만은 고스란히 남아 있었다.

"저녁이 준비됐습니다."

그가 고개를 끄덕여 고마움을 표시했다. 그는 저녁식사가 끝나면 그녀를 불러들여야겠다고 마음먹고 있었다.

* *
*

아직 어린애였다. 로렌초가 그 아이를 처음 본 것은 산마르코 수도원 정원의 오솔길에서였다. 얼굴 아래쪽이 떨어져나간 반수신의 조각상 앞에 쪼그리고 앉아 아이는 그림을 그리고 있었다. 로렌초가 소리 없이 다가갔다. 아이의 어깨 너머로 눈길을 던진 그는 생명력 넘치는 그림에 충격을 받았다. 뿔 달리고 망가진 머리는 활력이 넘쳐 금방이라도 종이에서 튀어나올 것만 같았다.

일 마니피코는 놀라운 솜씨를 가진 그 아이를 관찰했다. 아이는 시선을 느끼고 뒤를 돌아보았다. 곱슬곱슬한 금발의 보기 드문 미소년이었다. 아이는 놀라서 스케치를 감추었다. 로렌초가 손을 내밀었다.

"아니, 보여다오……"

상대가 메디치란 것을 알아챘는지 아이는 수줍어하면서도 그림을 내주었다. 로렌초가 그림을 찬찬히 들여다보았다.

"입체감을 표현할 줄 아는 걸 보니 조각도 하겠구나……"

"어르신, 전 기를란다이오 스승님께 배우는데, 그분은 그림부터 익히라고 하세요. 앞으로도 한참은 대리석을 만지게 해주지 않으실걸요."

"내가 그에게 일러두마."

몇 주일 후 로렌초는 산마르코 수도원에서 아이를 다시 보았다. 아이는 또 반수신의 조각상 앞에 앉아 가위와 큰 망치를 쥐고 조그만 흰 대리석 덩어리를 공략하고 있었다. 지난번처럼 메디치는 걸음을 멈추고 아이를 지켜보았다. 부드럽고 정확한 손의 움직임에 그는 탄복했다. 가위와 망치는 여인이라도 어루만지는 것처럼 돌을 다듬었다. 동작은 더욱 힘차게 변하더니 대리석에서 빛을 뽑아냈다. 그 빛은 흰 나비처럼 멀리 날아갔다. 벌써 머리는 대충 스케치가 끝나 있었다. 음탕하게 찡그린 늙은이의 얼굴이었다. 그림의 모델이 된 반수신 조각상은 입과 턱 부분이 떨어져나가고 없었지만 아이의 그림에는 혀끝이 조금 나오고 뾰족한 치아들이 있는, 크게 벌어져 이죽거리는 입이 그려져 있었다.

"노인들은 대개 이가 빠진 걸 보지 못했니? 네 반수신은 치아가

가지런하구나!" 로렌초가 웃었다.

소년이 고개를 끄덕였다.

일 마니피코는 일주일 후 다시 산마르코 수도원의 정원으로 갔다. 아이는 여전히 손을 놀리고 있었다. 흰 대리석은 투명하게 맑은 겨울 하늘 아래서 눈부신 빛을 내뿜었다. 로렌초가 다가갔다. 반수신의 이가 여러 개 빠져 있었다. 입은 한결 쪼글쪼글해졌고 뺨은 움푹했다. 소년이 동의를 구하는 것처럼 메디치를 올려다봤다.

"이젠 정말 늙은이가 됐구나!"

어린 조각가가 얼굴을 붉혔다. 참 아름다운 소년이다, 라고 로렌초는 생각했다. 거기다 얼마나 젊은가! 그는 질투로 눈이 따끔거렸다. 그가 그 질투를 지우기 위해 얼른 물었다.

"이름이 뭐니?"

"미켈란젤로입니다. 어르신. 미켈란젤로 부오나로티!"

16

1491~1492

친한 친구들은 틈만 나면 분통을 터뜨렸다. "자네가 이 도시에 늑대를 한 마리 끌어들였다니까!" "칠죄종*보다 추악한 말라깽이 수도사!" "걸핏하면 짖어대는 성질 사나운 발바리!" "골목길을 어슬렁거리다가 발길질이나 당하는 털 빠진 개보다 못한 놈."

로렌초는 조반니 피코 델라 미란돌라의 끈질긴 부탁을 결국 들어줬다. 그는 도미니코회 교단의 우두머리에게 편지를 써 지롤라모 사보나롤라 수도사를 몇 해 전 쫓겨났던 산마르코 수도원으로 복귀시켜달라고 요청했다.

그리하여 수도사는 돌아왔던 것이다. 그는 여전히 완강하고 열렬하고 뻣뻣했다. 그리고 자신이 용서를 받은 것이 메디치 덕분이

* 가톨릭에서 자신의 자유의사로 지은 본죄(本罪)의 일곱 가지 근원을 이르는 말.

란 걸 알면서도 전혀 고마운 줄을 몰랐다. 도착하자마자 행한 수도원 경내의 설교에서 그는 피렌체인들의 난잡한 품행과 경건하지 못한 언동과 허영을 규탄하며 암묵적으로 일 마니피코를 비난했다.

매주 일요일 도미니코회 수도사는 공격의 강도를 높였다. 측근들의 보고를 받은 로렌초도 마침내 간과할 수 없게 되었다. 그는 직접 개입하고 싶지 않았으므로 피렌체의 귀족 몇 명에게 그 일을 맡겼다. 대표단이 산마르코 수도원으로 찾아갔다. 그들은 사보나롤라가 시민들의 풍속과 피렌체 제1의 인물 로렌초 데 메디치에 대한 비난을 계속하면 쫓아내겠다고 위협했다. 수도사는 코웃음을 웃었다. 신의 말씀은 아무도 비판하지 못한다면서 그는 그 대단한 피렌체 제1의 시민이 자기보다 먼저 피렌체를 떠날 것이라 응수했다. 두말할 것 없는 죽음의 예언이었다.

"그 옴 붙은 개를 쫓아버리자고! 그놈의 추한 용모를 보면 머리도 살짝 돌았다는 걸 알 수 있어." 브라치오 마르텔리가 격분해서 목청을 높였다.

로렌초는 침대에 누운 채, 땀이 송골송골한 얼굴로 제일 친한 벗들을 맞아들였다. 조반니 피코 델라 미란돌라가 즉각 항변했다.

"프라 사보나롤라는 우리가 죄를 직시하도록 눈을 열어줘요!"

"하지만 로렌초를 비난하는 것도 한 번도 빼먹은 적이 없지!"

"로렌초도 우리들만큼이나 죄를 지었단 얘기죠."

메디치가 엷은 미소를 지었다. 피코 델라 미란돌라가 웅변조로 말을 이었다.

"신께서 그의 입을 통해 의지를 드러내시는 거예요. 그는 예언자고 신의 대사죠. 오직 우리의 구원을 위해 앞장서서 회개의 길을 걷고 있단 말입니다. 그는 우릴 돕기 위해 모든 쾌락을 포기했어요. 가난한 사람에게 베풀고 배고픈 사람들을 먹이고 이 도시에 우글거리는 죄인들의 고해를 듣고 마음의 짐을 덜어주죠…… 그는 초대교회를 부활시키고 싶은 겁니다, 아직 성직 매매와 부패에 물들기 전의 교회를! 참으로 열렬한 신앙이죠. 그 신앙이 사람들을 고무해요."

"유부녀를 말안장 뒤에 태우고 도망쳤던 주제에 잘도 그런 말을 늘어놓는군." 지기몬디 델라 스투파가 빈정거렸다.

"그땐 나도 진리가 뭔지 몰랐던 겁니다."

"그 진리란 게, 자네 생각엔 우리가 사랑하는 걸 죄다 내다버리는 거라 그건가? 위대한 플라톤께서도 자네의 그 잘난 수도사의 마음에는 들 수 없겠군." 브라치오가 맞받았다.

"플라톤은 하나의 인간에 지나지 않았어요. 하지만 사보나롤라는 신의 말씀을 전하죠."

"그러니까 로렌초를 공격하라고, 신의 계시라도 받았다 그거야?"

"신의 의도는 아무도 몰라요."

브라치오는 발끈해서 주먹을 쥐고 피코 델라 미란돌라에게 바싹 다가섰다.

"자네 그 몹쓸 놈의 수도사가 입을 열 때마다 로렌초가 시민들을 세금으로 짓누른다고, 공공재산을 멋대로 꺼내 썼다고, 지참금 기금*에서 착복했다고 비난하는 걸 듣지 못했단 말인가?"

두 사내는 서로 노려보았다. 금방이라도 주먹다짐이 벌어질 기세였다. 피코 델라 미란돌라의 얼굴이 하얗게 질렸다.

"그 시끄러운 수도사를 끌어들인 건 자네니까 내쫓는 것도 자네가 해!" 브라치오가 윽박질렀다.

"그에게 말은 해보죠…… 자선과 관용을 베풀어달라고 청해보겠어요." 피코 델라 미란돌라가 자신 없는 목소리로 말했다.

"아니, 그를 피렌체에서 내보내란 말이야!"

지기몬디 델라 스투파가 둘을 떼어놓았다.

"진정해, 브라치오……"

그 틈을 이용해 피코 델라 미란돌라는 얼른 방을 나갔다. 지기몬디가 어깨를 으쓱했다.

"머리는 좋은 녀석이 어떻게 저리 순진하담? 이제 사보나롤라가 산마르코 수도원장으로 선출된 마당이니 내쫓기도 쉽지 않을 거야."

"그렇지만 그게 유일한 해결책이야. 그가 산타마리아델피오레

* 피렌체에는 처녀들의 지참금을 보관해두기 위한 제도가 있었다. 가족들은 해마다 일정한 금액을 적립했다가 결혼할 때 돌려받았다. 그러나 1485년, 도시의 재정이 가장 열악해졌을 때 시의회는 이 지참금의 5분의 1만 돌려주고 나머지는 국고에 귀속시키기로 결정했다. 그 결과 지참금 전액을 돌려주지 않는 이유가 그 돈을 낭비했기 때문이라는 주장이 나와 격렬한 논란이 벌어졌다.(원주)

성당에서 설교하면서부터 매주 일요일 신도들로 꽉꽉 찬단 말이야. 그의 영향력이 커지고 있어…… 여자들, 가난한 사람들은 그의 욕설을 곧이곧대로 받아들인다고."

침묵을 지키던 로렌초가 한숨을 내뱉었다.

"애초에 조반니의 부탁을 들어준 게 실수야…… 하지만 사보나롤라가 그렇게 높은 평가를 받는다면, 그건 우리가 지은 죄가 많다는 소리겠지."

"죄라고! 로렌초, 어쨌든 그 수도사의 헛소리에는 눈곱만큼도 신경 쓸 필요 없어." 브라치오 마르텔리가 외쳤다.

"모르지…… 죽음이 임박하면 과거가 사람을 덮치나봐. 과거와 과거에 저지른 모든 잘못들이. 지롤라모 사보나롤라를 한번 만나보지. 그의 활동을 위해 기부금도 내고……"

"그는 돈만 챙기고 자네 말은 듣지 않을걸…… 적어도 자네가 고해성사를 하겠다고 요청하지 않는 한." 브라치오가 이기죽거렸다.

로렌초는 두 친구에게 지난 일요일, 이미 산타마리아델피오레 성당에 다녀왔다는 사실을 차마 털어놓지 못했다. 기둥 뒤에서, 수도사들처럼 두건으로 얼굴을 숨긴 채, 그는 사보나롤라의 설교를 들었다. 그의 귓전에는 불길 같은 말들이 아직 생생히 울렸다. "스스로 현명한 줄 아는 사람은 바보입니다. 버려야 할 이 지상의 것들을 꼭 움켜쥐고 있는 사람들은 어리석습니다. 속세는 헛되다는 걸 알아두시오. 자신만을 위해 산 사람은 돼지나 다름없습니다!"

격렬한 그 목소리는 점점 날카롭게 귀를 때렸다. 그것은 진정 주님의 외침처럼 회개하는 군중의 가슴속을 파고들었다. "불결하고 신앙심 없는 행동에 어찌 눈을 감을 수 있습니까? 어느 도시의 어느 저택에나 불한당들이 넘쳐나지 않던가요? 정숙하고 겸손한 사람이 멍청이로 취급되고, 신앙심 깊은 사람이 바보로 여겨지고, 도둑이 신중한 사람으로, 구두쇠가 현명한 사람으로 추앙받아서 되겠습니까? 불경한 말들만 난무하는, 난잡한 품행과 강간과 동성애와 살인과 야망과 위선과 거짓말과 흉악범밖에 없는 이 세상의 술한 소돔과 고모라를 떠납시다!" 최면 상태에 빠진 여인들은 흐느낌을 터뜨렸다. 무릎을 꿇은 사내들은 넋을 잃고 도취되어 사제의 말씀을 한마디도 놓치지 않고 받아들이려는 것처럼 사제를 향해 손을 높이 쳐들었다. 사보나롤라는 목에 터질듯이 핏대를 세우고, 번들거리는 눈빛으로, 최후의 징벌이 가까웠다고 선언했다. 그의 붉은 머리는 브루넬레스키의 큐폴라 아래에서 왕관처럼 불타올랐다. "머지않아 종말이 옵니다. 사방에서 공포가 밀려올 것입니다. 사악한 어둠의 왕자들에게 복종한 이 죄인들의 땅은 분노하신 주님의 불벼락을 맞을 것입니다……"

너무 늦은 감은 있지만, 그날 로렌초는 지롤라모 사보나롤라가 피렌체 시민이 듣고 싶었던 말로 그들을 사로잡았다는 것을 깨달았다. 번영과 쾌락과 평화의 나날이 지나가자 토스카나의 부유한 시민들은 더 고결하고 검소한 삶을 원하게 됐던 것이다. 돌연 지상의 행복이 천상의 미래에 비해 너무 추잡해 보이기 시작한 것처럼.

가난한 이들로 말하자면 사치와 부유함을 규탄하는 것을 지지하지 않을 이유가 없었다. 설교자는 능란하게 그들의 비위를 맞추면서 정의를 부르짖고 있었다.

일 마니피코는 자신의 일평생 작업이 위협받고 있다는 걸 알아차렸다. 그는 한결같이 아름다움을 숭배하고 추구해왔다. 그는 예술과 지식을 찬미했고, 동시대인들이 고대 그리스와 로마의 조화로운 문명과 다시 만날 수 있기를 바랐다. 사보나롤라에게 그것은 인간의 허영에 지나지 않았다. 책과 그림이 불태워지고, 여인들이 몸을 가리고 보석을 떼어내며, 축제와 카니발이 금지되는 시절이 곧 닥칠 것이다. 광신과 편달 고행의 시절이 올 것이다.

뭘 어떻게 해야 할까? 브라치오 마르텔리의 말이 옳았다. 지롤라모 사보나롤라는 그가 내미는 황금을 내칠 것이다. 그래도 그는 모욕을 무릅쓰고 수도사를 찾아가야 했다. 로렌초는 자신의 도시를, 그리고 자신의 양심을 두고 그렇게 할 의무가 있었다. 그것이 그의 마지막 싸움이 될 것이다.

* *
*

그는 산마르코 수도원까지 가마를 타고 갔다. 그러나 건물로 들어갈 때는 가마에서 내렸다. 준엄한 수도사 앞에 자기 발로 걸어가고 싶었다.

그는 문지기 수도사에게 수도원장과 만나고 싶다고 전했다. 무뚝뚝한 수도사는 프라 지롤라모 사보나롤라가 기도중이라 방해할 수 없다고 말했다.

"기도를 마칠 때까지 기다리겠소." 일 마니피코가 말했다.

수도원 경내와 정원들을 향해 걸을 때 수도사 몇 명이 성무 일과서를 읽으며 지나갔다. 대부분 눈도 들지 않았지만, 눈을 들어 그를 쳐다본 수도사들은 무관심하거나 적대적인 얼굴이었다. 로렌초는 이 수도원을 세우고 각 방과 정원들을 예술품으로 채운 조부 코시모를 떠올렸다. 이곳은 메디치가 사람들에게 제 집이나 같았다. 이제는 아무도 그들을 환영하지 않았다.

로렌초는 찌르는 듯한 통증을 참으며 향수에 젖어 몇 발짝 오솔길을 걸었다. 그는 고대의 조각상이 많이 사라졌다는 것을 깨달았다. 벌거벗은 여인의 조각상과 고대 신화 속 신들의 조각상은 사보나롤라의 분노에 희생되었다.

그는 수도원 경내의 회랑에 잠시 앉았다. 산마르코 수도원장이 피렌체를 정복하는 중일까? 재능 있는 사람들, 산드로 보티첼리처럼 이름 높고 감성적인 예술가들도 굴복하기 시작했다. 시민들은 홀리기라도 한 것처럼 앞다투어 자기 잘못을 인정하고, 죄를 회개하고, 고행에 잠겨 삶의 즐거움을 포기하기를 열망했다. 검은 베일이 피렌체를 뒤덮었다.

왜 지금일까? 왜 하필 손가락 사이로 흘러내리는 모래처럼 그의 생명이 조금씩 빠져나가는 지금일까? 아들 피에로는 겨우 스무 살이었다. 그가 로렌초 뒤를 이을 수 있을까? 그는 아름답고 당당했으며 특히 운동을 좋아했지만 매사에 서툴러 이미 '일 스포르투나토'*라는 우스꽝스러운 별명이 따라다녔다. 오래전 그 나이에 로렌초는 부친을 보조했다. 그런데 피에로는 가업이나 국정에는 전혀 흥미가 없었다. 다스리는 일이라면 차남인 조반니가 훨씬 적절했을 것이다. 그러나 젊은 추기경에게는 성직자로서 빛나는 미래가 약속되어 있었다. 막내아들 줄리아노로 말하자면 아직 어린애였다.

그는 지롤라모 사보나롤라를 기다리면서 이 생각 저 생각에 잠겼다. 다른 피렌체인들처럼 그도 자신의 구원부터 생각해야 하는 건 아닐까? 죽음에 대한 두려움이 사람들을 무기력하게 만든 것이 분명했다. 도미니코회 수도사가 입만 열면 토해내는 저 지옥의 불길이 돌연 사악한 현실성을 띠고 사람들 눈앞에 너울거리는 것이다.

로렌초에게도 신앙심은 있었지만 외곬의 믿음은 아니었다. 플라톤주의를 받아들인 그의 종교관은 관대하고 교양이 있었다. 그의 믿음은 어디까지나 신중하고 이성적이었다. 사보나롤라와 그 동류들의 줄기찬 위협의 말마따나 신이 복수하는 존재란 사실을 그는 진정 믿기 어려웠다. 로렌초에게 신은 프라 안젤리코가 코시모의 주문으로 이 수도원에 그린 유쾌하고 따뜻한 벽화들의 이미지처럼, 사랑이고 자비였다.

그는 생각에 너무 빠져 문지기 수도사가 다가오는 것을 알아채

* 불운한 사람.(원주)

지 못했다. 문지기 수도사가 말을 걸자 그는 소스라쳤다.

"프라 지롤라모는 명상중이시라 손님을 맞아들일 수 없으시답니다."

모욕을 주려는 것이 분명했다. 로렌초는 애써 좋은 낯을 지었다. 그는 고통과 싸우면서 몸을 일으켜, 최대한 위엄 있게 그 자리를 떠났다.

* *
*

피렌체는 어둠과 추위 속에 빠졌다. 이제 침대에서 벗어나지 못하는 로렌초는 카레지로 물러나 있었다. 그의 귀에 들려오는 이야기는 하나같이 기괴했다. 속죄자들의 행렬이 도시를 휩쓸고 다녔다. 도시는 눈물과 신음과 편달 고행으로 얼룩졌다. 망설이는 사람들은 집 밖으로 끌려나와 자기 죄를 소리 높여 고해하도록 강요당했다. 놀이와 웃음은 금지였다. 더 나쁜 것은 아이들까지 연루됐다는 사실이었다. 과격한 이 어린애들은 떼를 지어 거리를 누비며 부르주아 시민들에게 야유를 퍼붓고, 어쩌다 용기를 내어 외출한 우아한 여인들에게 침을 뱉고, 주막으로 몰려가 손님들을 내쫓고, 술 취한 사람들과 창녀들을 때렸다.

로렌초는 더 일찍 개입하지 않은 것을 자책했다. 그는 그 독물이 피렌체를 썩히도록 내버려두었던 것이다. 프라 지롤라모 사보나롤라는 피렌체를 완전히 손아귀에 넣었다. 그는 불꽃같은 설교를 토하며 메디치가의 독재를 당당히 규탄했다. 그는 자신이 적그리스도의 화신으로 지목한 사람에 맞서 일어나 자유를 쟁취하라고 시민들에게 호소했다.

일 마니피코는 도미니코회 수도사의 마음을 돌리기 위해 최후의 수단을 시도했다. 그는 메디치가의 회계원에게 두둑한 황금 주머니를 들려 산마르코 수도원으로 보냈다. 사보나롤라의 답변은 신랄했다.

"당신 주인께 가서 말하게나. 신의 개들은 맛난 뼈다귀를 던져줘도 계속 짖어대고 물어뜯는다고 말이야."

그는 황금 주머니를 한 수도사에게 내주며 당장 가난한 이들에게 나눠주라고 명령했다.

* *
*

그는 그렇게라도 설욕하고 싶었을까? 로렌초는 로마에서 교회법 공부를 하는 차남 조반니 추기경에게 고향을 공식 방문해달라고 청했다. 이 기회에 피렌체 시민의 지지를 회복할 계산이었다. 축제와 연회가 베풀어지고, 시의회와 토스카나의 모든 성직자들이 새 추기경에게 경의를 표할 것이다. 프라 지롤라모 사보나롤라도 잠시나마 잠잠해질 수밖에 없으리라. 피렌체 시민은 메디치가가 지갑을 활짝 여는 축제라면 언제나 환영하지 않았던가.

로렌초는 가마를 타고 피렌체로 돌아왔다. 내장을 쿡쿡 쑤시는 통증이 그를 괴롭혔다. 그는 라르가 거리에 도착하는 즉시 몸을 눕혔다. 도시의 문에서 아들을 맞는 것이 불가능했으므로 그는 그 일을 피에로에게 맡겼다. 그렇지만 장엄한 입성이 되도록 하나부터 열까지 그가 직접 계획했다.

금빛 찬란한 마의馬衣를 입힌 말을 타고, 로렌초의 장남은 호화롭게 차려입은 귀족 청년들에게 에워싸여 아우 앞으로 나아갔다. 조반니 데 메디치는 당당했다. 그는 자줏빛 추기경 옷을 입고 화려하게 장식한 노새에 앉아 있었고, 시종 넷이 그의 머리 위로 붉은색의 이동식 닫집을 떠받치고 있었다. 그 뒤로 고위 성직자들과 사제들이 긴 행렬을 이루어 따라왔다. 불과 열일곱 살의 새 추기경은 절로 존경을 불러일으킬 만큼 위엄이 있었다.

형제는 말을 타고 거리를 나아갔다. 3월의 차가운 부슬비에도 아랑곳없이 길목마다 시민들이 쏟아져나와 메디치 형제를 열렬히 환영했다. 안눈치아타 성당에 닿자 조반니가 감사 미사를 주재했다. 그런 다음 행렬은 환호 속에서 베키오 팔라초로 향했다. 시의원들에게 둘러싸인 장관이 정중하게 젊은 추기경을 맞아들였다. 아들이 성공적으로 피렌체에 입성했다는 보고를 받고 로렌초가 초조하게 기다리는 라르가 거리에 마침내 추기경이 도착했다.

일 마니피코는 고위 인사들과 외국 대사들을 초대해두었다. 신임 추기경을 위한 선물들이 복잡하게 널린 팔라초의 살롱들로 손님들이 몰려들었고, 하인들은 부지런히 요리를 날랐다. 로렌초는 아들이 저명한 인물들을 접견하기 전에 우선 단둘이 이야기를 나누고 싶었다.

자신을 본 조반니의 안색이 변하는 것을 로렌초는 놓치지 않았다. 내 얼굴이 그렇게 험해졌을까? 누가 봐도 죽어가는 얼굴일까? 라고 로렌초는 생각했다. 젊은 추기경이 침착함을 되찾았다. 그는 모자를 벗고 부친의 침대머리에 무릎을 꿇었다. 로렌초가 아들의 이마에 손을 얹었다.

"너를 축복한다, 아들아!"

조반니는 감동해서 몸을 일으켰다. 로렌초가 덧붙였다.

"네가 자랑스럽다…… 하지만 겸손하거라. 네가 지금 차지한 자리는 네 재주나 노력 덕분이 아니란 걸 잊지 말거라."

"아버지께 무엇을 빚졌는지 잘 압니다."

"아니다, 내가 아니라 오직 신께 빚졌으니 그분께 감사를 올려라. 그렇지만 조심해야 한다. 로마는 악과 음모의 소굴이야. 숱한 유혹과 대면할 거다. 건전한 삶을 살거라. 네 몸을 튼튼하고 굳세게 만들어라. 추기경단에 만연한 부패에 휩쓸리지 말거라…… 네가 올라간 추기경 자리가 질투를 부를 거다. 네가 어리다고, 메디치라고 사람들은 헐뜯고 모욕할 거다. 그 덫들을 헤쳐가야 한다, 악에 이겨야 한다! 부디 조심해라, 그리고 깊은 믿음을 지녀라!"

로렌초는 지쳐서 잠시 눈을 감았다. 그는 혼신의 힘을 쥐어짜내 가까스로 말을 이었다.

"로마로 돌아가거라…… 이게 너를 보는 마지막이다."

"아버지!" 조반니가 외쳤다.

“진실을 숨기진 않겠다. 갈수록 힘이 떨어지는구나…… 난 죽음을 준비해야 한다. 차근차근 정리를 해야겠다……”

“아버지 곁에 머물게 해주십시오.”

“안 된다. 네 미래는 로마에 있다. 빨리 돌아가거라…… 사려 깊고 빈틈없는 내 외교관 둘을 딸려보내마. 그들이 교황청에서 네가 현명히 처신하게 도와줄 게다.”

그는 갑자기 손을 뻗어 아들의 손목을 붙잡았다.

“넌 교황이 되는 거다, 조반니! 그게 내 바람이다. 메디치가 최초의 교황!”

* *
*

프라 지롤라모 사보나롤라는 젊은 추기경의 공식 방문을 개인적인 모욕으로 받아들였다. 도시를 환히 밝힌 즐거운 불빛, 기쁨의 노래, 피렌체인들에게 나눠진 헌주, 그것들은 모조리 모독이고 죄였다…… 도미니코회 수도사는 즉각 반격에 나섰다. 어느 때 없이 격렬하게, 그는 백합의 도시의 시민들이 회개하지 않으면 소돔과 고모라의 운명을 겪으리라 호통을 쳤다. 피렌체는 다시 수도사의 무서운 지배하에 놓였다.

로렌초는 카레지로 돌아갔다. 그는 가장 큰 즐거움 몇 가지를 맛보았던 그곳에서 죽고 싶었다. 방에는 아직도 루크레치아 도나티의 감미로운 미소가 떠다니는 듯했다. 그의 뮤즈. 그녀는 그의 시집 속 몇 페이지에 여전히 남아 있었다.

사랑스러운 시모네타도 그가 꿈속으로 빠져들기 무섭게 그를 찾아왔다. 그는 조만간 옮겨갈, 그가 모르는 세상에서 그녀와 재회하리라 믿었다. 바닷가에 막 다다른 비너스처럼, 티 없이 깨끗한 그녀가 그에게 오리라. 그들은 영원한 봄 속에서 살리라. 병마로 뒤틀린 그의 얼굴에 황홀한 미소가 떠올랐다.

충실한 벗 폴리차노가 그의 침대머리에서 눈물을 훔쳤다. 마르실리오 피치노가 그를 찾아왔다. 로렌초는 눈을 뜨고 두 사내를 바라보았다.

"친구들이 곁에 있으니 죽음도 감미롭군."

딸 콘테시나가 은제 물잔을 내밀었다.

"마셔봤자 무슨 소용이 있지?"

그는 주치의 피에로 레오니가 처방한, 빻은 다이아몬드가 들어간 야릇한 탕약을 매일 마셨다. 처음에는 위장의 통증이 약간 누그러지는 것 같더니 이제는 약을 마셔도 내장이 불처럼 뜨거워질 뿐이었다.

그 전날, 그는 사보나롤라의 편을 든 후로 계속 자신을 피하는 조반니 피코 델라 미란돌라를 데려오도록 사람을 보냈다. 그는 로렌초의 병상을 찾지 않은 유일한 친구였다. 석학은 즉각 자신의 숭배자를 동반하고 나타났다.

"그에게 죄를 사해달라고 하세요!" 피코 델라 미란돌라가 애원했다.

로렌초는 수도사를 방으로 들여도 좋다고 승낙했다. 피렌체의 새 지배자와 타협해야 할 아들 피에로를 위해, 메디치가를 위해, 그는 이 마지막 시련을 감내할 것이다.

수도사가 들어왔다. 비장한 느낌마저 주는 그의 기다란 실루엣은 검은색과 흰색의 수도사 옷 속에 떠 있는 것처럼 보였다. 그가 마침내 로렌초의 눈앞에 있었다. 두 맞수는 서로 마주보았다. 사보나롤라의 입가에 고약한 미소가 떠올랐다. 당신이 이겼다고 믿는다면 틀렸소! 하고 일 마니피코는 생각했다. 나는 진 것이 아니야, 나를 데려가는 것은 신이니까! 난 내 목숨을 그분의 손에 맡겼어. 난 당신을 부르지 않았어, 내게로 애써 찾아오는 수고를 한 건 당신이야.

"주님께 가기 전에 다른 사람들에게 고통을 준 것을 회개하시오, 로렌초."

그가 실제로 저질렀거나 저지르지도 않은 죄목을 쩌렁쩌렁한 목소리가 열거하는 것을 들으며 메디치는 자신의 과거로 돌아갔다. 신기하게도 그는 평온해졌다. 그의 삶이, 그의 기쁨과 슬픔이 눈앞을 지나갔다. 그것은 오로지 그의 것이었다…… 수도사도 그것을 훔칠 수 없으리라.

도미니코회 수도사가 악마를 쫓는 칼처럼 그의 머리 위에서 십자가를 흔들어댔다. 다 끝났다. 그러나 로렌초는 한순간도 자신의 삶을 부정하지 않았다.

정원 쪽으로 난 창문은 열려 있었다. 밤이 부드럽게 내려앉았다.

일층에는 그의 벗들이 모여 있었다. 상가喪家에서 흔히 그렇듯 그들은 낮은 목소리로 이야기했다. 이따금 그의 아이들이나 조카 줄리오가 얼굴을 내밀었다. 그는 '아직 살아 있다'고 말하는 것처럼 작은 손짓을 해보였다.

돌연 밖에서 비단 스치는 소리가 들렸다. 죽음의 날개구나, 드디어 왔구나…… 그러나 소리는 점점 커졌다. 비였다. 비가 내리고 있었다. 빗줄기는 갈수록 거세졌고 사나운 번개와 돌풍도 일어났다. 날 데려가려고 어지간히 애를 쓰시는군, 하고 로렌초는 속으로 중얼거렸다…… 천둥으로 집이 뒤흔들렸다. 이런 소동에도 불구하고 로렌초는 모처럼 깊은 잠 속에 빠져들었다.

* *
*

피렌체의 폭풍은 밤새도록 맹위를 떨쳤다. 뒤숭숭한 밤을 보내고 다음날 아침 도미니코회 수도사의 설교를 듣기 위해 산타마리아델피오레 성당으로 간 신도들은 경악했다. 메디치가의 문장이 새겨진 큐폴라의 채광창에 벼락이 떨어져 심하게 파손되었다. 바닥에 나뒹구는 그 돌들은 피렌체 제1 가문의 운명을 예언하는 것일까?

프라 지롤라모 사보나롤라는 상기된 얼굴로 단상으로 올라갔다. 그가 고함을 쳤다.

"어젯밤 하늘에서 불의 칼을 쥔 손을 봤습니다! '에케 글라디우스 도미니 수페르 테람, 키토 에트 볼리키테르!'* 주님의 시간이 왔습니다! 종말이 가까웠습니다!"

바로 그 순간 카레지에서 로렌초가 조용히 숨을 거두었다.

이튿날, 로렌초의 주치의 피에로 레오니는 자책감을 견디지 못하고 우물에 몸을 던졌다.

* 번개처럼 재빨리 땅을 후려치는 신의 검이 여기 있도다.(원주)

옮긴이 홍은주

이화여자대학교 불어교육학과와 같은 대학원 불어불문학과를 졸업했다. 2000년부터 일본에 거주하며 프랑스어와 일본어 번역가로 활동하고 있다. 옮긴 책으로 『일인칭 단수』『기사단장 죽이기』『오래되고 멋진 클래식 레코드』『수리부엉이는 황혼에 날아오른다』『장수 고양이의 비밀』『토미의 무덤』『눈의 무게』 등이 있다.

메디치 1

왕관 없는 제후

초판 인쇄 2022년 5월 6일
초판 발행 2022년 5월 16일

지은이 파트릭 페노 | 옮긴이 홍은주
책임편집 김영수 | 편집 강윤정 김수아 이희연 황도옥 홍유진
디자인 신선아 최미영 | 저작권 박지영 형소진 이영은 김하림
마케팅 정민호 이숙재 한민아 김혜연 이가을 박지영 안남영 김수현 정경주
브랜딩 함유지 함근아 김희숙 정승민
제작 강신은 김동욱 임현식 | 제작처 영신사

펴낸곳 (주)문학동네 | 펴낸이 김소영
출판등록 1993년 10월 22일 제2003-000045호
주소 10881 경기도 파주시 회동길 210
전자우편 editor@munhak.com | 대표전화 031) 955-8888 | 팩스 031) 955-8855
문의전화 031) 955-8895(마케팅) 031) 955-2679(편집)
문학동네카페 http://cafe.naver.com/mhdn | 트위터 @munhakdongne
북클럽문학동네 http://bookclubmunhak.com

ISBN 978-89-546-8603-7 04860
978-89-546-8608-2 (세트)

잘못된 책은 구입하신 서점에서 교환해드립니다.
기타 교환 문의 031) 955-2661, 3580

www.munhak.com